LA FORMACIÓN DE YOLANDA LA BRUJA

RECONOCIMIENTO

★ "Un retrato nítidamente representado... No se pueden perder el impactante debut de Avila". —*Booklist* (reseña estelar)

★ "Desvergonzadamente político... Un debut notable y bellamente elaborado". —*Kirkus* (reseña estelar)

★ "Lleno de suspenso... Una protagonista audazmente caracterizada cuyas identidades interseccionales como una persona de color *queer* y sorda informan su voz narrativa aguda y su convicción sobre la lucha contra el racismo dentro de su comunidad". —*Publishers Weekly* (reseña estelar)

★ "Avila construye un personaje multidimensional con Yoyo... y le da un mundo completo y natural para habitar, entretejiendo español y una dinámica familiar maravillosamente compleja... Yoyo sabe que debe ser 'mágica' para sobrevivir, y lo es". —*Shelf Awareness* (reseña estelar)

"Impresionante y urgente. [Avila] aborda el racismo, la violencia y la injusticia con una mezcla de magia, espiritualidad y cuidado que pocos han intentado, y lo hace con éxito cautivador". —*Ms. Magazine*

"Explora la violencia armada, la raza, la justicia, la educación y la espiritualidad, que sostiene este libro como un dosel, que encierra y expone capas de negritud y el crecimiento y el sentido de pertenencia que la comunidad puede brindar". —*Al Día*

"Una historia necesaria sobre la violencia armada, la raza y la educación". —*Refinery29*

"Fascinante... representa con destreza la realidad de crecer como una adolescente latinx negra en medio de la violencia racial y la agitación social... Avila demuestra cuidadosamente la tremenda fuerza en la comunidad de Yolanda y las raíces profundas de su vida espiritual, que la mantienen arraigada a medida que profundiza en todos sus poderes". —*Horn Book*

LA FORMACIÓN DE

YOLANDA LA BRUJA

LA FORMACIÓN DE
YOLANDA LA BRUJA

LORRAINE AVILA

Ediciones
LEVINE QUERIDO

Montclair | Amsterdam | Hoboken

Este es un libro de Ediciones LQ
Publicado por Levine Querido

www.levinequerido.com • info@levinequerido.com

Levine Querido es distribuido por Chronicle Books, LLC

Copyright del texto © 2023 de Lorraine Avila
Copyright de la traducción © 2024 de Mechi Annaís Estévez Cruz

Selecciones en las págs. 288, 330, 344, 346, 355 y 363 de *Assata Shakur: Una autobiografía*. © 1987 por Zed Books Ltd. Todos los derechos reservados, incluido el derecho de reproducción total o parcial en cualquier formato. Esta edición se publicó por acuerdo con Chicago Review Press a/c Susan Schulman Literary Agency. Queda prohibido cualquier uso de este material por terceras partes. Las partes interesadas deben solicitar permiso directamente a Susan Schulman Literary Agency LLC.

Número de control de la Biblioteca del Congreso: 2023931580

ISBN 978-1-64614-278-1

Impreso y encuadernado en China

Publicado en febrero de 2024

Primera impresión

Para la juventud. Para el Bronx. Para los que no tenemos pelo en la lengua.

NOTA DE LA TRADUCTORA

Uno de los aspectos más hermosos de la versión en inglés de *La formación de Yolanda la bruja*, es la forma auténtica en que Lorraine Avila captura las voces de los jóvenes del Bronx. Era importante para las dos que la traducción preservara esto a través de los sonidos auténticos del español que hablan nuestros jóvenes en los barrios de la República Dominicana, en vez de seguir las reglas establecidas por instituciones coloniales. También queríamos honrar el abundante AAE (inglés afroamericano) en esta historia, lo que no se podría hacer traduciéndolo al español de prestigio. Tanto el AAVE como el español dominicano, como lenguas que interrumpen la hegemonía colonial, son testamentos de la resistencia negra. No pretendemos generalizar el habla de todos los dominicanos, pero queríamos que al leer esta traducción se escucharan las voces de nuestros seres queridos. Así queríamos escuchar a Yolanda contar su historia en español, como una muchacha de dieciséis años que habla con nuestros arcaísmos, jerga y todo lo que implica. Emprendí la tarea con inmenso amor, reverencia y respeto por el sazón de nuestro español, pero sin manual de gramática (gracias a Orlando Alba por *Cómo Hablamos los Dominicanos*).

Algunas notas a considerar: usé apóstrofes en algunas pocas ocasiones para indicar letras o sílabas omitidas en la pronunciación, donde sentí que podría causar confusión, por ejemplo: "lo'" en vez de "los". También agregué tildes a palabras con letras o sílabas omitidas para indicar cómo las pronunciamos, por ejemplo: "cansá" es una pronunciación común de "cansada" o "agarrán" en vez de "agarraron". Además, quiero resaltar que para los personajes no binarios de esta historia, decidí usar el pronombre elle y la letra "e" en vez de la "x" porque encuentro que es más fácil de pronunciar para los hispanohablantes, por ejemplo "cansade" en vez de "cansadx".

Quisiera aprovechar este espacio para expresar mi eterna gratitud a mi mami y a la gente de Las Galeras, en particular a los jóvenes, por escuchar horas de este libro en voz alta, por sus sugerencias y entusiasmo. Ustedes son los verdaderos artistas.

Y a todo dominicano que alguna vez se haya sentido avergonzado por su forma de hablar o al que le hayan dicho que hablamos feo, malo o machucao les dedico esta traducción y cada "hubieron", cada queísmo, cada letra y preposición tragada. Nuestra forma de hablar, en el campo, en el barrio y en la diáspora es música dulce. Nuestro lenguaje es arte y cultura en movimiento.

¡De Erredé pal mundo!

PRÓLOGO

Mamá Teté tiene un refrán: "al que no le guste el caldo, que le den dos tazas". Creo que crecí pensando que no había de otra. Que, si no me gustaba algo, tenía que seguir intentando hasta que se me quitara la maña de ponerle mala cara.

Ojalá nunca hubiese aprendido a poner las necesidades de los demás por encima de las mías. Intentar tragármelo to a la fuerza es precisamente lo que nos metió en eta vaina.

Este suceso no es culpa de Mamá Teté ni de mis padres ni de la violencia y abuso que el mundo me demuestra. Llévate de mí. Ete lío e culpa mía. Yo soy la víctima y perpetradora de este cuento. Ojalá no fuera el caso. Esta situación me tá obligando a enfrentar partes de mí que ni siquiera sabía que existían.

LAS CARTAS NO MIENTEN

Estoy sofocá, el sudor acumulándose en los bordes de mi cabello. Con manos ansiosas busco el pote de agua dentro de mi cartera Telfar. Gracias a Dios que me puse la gelatina que me fija los *baby hairs* venga lo que venga. Le doy palmaditas a la pequeña corona de trenzas mientras bebo agua. Victory me tejió el pelo ayer después de la escuela y todavía están un poco apretadas. Las luces brillantes se encienden cuando entramos al pequeño baño.

"Dale, loca, léemela", dice Victory mirando hacia donde guardo las viejas cartas de tarot que heredé de Mamá Teté hace dos meses en preparación para mis dieciséis. "¿Qué lo qué con ese muchacho blanco?"

Está prohibido estar en los baños durante el almuerzo, pero otra vez subimos al tercer piso de nuestra escuela. La brillante pintura color crema tiene mucho descascarándose, revelando el antiguo color marrón que antes tenían las paredes. Hay mensajes escritos en las paredes con marcador permanente.

Tomo otro buche de agua y me doy cuenta de que he estado leyendo las cartas todas las mañanas, pero esta es la primera vez que las traigo a la escuela. Juego con el agua antes de tragar. Nunca había sacado las cartas de la casa.

Pero eta mañana fue tremendo desastre. Papi llamó temprano, algo que nunca le permiten hacer en la cárcel. Ante de pedir hablar con Mamá Teté, me cantó feliz cumpleaños y me dijo que tenía buena noticia: su abogado le había dicho que taba en una lista de liberación anticipada por buena conducta y aglomeración. Era el único regalo de cumpleaños que necesitaba y hablé con Papi por más tiempo de lo que debí. No tuve más remedio que hacer mi lectura diaria en la escuela.

"¡Loca, tate quieta", le digo, dándole la espalda. "¿Y cómo así, yo haciéndote una lectura en *mi* cumpleaños?" Cuelgo la cartera Telfar verde olivo oscuro en un gancho y la toco con orgullo. Después, pongo mi North Face negro y rojo en el piso frío del baño. Victory se sienta de rodillas frente a mí. Sonrío, sentándome con las piernas cruzadas.

"Ya, amas tu Telfarito, lo sabemos", sonríe Victory. Asiento. Mami me regaló la cartera ligeramente usada hace dos días. Me dijo que se la compró a una persona de la calle que a veces entra al supermercado vendiendo cosas. "Entonce", dice. Victory sabe mejor que nadie que yo no molesto a las Bruja Diosas por cualquier disparate, especialmente no dique por un muchacho.

"¿Por qué no ves cómo lo hago? Así tú puedes hacer tu propia lectura", le digo, notando sus ojos llenos de esperanza. "CON TUS PROPIAS CARTAS que fácilmente puedes comprar y así preguntarle cualquier porquería que se te ocurra".

Sentada, hago una pirueta y la miro. En esta amistad, Victory siempre tá en la posición de maestra, ayudándome cuando estoy cogiendo lucha con la química y el álgebra. Lo mío es leerle las cartas o la taza. Pero hoy no, especialmente porque no toy por arruinar mi día con ese muchacho nuevo. Cucuteo en el bolsillo secreto en la parte inferior de mi abrigo y saco el pañuelo rojo de satén que protege mis cartas, un encendedor pequeño y un trozo de palo santo. Prendo el palo santo y espero que no se dispare el detector de humo. El dulce aroma de la leña quemá nos envuelve y cierro los ojos.

"Que todas las energías viejas sean eliminadas de estas cartas para hoy obtener una lectura más clara", digo en voz baja para empezar la lectura. Toco las cartas, muchas tán dobladas en el centro, gastadas en los bordes, algunas hasta pegá con teipi. Pero las abrazo contra el pecho como si fueran un regalo que los Dioses le dejaron a la humanidad. A Mamá Teté no le gusta que las elogie así. Las cartas son simplemente una herramienta dice ella, y no se deben idolatrar. Especialmente porque nos las trajo un hombre blanco. "Seguro era bueno dentro de lo que cabía, pero era un colonizador y un hombre de negocios. Nos vendió las cartas como si fueran la única herramienta que se podía usar pa adivinar y ocultó el hecho de que muchos lo habíamo hecho muy bien sin ningún instrumento", le gusta recordarme.

"Despué de limpiar la energía, empiezo con una pequeña oración". Miro a Victory. "Puede ser lo que tú quieras según tus creencias". Cierro los ojos. "Gracias, Bruja Diosas, Ángeles de la Guarda, Diosas, Dioses, Ancestros de buen corazón, Misterios, Universo y todo lo que es más sabio y más grande que los humanos, por otro día en este cuerpo y por los mensajes que hoy van a transmitir". Empiezo a barajar las cartas. Han pertenecido a la familia Álvarez desde que los europeos empezaron a colonizar a Ayiti, y me engrifo pensando en el viaje que tomaron a través del espacio y el tiempo pa hoy estar en este bañito sofocante con la pintura descascará. Al principio, el ritmo de mis manos es tímido, pero luego barajo más rápido, casi apurado, como si las Bruja Diosas hubieran estado tratando de comunicarse conmigo toda la mañana.

"Denme luz, Bruja Diosas, denme luz".

Abro los ojos y veo caer la Torre.

"¡Ayyyyyyy!", reacciona Victory. Relajando, le corto los ojos.

La Torre es precisamente eso: una torre inestable en la cima de una montaña. Está prendía en candela y dos personas saltan de la torre hacia sus muertes. Hay relámpagos y llamas. "Cuando Mamá jala esta carta pa sus clientes, casi siempre señala un cambio repentino e información nueva o sorprendente", digo.

¿Qué voy aprender hoy?

Vuelvo a barajar, decidiendo que hoy voy a hacer una lectura de tres cartas. "Bruja Diosas, que la realidad de lo que está por venir sea revelada para el mayor bien de todos".

Cae el Diablo.

Bueeeeeeeno. El Diablo es una criatura peluda con cuernos y una estrella de cinco puntas en la cabeza. Esta carta casi nunca me sale. Sé que no hay cartas "malas", pero se me hace un nudo en el estómago porque, gracias a Hollywood y la Iglesia, la imagen de cualquier cosa relacionada con el diablo me da cosita. Ni al hombre ni a la mujer, encadenados debajo de la criatura, les parece molestar ser sumisos. La mujer tiene un ramo de uvas en la mano y el hombre una llama de fuego. Respiro profundo. "Mamá Teté", aclaro la garganta, "una vez me dijo que eta carta se puede interpretar como apegos dañinos que uno tiene con el mundo material y que no sirven a nuestro mayor bien".

"Bueno, espero que así sea. El Diablo me da un miedo del demonio fuera de chercha", dice Victory, mirando las cartas con ojos abiertos de par en par.

Me llaman la atención los grilletes y me pregunto si las cartas quieren decirme que soy una especie de prisionera. *Pero ¿de qué?*

Barajo de nuevo. *Por favor, Bruja Diosas, díganme qué lo qué y hablen claro* . . .

La carta de la Muerte cae sobre el interior de mi pierna.

"Mierda loca, eta carta tán fea pa la foto", dice Victory.

"¡Gracias, Doña Obvia!", gruño. Le pido disculpas con la mirada y vuelvo a enfocarme en la carta.

En la carta de la Muerte está representado un esqueleto con armadura completa sentao sobre un caballo blanco. Agarra una bandera negra con una flor blanca marchita.

"Ehhh, bueno, la Muerte puede significar mucha cosa, renacimiento, nuevos comienzos, literalmente muerte, pero lo que siento en esta flor es", respiro profundo, "nos caemos, pero nos levantamos de nuevo", digo con una sonrisa nerviosa. "Cuando está al revés así significa que un cambio es necesario, pero posiblemente lo estemos tratando de evitar lo cual nos lleva al caos". *Bruja Diosas, háblenme. Discúlpenme por estar tan de prisa esta mañana que no tuve tiempo pa comunicarme, pero ahora mismo necesito saber* . . .

Tus ideas sobre tu rol en el mundo tienen que cambiar. Tu don no siempre podrá protegerte en este plano físico.

Las palabras retumban dentro de mí como una campana suave.

"Tá bien, entonce lo que toy captando de eta lectura e que, según la carta de la Muerte hay algún tipo de cambio que debe llevarse a cabo. Eto tá conectao con alguien o algo tóxico a lo que yo podría estar apegá. Y habrá un gran cambio . . . para varias personas".

"¿Sabes qué? Yo toy bien. No necesito lectura hoy". Se ríe Victory nerviosamente. "Especialmente no de ese muchacho blanco".

De repente, nos espantan los fuertes golpes del viejo sistema de calefacción.

"Tate quieta, que tú tá burlá". Me río, poniéndome de pie. Desengancho mi cartera y me acerco al lavamanos. Justo encima del espejo está la cita de Julia De Burgos que he aprendido amar: "No dejes que la mano que te abrace te hunda". Pongo la cartera en el lavamanos, me miro la cara y me toco las orejas. Excepto la corona de trenzas cerca de mi frente, mi pajón me rodea la cara en todas direcciones llegando hasta medio pecho. Los días que me lo dejo suelto, sin trenzas, mis rizos son un escudo porque me tapan los implantes cocleares. Pero hoy, todas las partes externas de mis audífonos están visibles. No me siento avergonzada de tenerlos, sé que mis padres se fajaron pa conseguirmelos, pero a veces no quiero ser tratada como la jevita linda-inteligente-básicamente-sorda.

"Casi ha terminado el otoño, Yoyo. Ademá, ¿quién cambia de escuela en su último año? No tiene sentido que él eté aquí". Victory me ha hecho estas preguntas cuchumil veces en las últimas veinticuatro horas.

"Loca, apenas es el final de la temporada de Libra. Aún tenemos que pasar por dos signos completos pa llegar al final del otoño. No exageres". Me río.

Ella me ignora. "¿Viste cómo algunos se derriten por él? Bueno, si te gustan lo' tiguere callao y misterioso, pero no me convence el cuentito de que el pai lo quiere en una escuela con má 'diversidad'".

"Bueno . . ." Algunos de mis rizos se enredaron en el alambre que conecta el transmisor y procesador de mis audífonos. Los jalo. *¡Uuy!* Cuando termino, Victory vuelve a decírmelo.

"Nadie asiste a un colegio internado su vida entera pa cambiarse a una escuela pública en su último año".

Los tiempos tán fuerte ahora mismo. Personas negras y de color asesinadas o heridas por una persona racista o por la policía en el supermercado, un festival, en la iglesia, en el cine. Además, vi en CNN, que en lo que va de 2019, cada semana hubo al menos un tiroteo escolar. Entiendo perfectamente por qué sentimos que ya no podemos estar seguros en ningún lao. Entiendo. No se siente bien que nos metan un desconocido en nuestros espacios seguros sin previo aviso ni na. Toy con Victory en eta. Pero a veces, no la puedo dejar correr con sus ideas. Porque si a ella le da pa algo, despué me da a mí también. Eso me daría ansiedad y prefiero evitarlo. Al fin y al cabo, si nos convertimos en bolas tensas de ansiedad, ¿a quién le conviene? Además, es mi cumpleaños y prefiero no meterme en esa vaina.

"Tal vez su papá quiere guillarse de filántropo, no sé", digo. Victory me hace un chuipi y busca algo en su cartera.

"Tú sabe cómo vivo mi vida, Victory. Yo les doy oportunidad a todos hasta que me demuestren lo contrario. Y cuando demuestren que no se lo merecen, Mamá dice que por eso tenemos que agarrarnos de comunidad y espíritu, pa poder superarlo. También ¿recuerdas lo que la Sra. Obi nos enseñó de la justicia comunitaria el otro día? Si una persona quiere cambiar, tenemos que darle la oportunidad ¿veldá? Tal vez, él está aquí por malas razones o tal vez está tratando de hacer borrón y cuenta nueva. Vamos a darle chance por ahora". Cuando aprendimos de la justicia comunitaria, le di mucha mente a lo diferente que serían nuestras comunidades si la justicia se nos dejara a nosotros y no a los sistemas que intentan categorizarnos como "bueno" y "malo" en el momento que entramos a la escuela.

"Pero él no es parte de nuestra 'comunidad'". Victory pone la palabra comunidad entre comillas. "¿Tú piensas que *ellos* tienen espíritu, Yoyo?", susurra. Nos miramos con miedo dique de que nos estén espiando y entonces nos echamos a reír.

"No como nosotros, pero mielda, si llega a eso, por el bien de la humanidad, tú sabe, estaría dispuesta a incluir algunos de ellos". Me encojo.

Victory sacude la cabeza. "Juro que a veces tú no piensas. ¿Pa qué vamos a compartir la única cosa que no lograron quitarnos?", pregunta. Pero yo la conozco lo suficiente como pa saber que no quiere respuesta. Y creo que ni yo me la hubiese creído.

"Tienes razón, no diremo na", digo.

"Absolutamente nada, ¿ok?" Ella saca su nuevo brillo de Fenty y se lo aplica en el labio de abajo. "Loca, ete brillo ¡tá durísimo! Mira el aplicador", me dice pasándomelo como si yo nunca lo hubiese vito. Cuando extiendo la mano ella me lo arrebata. Le corto los ojos con una sonrisa grande.

"¿Sabe qué? Ya toy jarta de compartir contigo". Sigue metiendo la mano en su cartera. "¡Entonces ya no tendremos que compartir!" Victory saca una fundita de Sephora. La abrazo cuando me lo entrega: el nuevo set navideño de brillos de Fenty y un pequeño perfume. Hay una carta de cumpleaños también. Me le tiro encima y le doy un abrazo fuerte.

Abro el primer brillo, Fu$$y. Es un luminoso y perlado rosado claro, ¡durísimo! La brocha es lo suficientemente ancha para poder aplicar brillo en una sola pasada a labios grandes como los nuestros.

"Dique Riri sabiendo que nosotro se lo íbamo a comprar".

Victory me sonríe, sus ojos color avellana brillan en el espejo. Ella saca su teléfono y abre la cámara. Me pongo un poco más de brillo y poso tirándole un beso. Ella toma la foto y me abraza desde atrás. "Feliz cumpleaños. Y que sigas cumpliendo muchos, muchos más que no puedo vivir sin ti, Yoyo", dice. Empieza a llorar. "¡Tú eres mi mejor amigaaaaa del mundooooooo!", canta, limpiándose las lágrimas y aclarando la garganta.

"Mejor amigaaaa", le canto, "¡para siempre y por siempre!" Le doy otro abrazo. "Muchísimas gracias, Vi, de veldá". Sonrío.

Rápidamente recogemos todos nuestros féferes y abrimos la puerta del baño. Me asomo, mirando de izquierda a derecha antes de salir con el corazón a galope. No quiero que me agarren en mi cumpleaños. Como no veo nada, salimos del baño de puntillas.

◖

"CRC, señoritas", dice una voz pocos segundos después. No tengo que mirar pa saber que es el Sr. Leyva, el decano. Su voz e simpática hasta cuando te tá dando boche. Por eso la mayoría de los estudiantes, especialmente yo, lo respetan y lo aman. E uno de los pocos adultos que nos comprende.

Cuando nos volteamos, el Sr. Leyva sale por la puerta de la escalera. Mielda, qué tiguere. Se apoya contra la pared del pasillo con el pie izquierdo alzado, limpiándose las uñas con una de sus ciento una llaves. CRC significa conversación de resolución de conflictos, pero literalmente es detención. Victory ruega un poco, mintiendo y diciéndole que tábamos bregando con cuestiones femeninas. Normalmente, el Sr. L nos deja ir, pero hoy no tá en eso. En las manos tiene una carpeta color marrón claro que complementa su suéter blanquecino y su jean rojo. El Sr. Leyva tiene que tener por lo meno cincuenta y cinco año. Es más viejo que todos los maestros y hasta los directores, pero es la única persona que conozco que todavía le luce un jean rojo.

"Andaaa, Sr. L, yo no puedo ir a CRC", le digo mientras nos lleva a las escaleras que conducen abajo. "Soy líder del club Espacio Valiente y es legítimamente mi cumpleaños hoy, ¿de veldá tú me haría eso? Ni siquiera me dijite feliz cumple". Cuando escucha eso, relaja la cara.

"Feliz cumpleaños, Yoyo. Te deseo una vida muy, muy larga", dice. Asiento con agradecimiento. "Está bien, Yoyo, ¿quieres que te suelte? ¿Por qué no llevas a Ben Hill a hacer un tour rápido por el edificio . . ."

"Ah no, toy bien", respondo.

"¿Qué tú qué?"

"YO. ESTOY. BIEN".

"Srta. Álvarez, tú cómo que te tá pasando desde que hallaste la voz", empieza a decirme. El Sr. L vio mi subida. En el noveno grado, yo era dique tímida, pero peleaba o gritaba cuando me sentía ignorada o cuando los payasos intentaban burlarse de mis audífonos. "Escúchame, ya tú eres una muchacha de dieciséis años. No tengo tiempo pa discutir eta vaina contigo".

El año pasado, cuando mis sueños se volvieron muy vívidos, mi ansiedad empeoró mucho. Tuve este sueño recurrente que taba de camino de la escuela al tren, pero cuando me subía, el tren corría para siempre. No hacía paradas. Cuando intentaba hablar con otros pasajeros, no podían oírme ni verme. Después de la cuarta vez que tuve el sueño, empecé a caminar, pero entonces caminaba sin parar por calles vacías sin llegar a ninguna parte. Le dije al Sr. L que tenía la sensación de que algo raro me iba a pasar de camino a casa. Caminamos juntos al tren durante tres semanas, él, Victory, un grupo de estudiantes de primer año y yo.

"Toma una decisión: el tour o CRC. Tú decides. Y date rápido que tengo que buscar mi almuerzo y un chocolate caliente. Te traigo algo de la bodega también si quieres. Un regalito de cumpleaños".

La Secundaria Julia De Burgos comparte un edificio con dos escuelas y es fácil perderse cuando uno es nuevo. El tour no es oficial pero cada año el Sr. L se lo da a los estudiantes de primer año en la primera semana de escuela. Miro a Victory mientras bajamos las escaleras. Las llaves del Sr. Leyva hacen su propia canción tintineando en sus pantalones.

Hazlo, ella gesticula.

"¿Ahora mismo?", pregunto.

El Sr. L asiente con la cabeza. "Él debe estar en la cafetería".

☾

Abro las pesadas puertas de dos hojas de la cafetería y el caliente del agua hirviendo que usan para calentar el asqueroso almuerzo escolar inmediatamente me empaña los lentes. Me los quito y los estudiantes que antes podía ver clarito se vuelven un grumo de burdeos, mamey y negro: los colores de nuestra escuela. Un grupo de compañeros me saludan con la cabeza o una sonrisa. Les devuelvo los saludos y sigo hacia el fondo de la cafetería.

"¡Ey, Yolanda!" Siento un jalón en el brazo. Miro hacia arriba e inmediatamente se me revoltea el estómago. José tiene tres globos de cumpleaños y una funda de regalo en las manos. "Feliz cumpleaños", me dice.

"Gracias", respondo, mirando primero el brazo y luego a él, comunicándole con los ojos que debe soltarme. Independientemente de nuestro beso en el parque la semana pasada, José debe haberse vuelto completamente loco si piensa que tiene el maldito derecho de exigirme atención poniéndome las manos en público. Vuelvo y miro el brazo y su cara cuando veo que todavía no quita la mano. Esta vez, me aseguro de cortarle los ojos.

"Solo quise darte tu regalo y hablar", dice, soltándome. "Me sacate lo' pie". José está en su último año, tá buenísimo y es el capitán del equipo de baloncesto. Parece que todo el Bronx está orando por su éxito. En pocas palabras, en eta escuela, tá acostumbrao a conseguir lo que quiere. Tiene desde el año pasado, mi primer año, dándome muela. Aunque me gusta, no quiero ser otro trofeo más. Para complicar todo, hasta aquella noche de regreso a clases en septiembre, cuando se invitó a los padres, ninguno de los dos sabíamos que nuestras madres se conocían. Al parecer, su madre trabajó por un par de años en el supermercado donde mi madre trabaja como contadora.

"Oye, no . . ." Cuando miro a sus ojos suaves, las mariposas en mi estómago inmediatamente empiezan con lo suyo. Le hago un chuipi pa deshacerme de ellas. "No te saqué lo' pie. Simplemente estoy ocupada, José", le miento. Últimamente solo lo veo en el club de Espacio Valiente. Aparte de eso, tomo los caminos largos pa no toparme con él porque estas emociones me agobian. "Pero gracias por el regalo".

Él se abaja y me abraza. Tiene puesta la camiseta de baloncesto encima del uniforme y de repente siento el olor de su colonia.

"Tengo que hacer algo para el Sr. L. Podemos hablar ahorita", le digo quitándole los ojos antes de que la necesidad de besarlo se vuelva insoportable. Tal vez esto es lo que insinuaba la carta del Diablo. Pero no me siento asustada . . . siento que José verdaderamente me comprende. Y eso también da miedo, pero no el tipo de miedo que da el Diablo.

Me volteo hacia las mesas alineadas una contra otra en la

cafetería, pero no puedo ver dónde fue a parar Victory. Miro y miro y na. Respiro profundo, tengo que encontrarla primero, no voy a dar un tour con ete reguero 'e globo.

"¡Eyyyyyyyyyy!", escucho el grito. Doy la vuelta y ahí están todos mis amigos del club Espacio Valiente y la Sra. Obi con un bizcocho y una funda de regalo.

"¡Cumpleaños feliz, te deseamos a ti, cumpleaños, cumpleaños, cumpleaños feliz!", cantan y el resto de la cafetería se une. Mientras miro todas las caras que me rodean, el corazón se me crece en el pecho. Toda la gente que conozco y amo en esta escuela se alegran como si mi cumpleaños no fuera solo un cumple sino todo un evento. No dejo de sonreír. Victory está emocionada también y sé que no le fue nada fácil ocultar este secreto. Veo a José acercándose, dejando atrás a sus amigos. Cindy tá aplaudiendo durísimo y algunos estudiantes están chasqueando los dedos. Se unen algunos estudiantes que no conozco muy bien pero no puedo imaginar mi experiencia escolar sin ellos. Literalmente. Aunque no hagan nada por mí, per se, el hecho de que estén vivos y presentes le da un toque especial a nuestra escuela. Sus voces son tan fuertes que me duele la cabeza un poco, pero estoy bien con este volumen. Me encanta este tipo de sonido . . . el alboroto de las cosas buenas. Me siento tan especial y cada parte de mi cuerpo tiene su propio latido. La Sra. Obi se acerca con el pastel y prende las velas con un encendedor.

"Date rápido y pide un deseo antes que me despidan por usar fuego fuera de nuestra clase de ciencias", susurra con una sonrisa traviesa. Cierro los ojos.

Espero que este año me acerque más a la persona que nací para ser. Si me tengo que doblar, ojalá que nunca me rompa. Que yo siempre pueda recordar que todo es parte de mi formación.

Asoplo y abro los ojos. El Sr. L está al lado de la Sra. Obi aplaudiendo con todos los demás.

"Claro que supe que era tu cumpleaños, Srta. Libra sol, Aries luna y Gemini ascendente", dice el Sr. L, entregándome una pequeña funda de regalos que sé que no buscó en la bodega.

"No debiste hacerlo, Sr. L". Sonrío.

"Ábrelo cuando estés sola. No quiero que me vayan a acusar de tener favoritos de nuevo".

"Sí los tiene, soy yo". Me río y abrazo a Jay, que asiente con la cabeza. Se pintó los ojos con un delineador durísimo de color verde claro, sombra roja y puntos azul bebé debajo de las cejas.

"¡Se ve mortal!", digo.

Jay da un paso atrás y abre los brazos. "Pa celebrarte", dice.

Cuando todos aquellos que me iban a abrazar terminan, algunos se dispersan y quedan principalmente los del club. Pongo los globos y las fundas en el centro de una mesa cerca de Victory.

"Todavía tienes que hacer lo que te dije". El Sr. L me pica un ojo y toma el bizcocho de la Sra. Obi, quien tiene que irse a una reunión.

"Ve", dice Victory. "Empiezo a cortar el pastel".

Asiento y dejo a mis amigos para empezar a buscar a Ben en la cafetería.

OPORTUNIDADES

E l bléiser de Ben, perfectamente planchado y sin pelusas, me llama la atención antes que él. En serio, una vaina impecable. Pero no tengo ni idea por qué algunos piensan que él e dique un gustanini. Tal vez sea por el bléiser. Entiendo que e algo llamativo. Están de venta en el sitio web de uniformes, pero aquí nadie los compra. Sin embargo, le queda bien, así que muy bien por él.

Camino rápidamente hacia él, y unos estudiantes de primer año que no se acercaron antes, me felicitan cuando voy pasando. Les doy las gracias y la acumulación de voces llena mis audífonos de estática. Los he tenido casi toda la vida, pero mi doctor dice que mi cerebro no se acostumbra a tantos sonidos a la vez. Me sobo la oreja para aliviar un poco la tensión.

Ben está sentado en el borde de una mesa larga. Tiene los hombros tensos y demasiado cerca del cuello mientras lee con una mano debajo de la barbilla y las piernas estiradas debajo de la mesa. Le puedo ver la parte de arriba de la cabeza. El cabello está un chin puntiagudo, recién cortado, y me pregunto si fue a una peluquería para prepararse para venir a Julia De Burgos. Hay personas sentadas al otro lado de la mesa, pero Ben está solo.

Aislado, una voz que me corrige. A medida que me voy acercando, empiezo a sentir su soledad como un nudo debajo de la piel antes de formarse un moretón.

"Hola, Ben", le digo, sentándome frente a él.

Me mira primero con una frialdad que se convierte en tristeza después de un momento. "Hola", me responde e inmediatamente se sonrojan sus cachetes y sus orejas parecen arder. Sus ojos verdes vuelven al Kindle.

"¿Podemo salir un momentito?", pregunto.

Encoge los hombros, guarda el Kindle y me sigue. Sus pasos hacia las puertas son largos y, subiéndome la tirante de mi nueva Telfar, intento seguirle el ritmo. Todos nos miran y tengo que mirar al piso pa evitar la mirada de José mientras salimos.

Afuera de la cafetería, le cuento a Ben sobre el tour y él acepta con otra encogida de hombros. Sus ojos aturdidos y desinteresados se fijan en la entrada de la escuela. Le explico que compartimos el gimnasio, la cafetería, el auditorio y el patio con una escuela primaria particular que queda a la izquierda de la entrada principal. A la derecha empieza Julia De Burgos. El silencio nos zumba en los oídos mientras hacemos el tour del primer piso. Le señalo la biblioteca, el salón de informática, las oficinas, la oficina de primeros auxilios de salud mental y las aulas de matemática.

"Básicamente el primer piso tiene todo lo esencial para todos los grados además de la clase de matemática de cada grado. Como tú puedes ver, las aulas de matemática están separadas en estas dos alas del edificio". Extiendo los brazos desde el pasillo principal y señalo los otros dos. "En el lado izquierdo están las del noveno y décimo grado, y en lado derecho tienes grados once y . . ."

"Doce. Lo sé. No hace falta ser un genio". Se ríe. Lo miro rápidamente y observo cómo se frota la barbilla.

Doy la vuelta y le abro la puerta de la escalera pa que podamos subir al segundo piso, virando los ojos. Esto no lo hago por él, sino por mí, entonce él puede ser pesao si quiere. En el segundo piso, le señalo los baños y sigo hacia la primera ala a la izquierda.

"¿Quieres enseñarme tu programa y así te señalo tus aulas?", pregunto. Con mucho cuidado saca un papel doblado de su bolsillo. Sus manos están sudorosas cuando las toco por accidente. "Bueno, tienes a la Sra. Kaur para literatura y composición avanzada", digo, señalando su puerta. Él no mira, en cambio tiene los ojos clavados en mi cabello o implante coclear.

Respiro profundo. "Toda esta ala es para clases de inglés para todos los grados porque la escuela tiene un programa que nos permite elegir el tema de las clases de inglés, y además algunas son avanzadas. Es decir que las clases de inglés . . ."

"No se separan por grado", me interrumpe".

"Tá bien, Impaciente", digo, riéndome un chin a pesar de que quiero recordarle que soy yo la que tá dando el tour, pero de veldá ya quiero salir de eto. Él no se ríe ni sonríe y me pregunto si es porque es realmente grosero o si en veldá está tan triste como lo sentí en la cafetería. Camino hacia la siguiente ala.

"Ésta es el ala de escritura. Tú tienes al Sr. Miles". Acelero el paso mientras caminamos por un pasillo estrecho que nos lleva a la siguiente ala. Quise explicarle por qué la escuela tiene un curso adicional de escritura: porque el año pasado escribimos cartas a la administración pidiéndole una clase que fuera exclusivamente creativa y que nunca tuviera nada que ver con preparación para exámenes. Pero ahora, solo quiero terminar con este tour. "Ala de Ciencias. Para química, tienes a la Sra. Obi. De hecho, yo también estoy en esa clase", le digo, esperando que deje esa vaina ya que tendrá que verme todos los días.

"Ah, escuché que diriges el club Espacio Valiente. ¿Esta maestra es guerrera de justicia social como tú?", dice, mirando el cartel plastificado de una cita de Audre Lorde. De nuevo sus ojos se llenan de frialdad mientras lee el cartel. Dice que con las herramientas que las personas oprimidas encuentran en la casa del amo nunca destruirán su casa. Aunque las personas oprimidas piensen que tán cambiando las cosas con esas herramientas, al fin y al cabo, no habrá ningún cambio.

"¿Cómo así?" He escuchado el término antes en uno de esos videos estúpidos que los *trolls* suben a YouTube y algunos memes que Victory me enseñó. Además, que uno de los últimos tiradores dejó un manifiesto hablando mucho de los "guerreros de la justicia social".

"Olvídalo", se ríe, "nada". Respiro profundo y aunque estoy quillá cierro los ojos por un momento. *Guíenme, cuídenme,* ruego.

"Bueno, me imagino que entiendes todas las razones por las que decir algo así es violento", digo. Las palabras me salen de la garganta y escapan de mis labios sin haberlas pensado. Lo miro y juro que ahora me tá mirando con ojos de cordero degollao . . . ¡¿*qué*?! Respiro profundo y frunzo los labios.

"¿De qué escuela vienes, Ben?", pregunto, cruzando los brazos.

"Butler Prep", responde. Debo haber perdido la mirada dura porque rápidamente agrega, "Es un internado en Connecticut".

"Entonce esto es un cambio ¿eh?" Bajo los brazos pensando que tal vez él está pasando por un día duro y quiere desahogarse. Camino hacia la escalera que conduce al último piso esperando su respuesta.

"No he visto mucho, pero tampoco creo que falta mucho por ver". El mira los pasillos como si estuviera perdido, fuera de su zona de confort. "Pero te puedo decir que son mundos distintos". Me mira. "Al menos para mí. Sé que soy diferente y que tengo mucho privilegio en comparación con las personas aquí en el sur del Bronx".

"Bueno, puedo imaginar que es diferente para ti. Y sí, por lo menos reconoces el privilegio que tienes aquí", respondo. En el tercer piso, le señalo las aulas para las materias electivas: dibujo y cerámica, preparación para la universidad, preparación para la vida y actuación. Tenemos una gran variedad de electivas en comparación con otras escuelas públicas del Bronx, pero de repente me siento avergonzada por habérselo mencionado cuando Ben debe haber tenido docenas de opciones electivas en su otra escuela.

Una vez acompañé a Victory en una visita a una escuela privada. Su abuela estaba dispuesta a pagar la matrícula restante si la becaban. El campus era enorme, dique una pequeña ciudad. Contaban con to tipo de aulas y equipamientos. En el tour, contamos cinco estudiantes negros o de color, y cuando nos veían era obvio que les hubiera entusiasmado que Victory se inscribiera.

"¿Por qué el cambio de escuelas?", pregunto.

"Bueno, hay dos versiones. La mía y la de mi padre".

Me da una sensación enigmática. Recuerdo las preguntas de Victory. Entrecierro los ojos con la duda, pero inmediatamente cambio a una sonrisa falsa ya que esa no son cuestione mía.

"La verdad está en algún punto intermedio", Ben me lee. "Mi opinión sobre parte del asunto es que mi papá es un imbécil. Quiere ganarse la confianza de comunidades como esta para ganar el escaño".

Tato, entonce tá plenamente consciente de que sabemos quiénes son él y su padre. Miro sus dedos, se arrancó las cutículas a la fuerza y sangre seca cubre las pequeñas heridas. Por aquí, nosotros no sacamos al sol los trapitos de nuestros padres, yo nunca hablaría de lo' mío con gente que no conozco. Quiero que esta conversación se acabe, pero ahora mismo. Mi corazón late a galope como si supiera algo que yo no sé. Siento un cólico en la pelvis. Tiene que tar por llegarme la menstruación.

"Bueno, ya terminamos", murmuro. "Si necesitas algo me dejas saber". Ben asiente y yo me volteo hacia la puerta. Mirando hacia atrá veo que se quedó estudiando otros carteles en las paredes. Yo sé que solo tá estudiando este lugar, mi lugar, el lugar de mi gente, lo que ha florecido de nuestras mentes y deseos, pero algo en mi se quilla. Mamá Teté me llega a la mente: "Nuestros poderes existen pa que podamos preservar nuestra fuerza y recuperar y proteger lo nuestro". Tomo una respiración profunda. Quiero que Mamá Teté y las Bruja Diosas estén orgullosas de mí. Quiero que mi gente esté bien más de lo que temo incomodarme por cualquier mortal.

"Ey, Ben", digo. Él gira sobre los talones con las manos detrá de la espalda y todo el cuerpo volteado hacia mí. Sus ojos son inquietantes, perdidos en algún lugar entre una profunda miseria, la que sentí antes, y la ira. Me siento demasiado expuesta. Se me olvida por qué lo llamé.

Mueve su mirada de mis ojos a mi cabeza de nuevo y habla

como si hubiese sido él que me llamó: "Hoy es tu cumpleaños, ¿verdad?"

"Sí", respondo.

"Bueno, felicidades. Y perdóname por lo que dije antes. No lo dije en serio", me dice con una sonrisa torpe. Asiento y las palabras que le iba a decir me llegan de nuevo a la mente.

"Óyeme, Ben, esta no es la escuela más popi", le doy un jalón al tirante de mi Telfar, "pero bienvenido a Julia De Burgos. Es todo lo que tenemos algunos, y de veldá, a muchos nos gusta aquí. Espero que a ti también".

3

LA SANGRE JALA

Me despierta la humedad debajo de las sábanas. Son las seis de la mañana y el sol no ha salido completamente, pero se cuela entre las nubes lo suficiente pa yo poder ver el arte de rebeldía cuando levanto las sábanas. Otra vez, un rojo violeta se me escapó y penetró los hilos blancos. Se parece a una obra de arte que vi en el MoMa. Mamá Teté se va quillar conmigo, pero encontrará propósito en el oficio de limpiar las manchas. Sonrío en la oscuridad de la mañana y me sobo la barriga. Está caliente y redondita. No me preocupo porque la sangre e el elemento má natural de mí. No me gusta el dolor que acompaña a los cólicos, pero tener la menstruación, por lo general, se siente como una celebración de mi humanidad.

Mamá Teté no estará de acuerdo. Ya no e mi cumpleaños, así e que no hay má ñoñería, ademá que ella no me lo hubiese tolerao ni en mi cumple. Entra a mi habitación de golpe, ya alerta a la situación. Me arranca las sábanas antes de poder hablar.

"¡Eres una haragana!", leo los labios de Mamá Teté. Su pajón crespo está cubierto con un gorro de satén morado con estampado de leopardo. "¡¿Por qué no usas tu calendario para saber cuándo te baja?! ¡¿Por qué no prestas atención cuando empiezas a manchar?!" Me lo pregunta cada mes, entonce aprendí hace tiempo que es mejor no responder porque ella no busca respuesta. Está esperando que yo cambie.

Mamá Teté quita las sábanas de la cama y no tengo más remedio que levantarme. Las envuelve en una bola debajo de los brazos y se va a la cocina. En menos de quince segundos se volverá cómplice de mi rebeldía. Mezclará un poco de cloro, bicarbonato y agua en una cubeta, orando mientras lo remueve. Es tan serio como si estuviera haciendo un hechizo. *Bruja Diosas, que el blanco de estas sábanas no se manche*, estará rezando mientras las hunde en el fondo de la cubeta con manos enguantadas. Está cansada de comprarme estas sábanas blancas que insisto en tener. Las sábanas blancas representan cuenta nueva para mí. Me gusta despertar cada mañana sabiendo que puedo empezar de nuevo.

Mamá Teté me lo aguanta porque, fuera de esto, soy responsable con todo lo demá. Soy buena estudiante, una hija respetuosa y, sobre todo, soy su única nieta y la más vieja de sus nietos. Ella esperó mi llegada desde que su único hijo, mi padre, le dejó claro que no estaba interesado en la voz y el poder de los seres divinos y, en cambio, andaba detrás de las mujeres y lo' cualto. Todos nacen con su conexión, pero e importante mantenerla, cultivarla. Papi, como la mayoría de la gente, optó por no hacerlo.

Me siento en la cama desnuda y busco las cartas de tarot en mi mesita de noche. Es parte de mi rutina leer una carta cada mañana desde que Mamá me las dio. Antes de eso, me sentaba enfrente de mi altar y meditaba. Leer las cartas se siente como una meditación activa.

"Espíritu habló claro, estabas lista para las cartas", leo los labios de Mamá cuando entra a mi habitación de nuevo. Ella les quita las fundas a mis cuatro almohadas mientras yo acotejo las cartas en la cama. "Mi bisabuela me las dio y su bisabuela se las legó a ella. Estas cartas se han heredado por siglos", me lo dice como si yo no conociera esta historia. "Tu tátara-tátara-tátara-tátara abuela trabajó para una criolla, una mujer blanca que nació en la isla después de la llegada de sus padres españoles. La española las encontró debajo de la cama de su hija adolescente y ¿pa qué fue eso? La' agarró con un paño blanco y ordenó a una de sus sirvientas negras que la' quemaran porque ese era un hogar cristiano. Resulta y acontece que la hija nunca le dijo quién le dio las cartas. Pero fue nuestro ancestro quien las guardó debajo de su falda y, en cambio, quemó un libro que ya había leído docenas de veces". Miro a Mamá lentamente. Solo quiero leer mis cartas y seguir con mi día.

"Te vuelvo a contar esa historia pa que recuerdes que ¡tú puedes ser más responsable con tu cuerpo, Yoyo! Si Espíritu dijo que estás lista pa las cartas, carajo, ¡entonce estás lista pa pararte de ese culo y ponerte una toalla sanitaria en vez de manchar estas sábanas cada mes! ¡Tu iniciación está a punto de empezar, deberías estar mejor preparada!"

"Si, Mamá", digo. Ella se va otra vez y vuelvo a mis cartas.

Gracias, Bruja Diosas, Ángeles de la Guarda, Ancestros de buen corazón, Misterios, Universo y todo lo que es más sabio y más grande que los humanos, por otro día de vida más en este cuerpo y por los mensajes que entregarán. Empiezo mis oraciones todos los días con estas palabras mientras toco las cartas. Bruja Diosas es un término general que inventé a los cinco años. Se supone que abarca a todos los que nombro en mi oración hasta que mi Misterio me escoja. La Bruja Diosa (Misterio) de Mamá es Culebra. Mi Misterio aún no me ha escogido, entonces aquí estoy todavía usando un término que para otros creyentes puede parecer infantil, pero se siente bien para mí.

Respiro profundo y barajo. Papi me enseñó a barajar cuando yo era chiquita. Me llevaba a trabajar en la agencia de vehículos. Ir a trabajar con él era como asistir a otro tipo de escuela. Papi agarró y me enseñó de to, desde taladrar hasta arreglar goma. Afirmaba que cuanto más supiera una carajita, menos mierda tenía que aceptar del mundo. Me sale el Diez de Bastos. En esta carta está representada una persona cogiendo lucha con diez palos al hombro.

Me levanto solo porque tengo que volver a bañarme ya que la sangre me manchó el interior de las piernas. ¿Por qué menstruamos? Entiendo la biología, pero ¿cuándo decidieron las Bruja Diosas que los que naciéramos con este cuerpo tuviéramos que cargar con el peso de esperar que nos baje un óvulo sin fertilizar? La peor parte es que el cuerpo se siente triste a la hora de soltar ese óvulo. Como si hubiese perdido su única oportunidad de tener un bebé. Soy joven pero mi cuerpo no lo sabe. Me siento pesá y a veces hasta deprimida dándole mucha mente a las cosas como el divorcio de mis padres y lo que Papi tá pasando en la cárcel. A veces estoy viendo una serie y la má mínima cosa sucede y ¡PAM! toy llorando. Intento recordarlo cuando siento los cambios en mi estado de ánimo durante este tiempo.

En el baño miro del lavamanos al espejo. Tengo que empinarme pa ver el reflejo completo de mi cara. La luz que emana de las velas eléctricas colocadas en cada lado del lavamanos me aluza los ojos y proyecta sombras en mi cuello. Uso un viejo cepillo de diente pa formar espirales con mis *baby hairs*, me cepillo las cejas gruesas y me pongo los implantes. Cuando era bebé, recuerdo que no me gustaba quitármelos. Se sentía casi mágico tener un

aparato que me diera má audición. Pero a más o menos los cinco
años, cuando Mami y Papi empezaron a pelear, empecé a quitármelos para no oír. Cierro el botiquín y finalmente me los pongo
detrás de las orejas. De repente, no tengo solo ruido blanco en la
cabeza, sino el *gluglú* de la gotera de la llave del baño, el chillido
distante del tren uno llegando a la 225 y el *si-siseo* de las chancletas
de Mamá Teté contra el piso de la cocina.

Me froto los ojos hinchados de sueño. Bostezo y abro los ojos
para mirar mi reflejo. Tengo la nariz ancha como la de mi abuela
y me siento orgullosa porque ella me la legó. Ella dice que e
herencia de nuestros ancestros que nunca nos deja olvidar que
hoy somos porque ayer ellos existieron. Mis labios son gruesos y
llenos como los de Mami y cuando sonrío se abren pa mostrar
todos mis dientes. Dos dientes de abajo tán saliendo torcidos y
Papi me recomendó que me pusiera *braces*, pero estaré bien.
Mamá Teté dice que vengo de un linaje de mujeres fuertes y hermosas y eso lo puedo ver en este espejo. Pero créeme, a veces
quisiera ser invisible.

La primera vez que me llegó la menstruación, Mami me dijo
que ahora había un poder en mí que le toca a todos los que nacen
con este cuerpo. Ella dijo que me entró muy fuerte y que tenía
que tener mucho cuidado. Me advirtió que tenía que pensar dos
veces qué ropa usaba y cómo me sentaba. Tenía nueve años y
Mamá ya me había sacado lo mujerista, así es que le dije que el
cuerpo mío no iba a ser jaula. Pero en la escuela intermedia
empecé a entender lo que ella me quiso decir.

A veces, la gente en la calle, mis compañeros de clase y hasta
maestros me miraban la cara o el cuerpo por demasiado tiempo.
Por Mamá supe que iba más allá de lo que Mami pensaba. Si les
hablaba a las personas que me miraban en esos momentos,

descubrí que podía obtener lo que quisiera. Se sentía como manipulación hasta que usé el poder para controlar a un primo lejano en la República Dominicana que yo sabía que le gustaba manosear a jovencitas como yo. Le entré a la mente por los ojos y aún tengo suficiente control sobré él pa obligarlo a luchar contra sus impulsos de tocar cuerpos ajenos sin permiso. Tengo ganas de hacer lo mismo con todos los hombres que me miran a mí o a otras personas con ojos maliciosos o brutales, especialmente en aquellos días que caminar pa donde sea se siente como el infierno en la tierra. Pero Mamá Teté dice que controlar a demasiadas personas tiene secuela espiritual. Ella me recuerda que soy demasiado joven pa cargar con to eso.

En la ducha, miro cómo me baja la sangre por el cuerpo, la bañera y el desagüe. El cuerpo humano e algo tan bello y raro. Me pregunto cuándo elegí este cuerpo. Estos cuerpos son tan poderosos. Cuando lo olvido y me quejo de tener el período, Victory me dice: "¿Cuál es tu problema con ser uno de los animales más duros y salvajes? Fuimos elegidas pa esto".

Pero la mayoría de las veces duele muchísimo, tanto que pienso que es una crueldad que a las personas menstruantes no se les dé descanso de la escuela, el trabajo o la vida. Tengo que aferrarme a este poder incluso cuando se siente como mentira pa poder sobrevivir los primeros días insoportables.

Salgo del baño, me seco y me pongo el uniforme: una camisa burdeos con letras naranja que dicen Julia De Burgos en la parte superior izquierda, Levi's negros de cadera alta y pierna recta con unos Yeezy 500s negros.

"¡Yolanda Nuelis!", grita Mamá Teté. Siempre usa mi segundo nombre cuando quiere darle énfasis a su voz. Me roció el perfume de Kimberly New York Diaspora que Mami me regaló pa mi cumple. Mamá seguramente encontró una mancha terca que no tá por quitarse de las fibras de las sábanas. Duermo en la casa de Mamá Teté desde que tengo memoria. Hago todo lo posible pa estar aquí de martes a viernes, pero casi siempre termino quedándome la semana entera. Se me tá poniendo vieja y este se siente más como mi hogar que cualquier otro lugar. Además de que soy su única nieta hembra. Dice que toda su sabiduría y sus tradiciones no morirán con ella porque se está asegurando de pasármelas a mí. No le pregunto por qué no les enseña a mis hermanitos, Noriel y Nordonis, porque sé que solo responderá: "La magia solo se ofrece a quien la quiere".

Cuando entro a la cocina, me mira, "¡¿Tú te lo puedes creer?!" Tiene la cubeta a su izquierda en la meseta y las sábanas en la mano derecha. "De verdad, yo no puedo creer que tú eres tan vaga con esta COSITA. Lo ÚNICO a lo que te puedes adelantar", me repite. Miro a mis tenis. Le quiero decir que esta "cosita" me recuerda que soy una simple mortal que también comete errores. Quiero admitir que mis sueños son demasiado profundos y que no me gusta interrumpirlos levantándome en la madrugada.

Pero en la última semana mis sueños han vuelto a ser pesadillas como las del año pasado: encuentro objetos que no quería encontrar, como bates de béisbol, sogas y machetes. A veces hasta siento estar despierta en ellos. Puedo volar alrededor del mundo entero. Hoy, tengo tantas ganas de contarle mis sueños porque ella siempre los entiende. Pero ahora tiene sudor en la frente y sé que le jodí la rutina, así es que en vez de hacerlo digo, "Ción, Mamá".

"Que todo lo bueno te bendiga", responde. Cojo un guineo y una fundita llena de uvas de la nevera y lleno mi botella de agua ante de salir del apartamento pa ir a la escuela.

"No te olvides, ¡hoy tenemos una lectura!", vocea Mamá, mirándome mientras espero al lado del elevador.

Asiento con una sonrisa.

Paso mi MetroCard verde neón y me subo al Bx1, calle arriba de la vivienda pública que Mamá Teté llama hogar. Es dónde creció mi papá. Él le pidió un montón de veces que se mudara, pero ella se niega, dice que dejó a San Pedro de Macorís pa crear un hogar y ya lo hizo en el piso veintitrés de este edificio. Es gris y tiene treinta pisos; hay por lo menos trescientas familias entre sus paredes. El edificio se construyó en los años 70, pero la ciudad le presta tan poca atención que más bien podría tener un siglo. A Mamá no le importa el olor a orina de dieciséis días ni las constantes patrullas de policía subiendo y bajando las escaleras porque aquí tenemos comunidad. La mayoría de sus clientes viven allí y nunca tenemos que preocuparnos de que nada ni nadie nos moleste porque todos nos conocemos.

La guagua es conveniente pero el camino está lleno de hoyos y por eso siempre intento asegurar un asiento. He perdido la cuenta de las veces que se han pegao a mí "por accidente" en una guagua llena de gente. Cuando me llegó la menstruación por primera vez, lloré y rogué por la inyección que el pediatra había mencionado, la cual podría quitármela por unos años. Mamá Teté aconsejó a Papi y Mami que no me lo dieran porque la madre naturaleza siempre sabe cuándo el cuerpo tá listo. Así es que aquí estoy, con un cuerpo que, a los dieciséis años y desde que tenía once, a veces siento que debería pertenecer a una persona mucho mayor.

Camino derechito a mi clase cuando llego a Julia De Burgos. Nuestros casilleros fueron sellados y considerados sin uso al final del año escolar pasado cuando los tiroteos escolares llegaron a un máximo histórico en los Estados Unidos. Muchachos de todo el país se habían vuelto locos y de algún modo decidieron consecutivamente que traer armas a la escuela durante un colapso mental era buena idea. Esa vaina no pasa aquí en el barrio porque tenemos padres que nos entran a galleta por responderles cualquier cosa. Pero las reglas de los suburbios llegan hasta a estos lados cuando le conviene a aquellos en el poder, como el Departamento de Educación. El club Espacio Valiente organizó una manifestación para recuperar el uso de los casilleros y, a partir de este año escolar, se nos permitió usarlos otra vez. Pero está mañana no tengo tiempo pa pararme en el mío.

Hoy, mi primera clase es Educación Física. El Sr. Jorel me mira y señala los potes de agua con la cabeza. Sé que me está diciendo que lo ayude a llenarlos. El resto de la clase está corriendo una milla en el gimnasio para calentarse. Mis compañeros de clase ya no se burlan de mí. Todos saben. Si corro, con o sin la menstruación, me dolerá la espalda el día entero por el tamaño de mis tetas. Tendría que irme a casa temprano para acomodarme sobre almohadillas eléctricas y sumergirme en uno de los baños de Mamá Teté. Tengo una carta del médico y de to, entonce solo me toca hacer ejercicios estacionarios, llenar los potes de agua y ayudar al Sr. Jorel a llevar los uniformes a la tintorería los viernes por las noches. Recojo las cajas de potes vacíos y salgo hacia las fuentes de agua. El olor a pino me da en los vellos de la nariz y sé que uno de los conserjes, la Sra. Elvira o el Sr. Roan, acaba de pasar.

Los pasillos siempre tán *full* de gente, de muchachos que no quieren ir a clase, pero hoy no hay nadie. Algo cambió. Es difícil de creer que toda la población estudiantil decidiera empezar la semana con buen pie. Algo tá raro. El chirrido de los tenis de baloncesto del Sr. Leyva contra el piso anuncia su llegada. En sus manos están las carpetas gruesas que siempre lleva y muchos cordones de pases.

"Álvarez, ¿qué tú hace fuera de clase?", pregunta.

"Llenando estas botellas". Le muestro la caja.

"Bueno, hagámolo rápido", dice, reduciendo la velocidad de sus pasos. Detrás de él, dos hombres blancos altos caminan con nuestra directora, la Sra. Steinberg. Me pongo los lentes. Un hombre con una cámara de video montada en el hombro derecho y una mujer joven con una cámara colgada en el cuello corren detrás de ellos al gimnasio. Viro los ojos, asegurándome que el Sr. L no me vea. "¿Quién e ese con la Sra. Steinberg?", pregunto.

"El Sr. Hill, el que se está postulando en 2020 para representante del duodécimo distrito del congreso de Nueva York", dice el Sr. L.

"¿Te refieres al papá de Ben?", pregunto. Me volteo antes que me vea virar los ojos de nuevo. El Sr. L asiente.

Sacudo la cabeza y vuelvo a enfocarme en llenar los potes.

"¿Cómo te fue en el tour con Ben?", me interroga.

"¿Sinceramente?" respondo. El Sr. L asiente. "Bien. El tiguere no quiere tar aquí, Sr. L. Y se nota".

El Sr. L suspira. "Viene de un mundo muy diferente, Yoyo, dale chance. O sea, el Bronx no es muy acogedor a primera vista".

Dejo de presionar el botón que expulsa el agua y sacudo la cabeza. A veces no entiendo a los adultos. O sea, de veldá ¿eso fue lo mejor que se le ocurrió? "Señor L". Aclaro la garganta. "*Sí estamos* poniendo de nuestra parte. La mayoría de nosotros nunca tuvimos un muchacho blanco en nuestra escuela, ni mucho menos uno que venga de dinero . . . y poder. ¡Su papá se está postulando para un escaño político! Y ahora nos está usando como peones, mostrándonos en la televisión ¿como si nos estuviera haciendo un favor?" El Sr. L abre la boca, pero yo levanto la mano.

"No lo estoy juzgando ni a él ni a su padre. Creo que todos merecen el beneficio de la duda. Pero Ben no fue tan agradable ayer, no. Sinceramente no lo fue y no voy a tapar el sol con un dedo como dice Mamá". El Sr. L se ve confundido con la expresión, aunque ha estado aprendiendo español. "No voy a intentar tapar el sol con un dedo, e decir, no voy a ignorar a mis instintos: fue pesao porque tá triste, tato, pero eso no es excusa. ¿Y despué intentó ponerme otra cara? Que deje de jugar juegos mentales conmigo, palomo".

El Sr. L suelta una risita y se toca la barbilla. "Oye, Yoyo, me alegra ver que sepas cómo identificar cuando alguien no está dando lo mejor de sí. Pero tengo el presentimiento de que tendrás que tomarlo bajo tu protección".

"Anh-anh. ¿Qué tú quiere decir con eso?"

"Eres uno de los líderes estudiantiles de esta escuela, Yoyo. Tú sabes lo que conlleva eso", me dice alejándose. Me quedo callá. *¿Por qué yo?* Pero antes de poder preguntárselo desaparece de mi vista.

CLARIVIDENCIA

Los pasillos de Julia De Burgos son estrechos y largos. Como si eso fuera poco, somos 352 personas en esta escuelita. Se fundó hace solo cuatro años y la Dra. Steinberg nunca nos deja olvidar lo dichosos que somos por poder estar en una escuela pequeña en el Bronx. Pero siempre estamos apechurrao como sardinas. A toditos nos toma de cuatro a cinco minutos poder llegar hasta la próxima clase. A veces la falta de ventilación es casi insoportable.

Respiro hondo y recuerdo que todas las energías que intuyo no son mías. En las paredes hay muchos carteles de distintos clubes escolares, pero los de Espacio Valiente son los más estéticos. Victory los diseña y le da un toque limpio, estilo Solange. Mi favorito tiene un fondo marrón claro y un círculo gris oscuro en el medio. Las letras están en un rojo cálido y la fuente es simple pero moderna. Sé que le tomó varias horas. *¿Te preocupas por tu comunidad? Únete al club Espacio Valiente. Manos a la obra.* Los carteles siempre urgen a los estudiantes a sumarse y procesar la realidad social en la que nos encontramos.

La escuela es ... escuela. Por lo general, todos hacen su

papel. La mayoría de nosotros venimos de escuelas intermedias que tenían pocos clubes, equipos y programas, si acaso los tenían, entonce este lugar se siente especial a pesar de su tamaño y de no ser el lugar de donde vino Ben. En general, todos me conocen porque dirijo el club Espacio Valiente y porque entré con potencia el año pasado, dándole boche a quien sea si se metían con mis implantes. Honestamente, aparte de Victory, tengo que ponerme una fachada para proteger mi conexión con las Bruja Diosas. Mamá dice que no hay de otra cuando te abres a los Misterios. Pero Victory e de la' mía. La conozco desde siempre y ella sabe la verdad: Mamá Teté y yo preservamo y cultivamo nuestra conexión con los Misterios alias Bruja Diosas. Sus rizos la anuncian a algunos metros de distancia antes de poder verle la cara, y como siempre, cuando Victory me mira a los ojos, de una vez siento que alguien me ve por completo y no solo las partes que muestro.

Ella levanta la ceja izquierda volteándose a mirar a Ben, a quien ahora veo directamente detrás de ella, sus penetrantes ojos verdes parecen desconcertados al ver los pasillos tan llenos de gente. *¿Qué lo qué con él?*, me preguntan los ojos de Victory. Encojo los hombros. De veldá que no tengo idea. Me apretujo en el ala de la clase de historia estadounidense del Sr. Ruiz.

Es una clase sobre la historia estadounidense pero el aula tiene banderas de todos los países latinoamericanos y una verde, negra y roja con una pantera negra en el centro. El Sr. Ruiz tiene puesto un suéter de cuello alto marrón desabrochado hasta el pecho y debajo una camisa de cuadros rojos y blancos. Su cabello está recortado en los lados y los rizos suaves en la parte de arriba están mojados y brillosos con gel. Secretamente, pila 'e gente tá enamorada de él. El primer día nos dijo que nació en Queens y se crio en Ecuador cuando deportaron a su madre.

Luego volvió a Queens para la secundaria y vivió con su padre colombiano.

Cuando todos están acomodados en sus asientos, el Sr. Ruiz dice, "Buen día, mi gente, creadores, doctores, activistas, animadores, escritores, investigadores, artistas, ingenieros y personas inteligentes. Este caballero, Ben Hill, es un nuevo miembro de nuestra comunidad. Por favor ubíquenlo si lo ven perdido". Todos se ríen. Me alegro. Ayer fue incómodo. Cuando entraba por primera vez en otras aulas y partes de la escuela, la gente parecía contraerse. Como si el espacio a nuestro alrededor no fuera nuestro. "Tranquilo, Sr. Hill, tamo a la orden. Preséntate si quieres". El Sr. Ruiz levanta el puño, una señal que se usa en toda la escuela y nos recuerda centrar nuestro poder. Los que estaban hablando bajan la voz inmediatamente, algo que casi nunca sucede.

Ben se para. "No sé", empieza, "soy Ben". La forma en que se encoge lo hace parecer más bajo que en el pasillo. "Sé muy poco de las cosas por acá", sonríe nerviosamente, su voz temblando un chin, "así que probablemente necesitaré su ayuda como infirió el Sr. Ruiz". Con eso se para derecho con el pecho elevado. Su chaqueta se abre un poco para revelar la camisa del uniforme de color burdeos. Lucho para no virar los ojos. Ayer no agradeció mi ayuda durante el tour y ¿ahora tal vez lo necesite? Poor favooor. Veo que en el aula todos aún guardan silencio. Todos miran hacia adelante, pero sin verlo. Sacudo el cuerpo un chin en mi asiento, tratando de quitarme de encima lo que sea que me tá pasando, esta sensación repentina que ete tipo provoca en mí. En veldá no es propio de mí no darle oportunidad a la gente. Pero lo hice ayer, ¿no?

"¿Qué tú hace depué de la escuela?", Jay rompe el silencio incómodo desde el fondo del aula. El Sr. Ruiz le indica que se 'té quieto. Una línea de delineador en color naranja neón corre debajo de las cejas de Jay y tiene su camiseta de baloncesto tirada sobre el hombro derecho.

"Juego muchos videojuegos . . . ahora mismo . . . Fortnite".

"¿Tu nombre de usuario?"

"Ey, agrégame, MaskofDagoat183rd", dice otra voz.

"El mío es Jibara174. Me voy a conectar a las 5", dice Cindy.

Ben sonríe y se sonroja. Veo como sus ojos examinan el aula con su curiosidad colocada en la frente. Sacudo los hombros. Pudiera estar curioso, haciéndose el nuevo, ¿veldá? No, no. Habló claro. Y es veldá ese poema que leímos de Maya Angelou, el que dice que la primera vez que alguien te muestre quién es, que se lo crea. Aun así, me pregunto cómo sería ir a cualquier lugar y ser el "único". A veces me siento así cuando Mami me lleva *upstate* a cenas elegantes pa mi cumpleaños, pero por lo menos me siento segura cuando la tengo cerca. Escuché que las personas negras y de color somos minoría, especialmente ahora que estamos pensando en la universidad. Dique becas pa estudiantes de color por aquí y por allá. Supongo que yo nunca estuve lo suficientemente lejos de casa como para ver esa realidad. Casi siempre hay gente blanca en las pantallas y los libros, pero nunca tantos directamente frente a mí.

"Está bien", dice el Sr. Ruiz. "Regresemos a volumen cero, señores. Ben, puedes sentarte en el escritorio vacío detrás de Yolanda". Los escritorios están en filas frente al escritorio del Sr. Ruiz y la pizarra porque ayer tuvimos un examen.

"¡Oh! Hola, Yolanda", dice Ben. Él se acerca y me lanza una sonrisita, saludándome dique como si fuéramos panas desde hace mucho tiempo.

Por la ventana miro los carros que pasan zumbando. Un Lincoln Town Car negro, un BMW X5, un Toyota Camry. Mi padre trabajó en una agencia de carros que también era taller así e que conozco la mayoría de las marcas y tipos de carros. Algún día, cuando yo tenga dinero, me gustaría tener un Tesla. Leí que es mejor para el medio ambiente y acaban de presentar una opción menos cara para personas que no pueden pagar cuchumil dólares. No vemos muchos por aquí, pero una vez, cuando tenía nueve años, Papi me llevó de viaje en una camioneta que iba a dejar donde íbamos. Ni siquiera recuerdo a qué estado fuimos, pero hacía mucho calor. Íbamos a recoger un Tesla para traerlo a Nueva York y venderlo con ganancia. Papi solo me llevaba a mí en estos viajes, nunca a mis hermanitos ni a su mujer. A veces dejaba que me sentara alante. Él conducía por horas y yo dormía, leía o comía lo que comprábamos en los *drive-thru*. Cuando me despertaba de mis pavitas, Papi siempre me preguntaba sobre mis sueños. Lo extraño todos los días. Creo que por eso bajé la guardia con el Sr. L el año pasado, a él también le interesaban mis sueños.

Yo siempre sé cuándo alguien me está mirando. Es como si la piel no estuviera muerta, solo observando como un árbol sabio. Lo siento quemando mis hojas y un calor y una debilidad en la espalda. Miro pa atrás y ahí está: los ojos verdes se encuentran con los míos. Sonríe y su boca se mueve más pa un lado de la cara que pal otro y lo hace ver amigable. Tal vez toy tripiando. Le devuelvo la sonrisa. Ben es una presencia nueva, las cartas podrían equivocarse, mielda . . . en realidad el problema pudiera ser yo. Comienzan los cólicos y respiro profundamente. Acomodo la cadera en mi asiento.

"Hoy vamos a practicar las discusiones académicas. Todos

ustedes son excelentes habladores. Hablan de quién se metió con quién y quién está detrás de tal cosa", dice el Sr. Ruiz. Todos se ríen porque saben que e veldá . "Pero lo que nos está dando lucha es tener una conversación sobre los temas que estamos aprendiendo en clase. Basado en la lectura que tuvieron como tarea, vamos a practicar entre todos por media hora. Es una nueva práctica que haremos todos los jueves. Nos dará la oportunidad de leer textos que normalmente no enseñan en la secundaria que fueron escritos por estadounidenses invisibilizados y fortalecerá nuestra capacidad para tener discusiones. Eso tal vez suene como un descanso de preparación de exámenes, pero durante las conversaciones estaremos elaborando y usando hechos para respaldar nuestra tesis". En la pantalla aparece una diapositiva con conectores de inicio y preguntas pa ponernos a pensar. Pero mi único pensamiento es el ardor de los ojos de Ben clavados en mi cuello. Cierro los ojos y ahí está, una visión. Borrosa al principio, como si hubiese abierto los ojos en una poza de leche, y entonces lentamente se aclara . . . una película solo para mí.

Los techos son altos y las ventanas dan a Central Park. Debajo de mis pies hay una alfombra blanca, cómoda y gruesa.

"Me disculpo, director", dice el Sr. Hill por teléfono. "Claro. Lo consideraré". Asiente par de veces. "Muchas gracias y mil disculpas una vez más".

El padre de Ben se sienta en su escritorio y mira a Ben, cruzando los brazos. Ben tiene puesto pantalones negros, una camisa blanca abotonada, un chaleco gris y una cachucha roja. Las palabras "Butler Prep" están en blanco debajo de un logo ovalado dorado. "Bueno, lo lograste de nuevo, hijo. Te hiciste famoso". Toma una pausa y mira a Ben fijamente. "¡Quítate esa gorra en mi casa!"

Su papá le arrebata la cachucha de la cabeza. El cabello de Ben le cae sobre los ojos.

Ben se ríe. "¿Prefieres que la use allá afuera?" Su padre sacude la cabeza, su mirada fijada en el piso frente a él.

"¿Qué necesitas, mi hijo? Háblame. No siempre fuiste así". El padre de Ben lo mira.

"No siempre estuviste tan ocupado con tratar de salvar a todos menos a tu propia gente. ¡Necesito que abras los ojos, papá! Nos están quitando nuestro país. Un buen patriota en tu posición haría algo con esa gente, pero en lugar de eso, estás . . ."

"¡Tus tatarabuelos estuvieran tan decepcionados contigo, Ben!"

"¿Por qué mejor no dices que tú estás decepcionado?", responde Ben. La furia envuelve su corazón.

Siento un calambre en el pecho, miro mi cuerpo y veo una nube gris dando vueltas y vueltas. Subo la mirada y la misma nube envuelve a Ben. Más que nada, Ben se siente ignorado, invisibilizado y despreciado por su propio padre.

"Me fallé a mí mismo, pero más importante aún, te fallé a ti y claramente a este país también".

"Ay, vete al carajo, papá. El país estará bien, pero no por ti", grita Ben. Quiere llorar, pero se traga la necesidad.

"Ve a tu habitación", dice el Sr. Hill en voz baja. "Si esta es la postura que vas a tomar, ¡estoy decepcionado y me lavo las manos de ti!" Ben se para, maldiciendo a su padre, y recoge un globo de nieve navideño del escritorio. Lo arroja contra la ventana y se debarata con el impacto, la ventana aún intacta. Su padre no parece sorprenderse.

"¡Tenemos que recuperar nuestro país, papá! Despiértate, coño. Si no haces algo, ¡lo haremos nosotros!"

El Sr. Hill agarra a Ben por el brazo y lo saca de su oficina a la fuerza.

"Hablas como la chusma, Ben", gruñe. Cuando cierra la puerta, toma el celular y manda un mensaje de texto.

Sigo a Ben a su habitación. Está dando vueltas en su habitación. De un lado al otro. Le gustaría llamar a alguien, quien sea. Pero ninguno de sus amigos lo entendería. Son como él, pero diferentes. Ben habla y actúa de acuerdo con las creencias que todos tienen, pero ellos no. Ellos son segunderos, conformistas, piensa Ben. Ante este pensamiento, empieza a sentirse solo, en su pecho una esfera brilla un rojo profundo y oscuro como sangre vieja. Ben se sienta en su escritorio y abre su Macbook. Chrome está abierto y veo que empieza a escribir en la búsqueda. Quiero ver qué busca, pero mi vista se opaca de nuevo.

Estoy siendo expulsada de la visión y arrastrada hacia la oscuridad de mis ojos cerrados.

La visión cae en mi conciencia como algo pegajoso y me siento enchumbá de pie a cabeza. Me volteo hacia la ventana. Parpadeo furiosamente y me encuentro con una pared de concreto. ¿Y qué fue eso? ¿Por qué le duele tanto lo de "nuestro país"? Solo tiene una semana aquí. Pero ¿por qué esta premonición? Por primera vez en mi vida, yo, Yolanda, nieta de Teté, no sé ni cómo enfrentar ni qué hacer con la información divina que acabo de recibir. Pero es mi primera visión desde que era niña, claro que no sé qué coño hacer. Tendré que agarrarme de las Bruja Diosas y Mamá Teté para descifrarlo, ¿veldá?

"Yoyo, desarrolla los argumentos de Miriam", el Sr. Ruiz me llama de la nada. Me imagino que mis ojos deben estar tan vacíos como mi mente, porque todavía toy dando un bajón. Pero hice la tarea anoche. "Sobre la doble conciencia de Du Bois", agrega el Sr. Ruiz, arrascándose la palma de la mano un poco avergonzado por mí. Había estado lejos y no escuché lo que dijo Miriam, pero sé algo de la dualidad.

"Creo que él decía que las personas oprimidas siempre están divididas por dentro", comienzo. "Hay muchas maneras de ser oprimido, entonces hay muchas divisiones que ocurren al mismo tiempo entre la mayoría de nosotros en esta clase. Creo que esto es algo que aquellos con más privilegio no tienen que experimentar". El Sr. Ruiz asiente. "¿O tal vez sí? No, no, porque este país apoya su conciencia, su pensamiento y su estilo de vida".

Escucho a Ben aclarar la garganta. El sonido me hace temblar. Lo miro y ahí está esa sonrisita de nuevo. Dique amigable. El carraspeo me pareció sarcástico, y según lo que acabo de ver, puedo suponer que lo fue.

"Conforme con lo que dijo Yolanda y Du Bois, yo creo que es necesario tener doble conciencia. Tenemos que tener muchas facetas y cambiar entre ellas según dónde estemos y con quién. No lo hacemos pa que nos respeten, lo hacemos pa proteger lo nuestro", dice Adzo, uno de segundo año. Yo asiento con la cabeza y muchos más de mis compañeros también.

"Tiene razón, Adzo", dice Lilian, otra estudiante de segundo año. "Mi mamá me llevó a un resort en RD en el verano. Mis primos y yo tábamo bailando, haciendo TikToks con lo' nuevo dembow, y ¿dime por qué un grupito, y ni siquiera eran dominicanos, intentó decirnos que tábamos haciendo nuestro propio baile mal? E que le permitimos de to a los extranjeros. Miren como Rosalía hace música que ni siquiera e de los españoles, pero ella e la que se tá ganando to lo' cualto".

"No se puede invitar a to el mundazo al coro", agrega Jay en voz baja.

"Algunos dirán que estar cambiando entre diferentes conciencias no es siempre divertido o fácil", dice el Sr. Ruiz.

Mariela levanta la mano después de sacudirse el cabello negro alisado y dice, "Yo no estoy de acuerdo con la definición de Yoyo ni con Du Bois. O sea, yo creo que si tú, como persona oprimida, decides, qué sé yo, seguir las reglas, hacer lo que debes hacer, como trabajar duro y concentrarte en lo tuyo y en Dios, entonces tal vez esas divisiones no tendrían que suceder. Y no está mal compartir nuestra cultura y lo que sabemos, Lilian. Todos somos humanos".

"Loca, tumba eso", dice Cindy, que está sentada detrá de ella. Se mete el colgante en forma de la bandera puertorriqueña de su collar en la boca, se tira en su silla y se encoge abriendo más las piernas.

"¡Santo Dio'!" Lilian se burla.

"¿Saben que Du Bois probablemente era heterosexual, tenía esposa, iba a la iglesia y to eso, veldá?", dice Dayvonte, un estudiante de tercer año, tirando su lápiz al aire. Se inclina sobre el escritor y sus hombros fuertes se hacen más evidentes.

"Sí", responde Mariela, "pero lo que quise decir es que la gente ahora solo quiere . . ."

"Se sabe que Du Bois era un padre y esposo ausente", dice Ben. Todos lo miran.

"¿Y qué tiene que ver lo que acaba de decir Mariela y lo que acabas de declarar tú con la doble conciencia?" pregunta Dayvonte, entrecerrando los ojos como si no entendiera a Ben para nada, pero el tono de su voz indica que no quiere respuesta.

"Solo digo que muchos líderes no practican lo que predican", agrega Ben. Otra vez con esa sonrisa amigable, como si lo que dijo fuera solo una opinión y no un insulto.

"La pura verdá", dice Julissa, una estudiante de segundo año, chasqueando los dedos, sus uñas pintadas de rosado eléctrico. Sacudo la cabeza porque ella e segundera, esa clase de gente que siempre tá de acuerdo con to el mundo. Yo te juro a ti que esa no tiene ni un hueso de confrontación en el cuerpo, pero vive echándole leña al fuego y ¿pa qué?

"Anh-anh", niega alguien en el fondo del aula. Y me alegro.

"Aquí no se va a cambiar de tema, no", empieza Jay, descruzando las piernas y doblando las manos cuidadosamente sobre el escritorio. E mejor ni meterse con Jay. "¿Tamo hablando de doble conciencia o no, Sr. Ruiz?"

El Sr. Ruiz nos mira sin entender. Siempre empieza estas conversaciones, pero casi nunca tiene el coraje pa ayudarnos a superar las partes difíciles. "Vamos a dejarlo de ese largo. A esto me refiero con lo de las conversaciones académicas. Está bien no estar de acuerdo, pero tenemos que escuchar *respetuosamente*", declara, mirando a Ben y Jay, "sin tratar de borrar o negar las experiencias de los demás, mi gente". Odio que decidió terminar la conversación ante de responderle a Jay. Su pregunta era válida, pero el Sr. Ruiz pasa a la siguiente diapositiva y plantea la siguiente pregunta como si na. Miro a Ben de reojo y tiemblo. E tan irónico que temo hablando de Du Bois en su primer día en eta clase.

Bruja Diosas, todos lo que me guían, aman y protegen. Los invoco. ¿Por qué tuve esta visión de Ben? ¿Le toy dando demasiada mente, me toy dejando llevar de los nervios? Siento un golpecito en el hombro.

"Ey, ¿tienes un lápiz?", dice Ben en voz baja. Le paso el mío. Espera, ¿por qué coño le acabo de dar un lápiz? Ahora no tengo con qué escribir. ¿Él no debería tener con qué escribir? Tomo una respiración profunda. Me toy pasando. Normalmente no lo hago. Me paro y camino al fondo de la clase donde el Sr. Ruiz tiene algunos materiales extra que la gente ha ido botando. Cojo medio lápiz mordido y asqueroso. *Bruja Diosas, ¿qué me pasa?* Regreso a mi escritorio pensando en la visión y sintiendo los latidos del corazón de Ben retumbando en el medio de mi palma.

No es que me desacreditarían si hablara de tener premoniciones. O sea, pudieran hacerlo o llamarme loca o tratar de quitarme mi brujería. Quisiera poder aferrarme a lo que sé en el corazón: que nadie puede hacer eso. Allá, en la isla de donde vienen mis padres, todo el mundo tiene algo de brujita. Todos tienen el potencial de descubrir sus poderes y amarrar a un amante, crear un niño, curar a los enfermos, acabar con sus enemigos y hasta transformar su propia vida. No todos se aprovechan de ese conocimiento, pero siempre está a su disposición. La gente entiende que mientras algunos nacen salpicados de un chin de magia, otros nacen con el don y toda su fuerza. E lo que hay. Lo' mío son creyentes fieles, aunque usen su manto católico todos los días por cuestión de seguridad. Pero cuando la vaina se va al carajo—y algo siempre se tá yendo al carajo, ellos vuelven a la tierra, a los cielos y a los líderes del otro lado.

Pero no tamo en la isla. Este no e un lugar con una vena abierta de magia. Este es un lugar donde una raza oprimió a los demás para ponerse por encima de todos. En esta tierra, los derrames de sangre siempre salen a la luz y en vez de limpiarlos, los opresores viven tapándolos constantemente con cemento. Entonces dime, ¿quién aquí creería en mi visión?

COSAS DE BRUJA

Cuando abro la puerta, sé por el clic-clac de las uñas largas de Mami en el teclado de su computadora que está en casa. Comparada con la casa de Mamá Teté, la de Mami es muy minimalista y por eso el aire huele y se siente diferente, pero nunca se ha sentido como mi casa. Como la casa de Papi, que compró con su nueva esposa antes de caer preso, nunca se sintió mía. Cierro la puerta detrás de mí.

"Yolanda, ¿eres tú, mi amor?", dice Mami desde la sala.

"¡Sí, Mami!", digo. Mi voz es diferente con ella. Canto mis palabras. Mami pasó por muchas cosas fuertes en su infancia. Pa empezar, la verdadera madre de Mami tuvo nueve hijos, y cuando Mami tenía seis años, terminó entregándola y a uno de sus hermanos a dos familias que tenían más oportunidades en RD. No e que ella me cuente de eso tampoco, pero Mamá Teté dice que a veces en mí salen las heridas de Mami. Así funciona la sangre. Ademá, Mami no tiene hija como otros padres tienen hijos, y yo sé que eso le genera muchos complejos de abandono e inferioridad. Hago todo lo posible pa hacer el papel perfecto de hija pa compensar cuando la visito.

Cuando mis padres se separaron oficialmente, rescindieron el contrato de alquiler del apartamento en el que nací. La separación hizo surgir las sombras de Mami y Papi. Vivían peleando y hablándose feo enfrente de mí. Ya yo taba apegada a Mamá Teté y madrugaba cuando mis padres tenían que dejarme en su casa antes del trabajo. Eventualmente, Mamá Teté y yo nos juntamos pa decirles que yo quería vivir con ella. La única condición de Mami fue que también pasara unos días en su casa.

Dejo caer la mochila en el sofá y me bajo para darle un beso en el cachete. "Es bueno verte aquí tan inesperadamente. Me hacías falta", dice Mami. No fui a la casa de Mamá Teté despué de la escuela porque la visión me tiene alborotá. Fui a la única librería en el Bronx: The Lit. Bar. E de una boricua negra que se crio en el Bronx. Normalmente, voy con Victory, pero hoy necesitaba espacio. Pedí un chocolate caliente en el bar y, por un rato, leí los últimos capítulos de *The Stars and the Blackness Between Them* de Junauda Petrus. Cuando salí de la librería, me di cuenta de que no quería volver a casa de Mamá Teté, así que vine pacá.

Ademá, Mami me hacía mucha falta. A pesar de todo, me ama y hace todo lo posible para demostrármelo cuando me ve. Yo nunca me había perdido una lectura . . . estaba demasiado emocionada por aprender a leer cartas dique pa hacer eso. Tengo años esperando poder ayudar a Mamá. Y solo me lo empezó a permitir a principio de ete verano. E parte de mi formación. Sé que ahorita Mamá me va dar un boche, pero hoy yo no hubiese servido. Algo que he aprendido e que no puedo hacer lecturas cuando tengo la mente en otras cosas porque eso nubla la información que surge para la otra persona. Y las Bruja Diosas aún no me han contestado nada.

"Ete ensayo me tiene loca", suspira Mami. "Tengo que entregarlo dique mañana y ha estado en el programa desde el principio del semestre". Mami se tá fajando pa obtener su licenciatura en la universidad pública antes que yo me gradúe de la secundaria en dos años. Ella dice que lo tá haciendo por mí, y le creo, pero también creo que tá cansá de trabajar como contadora en el supermercado kosher en Riverdale. Trabaja ahí desde que yo tenía tres años y odia cómo le hablan dos de los dueños a pesar de que ella tiene mente pa los números. Ella pensó en renunciar, pero el dueño, hacia el que sentía más lealtad, le aumentó el salario y controló a los demás hermanos. Ahora, ella tá estudiando contabilidad. Veo como el estrés le deja ojeras y áreas de piel seca en las manos. Se domó el cabello rizado con gel en un moño alto y apretao que expone los mismos pómulos marcados que tengo yo. Ella respira profundo y mira al papel a su lado. Veo el tema: *escriba un ensayo informativo sobre los beneficios del consumismo.* Quiero decirle que e fácil si ella sabe algo del consumismo y ete mundo capitalista de mielda en el que vivimos. O sea, básicamente nos forzaron a consumir todo para "beneficiar" el sistema. Quiero ofrecerle ayuda, pero la última vez que lo hice no terminó muy bien que digamos.

"Creo en ti, Ma", digo.

"Busca en mi cartera", dice sin levantar la vista de la pantalla. Su cartera de imitación de cuero negro cuelga en una de las sillas a su lado. "En el bolsillito con el zíper". Lo abro y meto la mano. Siento una fundita de terciopelo cuadrada. Ahora ella me mira con urgencia. "Bueno, ¡ábrelo!"

Abro la funda y vacío sus contenidos en la mano. Sale una cadena de oro blanco y amarillo. Levanto la cadena y examino su fondo grueso. E mi nombre con un diente en medio de la o.

"¿Recuerda cómo se te cayó ese?", Mami sonríe.

"Claro, Mami", digo. "Papi amarró hilo dental a la puerta y la tiró. ¡Créeme que lo recuerdo!" Mami y yo nos reímos. Ella imita como lloré. Termina riéndose tanto que le salen lágrimas. Me pego a ella y la abrazo.

"Bueno, ya. Encontré ese diente", dice Mami. "Te estás formando y estás más sabia, pero este dientecito me recuerda que alguna vez fuiste mi niña pequeña", Mami me aprieta los cachetes, "hace solo unos días".

Su teléfono suena y el nombre de Anthony titila en la pantalla. Su nuevo novio. Tienen por lo menos un año juntos. E bastante agradable. Cada año o dos, desde que se separaron mis padres, e un tiguere diferente. Ahora lo entiendo, pero ante lo odiaba. Fue Mamá Teté quien me ayudó a comprender.

"Tu madre te tuvo joven", dice. "El que no haya funcionado con tu papi no significa que debe convertirse en monja". Lo entendí, pero lo que me molestaba e que Mami cambiaba nuestros planes por los hombres. Cuando agregué ese punto, Mamá Teté dijo, "Mi vida, entonces lo que te molesta e que ella se empequeñezca por esos hombres. Ese e un problema completamente diferente". Pero Mamá Teté nunca me dijo cómo ayudar a Mami a arreglarlo.

Mami recoge el teléfono y se va a su cuarto. Cuando la veo joseando, pa mí e una dura hasta en el supermercado, pero cuando la veo haciendo esto, ignorando sus deberes, no puedo evitar pensar que no quiero ser como ella. Quiero que ella tenga amor, pero siempre está en esa búsqueda como si fuera lo más importante del mundo. ¿Y las amistades? Ella casi no tiene amigas. ¿Y qué de nuestra relación? Es como si desde que decidí vivir con Mamá, ella simplemente lo dejó así. Ni siquiera lo peleó tanto.

Todo me quilla. Me desplazo por el teléfono. No tengo redes sociales porque, por lo que he visto, es una gran distracción, así es que voy directamente a mis mensajes. Tengo uno de José.

Ey, acabo de salir del entrenamiento. ¿Quieres ir a comer pizza? Me sonrojo pensando en verlo en privado. Me halaga que me siga pidiendo amore. Y luego me sorprende que toy por ignorar mis deberes pa ir a ver a un muchacho que realmente me gusta. Mami regresa a su silla y empieza a escribir furiosamente. La miro y sé que se le adelantó el plazo.

"¿Te invitó a salir?", pregunto bajando el celular. Ella asiente, media emocionada y un chin avergonzada. Van a cenar entonces ahora tiene que apurarse pa terminar su ensayo.

"No veo la hora de terminar mis estudios", dice Mami levantando la vista y cambiando rápidamente de tema. "No quiero seguir en olla. Por eso tienes que seguir con tu buen trabajo en la escuela. Tú no quiere ser como yo cuando llegues a mi edad". Estira la mano y me acaricia la cara antes de volver a teclear de nuevo.

Mami tiene crucifijos por toda la casa. Ella no va a la iglesia cada semana ni ora todo el día y noche, los tiene porque cree que nos brindan la protección de Dios. No le puedo hablar demasiado de las cosas que veo ni de mis dones. Ella se burla y lo llama brujería, como si eso fuera algo malo, y me termino quillando. Dice que me parezco demasiado a Mamá Teté.

"Mami", empiezo, "antes de salir, ¿tú me puede hacer ese té que me hacías?"

"¿Cuál?", responde con los ojos fijados en la computadora.

"El que lleva pedazos de manzanas", intento recordar. Ella sonríe.

"Claro que sí, morena". Veo un rastro de gratitud en sus ojos, pero también se ve apurada, y sé que e porque no quiere que Anthony tenga que esperar abajo cuando llegue. Realmente nunca le pido gran cosa.

Después de bañarme, recuerdo que las Bruja Diosas no me están tirando directamente. Me siento molesta en mi cuarto, mirándome en el espejo con la mandíbula flexionada. Aguantó tanta tensión que me duele. Me pongo una camiseta blanca que refleja un arcoíris en una ventana de cristal con la ayuda del sol poniente. Toco la piel oscura de mi cachete y recuerdo que debo ser más suave con el conocimiento que se me ha dado. Mamá Teté dice que, a las Bruja Diosas, como a nosotras, no les gustan que las presionen. Les gusta hacer las cosas a su tiempo. Aun así, vuelvo a mi memoria, tratando de averiguar qué coño hice ahora pa que ellas cambiaran su forma de comunicación. Necesito que me hablen pa yo decirles que no tengo ni idea . . . que no sé qué hacer . . . que no tengo ni idea de qué hacer con la información que me dieron en la premonición.

Prendo una vela blanca que compré en la bodega despué de la escuela y le oro al Misterio Luzangel. *Dame claridad. Déjame saber mi deber con respecto a lo que vi esta tarde. Todos los que vinieron antes de mí, guíenme. Bruja Diosas, protéjanme con su amor, báñenme en la sabiduría de los Universos dentro y fuera de mí. Por favor, acompáñenme.* Alguien toca la puerta. Mami.

"Mija, aquí tengo tu té". Mami me pasa la taza por la puerta. Normalmente, ella no entra a mi habitación ni se queda mucho tiempo, pero hoy solo quiero que ella me escuche.

"Adelante", digo. Mami se quita los tacos color piel en la puerta y entra. Se arrodilla frente a mí y me ofrece el té de manzanilla. Huelo el anís estrellado y las manzanas cortadas que ella baña en canela. Me inclino y trato de poner las manos sobre la taza y las manos de mi madre. Mirándola me sonrojo.

"¿Qué pasa, Yoyo?", ella pregunta.

"Tuve una visión hoy y ellos no me la aclaran . . .", no puedo producir más palabras. Lucho contra la ira inmediata que siento hacia las Bruja Diosas por su silencio. Por lo general, no soy de las que lloran. En sus peores momentos, Mami y Papi encontraron formas raras de avergonzarme pa quitarme la maña, así que me siento má cómoda agarrándome de la rabia. Pero el temor llegó con esa visión y ahora no me quiere soltar. Lo siento como una piedra hundida entre el estómago y la garganta. *¿Por qué?*

Mami se muerde el interior del cachete. "Mi niña, la vida es un proceso. Y estoy segura de que esto también es un proceso, porque todo lo es. Tal vez algo cambió. Prueba de otra manera". Se inclina y me da un beso en la frente. Mami ama Chanel N° 5. Los fuertes toques de jazmín, cilantro, melocotón y naranja me invaden la nariz e inhalo profundamente. Me sorprende y me tranquiliza saber que ella se está inclinando hacia la aceptación.

A pesar de que a Mami no le gusta la brujería de Mamá Teté, la respeta. Eso de los Misterios e una religión antigua. E así que muchas personas en los dos lados de la isla de Ayiti permanecieron conectados a sus dioses africanos cuando los esclavistas los obligaron a convertirse al cristianismo. Tiene mala fama porque los opresores llamaban todo lo que no entendían "magia negra" y maldad, pero Mami sabe que no debe reducirse a eso. Cada Misterio dentro de las Divisiones tiene su narrativa, características y oraciones de protección pa guiar a sus fieles creyentes.

"Tú sabe, cuando yo taba embarazada tuve un presentimiento sobre tu papá, pero no lo quise aceptar", dice Mami.

"Entonce oré y oré por un bebé que fuera más sabio que yo. Cuando tu abuela anunció que tú, hija de sus ojos, tenías el don, di las gracias y lo acepté, aunque no fuera algo en lo que necesariamente creyera por mí misma".

Mami descubrió hasta dónde se habían cumplido sus peticiones cuando yo tenía cinco años. Era una mañana de domingo perfecta y lenta. Recuerdo haber estirado los bracitos, una mano en la barba de Papi y la otra en el cachete suave de Mami.

"Buen día, morenita". Mami me besó en el cachete. Cerré los ojos y la visión me entró a la cabeza como un sueño tardío. En medio del cielo azul marino, vi a un bebé varón creciendo dentro de una piscina. Salté dentro de la piscina para rescatarlo. Sentía que él era algo que me pertenecía. Cuando llegué a la superficie del agua, Papi lo cargaba en los brazos y entonce empecé a ahogarme. Luché por no hundirme, por flotar, y el bebé habló y dijo, "Papi". Yo gritaba por mi papi, pero cuanto má gritaba, má se alejaban. Entonces, una mujer abrazó a Papi y al niño. Y ella no era como Mami ni como yo, ni siquiera su voz. Cuando abrí los ojos, Papi me estaba sacudiendo.

"Estoy aquí, morenita", dijo. Siempre he sido bruja.

"Un bebé varón?", lloré. Papi ni siquiera intentó mentir. Lloró conmigo.

"Te amo, bebé. Te amo", decía él. Mami lo miró con una furia de leona sin territorio que defender.

"Explícamelo", le exigió. Y él lo hizo. Mi hermanito iba a nacer dentro de un par de semanas.

Ella me mira ahora como si fuera veldá que soy má sabia que ella. Siempre he sido bruja. Eso nunca fue secreto para Mami, y aunque ella sí lo manifestó por mí, no fue fácil para ella. Odiaba que a veces este don me había hecho crecer má rápido de lo que ella quería.

"Tú sabe que no me gusta esa vaina de brujería, no en esta casa", dice. Le corto los ojos preparándome pal discurso de que tengo que tener cuidado a quién invoco. "Pero", ella sigue, "te amo y estoy haciendo lo mejor que puedo. Tengo que irme, mi amor, pero llámame si me necesitas". Me besa en la frente y sale zumbando por la puerta.

"Y yo a ti", digo en voz baja. Ojalá intentara entender que no puedo ser completamente yo si al mismo tiempo me toy dividiendo en pedazos pa que ella me acepte, pero también sé que no e totalmente su culpa.

Cuando Mami se va, digo las mismas recitaciones y oraciones que casi siempre me funcionan. Pero no me llega nada. Barajo las cartas, barajo y barajo. Y barajo un chin má. Pero el lienzo donde el universo normalmente pinta lo que necesito ver permanece en blanco. Me pregunto si ya e hora de pedirle ayuda a mi abuela. Pero tengo miedo que Mamá Teté me obligue a decírselo a la directora de la escuela o llamar la policía y decirles lo que vi sin decirles cómo. ¿Y cómo se supone que lo haga? Ademá, algo dentro de mí, algo que no puedo nombrar, me dice que todavía no se lo puedo decir.

Me desplazo por el teléfono. *Tráeme un pedazo al edificio de mi mami*, le respondo a José.

Está en mi puerta en menos de media hora con una pizza entera y mi jugo favorito de chinola del restaurante en la esquina.

"Gracias", digo, abriéndole la puerta. Mi celular vibra en mi bolsillo trasero y me alivia no tener que mirarlo cuando entre.

Yolanda Nuelis ¿dónde tú estás? ¿Todo bien? E Mamá Teté. Se me acelera el corazón. Trago saliva. Se me olvidó decirle que yo no iba pallá, o tal vez lo olvidé apota pa no tener que contarle de eta maldita premonición que me tiene loca. Tal vez, un chin de las dos cosas.

"Guau, este apartamento tá súper limpio y ordenao. Tu mamá e como una Marie Kondo dominicana, ¿eh?" se ríe.

Nos sentamos en el sofá y pongo *El mundo oculto de Sabrina*. Vi este programa con Victory y ella odia que le gusta.

"Es difícil decir lo que pienso sobre esta serie", le dije a ella. "Por un lao, me encanta que haya nuevos programas sobre brujas, ¿tú sabe? Pero me encojona que las protagonistas siempre son muchachas blancas. Hasta la 'magia negra' parece ser má aceptable mientras sea una blanquita que la haga. E como si el mundo no pudiera soportar el ocultismo si son muchacha negra haciéndolo".

Victory estuvo de acuerdo. "¿Viste *Siempre bruja*?", preguntó.

Sacudí la cabeza. "Loca, la protagonista e morena como yo y eso cuenta pa algo, ¿tú me entiende? Pero cuando se reveló que arriesgó su vida por el hijo de su amo, ¡no pude seguir viendo esa mielda! Mami y yo la estábamos viendo para practicar el español, pero en el momento que la protagonista comenzó a irse al futuro atrá de eso blanco, la apagamos. Qué triste".

"¿Tú cree en las brujas?", me pregunta José ahora. Lo miro de repente. ¿Sabrá? ¿Lo podrá sentir ahora que lo dejé entrar a una de mis casas? E por eso que nunca debo hacer las cosas por impulso. Respiro profundo. En cualquier parte del mundo cuando las personas hablan de magia o de brujas, se asume que se trata de algo oscuro y malintencionado, y por eso Mamá Teté me enseñó a proteger nuestro don como tuvieron que hacerlo nuestros ancestros.

La mandíbula marcada de José se acentúa cuando mastica la

pizza caliente. Sus labios brillan con el aceite de la pizza y lo hace ver más suave.

"Sí", digo.

"Yo tambiéeeen", dice. Traga lentamente. "Antes yo no creía en na de esa vaina, pero yooo, ¡yooooo!" Sé que solo dice "yo", pero me imagino que tá diciendo mi nombre. Deja el pedazo de pizza en el plato de papel frente a él. "Algo raro, raro pasó y cambié de opinión". Nunca lo había visto tan emocionao pa hablar. Me río y le digo que siga.

"Tú sabe que mi mai nos manda a mí y a mi hermana pal Patio cada año". Se voltea hacia mí. "Realmente nunca habíamos ido a ver a la familia de mi papá porque ellos son muy, muy, pero muy pobres. Te lo digo todo con decirte que la casa de mis tíos tenía cortinas de plástico como techo en algunas partes de la . . .", respira profundo y sacude la cabeza, "dique, casa, pero tá hecha en madera. De todo modo, mi hermana dice dique, 'Ay sí, son pobres y por eso deberíamos ir'. Entonce agarramo y cogemo pa Dajabón. E tan lejos que a mi papá le tomó cuatro horas llegar, e básicamente en la frontera con Haití. Como a mitad de camino él dice que probablemente tengamo que pasar la noche en un hotel y partir por la mañana porque e peligroso y to la vaina. Yo toy quillao porque quiero regresar a Santiago, pero ¿qué se puede hacer? Yo he ecuchao toda la vaina loca que les pasa a los conductores de noche". Inhala y yo asiento con la cabeza porque es veldá. Se dice que la policía detiene a la gente en los semáforos en rojo solo pa tumbarle uno chelito. Pero eso pasa cuando un gobierno no le da al pueblo suficiente pa vivir y má cuando es un país explotao.

"Entonce, llegamos y matan una gallina. Mi prima, Carlotta, tiene como veinte años y tá cocinando en un fogón hecho de piedras y palos y vaina así. Tá preñá con mellizos entonce mi hermana la tá ayudando. Sus hermanitos ni siquiera tienen zapatos, coño. E una locura, y le digo a mi papá que Mami tiene que empezar a enviar por lo menos la mitad de las cajas que le envía a su familia en Santiago a la familia de Papi porque, ¿dime? E lógico". Se da golpecitos en la sien con las puntitas de los dedos, como si sus padres no pensaran, y me conmueve por un momento.

"¿Puedes llegar al punto, José? Es RD, un país explotado. Hay muchos pobres. ¿No lo sabías?"

"¡NO! Tá bien, en Santiago, mi familia tá pasando lucha, pero ello no son así de pobre. Cuando toy allá sí, yo veo gente en la carretera que son pobre, pero e diferente cuando e personal. Yo sé que suena feo", dice.

"De todos modos, lo pasamos jevi. Mi papá les paga un montón de deuda en el colmado, y el sol empieza a ponerse. Nos quedamos afuera bebiendo Presidente. Mi hermana le está arreglando los pies a Carlotta, los niños están jugando con mi Nintendo DS. La silla de Carlotta está apoyada contra la casa porque mi hermana quiso asegurarse que no se cayera. Tiene como nueve meses de embarazo y tá enorme. De la nada, mi hermana mira pa arriba y pega un grito. Dice que vio un pájaro gigante encima de la casa con cabello largo como una mujer. Pero todos tán ajumao y se burlan de ella. Le dicen que ella se lo tá imaginando. Que nunca había estado en el campo y que probablemente confundió las sombras de las matas con la forma de una mujer". Él toma un trago de Sprite.

Sé cómo termina esta historia. En Bonao, de donde es Mamá Teté, se dice que ante a las mujeres embarazadas se les vigilaba día y noche en su último trimestre. Familiares se turnaban quedándose despiertos mientras la mujer dormía. Hoy en día, la gente agarran y bautizan a los bebés recién nacidos de una vez con la esperanza de que eso lo' vaya a proteger espiritualmente.

"Entonces mi hermana dice que no va dormir. Que va madrugar. Me quedo despierto con ella hasta má no poder, y a las dos de la madrugada, toy cansao y me quedo dormido en la mecedora a su lado. Siento su mano topándome. 'José, ¡despiértate!' me susurra. Cuando abro los ojos me dice, '¿Tú escucha eso?' La casa tiene techo de zinc y en los cuartos lo oímos crujir como si algo caminara sobre él. Podría ser una gallina o un lagarto, tú sabe. Pero yo miro al techo y le digo que sí. Nos empinamo y entramo a la habitación de Carlotta donde duerme con sus dos hermanitos. Ella tá durmiendo boca arriba y desde el techo hay como un hilo fino de telaraña. Prendemos la linterna de mi celular y vemo que sale sangre de su vientre. Salgo corriendo y encima de la casa ahí está: un pájaro grandote con el otro extremo del hilo clavado en el ombligo. Todos se despiertan y mi tío y un vecino se suben al techo y pelean con el pájaro porque, literalmente, ni siquiera intentó degaritarse de lo tanto que quiso la sangre de esos bebés. Aparentemente algunas brujas se convierten en estos pájaros gigantes para ocultar su identidad. Entonces, Carlotta está tan nerviosa que rompió fuente y tenemos que salir juyendo pal hospital má cercano que queda a dos horas. Uno de los bebés nace muerto. Y la otra sobrevive, pero casi muere también. Le pusieron como mi hermana, Paola".

"Guau", digo fingiendo asombro. Hay tantas historias y sucesos como éste en RD. Crecí con las historias de Mamá Teté hasta que yo misma vi algo así en uno de los veranos que visitamos. "Bárbaro".

"BÁRBARO. Las brujas existen. No e solo ficción".

"¿Crees que todas son malas, como la que viste en el techo?"

"No sé. Tuvieron que buscar una mujer con 'dones' de otro campo pa que hiciera una limpia en la casa. ¿Quién sabe? Tal vez todos nacen con diferentes propósitos. Yo no sé. Fue una vaina loca. Loca, loca". Les tiemblan las manos.

Yo sé que Mamá Teté me enseñó a ocultar lo que somo. Pero José cree. Él no me rechazaría. Lo sé. Tengo que saber cómo se siente al respecto, de personas como yo.

"Mamá Teté tiene dones", digo. En el momento que lo digo me siento expuesta. Pero también hay parte de mí que quiere decirle que yo también tengo dones, específicamente la clarividencia.

"Eso no me sorprende para nada. Es parte de quiénes somos. Solo creo que tá mal cuando la gente lo usa pa hacerle daño a los demás o conseguir las cosas a la fuerza", responde. Asiento. El silencio se alarga, pero es cómodo.

Miro los brazos musculosos y el antebrazo venoso de José. Están engrifados. Le paso la mano por el brazo y cuando lo miro, me doy cuenta de que me gusta má de lo que pensaba porque siento el estómago vacío y el cuerpo lleno. Lo miro y sonrío y él pone sus manos en mi cabello. Bajo mi pedazo de pizza y él se ríe inclinándose hacia mí. Me besa. Su boca sabe a queso y menta y su lengua e tan tibia. Una ola de calor recorre mi cuerpo, aliviando los cólicos que he sentido el día entero. Se despega y abro los ojos solo cuando lo siento mirándome los párpados.

"¿Por qué me gustas tanto?" Me besa en la nariz. Encojo los hombros. La veldá es que hasta yo me lo he preguntao. En nuestra escuela todos están atrás de José. Es el má duro del equipo de baloncesto, tal vez hasta el mejor jugador de baloncesto de todas las secundarias del Bronx. Lo crio su mamá y su hermana por lo que es respetuoso, inteligente, no e el tipo de muchacho que intenta ocultar lo que siente. Cuando tá molesto, lo demuestra, y cuando tá lleno de alegría, también lo comparte. Salió con bastantes chamaquitas de la escuela por eso nunca le puse mucho asunto a este sentimiento hasta hace unas semanas cuando nos vimos en el supermercado. Estábamos con nuestras madres y aunque solo nos saludamos de lejos, nuestras madres se abrazaron y nos dijeron que se conocían del barrio. Las Bruja Diosas empezaron a empujarme hacia él.

Me encaramo encima de él en el sofá y lo beso de nuevo. Me pasa las manos por la espalda como si buscara un zíper pa abrirme. Espero que me agarre los senos como otros lo han hecho en la primera oportunidad, pero no lo hace. "¿Por qué me gustas tanto?", me repite en la boca cada vez que se despega para respirar, pero no tengo respuesta excepto: "Tú también me gustas".

Su teléfono empieza a sonar en su bolsillo y me apeo para que pueda sacarlo. "MAMI" lo está llamando. Me mira con disculpas en los ojos.

"Está bien", digo, de repente avergonzada de que en realidad me molestó un poco. Me besa de nuevo y su esencia perfora mis poros. Luego, lo acompaño a la puerta.

LA JUSTICIA LLAMA

"¿**Q**ué tú *qué*?" Victory se retuerce en su asiento en la guagua. Me río y le tapo la boca en chercha.

Cuando sus padres están retrasados por la mañana, Victory toma la guagua conmigo. Estoy agradecida que hoy fuera uno de esos días.

Nunca tuve ningún pretendiente romántico ni nada por el estilo. Sí, me he chuleado con algunos por ahí, porque cuando vuelvo a la isla con Mamá Teté me enamoro por un ratito, pero siempre e un alivio saber que solo durará un par de semanas. Además, la persona que má me gustó es Zainabah. La conozco desde que conocí a Victory. Nos dimos nuestros primeros besos en quinto grado. Empezamos a intercambiar cartas durante el recreo que respondíamos a lo largo del día, y nos las entregábamos de nuevo en la guagua. El pecho se me agitaba cuando veía su hiyab de color pastel en las mañanas, a los mediodías y en las tardes.

Nos divertíamos tanto explorando lo que sentíamos. Una noche soñé con nosotras. Éramos mayores y estábamos agarradas de la mano en público, hasta pude oler su aroma de flores. En el primer día del sexto grado, se lo conté en la guagua camino a casa y de repente ella se alteró. Me llamó mentirosa, declaró que lo qué tábamos haciendo no taba bien, que mis sueños eran malvados y sucios. Desde ese entonce, má nunca nos volvimos a hablar. Se lo conté a Mamá Teté porque me rompió el corazón que Zainabah fingiera que yo era una asquerosa por haberla querido así. Por cosas de la vida, terminamo yendo a la misma secundaria. Este año ella está en mi clase de literatura avanzada, nos saludamos a distancia, pero simplemente no hacemo coro y Victory básicamente la odia por haberme lastimado. Desde Zainabah, ya no tengo expectativas en las cosas relacionadas con el amor. Tal vez tengo miedo de volver a sufrir de esa manera, pero sinceramente no tengo la energía pa bregar con eso ahora mismo. O tal vez e que, en mi vida, todas las relaciones siempre terminan mal. Tal vez me parezco en algo a mi padre o, en veldá, a mi madre. ¿Quién sabe?

"Sí", sonrió, "sí". Recuerdo las manos de José en mi pelo, cómo ignoraban los nudos, las partes que otra gente hallara difícil, y me acariciaba las orejas con cuidado.

"¿Sentiste . . .", ella mira a su alrededor y luego menea el cuerpo en su asiento, "tú sabe?"

"Creo que sí, loca". Sacudo la cabeza. Sé que ella habla del calor que últimamente se siente entre mis piernas con má frecuencia que nunca. "Pero no toy lista pa to eso".

Ella me hace un chuipi.

"Viviré mi mejor vida a través de ti por ahora", digo.

Victory tuvo sexo por primera vez el año pasado con un muchacho de Brooklyn. Él tenía buena muela, se pasaba la lengua por los labios, usaba gorros doblados y siempre tenía buena pinta con tenis fuego. Tenía mucho *flow*, hay que dársela. Pero era un poco sofocante. Te voy a ser sincera, él sabía que no le llegaba ni a lo tobillos.

Básicamente, ella quiso saber cómo se sentía el sexo y odiaba la bulla y ansiedad que le provocaba. Se lo contó a su madre, quien simplemente le dijo que era natural que estuviera pensando en eso y nos inscribió en un curso de educación sexual. Poco despué que tuvieron relaciones sexuales, el hermano mayor del muchacho se murió de cáncer y Victory le dejó de hablar por completo. La muerte de su hermano lo cambió, y ella dijo que sinceramente no tenía la capacidad pa acompañarlo en su duelo. Pero yo la conozco; si le gustas o te ama, ella hace todo lo posible. Pero creo que no quiso na serio con él. Y eso tá bien, supongo que e mejor que tenerlo en espera cuando no hay esperanza. Desde entonces, se enfocó en lo suyo: en sus clases y en el club de diseño gráfico.

"Hay algo má", digo sin saber si e correcto o no, pero las Bruja Diosas no me quisieron hablar esta mañana, ni siquiera despué de todos mis ritos. Tal vez me ayudará. Daño no me puede hacer ¿veldá? No, no, ella e mi mejor amiga.

"Dime", dice cuando nos bajamos en nuestra parada.

"Tá bien, óyeme", empiezo, "quiero que te tranquilices. Lo tengo bajo control, y me voy a encargar". Ella se detiene en la esquina y me mira. "Yo vi algo, o sea . . . tuve una premonición ayer . . . en clase". Lucho por encontrar las palabras.

"¿Sí?" Asiente Victory. "Entonce empezate a tener visiones. ¡Eso es el final!", la última parte la grita con entusiasmo. Me sorprende, pero entonce me doy cuenta de que nunca celebré que empezaron mis visiones, lo que significa que mi formación avanza.

"¡Sí! E veldá, tienes razón, e muy emocionante. Pero no lo sentía así hasta ahora. Me siento ansiosa porque las visiones eran de Ben", digo. Victory toma una inhalación que vacía el aire a su alrededor. "Él estaba muy alterao y extremadamente solo", digo, sintiendo las esferas oscuras de nuevo. "Básicamente, taba discutiendo con su papá". Me río nerviosamente.

Caminamos lentamente detrás de un grupo de estudiantes de nuestra escuela, dejándolos caminar enfrente de nosotras. "Loca, suelta la sopa", dice Victory.

"A él lo botaron de dos escuelas antes de venir pacá. Su papá tá muy avergonzao y decepcionao, pero básicamente Ben no tá de acuerdo con su política".

"¿Su padre no e muy progresista?", pregunta Victory mientras caminamos hacia la 138.

"Dique", digo. Miro a Victory.

"¡No me diga que ese muchacho e un supremacista blanco!", dice cuando le llega.

"En la visión dijo una mielda loquísima, entonce así parece. E decir, aunque él no quiera coro con su papá, realmente quiere su atención". No le digo sobre el temor que la visión me provocó, pa controlar nuestros niveles de ansiedad.

"¡Ay coño! ¿Qué te dije?", gime Victory. "Yo sabía que ese muchacho blanco era problemático. ¡*Obvio*! ¿Cuánta vece te lo tengo que decir: quién coño cambia de escuela al final de su tercer año?" Comienzo a responderle, pero ella me interrumpe y empezamos a caminar de nuevo. "Tal vez deberías decírselo a alguien, Yoyo". Los ojos de Victory se agrandan como siempre lo hacen cuando ella expresa miedo. Algo que te puedo decir de Victory es que su intuición es fuertísima hasta sin tener visiones como yo. "Parece ser una transferencia de seguridad. Dale mente. ¿Cuándo transfieren a los estudiantes de cuarto año meses después de empezar el año escolar? Cuando se trata de una transferencia por seguridad", añade.

Pensé que contárselo a Victory fuera má fácil que a Mamá

Teté, pero siento el cuerpo restringido por su respuesta, por lo que ahora me tá mandando hacer. "Él dijo que él y su padre tenían diferentes motivos para su transferencia", digo. "Pero claro que su pai no no' va a decir la veldá. Tá tratando de ganarse nuestra confianza. Tienes que decirlo".

"¿Y exactamente qué voy a decir, Victory? No e solamente que los adultos van a decir que él tiene derecho a su opinión, pero ademá de mi gente ¿quién va creer lo que vi?" Tomo una respiración profunda. Trato de no pensar en Zainabah y lo que ella me dijo: que mentí sobre mis sueños. En el pasado, a personas de confianza, le he contao las cosas que veo. A veces e para el bien, ganan algo de cualto, estudian un poco má o van al médico y se adelantan a un problema de salud. Pero a veces mis sueños, y ahora parece que también mis visiones, amargan la realidad. Un maldito lío. Victory lo sabe.

"¿Entonce pa qué decirles esto?", pregunto.

"Porque cuando te sientes ansiosa y to la vaina por los sueños y ahora las visiones, siempre se hacen realidad. Tú lo sabe. No te lo tengo que decir, Yoyo", responde llanamente. Me paso las manos por los lados de la cabeza, sintiendo mis implantes. A veces pienso que eta sordera e un regalo de mis ancestros, de las Bruja Diosas. No tengo audición y eso me permite soltar lo que no e pa mí y enfocarme en mi poder y las revelaciones que me llegan.

Hace mucho tiempo, Victory aprendió a no dudar de las cosas que veo. Se lo demostré por primera vez en el sexto grado. Le estaban dando unos dolores de estómago y faltó varios días de escuela. Los doctores le decían que todo andaba bien. Entonces Victory se quedó a dormir en mi casa un viernes y soñé que una mujer le contaba a la mamá de Victory que se iba a mudar. La próxima mañana, le pregunté si alguien que conocía estaba enfermo y me dijo que la madre de su papá. Le dije que se preparara, pero ella se alteró y me dijo que yo no sabía de qué hablaba. Su abuela se murió a la semana y su dolor de estómago se convirtió en dolor de alma.

"Admítelo", dice y deja de caminar mientras cruzamos hacia Morris Avenue. Cruza los brazos y se para medio a medio de la calle. "¡Admítelo!"

"¡¿Qué admita qué!?" Trato de animarla a cruzar la maldita calle con gestos de mano.

"Lo estás protegiendo". Me mira a los ojos y empieza a caminar de nuevo. Caminamos en silencio hacia la escuela. Quiero decir algo, pero no quiero discutir y realmente quiero procesar lo que me dijo.

Cuando llegamos a Julia De Burgos, vemos a Ben saliendo de un Lincoln. Claro que toma taxis a la escuela. ¿De qué otra manera llegaría desde el Upper West Side al Bronx? Seguro también se despierta tarde y aun así logra llegar a tiempo. El cristal de atrás baja y una mujer de cabello castaño asoma la cabeza. "Ben, ¡por favor recuerda lo que nos condujo hasta acá!" La mujer frunce los labios echando un vistazo a su alrededor. Ben no mira hacia atrás.

"¿Ecuchate eso?", le susurro a Victory. A pesar del momento incómodo que pasamos, ella e mi mejor amiga y la única que sabe lo que yo podría estar pensando. Caminamos un poco má rápido hacia la escuela.

"Sí, loca, sí". Ella sacude la cabeza.

Bruja Diosas, constrúyanme armadura para protegerme de mi propia energía negativa. Deteto ser negativa, pero me siento tan bloqueada. Viro mi billetera hacia la máquina de identificación y cuando suena entro a la escuela.

"Ey", Ben me llama. Espero que entre. "Siento lo del otro día". No tengo idea. "¿Te llamé una 'guerrera de justicia social'?" Ben me recuerda con una sonrisa. Una sonrisa tierna. Se pasa los dedos por el pelo.

"Ah, veldá. Tuviste una actitud", digo.

"Era mi segundo día". Ben sacude la cabeza suavemente. "Todo es tan nuevo aquí, ¿sabes?"

No te da el derecho a ser pesao, le quiero responder, pero asiento. Una pequeña pelota de tensión se me empieza a formar en el lado izquierdo de la cabeza. Me llevo el índice y dedo medio a la sien y la sobo con movimientos circulares. Estoy permitiendo que la energía de Ben me afecte y eso no me gusta para nada.

"Tengo Advil si lo necesitas", me ofrece.

"No, no. Estoy bien", respondo.

"¿Tú diriges el club Espacio Valiente?" Se me entiesa todo el cuerpo. Él sabe muy bien que sí, coño. Algo como una bola de energía me sale del pecho y crea un escudo alrededor del club.

"La Sra. Steinberg dice que eres la indicada con quién hablar si uno quiere involucrarse en actividades escolares". Abro la boca para responder, pero él sigue hablando. "Me habló de algunos de los clubes, pero el Espacio Valiente me parece el más interesante. En realidad, mis padres están ayudando a financiar algunos de ellos, y formar parte del tuyo me ayudaría a estar involucrado y también a ser honesto con mis padres sobre las necesidades de la escuela".

"Mmmmm". Victory me mira.

"Yo sé que pediste perdón", digo. "Pero me llamaste a mí y a la Sra. Obi guerreras de justicia social, punto y aparte, así es que me lo encuentro raro que ahora el Espacio Valiente te parezca interesante". Entrecierro los ojos con falsa curiosidad, niego con la cabeza y endurezco los labios para comunicar lo que realmente siento: qué me parece bulto.

"Sí", dice Victory. Sé que ella estaba escuchando disimuladamente para dejarme bregar con lo mío.

"Lo siento". Ben baja la cabeza. "De nuevo, no debí haberlo dicho de esa forma. Es que, fue tan diferente ver ese cartel. No teníamos declaraciones fuertes así en mi otra escuela. Tendré que ajustarme".

¿Tú ve? Solo tá tratando de ser servicial, amigable, pienso. La tensión en mi cabeza se intensifica.

"Tá bien, no pasa na", logro decir. Victory sigue caminando.

"Cuando se reúne el club?" pregunta Ben, siguiendo nuestros pasos rápidos. Quiero dirigirlo hacia el equipo de baloncesto o algo así. E lo suficientemente alto. Ademá, que el Espacio Valiente e un *espacio valiente.* Nunca lo llamamo un espacio seguro porque sabíamos que a veces iba a ser incómodo... hablar de las noticias y nuestros sentimientos invita a cualquier cosa menos a la seguridad. ¿Integrar a ete fulano va desequilibrar el coro? *Coño.* Bueno, claro que tenerlo ahí perturbará de una u otra forma.

"Hoy", digo. Miro a Victory y levanto una ceja. Alguien se lo terminaría diciendo de todos modos. Inmediatamente me odio a mí misma por decir la verdad. "Por lo general, los jueves después de la escuela".

"¿Puedo asistir?" Se mete la mano en un lado de la cabeza y se arrasca el cabello castaño. "Solo quiero ubicarme", dice frotándose la barbilla. A veces la gente simplemente necesita comunidad, amor, sentirse bienvenido. E posible que me esté imaginando toda eta vaina de las premoniciones. ¿Qué daño me haría estar frío con él en vez de dejar que todas estas emociones se apoderen de mí? Pero sé lo que sentí y sé lo que vi. Eto no tá fácil.

"Sí, claro. Siempre y cuando no tengas miedo, ya sabes", me río incómodamente. ¿Por qué toy siendo tan cursi pa que ete muchacho se sienta cómodo?

"¿De qué?" Ben levanta una ceja.

"De convertirte en uno de nosotros, un guerrero de justicia social", me río sarcásticamente. Él abre la boca, pero ahora hablo yo. "O sea, yo acepté tu disculpa, pero yo no olvidé lo que dijite".

☾

"Sr. L, necesito tus llaves pa abrir el aula de la Sra. Obi", digo. Tá ayudando a abrir el casillero a un estudiante de primer año.

"Utedes tán en el aula de Ruiz", dice con los ojos enfocados en el dial del candado. "Y deja esa palomería que tú sabe muy bien que no te voy a dar mis llaves". El estudiante de primer año se ríe.

"Por eso tú ni aula tiene", le respondo, dándome la vuelta y caminando rápido hacia la clase de Ruiz. Inmediatamente sé que me pasé. "Mala mía, mala mía", grito.

"No te apure, Álvarez", me vocea. "Pa que tú sepa, to eta escuela e mía".

La Sra. Obi está ausente. Ocurre má y má. En los últimos dos meses, la Sra. Obi toma un día libre por aquí, otro por allá. Cuando llego a las 4:00 p.m., el Sr. Ruiz tá parao en la puerta esperándonos con una sonrisa necia.

"Bienvenida, señorita", me entra al aula con una mano extendida. Claramente tomando demasiado en serio su papel de maestro sustituto. "¿De qué se trata la reunión de hoy, Srta. Álvarez?"

"Vamo a tener un círculo pa procesar lo último". Saco mi laptop escolar y conecto las diapositivas de hoy al proyector del Sr. Ruiz. En las últimas dos semanas, un muchacho de quince años fue asesinado cuando llamó al 911 porque se apretó. En Florida, hubo otro tiroteo escolar y a una madre le pegaron varios tiros en la espalda frente a su hijo después que detuvieron su carro.

El Sr. Ruiz se quita los lentes y se sujeta el puente de la nariz. "Es interminable".

"Definitivamente se siente así. Pero si no tenemo esperanza, no tenemo na", digo. Las palabras me salen de la boca por repetición o tal vez costumbre. Pero la veldá e que toy cansá y mi esperanza se esfuma cada vez que eta vaina sucede una y otra y otra vez má. Desde que empecé a liderar ete club, una de las cosas principales que hemo hecho e crear un espacio pa procesar nuestros sentimientos sobre la violencia racial que sucede allá, en aquel mundo al que se supone que debemo entrar con confianza.

Los miembros del club empiezan a llegar. Cindy y Marcus, ambos de tercer año, empiezan a organizar las sillas en un círculo mientras coloco la chuchería que traje de la cafetería: Cheez-its, tiritas de queso y cartoncitos de leche y jugo de manzana. Miro a mi alrededor, respiro profundo, y sonrío con orgullo. Empecé este club en séptimo grado. Caminando por la cafetería de la escuela, los pasillos y la biblioteca, me fijé que muchos de nosotros hablábamos de lo mismo en privado. Sentíamos miedo, confusión, tristeza y una rabia profunda por lo que les pasaba constantemente a las personas negras y de color. A veces, algunos maestros nos permitían procesar las noticias, pero normalmente teníamo que seguir adelante antes de estar listos pa no atrasarnos con la programación académica. Me acerqué al Sr. L con la idea e inmediatamente me conectó con la Sra. Obi, que todavía no era mi maestra, pero me moría por conocerla porque e, fuera de chercha, hasta hoy en día, la maestra má bacana que he conocido. Todos los estudiantes de cursos superiores solo decían cosas buenas de ella y siempre hacía coro con un grupo durante el almuerzo o llevaba a sus estudiantes en salidas escolares. Me ayudó a reclutar estudiantes corriendo la voz y ofreciendo incentivos de aquí pallá. No me imaginé que se unieran tantos estudiantes de todos los grados. Cuando el Sr. Choi, el subdirector y el adulto a cargo de los fondos de los clubes, vio el nivel de participación estudiantil, estuvo muy dispuesto a apoyarnos.

El teléfono vibra en mi bolsillo trasero y lo saco. *Yolanda Nuelis, te espero en casa hoy.* Se me agita el corazón. Se me olvidó responder al mensaje de Mamá anoche. *Ción Mamá,* respondo inmediatamente, *Tato, ahí estaré. Lo siento, me olvidé responder anoche. Me quedé con Mami.*

"Jugué con el blanquito anoche", le dice Cindy a Marcus. Guardo el teléfono.

"¿Juega bien?", pregunta Marcus.

"Na, ese tiguere no silve. O tal vez me dejó ganar porque le di hasta besitos", Cindy se ríe. "Pero tá tratando de encajar. Su última escuela fue súper popi. Me dijo que está feliz de estar aquí, ya no quería estar en su otra escuela". Viro los ojos, pero parte de mí quiere que sea veldá. Ben debería sentirse cómodo aquí. Si se siente cómodo, entonce tal vez este presentimiento raro que me provocó la visión no sea motivo de preocupación.

José entra y se quita sus grandes auriculares; su uniforme de baloncesto cuelga del hombro izquierdo. Me saluda con la cabeza y una suave sonrisita cuando coge un jugo de manzana. Me volteo cuando entran Julissa y Amina, las dos son de segundo año como yo. Hamid y Jay cogen la merienda y les piden a los demás que amplíen el círculo. Mariamma, Lucía, Frances y Bryan, todos de primer año, se unen. Autumn, otra de tercer año, empieza la hoja de asistencia, y Victory entra corriendo y termina lo que parece ser una tarea. Taslima, una estudiante de último año que josea haciendo henna en la escuela pa los cumpleaños u ocasiones especiales, entra corriendo y arreglándose el hiyab. Por último, entra Ben. Me saluda con la mano, y le devuelvo el saludo. Le sale un olorcito a cigarrillo.

"Ey", dice Ben, y Cindy lo saluda chocándole la mano y jalándolo hacia ella. Tengo que hacer un gran esfuerzo para no reírme de lo incómodo que se ve Ben.

A medida que el círculo se va llenando, miro a mi alrededor y noto que oficialmente ha cambiado la demografía. En el pasado, la única persona blanca era Amina. Ella es albanesa, y su familia ha vivido en el Bronx desde que sus padres, como los nuestros, emigraron a los Estados Unidos desde Albania unos meses antes de ella nacer. Para ser honesta, ni siquiera la consideramos una muchacha blanca . . . la consideramos una muchacha que es, por casualidad, blanca. Ademá, que ella está súper consciente del privilegio blanco que tiene, lo reconoce y ella misma se llama la atención cuando se da cuenta de que cometió un error o que está dominando una conversación. Entonce, no sé, a veces se nos olvida.

Tato, sigue siendo blanca. Lo sé. La policía nunca la detendría sin buena razón. Ella no sabe nada del sudor que el cuerpo produce cuando un carro de policía se te acerca demasiado. No la siguen en las tiendas de *downtown*. Pero sus experiencias no coinciden totalmente con las de los gringos blancos "típicos". Sus padres son inmigrantes y ellos saben lo que e tener que dejar atrás su hogar por un lugar de promesas incumplidas y no poder

defenderse en inglés. Amina sabe lo que e ser el hijo al que se le
pide que traduzca documentos, el que trompieza entre dos idiomas, y por eso, parte de mí, siente ese nivel de conexión con ella.

Ben es el último en sentarse en el círculo, y la mayoría lo miramos dos veces como si no pudiéramos creer que realmente esté
aquí. El Sr. Ruiz aclara la garganta para interrumpir las miradas.

"Empecemos con un rompehielos", dice frotándose las
manos. "Eso e lo que ustedes hacen, ¿veldá?" Me mira buscando
confirmación. Asiento.

"¡Si pudieras ser un caramelo, ¿cuál sería?!", vocea Hamid
desde su silla. Todos se explotan de la risa. Decido seguir con el
tema, aunque el día se siente un poco má serio. Necesitamos alegría ¿veldá?

"Yo empiezo", dice Victory caminando hacia el centro del
círculo y recogiendo a Penny, un peluche de la Estatua de la
Libertad.

"Yo, claramente, sería chocolate", dice, estirando el brazo hacia
la luz y dándole vueltas como si fuera una joya. Su piel verdaderamente brilla con manteca de karité. "Porque miren a eta piel.
Mmm. Vamos a la izquierda", dice, pasándole Penny a Julissa, una
estudiante de último año que tiene primos en cada curso y se cambia el color de pelo cada mes. Este mes, sus puntas están verdes.

"Yo sería un Milk Dud", dice ella. "Difícil de masticar, pero
valgo la pena". Algunos de los muchachos sacuden las cabezas
haciendo todo lo posible por no decir algo perverso.

"Yo sería uno de esos Kiss de Hershey's que tienen caramelo
en el centro", sigue Yasheeda. Ella dirige el club de teatro y solo
viene cuando puede. "Ya lo saben". Estira una mano humectada
frente a la cara y se abanica con el dedo. Ella le pasa Penny al que
sigue.

"Yo sería un Toblerone", dice Hamid. "No me hallas en las bodegas sin máquina de lotería". Se pasa las manos por el cabello. Todos se ríen. Hamid tiene pila 'e pelo increíblemente brillante y nunca nos deja olvidarlo. Nació en Yemen, y aunque le gusta hacerse el payaso de la clase, también suele ser el mediador del grupo.

José toma Penny de Hamid y me mira. "Creo que yo sería un Sour Patch Kid. Agrio y luego dulce". La cara se me prende en llamas. Dios, que nadie se fije. Victory me mira y hace una mueca discreta cuando Penny llega a Ben. En el momento que Penny cae en sus manos e como si todos detuviéramos la respiración tratando de ser fiel a algo desconocido.

"No como mucho dulce. Pero mi papá compra unas trufas de chocolate de DeLafée cada par de semanas. Tienen oro comestible. Son muy buenos, pero obviamente tienen que serlo. Una caja de cuatrocientos cincuenta gramos es bastante cara", se ríe. Pasa Penny agarrada por una pierna, su pequeña antorcha dando bandazos hacia abajo. Amina saca su teléfono y toma Penny.

"Yo sería un Laffy Taffy de guineo", dice Amina, escribiendo rápidamente en el celular. Tá a punto de darme Penny, pero se detiene. "Sabes, Ben, ¿aquí dice que ese chocolate cuesta como quinientos dólares?"

Ben encoge los hombros. "Algo así".

"Tá bien, buchú", se ríe Cindy.

"Mmm, la mayoría de nuestros padres no han visto quinientos dólares de un tiro, al menos que etén pagando renta. Es algo que deberías pensar cuando puedes comer *dulces* que cuestan eso", dice Amina.

"E veldá", dice Frances en voz baja. Muchos asienten con la cabeza y le dan la razón a Amina.

"Así es", dice Yasheeda. "Pero, Ben, tráenos de esas delicias pa que la probemos algún día". Todos se ríen, incluso Ben.

Le agradezco a Amina que ninguno de nosotros tuvimos que decirlo y que ella misma se encargó, y también que Yasheeda haya roto la tensión con su humor. Amina me entrega Penny.

"Yo sería un Blow Pop. Me gustan los caramelos y el chicle, así es que es el combo perfecto". Miro a Penny, una réplica marrón de la Estatua de la Libertad. Un reguero 'e libros de textos dicen que ella era signo de libertad para los inmigrantes. Mamá Teté dice que también lo fue para ella en algún momento y no puedo dejar de pensar en que ese tiempo tá tan lejos de ahora. La libertad cuesta tanto ahora, demasiado. Le entrego Penny al siguiente.

"Tato, ya concluyó el círculo de conexión", digo cuando todos tuvieron turno.

El Sr. Ruiz pasa a la siguiente diapositiva que muestra titulares y encabezados de los últimos dos meses. Victory me ayudó a organizarla durante el almuerzo. Decidimos no incluir imágenes. La veldá e que los medios son, al mismo tiempo, una bendición y una maldición. Una bendición por la facilidad de comunicación, pero una maldición porque la forma en que nos enseñan y hablan de la violencia termina por adormecer nuestros sentimientos. Una imagen que hace diez años nos hubiese impulsado a salir a manifestar en las calles probablemente no nos afecta igual. Los medios normalizan la violencia y nos cansamos de luchar y exigir el cambio.

Algunas personas miran pa otro lado, otros leen los titulares con cuidado, otros niegan con la cabeza. Miro a Ben de reojo, las comisuras de sus labios temblando suavemente. La visión topa una parte de mi cerebro.

"Es normal para nosotros ver vaina como estos titulares

ahora", dice José. "Creo que es parte de un plan para deshumanizarnos".

ADOLESCENTE NEGRO ASESINADO EN SU PROPIA CASA TRAS LLAMAR AL 911.

CUATRO MORTALMENTE HERIDOS EN TIROTEO ESCOLAR EN FT. LAUDERDALE.

AFRO-ESTADOUNIDENSE ASESINADO EN SACRAMENTO EN EL PATIO DE SU ABUELA TRAS VIOLACIÓN DE SEMÁFORO EN ROJO.

UN TIROTEO ESCOLAR POR CADA SEMANA DEL AÑO.

"¿Siempre han sido así, los titulares?", pregunta Marcus.

"Se siente así para nosotros", dice Lucia.

"Sr. Ruiz, ¿en tu tiempo se veía meno?" pregunto.

"Siempre hubo violencia racial", dice el Sr. Ruiz. "Pero ahora, lo que hubiese tardado un par de días o una semana en circular, toma solo una o dos horas gracias a la tecnología".

"Dichoso", susurra Hamid, "¿o no?"

Nos sentamos en silencio por una cantidad de tiempo incómoda para todos. Siento la piel muy expuesta, aunque está cubierta con el uniforme. El piso está sucio. La parte que miro está llena de papelitos de chicle y una funda vacía de Cheetos. Toy pero clarísima que si la Sra. Obi estuviera aquí nadie se hubiese atrevido. Levanto la vista y veo a los demás mirando sus propias manos o el mismo piso que yo estuve examinando. Obviamente no queremos mirarnos a los ojos para nada, es demasiado para asimilar. Cada vez que procesamos estos eventos, nuestra reacción es diferente.

"Mmmmm", comenta Ben. Se frota la barbilla con el dedo índice y el pulgar. Mi cuerpo se tensa. Acaba de entrar al club, no puede tar por hacerse el estúpido ya. "Interesante". Lo miro y cuando me mira a los ojos, inclino la cabeza con una pregunta que no pretendo que me responda. Todos lo notan, pero nadie dice nada. La clase se siente rodeada por una incomodidad invisible por lo que es difícil saber qué se debe cortar, atacar o examinar. Pero algo no tá bien. *Bruja Diosas, no tá nada bien.*

"*Ejem*", el carraspeo del Sr. Ruiz rompe el silencio. "¿Qué pensamos de los perpetradores?", pregunta. Se pone la mano en la barbilla como si también estuviera pensando. Como si no entendiera lo que acaba de desencadenar. Un escalofrío me recorre la columna, haciéndome temblar en mi silla. Subo el zíper de mi *hoodie* negro.

"No pienso nada fuera de lo obvio", dice Autumn en voz baja. "Siempre son varones y blancos".

"Así fue siempre ¿no? Los principios de aquellos países que llamamos 'desarrollados', siempre a costilla de personas negras y de color". Amina encoge los hombros.

"¿Qué hacemos con notarlo? Esa vaina nunca va a cambiar. Y sinceramente, estoy cansade del tema", dice Jay. Se para en su silla.

"¿Estás cansade que personas negras, que se parecen a ti y a tu familia, mueran por dondequiera?", pregunta Victory, pero todos sabemos que ella no se lo pregunta en serio, solo quiere que Jay se sienta bobe por decirlo en voz alta.

"Sí, lo estoy. Realmente lo estoy. ¿Por qué no podemos usar este tiempo pa hacer coro y hablar de bacanería? En nuestras culturas no hay solo sufrimiento, Vi".

"E veldá", dice Marcus.

"Sí", dicen muchos. Victory sacude la cabeza, decepcioná, pero parte de mí también tá jarta del tema. Victory tiene mucha capacidad para aguantar la incomodidad y la confrontación en comparación con la mayoría de nosotros. Siempre me recuerda que no todos estamos hechos iguales.

"Está bien", empiezo. "Entiendo. Estamos cansados, ¿y cómo no? E un milagro si pasan par de semanas sin ete tipo de titular. Eso no e normal. Pero que temos cansados, tristes, lo que sea . . . nos demuestra que todavía sentimo, que aún tamo aquí", se me quiebra la voz.

Denme luz, Bruja Diosas. Hablen a través de mí si es necesario.

"Todavía tamo aquí y no tamo solo. Cómo siempre dice la Sra. Obi: seguimos las huellas de todos lo' que nos precedieron. Hubieron tantos antes que nosotros. ¿Utede piensan que tamo aquí porque la gente sucumbió al cansancio? Pero vengan acá, mi gente, no hay que descubrir el agua tibia. Tamo echando palante porque somo la juventu y eso significa que tenemo la energía, literalmente tamo luchando por nuestro futuro. Y siempre hay que tener fe que todo va cambiar, aunque sea poco. Sí podemo, y si queremo tomar pausa, podemo hacerlo. Podemo descansar. Necesitamo descansar. Porque tamo luchando, tamo fajao, le tamo dando con to, porque nuestro futuro depende de quién salga ganando". Tomo una respiración profunda. "Y no tenemo que luchar para siempre. Vendrá otra generación de jóvene cómo nosotro que le meterá mano a la lucha también". Victory me sonríe con todos sus dientes anchos y blancos, y sé que me acabo de comer ese discursito.

"Gran discurso". Me pica el ojo el Sr. Ruiz. "Muy bien, mi gente, la escucharon. ¿Y ahora?" Se inclina hacia adelante con los antebrazos sobre las rodillas.

Los ojos de Ben no se mueven de mi cachete. Los siento clavados en mi cara, pero no lo miro.

"Podemos tener un círculo, ¿desahogarnos? Podemos retomar la novela gráfica que dejamos la semana pasada", sugiero. El mes pasado, una organización sin fines de lucro nos donó una adaptación de novela gráfica de *Kindred* de Octavia Butler.

"Voto por la segunda opción", dice Hamid. Más de la mitad de nosotros levantamos las manos de acuerdo. Amina se para y toma los libros. Empieza a repartirlos, y cuando llega a la última copia, el Sr. Ruiz y Ben no tienen una.

"¿Te molesta compartir conmigo?", pregunta Ben, mirándome fijamente.

"No pasa na", digo despreocupadamente. La tensión empieza de nuevo en mi cabeza. *¿Qué se suponía que debía hacer?* Él mueve su silla a mi lado del círculo y todos se mueven para darle espacio.

Abro el libro, lista pa meterle mano.

"Epérate, Yoyo", dice Marcus. "Hanos un resumen porque algunos no tábamos y algunos simplemente nos olvidamos lo que leímos".

"Todos sabemos que se te olvidó a *ti*", dice Frances en voz baja, pero Marcus la escucha y le hace un chuipi.

José explica que Dana, la protagonista, salvó a Rufus, el carajito blanco, cuando se ahogaba. Su madre viene a llevárselo después que Dana lo salvó, pero hubo el clic de una pistola sobá, y eso nos llevó a dejar el libro la última vez.

"¿Crees que la agarrán?", pregunta Autumn.

"Para nada, es la protagonista. Es la única forma que mantienen vivos a los personajes negros", responde Jay, Todos se ríen.

Volvemos al libro y tomamos turnos leyendo una página en

voz alta. La voz de lectura de cada uno es diferente, pero incluso cuando algunos tienen dificultades con el diálogo, nos estamos comiendo el cuento. Octavia Bulter e verdaderamente una de las más grandes escritoras de la historia.

"¡Ay no!", dice Cindy en voz alta mientras Victory lee. ¡Rufus acaba de confirmar que Dana e su descendiente!

"Tá raro, pero ¿por qué siempre tiene que ser las mujeres negras las que salvan a todos? O sea, ¿podemos existir y descansar, por favor?", dice Yasheeda.

"Literal", responde Victory.

"O sea, ¿y ahora qué? ¿Qué se supone que debe hacer? Claro que ella lo va a salvar de ese tollo porque ella quiere sobrevivir", dice Amina.

"Sí".

"Yo lo salvaría, también", Ben se ríe. "Es solo un niño, ¿sabes?"

De repente, esa misma sensación de Ben chupándose todo el aire a su alrededor se apodera de todos. Todos los ojos se vuelven hacia él, quien había estado callado todo el tiempo que estuvimos leyendo.

"Pero él tá pasao", dice Mariamma, y cuando ella rompe el silencio es como si todos pudiéramos respirar de nuevo. "O sea, ¿quién quema una casa porque su papá lo castiga por *robar*?"

"Su papá no lo 'castigó', le dio golpes", responde Ben.

"Tá bien, supongo que tienes razón", dice Mariamma. "Yo no golpearía a mis hijos. ¿Pero mis padres? Me castigarían *y* me dieran una agolpiá si yo me robara algo, ¿okay?"

"Loca, los míos también", le afirma Yasheeda. "Pero yo no voy a pegarle candela a mi casa por eso". Todos asentimos.

"Bueno, yo creo que algunos niños sí se rebelan debido al abuso", agrega Autumn.

"No, no, no. Lo mío es, ¿por qué es excusa ser 'abusado'? A nosotros nos golpean, pero no lo usamos como excusa para ser más violentos", añade Taslima. "Al menos no con la misma frecuencia. Creo que los niños como Rufus pueden usar cualquier vainita pa justificar algo como quemar una casa, y entonces pa colmo, son excusados o salvados".

Considero si debo dejar fluir la conversación o dejarla para volver al libro.

"¿De veldá vamos a victimizar este chamaquito? Tá bien, entiendo, estás quillao con tu papá, pero tú también ere una pequeña bestia igual que él", dice Jay. "Usa la palabra n con la 'r' fuerte . . . ¿y eso, mi loco?"

"Pero tampoco puede decir la otra versión", remarca Cindy. El año pasado, cuando Fat Joe excusaba que él y J.Lo usaban la palabra n porque se criaron en el barrio con gente negra y tal vez tenían ancestros africanos como muchos en el Caribe, ella fue la primera latina blanca que escuché corrigiendo a cualquiera que los defendía.

"Rufus es un pequeño racista emergente, y no voy a fingir que, porque su padre le prendió las nalgas, ahora Dana tiene que tar arriesgando su vida por la de él", termina Jay, cortando los ojos y mirando al techo dique pidiéndole paciencia a los dioses.

Asiento con la cabeza. Bueno, sí, es solo un niño, pero iba a quemar a todos hasta los cimientos, incluidas las personas esclavizadas que no tenían nada que ver. Y Jay tiene razón: yo también estoy agotada, realmente cansada de la forma en que saltamos a empatizar con las personas blancas, pero no con la gente negra. Nos tomó menos de dos segundos olvidar todo lo que le taba pasando a Dana: literalmente saltando a través del tiempo, encomendada la misión de salvar a ete carajito en un periodo histórico peligroso, pa salvar su familia y salvarse ella misma.

"¿Seguimos leyendo?", ofrece el Sr. Ruiz.

Seguimos leyendo. Todo el club se pierde en las páginas. Hasta Ben parece estar interesado en *Kindred*. Es la primera vez que estamos tan cerca y puedo olerlo, aunque no puedo identificar a qué huele. Cuando llegamos a la página cuarenta y uno del libro, me encojo un chin. La misma sensación de estar expuesta se cierne sobre mí otra vez, y sé que muchos en la clase también lo sienten. Dana acaba de encontrar un hombre blanco golpeando a un hombre negro esclavizado y arrancándole la ropa a su esposa.

Victory toma una inhalación larga y exhala completamente mientras lee Amina. Mariamma empieza a morderse las uñas. Cindy se reacomoda. El aire se espesa y la respiración se hace un poco más difícil. Aunque todos sabemo qué lo qué con la esclavitud y cómo los amos blancos saquearon lugares y cuerpos, e difícil de leer, difícil de ver . . . pero así es la vida. Y créeme que preferimos leer *Kindred* que leer *El señor de las moscas* o *De ratones y hombres*, como nos obligaron hacer el año entero en la clase de literatura de noveno grado.

"Esto es gráfico", Ben dice lo obvio hacia el final de la página.

"Pero e la veldá", responde Victory, molesta porque él interrumpió la lectura de Amina.

"¿No es ficción?", Ben mira al Sr. Ruiz, quien no le responde. "No sé cuánta verdad usó esta autora".

"¿Cómo así?", dice Victory. Trago saliva. "Es ficción histórica, Ben. Y estoy segura de que ya aprendiste sobre lo que sucedió para crear este gran país".

"Y Octavia Butler era una matatana. Seguro que ella investigó mucho antes de escribir este libro", dice Lucía, acomodándose los lentes con la mano izquierda, su brazalete con el amuleto de la bandera mexicana baja por su brazo.

"Solo quise hacerme abogado del diablo", dice Ben. Se acomoda en la silla y el olor que tiene se intensifica. Un olor suave a cigarrillo, levemente almizcleño, tal vez una colonia, y la hierbabuena del chicle que mastica. "¿No les parece que desde el principio fue mucha violencia que les tocó a algunos de estos personajes?" añade Ben. Cruzo los tobillos y me enderezo. ¿Habla de la violencia que tuvieron que aguantar las personas esclavizadas o la violencia que mancha las manos de los amos blancos?

"Negativo, no vamo hacer eso, no, Ben". Victory le menea el dedo índice. "No vas a criticar el libro porque a TI te incomoda".

José me mira y me arquea las cejas. Sacudo la cabeza.

"Todos estamos incómodos, ¿o no?" Ben mira a su alrededor, pero nadie le responde. Acá, nuestra lealtad es impenetrable. Así es como sobrevivimos.

"Pero estamos incómodos por distintas razones", observa Amina.

"¿Y él libro pa cuándo señores? Jesusantísimo", Yasheeda hace un chuipi. "¡Tá a punto de ponerse bueno!" Otra vez, estoy muy agradecida por Yasheeda.

Victory me mira y levanta las cejas hacia Ben, indicando: ten cuidao. Subo el libro entre Ben y yo, y la página tiembla cuando exhala.

"Pero imagínense si pudiéramos hacerlo", dice José. "Viajar al pasado".

Tomamos una respiración colectiva, imaginándolo. Me encantaría volver al pasado y conocer a todos mis ancestros que fueron juntando toda la sabiduría que Mamá Teté aprendió para luego poder transmitírmela.

"Tuviera a Trujillo agarrao por el pecuezo", dice Marcus, su padre es haitiano. A principios de año, nos habló sobre la masacre del perejil cuando empezamos a aprender de los dictadores como si sólo hubiesen existido en Europa.

"Mielda loco, yo aprendiera el Golpe Grave de Saitama namá pa él", se ríe José.

Algunos se ríen, hasta yo, aunque no entiendo la referencia para nada.

"Bueno, yo soporto viajar al pasado solo si puedo ir con lo que sé ahora", dice Bryan. "O sea, definitivamente quisiera volver al mundo después de la colonización con conocimiento de la pólvora. Creo que por eso es que toda esa vaina se fue a pique".

"Sí, entre otras cosas", añade el Sr. Ruíz.

El sol está por tocar el horizonte cuando finalmente salimos del edificio a las 6:00 p.m. Afuera, los miembros de distintos clubes se despiden o se agrupan para tomar la misma ruta a casa. José, Victory y yo caminamos hacia la guagua.

Por un tiempo no hablamos. Cuando José abre la boca e pa hacer un chiste que a los tres nos derrite toda la tensión del día.

RITUALES DE CAFÉ

Me da un fuerte olor a orina cuando entro al edificio. Ni siquiera puedo culpar a la gente. En mi opinión, las vejigas son muy traicioneras. Entro al ascensor y saludo a una de las amigas de mi abuela, una mujer hondureña que va a ver a Mamá Teté de vez en cuando para lecturas de cartas.

Mamá Teté me envió un mensaje dique que volviera a casa. En veldá no puedo ignorar la nube oscura que me persigue cuando Ben está cerca. Tal vez si le cuento un chin de lo que tá pasando, ella me podrá ayudar.

"Ción Mamá", digo entrando a la cocina. Mamá Teté está enfrente de la estufa colando café.

"Que todo lo bueno te bendiga, mija", responde. Cuando me mira a los ojos, aprieta sus gruesos labios y sé que ella tá molesta.

"E tarde para café, Mamá". Me siento en una silla que tá apiñá en la cocina.

"Nunca e demasiado tarde pa un cafecito o lectura de taza".

"¿Tienes una lectura de taza?" pregunto.

"No, Yoyo, NOSOTRAS tenemo una lectura". Me dice que tuvo que posponer la lectura de ayer porque no llegué a casa.

Entonce me mira como si ella estuviera tratando de evitar que la noche invada la luz de mi alma. ¡El pipo! Tá super quillá. Tá bien, no la llamé ayer ni tampoco le respondí el mensaje pa decirle que me quedaba con Mami, pero esa son caballá. Ella sirve el café sin azúcar y sin crema y camina hacia la sala. Yo la sigo.

"Mamá . . .", trato de explicar. Pero se voltea y me manda a callar.

"Tú no me tiene que decir nada, Yolanda Nuelis. Tuviste una visión. Ya lo sé, aunque tú no me lo hayas dicho". ¿Entonce llamó a Mami? Perfecto. Trato de explicarle que vine a hablar con ella de todo lo que había sucedido, pero me lo vuelve a impedir. No he tenido una visión así desde que tenía cinco años. Claro que tengo los sueños, pero esto fue más fuerte y me llegó de la nada. Después de algunos momentos de silencio, intento de nuevo.

"Mamá, e la primera vez que me pasa desde lo de Noriel. Yo taba nerviosa. Y lo que vi, tal vez no sea gran cosa", digo.

"¿Por qué lo dices?" Se vuelve hacia mí.

"Porque . . ." Pienso en el día de hoy. Sí, Ben e problemático, pero hay personas problemáticas en todas partes. Sí, sentí algo, pero ¿tiene que ser tan alarmante? Realmente ¿qué podría estar maquinando? "Simplemente me asustó un poco. Se sintió tan real y solo necesitaba un chin de tiempo. Deberías entenderlo". Me mira como si yo le estuviera faltando el respeto o qué sé yo qué, pero entonces me sonríe comprensivamente. Señala el sofá.

"Te dije que el miedo es una herramienta, no siempre tenemos que evitarlo o intentar huirle". Mamá respira profundamente. "Siéntate, Yolanda Nuelis", exige. Entonce ¿no toy fuera de peligro? Tá bien. Sigo sus instrucciones y me siento en el sofá que aún está cubierto de plástico mientras ella saca una mesa plegadiza de detrás del mueble y acomoda el café.

Finalmente tamo sentadas de frente. Tiene la taza de café sobre un platico. Lo empuja hacia mí. Me llevo la taza a la boca y empiezo a tomar lentamente. No vale la pena pelear con ella. Ella tiene presentimientos que son má sabios que los míos.

Mamá e guiada por Culebra, y yo de veldá no relajo mucho con ella, no.

Cuando se encarnó, Culebra era una mujer negra de la costa occidental de África. E una de las diez hijas del Misterio llamado Tierra. Culebra e fuerte y potente. En la tierra, se dedicó a la liberación de las mujeres en su comunidad. Cuando las mujeres le pedían ayuda, ella venía con un reguero 'e culebras pa liberarlas y dominar a cualquiera que se interpusiera en su camino. Cuando un poderoso dragón atacó las tierras vecinas, Culebra fue llamada como respaldo. Cuando empezó la colonización y esclavitud, Culebra viajó al Caribe pa proteger a su pueblo. Su espíritu se quedó arraigado en el Caribe cuando murió su cuerpo terrenal, y desde entonce vive a través de sus fieles seguidores.

Mi Misterio o Bruja Diosa aún no me ha elegido. Mamá me tá guiando en el proceso porque ella e poderosamente elegida. Se dice que cuando Mamá fue expulsada del vientre de su madre, había una culebra a sus pies observando su nacimiento. E fuerte ser elegido al entrar al mundo. Con eso quiero decir que yo no relajo con Mamá Teté, pero yo taba nerviosa y confundida, y mielda ¿e qué no voy a salir de una?

Mamá no me quita los ojos de encima hasta que queda poco café en la taza. El calor baja por mi garganta. Odio tener que beberlo tan rápido, pero finalmente volteo la taza y la pongo bocabajo en el platico.

"Mamá, ya", digo. Realmente odio cuando me mira como si

supiera algo que yo no sé. Se pone los lentes y voltea la taza.
Entonce, aparta la cara como si tuviera veneno. Mira, observa y
da soplones de aire por la amplitud de su nariz.

"Mija, ¿en qué lío fue que te metieron?", dice Mamá Teté.
Ahora me mira y no sé cuál de sus miradas me hace sentir má
incómoda. Quiero pedirle má detalles, que me cuente má , que
me diga las cosas que Culebra tá resaltando en su mente y corazón, pero en veldá no quiero saber. Ya me vi obligada a saber
demasiado con este don: que Papi traicionó a Mami, los pensamientos asquerosos de los perversos, y ahora parece que lo que
sea que tá pasando con Ben e lo que sigue. Imagínatelo. Dique un
joven que no quiere saber la vaina ante de tiempo. Sí existen, porque ahora mismo esa soy yo.

"Tú tiene que darle servicios a tu altar. Con los chelitos que
te doy, también tiene que comprarle a Culebra una vela morada o
verde oscuro pa yo prenderla en mi altar . . . pa la lectura", dice
Mamá.

"Pero no me has dicho nada", protesto.

"Te leí la taza, y parece que los Misterios no me permiten ver
lo que tá sucediendo. Pero si algo sé, e que cuándo los Misterios
quieran decir má lo harán". Ella señala hacia la puerta. Cuando le
doy la espalda viro los ojos y me pongo los tenis. Camino hacia la
puerta, devuelvo mis llaves al bolsillo, busco los últimos cinco
dólares que me quedan en la cartera y me voy.

Tomo el elevador hasta el séptimo piso y salgo por la parte de
atrás del edificio. La bodega siempre tiene pila 'e vela. Muchísi-
mos en el edificio la' usamo pa los muertos, los enfermos, los santos, los dioses, los hechizos. Camino hacia la parte trasera de la
bodega y me encuentro con el gatito gris. Le sobo la espalda y me

sigue al rincón oscuro donde están las velas. Tomo una morada y dos blancas. Cuando estoy a punto de dar la vuelta, de regresar al mostrador para pagar, siento la necesidad de parar. *Roja. Una vela roja.* Agarro una vela roja. Pongo mis cinco dólares en el mostrador.

"Te faltan $1.75, morena", me dice el hombre.

"¿Puedo volver pa dártelo? Me conoces, Ramón. Tú sabe que soy buena paga", digo. Un grupo de tres hombres que casi nunca dejan la bodega fingen no estar comiendo boca. Ramón señala el letrero escrito a mano que dice AQUÍ NO SE FÍA.

"Tá bien, dejo la roja", digo.

"Yo se lo pago", dice otro hombre parado detrás de mí en la fila. Es mayor, tiene puesto unos jeans y un poloché rojo enorme. Instantáneamente siento subir todas las defensas en mi cuerpo. La gente a veces espera algo hasta por el má mínimo favor. *Acepta la ayuda.* El cuerpo se me vuelve piel de gallina. Ahí están. Volvieron. Que alivio.

"Muchísimas gracias", me llevo de la voz. "¿Cómo se llama uste? Me aseguraré de devolvérselo".

"Soy Miguel. No me verás mucho por aquí, así que no pasa nada. Prende esa vela", dice. Sonrío y le doy las gracias una vez más antes de salir.

En la entrada del edificio, unos hombres fuman Newports y juegan dao. Unos jóvenes tán sentao en los muros con sus celulares. La mayoría viven aquí. Yo básicamente crecí con ellos, jugábamos al topao, montábamos bicicleta en el parque, nos tirábamos globos llenos de agua enfrente del edificio, pero de una forma u otra después de la secundaria cada uno cogió su camino. Algunos siguen haciendo coro aquí, a otros lo mandaron a escuelas católicas y otros se fueron del barrio. Al principio, a veces sentía tensión por eso. Mamá dice que así somo cuando llegamo a la pubertad. No' ponemo territoriale o qué sé yo qué. Ahora, les sonrío respetuosamente, lo' saludo con la cabeza o simplemente no hago na, y ellos hacen lo mismo. Moisés, uno de los hombres del piso diecisiete, camina hacia mí con manos que entran y salen de sus bolsillos sacando dinero.

"Ey, tú ere nieta de Teté ¿veldá?" pregunta. Él sabe muy bien que sí.

"Sí".

"Le debo. Mi abuela le pidió uno de sus baños y una mezcla de aguas pa lo' piso'", dice. "Dale eto por mí". Me pasa quince billetes mojosos de veinte dólares. La humedad de los billetes me hace imaginar que literalmente tuvo que sudar la gota golda pa conseguir eto cualto.

"Los baños cuestan . . ."

"Ella me dijo. ¿Pero e por donación, veldá?" Asiento. "También me dijo que le buscara una vela morada o verde. Se la di hace unos días. No tenía dinero en ese entonce, pero ahora sí. Dile que cualquier cosa que necesite, tamo aquí".

"No hay problema. Siempre a la orden", digo, porque así e que Mamá dice cuando alguien le da las gracias.

Vuelvo corriendo a la bodega. Pregunto por el hombre que me prestó el dinero, pero desapareció.

Cuando llego al apartamento, le doy la vela para Culebra a Mamá y saco lo cualto. Ella tá sentada enfrente de la televisión viendo novelas, la taza todavía frente a ella. Los personajes en las telenovelas latinoamericanas siempre son latines blanques. El protagonista nunca e una persona negra o indígena. Si hay un personaje así, siempre e en un papel menor. A las personas indígenas siempre les toca los papeles de bufón, sirviente, insignificante.

Pero e lo único que tenemo. Y son los únicos programas que Mamá Teté puede entender sin perderse.

"¿Mamá?" Ella se voltea hacia mí. Su cara cambió, se ve má suave, pero sus ojos se ven má oscuro también. Le llegó el espíritu. "¿Qué hicite por Moisés?"

"Le hice un baño para mantener alejados a sus enemigos".

"¿Pa qué fue el agua del piso?"

"Pa nuestro edificio. Estos pendejos se olvidan que cuando hacen lo suyo viviendo aquí todos necesitamos protección también".

¿Para cada piso?

"Teté escuchó que le tomó una semana trapear cada piso con el agua. Pero es lo que yo necesitaba de él", Culebra dice. Su voz e áspera, pero sé que no hay peligro. Me inclino para darle la vela. En un instante, me agarra el brazo. Me engrifo sabiendo que e Culebra y no mi Mamá. Con el dedo, ella me marca el antebrazo en forma de s. *Que la Culebra siempre te proteja.*

Tomo una respiración profunda y siento una ola recorrer mi cuerpo.

"Gracias, Culebra. Voy a mi habitación ahora", digo, quitándole el brazo con un jalón. Mamá cruza las piernas firmemente y su cabeza cae en el respaldo del sofá con un golpe seco.

☾

Quisiera decir cuándo me fijé que estaba conectada a los Misterios y mis ancestros . . . los honorables y los malos también. Pero no hubo principio y ¿quién sabe del final? Yo no.

Yo siempre supe de mi conexión. Por eso crecí sin amigos cercanos aparte de Victory. Un abrazo, un apretón de manos, una mirada y los mensajes me llegaban como le llegaban a Mamá Teté.

Los celos de ella son peligrosos.

La rabia de él no es saludable para ti.

Espera . . . no están listos.

Tenía cinco años cuando Mamá Teté me explicó que los mensajes eran un privilegio . . . que a todos les llegan pero que no son tan fuertes para todos. Los Misterios afectan a todos en la isla, pero *trabajan* con unos pocos elegidos. Los santos tenían que escogerte: a diferencia de otras religiones, fes o prácticas, no entras porque tú lo decides. Sí, es un regalo, pero en realidad, comparada con otras personas de mi edad, yo diría que a veces mi vida es un poco solitaria. Excepto con las Bruja Diosas, mis padres, Victory y Mamá Teté, no tengo con quién hablar de cómo lo sobrenatural está entretejido con nuestro mundo físico.

En la escuela intermedia, sí intenté luchar contra el don. Simplemente porque quería encajar con los demás. Pero entre má ignoraba los susurros, má fuertes se volvían y má a menudo llegaban. Me ayudó mucho que Victory me enseñara a verlo como una herramienta adicional en vez de lo má fundamental y sé que eso era lo que Mamá siempre me intentaba explicar.

Me siento en el piso porque su frío y solidez me hacen sentir conectada a la tierra, como si nada me pudiera mover o agitar. Hoy, Mamá me espantó con su mirada. Ella ha sido humana con el mismo don que yo por tantas décadas que pensé que no había nada que ella pudiera ver que la asustara tanto. Pero sí. E por eso que llamó a Culebra buscando respuestas. E por eso que Culebra la montó.

Mi sofá cama tamaño *twin* e el mismo que Mamá armó pa mí

mucho antes de que mis padres se divorciaran. Ella dice que supo que se iban a divorciar cuando se casaron, pero a veces la gente tiene que aprender atento a ellos. Al lao de mi cama tá un biuro blanco con un pequeño espejo. Al lao de la puerta tá el estante que uso como una bibliotequita. A diferencia de Mamá Teté, me gustan los colores neutros como el blanco y negro, entonce cuando abres la puerta de mi clóset esos son los colores principales que verás, con la excepción del rojo de mi abrigo acolchado y algunas cositas más. Veo la vela blanca que no usé la semana pasada y recuerdo el molondrón que tengo en agua en la cocina.

Me siento con las velas blancas de frente. Normalmente no uso velas de color porque todavía ningún Misterio me ha elegido. Pero este rojo . . . la necesidad de comprarla fue densa y al mismo tiempo ligera. Digo algunas palabras: "Gracias, Bruja Diosas, Arcángeles, Ángeles de la guarda, Dioses, Honorables Ancestros, Lwas, Misterios, Orishas, Santos, Universo, Madre Tierra, Padre Cielo y todo aquel más bueno y más grande que los humanos. Te pido que me transmitan respuestas. Que se abran las puertas de la comunicación".

Prendo la vela y la llama sube rápidamente. Es relativamente larga y los mameyes y los amarillos crecen juntos. Corro a la cocina y busco el molondrón. Cuando me acomodo de nuevo en el piso con el caldero entre las piernas, doy las gracias a las aguas por ayudarme con este baño. Este baño no es el que Mamá suele hacer, sino uno que aprendió de una amiga cuando viajó a Nueva Orleans a reunirse con otros místicos negros y de color. Ella dijo que los baños de molondrón sofocan las energías que impiden que las personas tengan claridad. Las Bruja Diosas saben que necesito todo el apoyo posible. Empiezo a exprimir los veintidós molondrones que tienen días remojados en agua dulce hasta que se rompieron y aparecieron las semillas. Los tomo entre mis uñas de tres pulgadas y los dedos para romperlos y exprimir toda su sustancia pegajosa. Esa baba e lo que se necesita para estos baños.

Después de cuarenta y cinco minutos, me seco el sudor de la frente y me doy cuenta de que estoy entrando en trance. Empieza como un peso en la coronilla, como si el cielo escogiera mi mente para sus cimientos. Luego siento un calor y una frialdad por dentro que ligeramente me presiona la cabeza.

Me duermo sin darme cuenta.

El sol besa su espalda. Sus muslos están sucios. Ella está sentada en una alfombra de paja sobre la tierra. Soy ella. Lo sé. Ella trabaja el mismo caldero de agua dulce y molondrón. Mira hacia el otro lado y allí está su casa, redonda y hecha de barro. Humo sale del techo y sabe que el hombre que ella llama papá está preparando la comida mientras ella prepara la medicina. Un niño pequeño corre hacia ella y se encarama en su espalda. El cuerpo del niñito se siente fresco como un escudo. Nunca había escuchado el idioma que él habla, pero lo entiendo cuando se ríe y dice, "Hermana, ¡ella me va a agarrar!" Mueve el caldero y sube el niño a las piernas. Los ojos del bebé brillan de alegría. Se parece a ella, los dos tienen labios pronunciados y la nariz ancha y chata.

"Babu, ven acá", ella escucha a su madre gritar desde la casa.

"¿Qué tienes, bebé? Vamos, dáselo a tu hermana mayor".

Ella agarra su pequeña mano cálida y la abre para revelar una piedra. Nunca la había visto, pero sabe que es valiosa. Líneas rosadas cálidas y aguamarinas frías brillan en su superficie.

"Voy a tomar esto, Babu, ¿de acuerdo? Vuelve adentro con Mamá". El niñito, decepcionado, sale corriendo.

"Lo tengo", ella vocea en dirección a su casa.

Se arrecuesta. Le duele la espalda. Estirándose, ella recuerda la cantidad de baños de molondrón que se pidieron y que aún quedan por cumplir. Entonces siente unas manos en los hombros. Se gira y ve a su abuelo. De todos sus primos y hermanos, solo la recuerda a ella. Desde que ella tenía la edad de Babu, él le enseñó del poder de las plantas y cómo hacer medicina. Se sonríen.

El anillo gris azulado de sus iris le recuerda que su tiempo ahora es más limitado que nunca. El dolor se apodera de ella.

"Podemos sentirnos tristes", se ríe el viejo. "Pero siempre debemos estar conformes con el tiempo que hemos pasado juntos". Ella asiente. "Eres muy trabajadora, fueguito", el hombre susurra. Ella sonríe y trabaja más rápido, como si esas palabras aumentarán el poder de sus manos.

" ¿Para quién es?", pregunta el viejo.

"Para nosotros", ella dice, la sonrisa desapareciendo de sus labios. Sacude la cabeza tratando de recordar quién había pedido los baños. "Son para nosotros", dice en voz baja. Y entonces entiende que los pedidos le han llegado de ella misma a través de sus sueños.

El miedo sube por las plantas de nuestros pies.

☾

Así son los sueños que tengo con más frecuencia, a los que toy acostumbrada hasta cierto punto. Me aseguran que hubieron muchos antes que yo. Muchas personas que veían, que creaban, que curaban. Me asegura que los humanos no siempre fueron solo recipientes de ego. Que su estado natural siempre fue fomentar la conexión entre lo divino y lo humano. Que siempre hay cómo dar vuelta atrás.

PERÍODO

Suena el primer timbre. Busqué a Victory la mañana entera para pedirle perdón de frente por lo de ayer, pero no la encontré.

Siento lo que pasó ayer con Ben, le tiro entrando al primer período. Ella no quiso hablar de lo que pasó, así sé que tá muy encojoná y necesitaba espacio.

El Sr. Leyva me para. "Yoyo, muchacha. Sabes que no puedes estar mostrando tu celular en estos pasillos".

"¡LO ESTOY GUARDANDO!" anuncio. El Sr. L sacude la cabeza riéndose. Sigo caminando. Antes de llegar a clase, me orillo en una esquina y saco mi teléfono.

Loca, ¿pk pides perdón POR ÉL? Ella responde.

Tienes razón. Me siento responsable por haberlo invitado al Espacio Valiente & también pude haber ayudado a corregir su vaina problemática, respondo.

Ben definitivamente taba desacatao, y no sé por qué sentí que los labios se me habían sellao. Por primera vez desde que fundé el club, no pude hablar. No sé si fue porque él estaba tan cerca de mí, o si fue porque era su primera vez en una de nuestras juntas o si fue por la visión. Tal vez, un chin de todo. Rápidamente devuelvo el celular al bolsillo.

La Sra. Obi está en la puerta de su aula chocándonos la mano cuando entramos a clase. Probablemente sea la única maestra que lo haga, y al principio pensábamos que era muy cursi. Al fin y al cabo, no estamos en tercer grado, pero te hace sentir amado, aunque nadie lo admite en voz alta. Lleva puesto un cárdigan rojo y acaba de hacerse trenzas. Tiene un contenedor azul con carpetas en las manos, lo que significa que hoy estamos eligiendo nuevas parejas de laboratorio.

"Buenos días, Yoyo. Me alegra verte. Escuché que ayer entraron en terrenos difíciles", dice. Asiento.

"Sí, algunos no estábamos preparados pa to eso, entonce elegimos seguir con *Kindred*", respondo.

"Lamento no haber estado para ayudarlos a superarlo, ¡pero lo hiciste bien! Me dijeron que escuchaste a los miembros del club y que realmente respetaste las capacidades de los demás", ella añade. "Pero no recibí la actualización completa, entonces tendrás que ponerme al tanto más tarde". Asiento. Entro la mano al contenedor y abro la carpeta para ver el nombre de mi nuevo compañero de laboratorio: Ben.

"Na, déjame cambiarlo, Obi", digo. Después de haber pasado nuestra junta entera a su lado ayer, toy hasta la coronilla. Ayer se pasó y . . . aún tengo una sensación que no puedo nombrar o ubicar. Pero sé que definitivamente no me gusta.

Ella se inclina sobre mí. "Ben, ¿eh? Supe de sus padres, quienes conocí durante su proceso de incorporación, que él necesita toda la ayuda posible para ponerse al día con la química", dice.

"¿En serio? Él dique fue a una escuela privada. Estoy segura que él tiene todo lo que necesita para ponerse al día. Sra. Obi, con todo el respeto del mundo, me tá yendo excelente con Bianca".

"Trabajas bien con todos. Piensa que eres como la sangre tipo O. Me has demostrado que eres compatible con todo tipo de personas en este lugar. Y en cuanto a lo último que dijiste, creo que estás dando por sentado que todos aquellos que asisten a una escuela privada son buenos estudiantes académicamente, y ese simplemente no es el caso". La miro como si no me importara porque de veldá me da igual. "Te daré algunos puntos de crédito extra". Le quiero decir que no lo' necesito, pero ella ya lo sabe. Ademá, juro que los maestros viven inventándose lo de crédito extra. "Dale, Yoyo, te la voy a deber".

"Tato. Pero si todo se va a la eme, es culpa tuya, Sra. Obi".

"Tá bien, Yoyo, te entiendo", ella sonríe y me entra al aula.

Desde que la Sra. Obi y yo empezamos el Espacio Valiente de Julia De Burgos, hemos tenido muchos, muchos, muchos altibajos. Pero má que nada, aprendí mucho de ella. Ella me enseñó a ser paciente y siempre tener curiosidad ante de saltar a conclusiones. Pero esto se siente raro, aunque confío en ella. Me pregunto si pensará que ponerme a trabajar tan estrechamente con alguien como Ben me va ampliar la forma de pensar o una de esas cosas que siempre dicen los maestros. Pero sé que ella no lo conoce realmente, así que no sabe lo peligroso que podría ser.

Empecé el club en el séptimo grado con la ayuda de Victory. Y también con la de nuestra maestra de literatura de octavo grado, la Sra. VanNorden, quien patrocinó el club. Lo hicimos justo después de enterarnos de quién sería el cuadragésimo quinto presidente: alguien que había demostrado estar lleno de odio y ser sinceramente racista. Pero le mostró al mundo que hay muchos que piensan así, más que lo previamente pensado por nosotros los que vivimos en las grandes ciudades. Cuando empezamos en Julia De Burgos, la Sra. VanNorden escuchó que yo la taba pasando mal en la secundaria y se puso en contacto con la Sra. Obi para traer el club pacá.

Camino a la mesa del laboratorio arrastrando los pies y me siento en el taburete. Miro a Bianca que ahora está con José. Él está en su último año, pero está tratando de tomar sus exámenes estatales pa graduarse con honores, entonce usa su periodo libre pa retomar la química. Ella juega con uno de sus rizos mientras le muestra sus apuntes. Yo he trabajado con él, y sé que no necesita mirar los apuntes de ella. Estoy molesta y sinceramente un poco . . . bueno, pa ser clara, toy celosa. Intento no mirar demasiado.

La puerta se cierra de golpe. Los ojos de Ben están irritados como si no hubiese dormido y el botón superior de su uniforme está desabrochado.

"Ey, ¿todo bien, Ben?", vocea un estudiante. Ben sonríe sarcásticamente y camina hacia una mesa sin prestarle atención a la mano extendida de la Sra. Obi que intenta redirigirlo a mi mesa. La miro y levanto una ceja. Ella asiente como quien dice "tato".

"¿Dónde me siento?", pregunta Ben una vez que está en el medio del aula. Algunos de nosotros lo miramos como si fuera ridículo. Ayer, entró a la clase del Sr. Ruiz haciéndose el humilde y to la vaina, pero claramente eso se acabó.

"Aquí mismo", digo. La Sra. Obi sigue tomando la asistencia.

"Bueno, científicos. Ahora que están más cómodos usando la tabla periódica, vamos a añadirle un poco de interés . . ."

"¿Qué dijiste?", grita Ben, sentándose a mi lado.

"La tabla periódica . . .", empieza la Sra. Obi.

"No me siento nada cómodo con los períodos", Ben la interrumpe. "La sangre me marea. No veo la menstruación como un ciclo. Francamente, creo que es asquerosa". Sonríe, inclinándose hacia atrás y agarrándose de la mesa. Mira a su alrededor esperando que los demás se unan y se rían con él. Pero ya tenemos un "payaso de la clase" y la gente no se mete con la Sra. Obi.

"¿Qué?", dice Bianca, entrecerrando los ojos y mirando a Ben como si fuera un bobo. En toda la clase, los estudiantes hacen chuipis y se burlan, molestos por su interrupción.

"Bro", dice un grupo de muchachos sacudiendo las cabezas y manteniendo sus miradas lejos de él.

"¿Y ete pariguayo?", dice Marcus desde la primera fila.

Entonce Dayvonte salta con: "¡Don Pariguayo!" y al estilo típico de los estudiantes novatos, todos los estudiantes del décimo grado se ríen con los de último año. Me tapo la boca para no reírme y miro a Ben. Sus fosas nasales están dilatadas.

La Sra. Obi se acerca a Dayvonte, le dice algo en voz baja y le toca el hombro. "Mała mía, Obi", él susurra y los demás dejan de reírse.

"Ya está bien, está bien, vamos a ver qué tan preparados están. ¿Cuál es el número atómico de . . . ?", la Sra. Obi se frota las manos como si estuviera pensando profundamente. "¡Criptón!", sonríe, "sí, a mí me gusta el Criptón. Discútanlo".

Todos miramos la pared a la izquierda porque normalmente ahí está la tabla periódica, pero sigue cubierta desde nuestro último examen. La clase se va en discusión. Queremos mucho a la Sra. Obi, entonces todos hacen su mejor esfuerzo por buscar la solución, sacando sus mascotas y buscando pistas en los libros de texto.

La. Sra. Obi camina a nuestra mesa y se agacha. "Ben, estoy muy feliz de tenerte en clase", empieza. "Algo que me encantó que hiciste cuando entraste a nuestra clase es que trataste de orientarte preguntando dónde debías sentarte. Eso me demuestra que entiendes cómo se usan las reglas para sobrevivir en nuevos espacios. Una cosa en la que creo que puedes trabajar para tener éxito en esta clase es no interrumpirme a mí ni a los demás, especialmente cuando el comentario no viene al caso y es, francamente, absurdo. Creo que tienes preguntas sobre la menstruación y podemos hablar de eso después de la clase si haces una cita". Ella sonríe. Su piel oscura, vestida con manteca de karité, reluce bajo las luces brillantes del aula. "Yo sé que lo harás mejor, Ben".

La cara de Ben está vuelta un rojo vivo como si se la hubiese frotado con nieve por un buen rato. El blanco de sus ojos brilla y la orilla verde se destaca más. En cuestión de un minuto, sus rasgos cambiaron. Me pregunto si todavía lo considerarían un bombón con lo aterrador que se ve ahora. Como si toda la sangre que tiene en el cuerpo decidiera visitar su cara. Aprieta los puños debajo de la mesa. Tá lleno de ira y de alguna manera la energía se me pega. Me muevo en mi asiento para recordarle a mi cuerpo que tamo bien. Nunca había visto una persona blanca tan furiosa. Por acá, voceamos, gritamos, hablamos mierda, nos desahogamos, pero él se aferra a la rabia, y me duele verlo.

"¿Todo bien?", pregunto, recordando cuando me pidió perdón ayer por haber sido tan raro. *¿Por qué no se pasó así con el Sr. Ruiz ayer?* Ben me mira, respira profundo y aparta la mirada. Saco el teléfono y busco en Google "¿El guerrero de la justicia social es un término positivo o negativo?" Una explicación de Wiki aparece de primero: "El término *guerrero de justicia social* pasó a ser un término negativo en 2011. Se refiere a aquellos que apoyan firmemente valores progresistas como la inclusión cultural y racial y el feminismo". Me siento vindicada porque ya sabía qué lo qué. *Pero ¿cómo fue que algo como defender a la humanidad se convirtió en una broma?*

Se me hace casi imposible mirar a Ben sin pensar en los orígenes del racismo. En nuestra clase de Historia de EE.UU., el Sr. Ruiz empezó nuestras discusiones de los jueves enseñándonos sobre la construcción del sistema racial. Explicó cómo los que estaban en el poder usaban mitos raciales para justificar el salvajismo que usaban para oprimir a las personas negras y de color. Mencionó cómo incluso en América Latina se utilizó el racismo para construir clases sociales. Según él, los colonizadores siempre llevaron guerra y derramamiento de sangre a los indígenas y los esclavizados. Me pregunto si fue así porque ellos no hablaban de lo que realmente les molestaba. Si lo mantenían todo embotellado como Ben, puedo entender cómo las personas como sus antepasados terminaron siendo violadores, asesinos y esclavistas. Así es que descargaban su furia. Hay tanto odio en el cuerpo de Ben que lo siento en mi estómago. *No conducirá a nada bueno*, escucho.

Finjo toser para interrumpir el silencio. "Bueeeno, creo que el número atómico del Criptón e treinta y cinco o treinta y seis según lo que recuerdo", digo. "No, treinta y seis, definitivamente treinta y seis. ¿Tú qué crees?" Realmente no me importa su respuesta. No responde. En cambio, garabatea círculos en la mascota con la cara tan hundida en ella que solo puedo ver la parte de arriba de su cabello castaño y ceniciento.

"¿Por qué estás tan molesto? Fuiste tú que dijiste algo . . ." empiezo, "incoherente". Quise decir estúpido, pero no toy por tirarle leña a ese fuego, no.

Los ojos de Ben están más irritados que cuando entró a clase y me mira como si me hubiera vuelto loca. "Déjame quieto", dice.

Sacude la cabeza y aparta la mirada. "Lo siento", dice en voz baja. "Ahora . . . solo . . . no me hables ahora mismo". Sacude la cabeza y me mira de nuevo. Sus ojos están llenos de ira y ahora también de algo suave. "Por favor. No puedo creer que realmente esté en esta escuela de mierda", dice entre dientes.

Miro la pizarra, sorprendida por su honestidad. Nunca me habían hablado así. Me está tomando la medida. Respiro profundo . . . solo tomándome la medida. La Sra. Obi nos está explicando los objetivos del día, pero intento observar a Ben de reojo. Mami dice que ella siempre intenta ver lo bueno en las personas, incluso cuando le demuestran lo contrario, porque eso e lo que hacen los buenos cristianos o algo así. Cuando aprendí de las Cruzadas y le hablé de ellas, Mami dijo que en toda la gente hay dulzura, hasta cuando causan daño. La busco en la mandíbula apretada de Ben y en las pequeñas arterías rojas cruzando su cachete. Pero ahí no hay na dulce, no.

"¿Qué miras?", me escupe la pregunta en voz baja y entre dientes. Le corto los ojos y veo a José mirándonos desde la izquierda.

"Deberías respirar y tranquilizarte, *bro*", digo. Para lo que resta de la clase, mantiene los puños cerrados debajo de la mesa y yo sigo trabajando como si tuviera un compañero de laboratorio invisible. La Sra. Obi intenta intervenir un par de veces, pero le señalo que toy bien. Yo sé qué lo qué con Ben ahora. Su táctica e hacer cambiazos de personalidad, y eso no e ser real. Entonce voy a confiar en lo que sentí y hacer lo que debo pa protegerme a mí y a lo' mío. Porque yo no le voy a permitir que se meta con Julia De Burgos.

Suena el timbre que anuncia quinto período: almuerzo. Ben agarra su mochila pesada y es el primero en llegar a la puerta a pesar de que estábamos sentados en una de las mesas más lejanas.

Intento seguirlo a su casillero, pero va directamente a las escaleras. *Mantén a tus amigos cerca, y aún más cerca a tus enemigos*, me susurran las Bruja Diosas—¿un aviso o instrucciones? Él sube corriendo por las escaleras como si supiera pa donde va. Miro hacia mi casillero, José está apoyado en él. Me mira a los ojos, pero abro la puerta y sigo a Ben.

"¡Ey!", le grito.

"¿Qué quieres?" Se voltea y su tono es más suave que antes. El diache, ete chamaquito e tan impredecible.

"¿Ya estás oficialmente en la clase de la Sra. Obi?"

"Es un requisito, ¿o no?", responde cuando lo alcanzo. Asiento. *Piensa, Yolanda, piensa.* La visión destella frente a mí por un momento. Aprieto los labios y espero que pase la incomodidad. *¡Bruja Diosas, por favor, denme luz!*

"Estoy dispuesta a poner de mi parte como compañeros de laboratorio", digo. Él se detiene y me mira con una pregunta en los ojos. "Creo que nos ayudará a los dos aprender unos de otros". Tengo que tragar mi propia saliva pa no vomitar. Como la comunicación con las Bruja Diosas es tan escasa ahora mismo, no tengo plan ni dirección. Tengo que inventármela sobre la marcha.

"Estoy bien. No trabajo en grupo", dice.

"No es un grupo. Es un equipo", respondo. Siento escalofríos en la columna cuando pienso en esta escuela y todo lo que me ha enseñado. Julia De Burgos es nuestro hogar. Si la visión me asusta tanto, tal vez es porque la furia de Ben eventualmente entrará a este espacio, un lugar que para muchos es casi sagrado. Para mí también.

"¿Cuál es la diferencia?"

"Un grupo es arbitrario y un equipo tiene una meta compartida", respondo.

"Mi meta es largarme de la clase de esa perr . . .", respira profundo, "salir de la clase de ella".

"La acabas de conocer", digo.

"¿Crees que es fácil para mí? ¡No lo es!", dice, volviendo a subir las escaleras. Por un instante, no es un joven de último año sino un niñito que no sabe dónde poner su ira y dolor. Se para arriba. "Déjame quieto". Sigue subiendo las escaleras. Respiro profundo. *Esos son problemas de él.* Su energía es pesada, densa, y él la usa como armadura.

Yo podía sentir a Ben, y entendí que él simplemente no puede aceptar las conexiones que existen entre todas las cosas. Él no entiende cómo diferentes organismos reaccionan entre sí. No piensa en grupos ni equipos. Él realmente cree que todo es individual. Pero aquí, no somos así. Estamos en una escuela en medio del Bronx. Solo sabemos cómo estar unidos y apoyarnos para echar palante.

Cuando llego a mi casillero, José todavía está esperando. Huele a colonia cara y de mi estómago crecen brazos que me urgen inclinarme hacia él. Se apoya contra la pared y pasa la lengua por los labios cuando me ve. Por un segundo, me mira como con hambre de algo más que comida.

"¿Tás de niñera?", me pregunta después de mirar a la puerta por la que acabo de salir.

"¿Qué?" José apoya su cabeza justo al lado del casillero. "Solo trataba de ubicarlo. Es nuevo. ¿No te gustaría que te ayudaran?" Camino hacia la cafetería y José me sigue. Pasamos al Sr. Leyva y lo saludamo con los puños. El Sr. L inclina la cabeza y sé que él escuchó lo que José y yo tábamos discutiendo. José me abre la puerta de doble hoja, paso y él me sigue. Nunca nos han visto juntos, pero simplemente vamos con el *flow*. Trato de recordar cuándo le había dicho que estaba bien andar juntos en público, pero definitivamente no le di luz verde. ¿Me molesta? . . . No. Entonce no me quejo. Ya cogí demasiada lucha hoy, y apenas son las doce y media.

Cuando entramos, se siente como si todos los estudiantes decidieron detener la respiración y voltearse a mirarnos. Me siento encuera, vigilada. Ezekiel y Guy, otros estudiantes de último año que también forman parte del equipo de baloncesto, corren hacia José y machucan. Me miran de reojo y sé que lo están felicitando por estar conmigo. José tiene más de un año detrá de mí, y eso no e un secreto.

"Tumba eso que eso no e así", escucho a José decirle a Ezequiel. Me siento en la esquina de una mesa vacía.

"¿Por qué es tu trabajo ubicar a ese muchacho?", sigue, sentándose frente a mí. Encojo los hombros.

"¿No vas a comer?", pregunto y él niega con la cabeza. Nadie se come la comida asquerosa de la escuela. Al menos que te 'té muriendo de hambre o hayan lograo cocinar algo comestible. Abro mi sándwich y le paso la mitad.

Baja la cabeza, avergonzado. "Gracias", dice. E un sándwich de pavo Salsalito, queso jack, lechuga y tomate: mi favorito. Mi papá me lo dio por primera vez el año ante de caer preso, cuando estaba demasiado ocupao para cocinar y pasaba por la bodega a pedirle al hombre detrá del mostrador que me hiciera algo bueno.

"¿No me lo vas a decir?", José pregunta mientras mastica.

"¿Decirte qué? Me estás presionando por una respuesta que no tengo".

Espero que aparezca Victory, pero sé que ella probablemente está haciendo algo para una de sus clases.

José asiente y va por su segundo bocado. Y entonces me llega como una ola cálida. "¿Estás celoso?", me río. No dice nada. Sigo riéndome, tapándome la boca. No me estoy burlando de él, e que nunca me habían celado así. José saca su tarea de matemáticas, se limpia las manos después de terminar de masticar y vuelve al papel.

"Ah pue, ¿entonce ahora no me vas a hablar?", pregunto, tapando la hoja con la mano. Veo algunas muchachas en la mesa mirándonos disimuladamente. José me mira y quiero tocarle la cara y besarlo, pero no puedo. Aquí no.

"No e así. Solo quiero que él encaje, pa que no se sienta como un paria. ¿Tú me entiende?", digo. Quisiera decirle la veldá, que vi algo y tengo miedo de lo que podría ser. Quisiera ser honesta y decirle que lo que má me asusta e que su ira se derrame sobre nosotros.

"Pero no e tu trabajo asegurar que él encaje. ¿No mandaron a los *valedictorians* a hacer to eso?", pregunta.

"Sí. Pero también formamos parte de eta comunidad, entonce nos toca a todos. Creo que tienes razón, no es mi trabajo . . . es el de todos".

"Pero ¡¿POR QUÉ?! ¿Por qué?", baja la voz, pero todavía hay un chin de ira en su cara. "¿No viste cómo le faltó el respeto a Obi? E su segundo día y claramente no le importa un caaraajoo formar parte de eta comunidad". No respondo.

"Di algo, Yolanda", me exige.

"Oye, él dijo algunas cosas raras en nuestro club, y como líder eso me cae a mí", digo.

"¿Tú cree que ese muchacho blanco tá mal mentalmente o algo así? ¿Por eso tás tan involucrada?"

Eta e la oportunidad perfecta pa decirle la veldá. De repente, la boca se me llena de palabras que saben a ácido. Bebo agua. José me gusta mucho. Me gusta tanto que solo quiero estar en sus brazos. Si le digo que veo las cosas ante que pasen, que hablo con las Bruja Diosas y que mi abuela me tá entrenando pa ser bruja, ¿pensará que estamos locas?

"Eso no e lo que toy diciendo".

"Entonce ¿qué estás diciendo?"

"Que ella tiene el presentimiento de que él pudiera traernos una desgracia si no jalla su lao". Victory sale de la nada y se sienta a mi lado. *¡Gracias, Bruja Diosas!* Estoy tan agradecida de verla y la abrazo fuertemente. "Y solo tamo nosotro aquí, entonce ¿con quién va hacer coro, José?" Ella sacude la cabeza sarcásticamente y me hace reír.

"Sí, lo que dijo ella". Sonrio. José se ve realmente confundido. Frunce las cejas, parpadea y se frota los ojos como si estuviera tratando de aclararse la vista.

"Escúchame", él empieza, "no puedes ser todo para todo el mundo en esta escuela, Yoyo, pero si lo quieres hacer, hazlo. Lo único que te voy a decir, ¿pensaste en lo que él estuviera haciendo por cualquiera de nosotros si hubiéramos ido a su escuela popi?" No respondo. "Para él fuéramos como ceros a la izquierda". Se para y camina a la fuente de agua y luego se junta con sus panas dejando atrás la mitad de la mitad del sándwich.

Mientras lo veo alejarse, escucho un susurro. *Él tiene razón.* Viro los ojos porque las Bruja Diosas lo parecen estar cogiendo *chilling.*

Sí, lo sé. Pero gracias por la información y por confundirme todavía más.

"José tá tripiando, Yoyo, pero tiene razón. Ben fue pesao

contigo, fue pesao conmigo y se pasó de pesao con Obi. Ya eso e
un patrón. Necesitas tumbar eso de tratar de salvarlo y enfocarte
en lo tuyo", dice Victory. Escribe en algunas hojas que tiene de
frente, su lapicero rojo clavándose en el papel. Sus letras son gor-
ditas y anchas, tan diferentes a ella.

"Sí, tienes razón. Lo siento", digo. Me mira como si estuviera
por romperme la cabeza.

"¡DEJA de disculparte por él, Yoyo!", grita. Y quiero repetir
que toy pidiendo perdón por mis acciones, no por las de Ben.

"Tá bien, mala mía, ¡e una mala maña disculparse!", digo.
"¿Por qué estás escribiendo con un lapicero rojo?"

"E el que encontré", dice.

"Que raro ¿tú sabe que ayer me sentí llamada a comprar una
vela roja? Tenía rato comprando blancas y negras. Y de repente
toy en la bodega y siento que necesito comprar una roja". La miro
levantando una ceja.

Ella suelta el lapicero y me mira. "¡Realmente tá sucediendo!
Primero la visión, y ahora la vela, el color, el simbolismo. ¡Estoy
loca por que sepas quién e!" Me encanta que Victory se entusiasme
con estos asuntos. Sus padres siempre elevaron las religiones y teo-
logías afrocéntricas. No se suscriben a ninguna en sí, pero entien-
den que hemos sobrevivido por nuestras fes, y por eso las respetan
todas. Victory vuelve a tomar el lapicero y me sonríe. Por una frac-
ción de un segundo, siento que todo saldrá bien. Que to eto, lo de
Ben, no se trata solo de él, también se trata de mí y todo el trabajo
que he hecho durante mi vida entera pa seguir la tradición de mi
abuela. Victory sigue copiando definiciones en su hoja de repaso.

"Realmente tás tratando de ser *valedictorian* ¿eh?" Sonrío.
Tomo la mitad del sándwich que dejó José y lo muerdo. Hoy
tengo hambre.

"¡Claro que *yes!*", dice sin quitar el lapicero ni los ojos del papel. Claro que *yes*.

"¿Y tú? ¿Ya tuvite otra visión?", pregunta mirándome de nuevo. Tomo una respiración profunda y sacudo la cabeza. "¿Y no tienes pensao pedirle ayuda a Mamá Teté?" Victory me mira.

"Le dije algo. Ella me leyó la taza, pero dice básicamente que los Misterios la tán haciendo esperar má información", respondo. Me quedo pensando por un momento . . . probablemente esperan que yo misma se lo diga a Mamá Teté. Una sensación de malestar se me apodera del estómago. Hago un esfuerzo mental por buscar las respuestas. Respiro profundo y encojo los hombros otra vez, buscando una solución que viva en el intermedio.

☾

"¿Por qué el otro día dijite que toy protegiendo a Ben?", le pregunto a Victory. Estamos entrando a The Lit. Bar a janguear mientras esperamos que su madre nos venga a buscar.

"El silencio es protección, Yoyo", dice abriendo la puerta. La aguanta para que yo pase. Después de pedir chocolates calientes en el bar nos sentamos en una de las mesas. "Creo que lo proteges sin darte cuenta, y que lo haces porque e blanco. Te apueto dinero que si hubiese sido uno de nosotros hace tiempo que hubieses contao lo que vite", dice. Le da golpecitos a la parte de arriba de su taza con uñas cortas de color mamey, marrón y dorado antes de beber. Victory viene de un largo linaje de activistas. Últimamente, le ha dao con llamarlos "resistentes" porque dice que ahora cualquiera puede usar el término activista sin tener que hacer nada para merecerlo. "Resistentes", dice ella, comunica que su familia luchó, resistió y dio la vida por el cambio, aunque sus hechos no estén escritos en un libro de texto.

"Eso no tá . . .", empiezo.

"¿Ah no?", dice. Debí haber sido má honesta conmigo misma . . . Victory siempre me empuja de eta forma. Ella nunca fue de esas que cogen las cosas suave; es una persona de acción. "Oye, esto te tá pasando a ti, entonce tú tiene que hacer algo al respecto. Pudieras decirle a la Sra. Obi o al Sr. L. Tal vez puedan averiguar por qué ese muchacho vino a una escuela como la nuestra, donde vivimo hablando de la justicia social. Pudiesen haberlo mandao pa cualquier otro sitio. Pero . . . ¿aquí? La va a pasar mal si no se actualiza". Miro a Victory, sabiendo que tiene razón, pero coño, ahora mismo no tengo la fuerza.

Victory y yo hablamos constantemente del racismo. Especialmente porque las dos formamos parte del Espacio Valiente, pero má que eso, ella ha ido conmigo a espacios dominicanos, entonce conoce la cultura de primera mano. Ella sabe que, en mi familia, a alguien tan negra como yo se le dice morena mientras que a ella se le diría negra a pesar de que nuestras complexiones son casi iguales. E como si los dominicanos tuvieran miedo de cualquier lenguaje que nos comprometa con nuestra negritud. Claro, tá cambiando. Somos muchos los que nos estamos reconectando con nuestra identidad y nuestros ancestros, cómo Mamá Teté. Todas las otras cosas horribles, cómo nos separan y nos mantienen desconectados, aún me parecen tan pesadas. Victory siempre les recuerda a todos que crecer en un mundo como el nuestro, donde se admira la blancura y se niega violentamente la negritud, a veces también nos hace parciales. Y la Sra. Obi nos explicó que eso es verdad para cada intersección de identidad que mantiene el *statu quo*. Como personas negras y de color que tuvimos que someternos pa sobrevivir, nos han inculcado tanta programación que a veces uno no puede ver su propia vaina.

Aunque Mamá Teté se preocupa por elevar nuestro linaje negro, vi de primera mano cómo el racismo y colorismo funcionan en la isla y aquí. Sin duda, el prejuicio se me ha pegado de una u otra forma, como a to el mundo, y no importa lo mucho que me incomode, tengo que aceptarlo.

"Tal vez tengas razón", digo finalmente. No tá bien que yo proteja a Ben porque sea el único blanco en la escuela entera, pero ¿no e cierto también que la gente pudiera decir que vi lo que vi en mi visión por eso mismo? "Pero también e el único blanco. ¿Y si dicen que él simplemente me cae como una piedra y que lo que vi no e real? ¿Y qué se supone que deberían creer? Si digo algo, me dirán loca porque no lo *vi* . . . lo vi", digo, haciendo gestos en el aire.

"Oye", dice Victory. "¿Vite a su padre? Tomaron fotos entrando a nuestra escuela. Su papá tá saludando a la cámara y Ben tá agachando la cabeza como si lo estuvieran arrestando. Dique avergonzado, y se nota que ese hombre tá tratando de darle una lección o cambiarlo".

"¿Entonce e obvio que él no quiere tar aquí y que e una amenaza?", pregunto. Victory se encoge y dice que espera que sí. "Que foking lío", digo. Me da un pique pensar que el futuro de Ben esté asegurao cuando aquí toy yo, cogiendo lucha con una decisión que pudiera cambiar la trayectoria del mío. "Lo má probable e que Ben aún no haya visto lo peor de la vida. Y aquí tamo, escribiendo ensayos sobre la vaina má traumática que nos haya pasado pa vendernos al mejor postor cuando e hora de llenar solicitudes de admisión a la universidad".

"Loca", dice Victory, tocándose el corazón. "Eso me dio aquí".

"¿Escuchate lo último?", digo, cambiando el tema.

"Loca, yo casi no quiero saber de las noticias. Nunca importamos. Pero ahora ¿hay que ver gente negra morir todos los días?"

"Esa e la pura veldá", respondo. Cansa, enferma tener que ver cuántos de nosotros morimos, tan, tan joven, y además cuántas veces básicamente se permite que nos maten con impunidad. ¿Cómo nos afecta a largo plazo? Lo normalizamos. Llegamos a un punto en que lo vemos suceder tanto, que simplemente lo dejamo así.

CUANDO REGRESAN
LOS PAPÁS

Papi tenía puesto un overol mamey la primera vez que lo vi vestido de confianza. Fue el día que Mamá Teté me llevó a verlo recibir su *Associate's*. Todavía tengo la foto en mi casillero. Él sonríe, su cuerpo negro envuelto en el mamey como si fuera el mismo sol.

Y ahora, a través de la ventana del frente del restaurante, lo veo vestido en jeans y un suéter negro de manga larga. No se ve perdido . . . pero tampoco se ve envuelto por el sol. A través de las ventanas empañadas, parece un hombre cualquiera.

"Dale, yo estaré en casa", dice Mamá Teté. Me pica un ojo con pestañas mojadas. Ella me buscó temprano de la escuela y me trajo a El Malecón. La veo alejándose hacia la parada de guagua y el corazón se me empieza a estrallar contra el pecho. A pesar de ser básicamente una franquicia, El Malecón es el restaurante favorito de Papi. Ojalá Mamá Teté se hubiese quedado pa amortiguar la incomodidad, pero creo que es mejor que se haya ido. Cuando yo visitaba a Papi nunca teníamos privacidad. Entre mi madrastra, mis hermanitos y Mamá, no tuve tiempo para ponerlo al día sobre lo que sucedía conmigo más allá de las cuatro paredes de prisión que formaban su vivienda. Por eso empecé a escribirle cartas a cada rato.

Abro la pesada puerta de vidrio y me da el calor húmedo de la comida calentada detrás del largo mostrador. Me quito los lentes empañados y los meto en el bolsillo del abrigo. Cuando me acerco, se define más su rostro. Mira un celular que tiene en la mano. Con una mano se arrasca la cabeza y con la otra toca la pantalla del celular. Me imagino que cuando entró a la cárcel, los *smartphones* no eran tan avanzados. Obviamente ha envejecido, pero mientras lo observo, también me parece más joven. Desde aquí, se ve más fuerte, más esbelto ahora. Creo que eso e lo que lo hace parecer más joven. Noto lo hundidos que están sus cachetes sobre su barba aceitosa. E raro porque a pesar de verse renovado, también se nota que vivió toda una vida en la cárcel. No dejo de llorar.

"Mi niña", dice cuando sube la cabeza y me halla secándome las lágrimas. Me levanta y me da vueltas. Soy tan ligera como una pluma en los brazos de mi padre, y por unos segundos se esfuma todo lo que me ha pesado en estos últimos días. Vuelvo a ser una niña y él vuelve a ser un papá, aún perfecto en mis ojos, no un hombre que lleva los últimos seis años encerrao. Su cuerpo se siente más musculoso cuando me abraza, pero en la cara se le nota la mala vida. Su bigote mojado me puya el cachete. Pudiera pasar de to hoy y todo estaría bien. Papi tá aquí en este mundo donde podemos finalmente existir juntos como siempre fue destinado a ser. Finalmente fuera de un lugar donde sé que lo trataron como menos que un animal.

Me saca la silla y me quedo mirándole la cara con incredulidad. Cuando nos sentamos, le jalo la mano grande y le doy un
apretón entre las mías. Las pocas veces que fui a visitar a Papi
nunca me permitieron abrazarlo. A veces me armaba de valor y
estiraba la mano para apretar sus manos secas, pero siempre nos
veían y nos regañaban, como si tocarnos fuera un pecado. Con
solo pensarlo lloro incontrolablemente, mi respiración casi dete-
nida por completo. Sigue así por lo que parece una eternidad.
Cada vez que pienso estar saliendo de la ola de lágrimas, sonrío y
pido perdón.

"No hay de qué, mija". Papi me soba la espalda.

Cuando finalmente puedo respirar de nuevo, los músculos de
los cachetes me arden de tanto sonreír y llorar. Papi usa el pulgar
para secarme las lágrimas y luego mira por la ventana.

La calle tiene una bulla hoy. Las sirenas y la habladera que se
apoderan del Bronx después de la escuela entran al restaurante
como mimes, molestosos e imposibles de eliminar.

La última vez que lo vi fue hace seis meses. Cuando lo arrestaron, me dijo que se tenía que ir por un tiempo. Yo tenía diez años
y mis hermanitos tenían cinco y tres. Había estado preso antes
pero nunca por tanto tiempo.

"Ya eres toda una mujer", dice. No soy mujer; tá bien, se me
alargaron las extremidades y mis pechos crecieron sin control,
pero solo soy una niña que ha extrañado a su papá. Se lo quiero
decir, pero no lo quiero asustar o hacerlo creer que no dice nada
bien. La veldá es que odio cuando los adultos llaman "mujerones"
a muchachitas en crecimiento porque eso nos impone una responsabilidad que francamente no quiero tener que echarme encima
todavía. Y porque nos sexualiza. "Me perdí mucho ¿veldá?"

"No pasa nada. Aún hay mucho tiempo". Sonrío. "Ademá, no soy un mujerón todavía, Papi. Me obligaron a tener que crecer demasiao rápido, pero quiero disfrutar lo que queda de mi niñez".

Papi se queda callao. Trago. Unos cuantos kilos de marihuana en un coche. Eso fue lo que llevó a Papi a la cárcel. Le tocaron los seis años completos porque a los diecinueve años lo arrestaron por primera vez por "resistirse al arresto" cuando saltó un pasímetro del tren. Le pusieron un abogado de oficio a quien no le importó su caso. La segunda vez, fue por un altercado físico en un bar cuando tenía veinticinco años y otra vez no pudo pagar un abogado. La tercera, Papi cogió prestao un carro pa llevarme a la escuela. Fue la semana que me llegó el período y me negaba a ir. La escuela ya había llamado y alertado a mis padres que, si yo tenía más de dieciocho ausencias durante el año, mis tutores podrían ser obligados a ir a la corte. Pero me negué. Mamá Teté no supo qué hacer conmigo así que lo llamó. Tomó prestao un BMW elegante que uno de sus amigos de la agencia acababa de comprar. Estaba corriendo y entonce la sirena empezó a sonar má y má cerca. Cuando los policías nos detuvieron, Papi me dio instrucciones como si ya sabía qué esperar.

Dijo, "Los policías se van a acercar. Probablemente no me traten muy bien. Está bien. No quiero que llores, Yoyo. Ya tate tranquila. No le' hable. Espera a tu madre o tu abuela". Le dijeron que pusiera las manos en el guía y que no se moviera. El tono de sus voces me hizo sentir que ya Papi estaba en problemas. Uno me dijo, "No te preocupes, cariño". Pero las palabras que le salían de la boca no coincidían con lo que había detrás de sus ojos. Se quedaron clavados en Papi mientras su compañero se movió hacia el baúl. Sentí una piedra grande atascada en la garganta. Volvió con unos ziplocks en las manos y dijo, "Sal del carro". El que me había llamado "cariño" me dijo que me desmontara y me sentara en la acera. Papi me miró y asintió sin decir una sola palabra. Me quedé tranquila como me pidió. Pero cuando tiraron a Papi contra el carro, como si fuera un muñeco 'e trapo, me convertí en fuego. Me paré de la acera y le di una patá a uno de los policías. Cuando intentó agarrarme por las piernas, le clavé las uñas en la cara y dejé que le atravesaran los cachetes. Me empujó y caí de espalda sobre la acera. Cuando finalmente nos llevaron al cuartel, tenía la piel del policía debajo de ocho uñas y me mataba la espalda.

"Tá bien, mi niña, no te llamaré mujer. Como uted diga", dice Papi. "¿Qué hice pa merecerte, tesoro?"

La camarera pasa por nuestra mesa y Papi no la mira para nada. Estoy un chin preocupada. ¿Cambiaron a mi Papi por otro? ¿Tal vez simplemente cambió? Pide un morir soñando y un servicio de chuleta frita con arroz y habichuelas.

Miro a la camarera. En la placa dice que su nombre es Wendy. "Yo quiero un pescao frito con tostones. Y un jugo de chinola, por favor". Wendy escribe en su libretita y dice que nuestra comida estará lista dentro de poco.

"¿No mondongo?", dice Papi incrédulo.

"Soy pescetariana, Papi", le acuerdo. "Te lo conté en una de mis cartas". Wendy sigue cerca todavía escribiendo en su libreta.

Él sonríe. "Recuérdame de nuevo ¿por qué?"

"Leí un libro. ¡Te sorprendería lo que este país le hace a la carne que comemos!"

"No me sorprende para nada. Por supuesto que encontraron otras formas de matarnos. Pero mátame con una buena chuleta". Se ríe y se recuesta en su silla, finalmente tranquilo.

"No relajes con la muerte, Pa". En chercha, le doy un

puñetazo en el brazo. Y entonce se me ocurre . . . básicamente estuvo muerto, fuera de vista, por los últimos seis años. "No sé lo que haría sin ti". Se me llenan los ojos de lágrimas.

"Todo está bien, mija. Volví para siempre". Se inclina hacia mí y me agarra la mano.

"¿Qué harás ahora?"

"Tu tío Kelvin se encargó de la agencia. Así es que voy a volver a eso".

"¿Solo eso, Pa?" Coño, eso sonó acusatorio. A vece no pienso ante de hablar.

Papi se clava los dientes en los labios, cruza los brazos sobre la mesa y asiente. "Solo eso, Yoyo. Te lo prometo". Asiente de nuevo. La vergüenza se difunde por su cara y me siento como una boba por haberlo verificao. Ya que la marihuana recreativa y medicinal es legal en tantos estados, me parece que Papi fue arrestao puramente debido al racismo, la discriminación y los prejuicios. No quiero echarle más encima.

Hablamos de la familia, mis hermanitos y mi madrastra. Él dice que se van a República Dominicana en el verano y se me tensa el cuerpo pensando en tener que compartir la casa de Mamá, la casa de nuestra familia, con esa mujer. Yo la soporto, pero no e mi persona favorita. No he visto a mis hermanitos en, como, dos meses. Normalmente solo los veo cuando vienen a casa de Mamá Teté, pero mi madrastra los trae cada vez menos y menos. Me siento incómoda hasta que Papi me dice que se quedarán principalmente con la familia de ella y que él no puede ir por la libertad condicional.

Cuando le pregunto sobre su experiencia en la cárcel, me dice cosas que ya sé por nuestras cartas, llamadas y visitas. Que fue un infierno pero que también ese tiempo le permitió sacar algunas certificaciones. Fue lo único que lo ayudó a no volverse loco. Él dice que ahí volverse loco e má fácil que seguir vivo. Me recuerda que hizo muchas amistades, personas buenas que simplemente cometieron un error. Quería que la cárcel fuera má un centro de recuperación que de castigo. "Leí mucho, aunque no me lo creas", me dice orgullosamente.

Cuando llega la comida me pregunta, "¿Cómo va la escuela?" *Bruja Diosas, por favor no permitan que el cerebro se me nuble por ete chico.* Tomo una respiración profunda. Ben todavía me nubla la mente.

"Bien. Sigo sacando notas decentes, tú sabe. Este año, tengo unos maestros que son realmente bacanos. Y otros, que, te voy a decir la veldá, yo pudiera prescindir de ellos. Pero no me quejo", me río. Algunas personas que conozco fuera de Julia De Burgos odian su escuela, pero yo simplemente no me siento así.

"Ya. No teníamo maestros que se parecieran a nosotro cuando yo era chamaquito", dice Papi.

"Creo que todavía la mayoría de los estudiantes, al menos en la mayoría de las escuelas públicas, tampoco lo tienen". La mayoría de mis maestros también eran blancos cuando yo era más joven. No fue hasta la escuela intermedia que eso cambió y tuve una maestra indígena ecuatoriana. Y aunque en mi escuela tenemos muchos maestros de color, nuestra escuela es una excepción.

"Tá raro", dice Papi, tomando un sorbo de agua. "Uno pensaría que, en la ciudad más diversa del mundo, las escuelas serían diversas". Ben aparece en mis pensamientos de nuevo.

Pruebo un poco de la comida. El pescao tá muy bien sazonado y los tostones fritos a la perfección. Mientras mastico, la alegría se apodera de mí. Tomo una foto mental para nunca olvidar este momento. Una buena comida, Papi hablándome como si yo fuera una persona completa. Siento que le puedo contar lo que sea.

"Papi, hay un muchacho nuevo en la escuela. E blanco. Hijo de alguien que se postula para un escaño en el congreso, un político".

"¿Qué, qué?" Se le agrandan los ojos mientras corta un pedazo de chuleta.

"Sí. Y él no tá . . . bien". Pienso en la ira complicada que Ben me dirigió ayer en clase. "Bueno. Realmente no sé. Yo tengo la sensación que se siente muy solo y enojao, pero también muy herido. ¿Tú me entiende?" Sacudo la cabeza. No espero que Papi responda porque quizás me lo pregunto a mí misma. "O sea, estamos leyendo esta novela gráfica, y no dejó de defender a los personajes blancos que eran verdaderamente malos. Y el otro día, le faltó el respeto a mi maestra favorita que e literalmente la maestra má amable que hemo tenido. Creo que simplemente no vivimos la vida que él vive como él no vive la vida de nosotro. Pero ese tiguere e un freco, punto y aparte".

"Mmm-mmm". El mastica la chuleta.

"¿Tá bueno?"

"Extrañé nuestra comida", él dice y cierra los ojos. Imagino la explosión de sabores en su boca, su lengua explorando el sofrito: el ají morrón, las cebollas, el cilantro. Exprime unos limones sobre el arroz y las chuletas y sonríe mientras mastica. Todo dentro de mí se siente bien al ver a mi padre disfrutar su libertad. La vida realmente está compuesta de momentitos felices como este.

"Voy a tener que cocinar para ti uno de estos días, Pa", digo, comiéndome un tostón. Papi asiente, feliz.

"Tú sabe que se parece a la cárcel", él empieza. "La forma en que separan a los estudiantes, especialmente aquí en Nueva York. Las escuelas públicas son, en su mayoría, solo para niños negros y de color, y cuando entras en una escuela privada no ves a muchos de nosotros. Bueno, en la cárcel hay de to. Pero no' juntamo con lo' nuestro, tú sabe. Los blancos allá también tienen el ego inflao y, a veces, hacen que la situación sea peligrosa para alguien como yo, que no quería meterse en más problemas pa que no me extendieran la pena. Incluso cuando estaban presos por las mismas cosas que nosotros, y en muchos casos hasta peores, aun así nos menosprecian, y se aseguraban de que lo supiéramo también". Muerde el hueso de la chuleta como si no pudiera dejar ni un pedacito sin comer. Yo decido no decir mucho después de eso. Lo dejo comer hasta que el único sonido que queda e del tenedor tratando de raspar todo lo que había del plato.

Respira profundo cuando termina y se arrecuesta en su silla. "Pero lo importante e confiar en tu intuición", dice Papi. Antes que pueda decir más sobre Ben, de por qué me parece amenazante, él sigue. "Pero ya basta con esa mierda. A veces hay que hablar de estas cosas porque son obvias y no somos locos por tener nuestras sospechas, mi amor. Pero tenemos que retirarnos de eso a veces y hacerse el loco porque si no, te roban la fuerza interior y te hacen sentir tan miserable como lo están muchos de ellos". Se da palmaditas en la barriga y asiento profusamente porque tiene razón.

"¿Y nada de amore todavía?", la pregunta suena tan extraña saliendo de él. Sonríe con satisfacción, pero lo único que veo en su mirada oscura es la esperanza de que su sospecha sea incorrecta.

"No", digo, bebiendo mi jugo de chinola.

"Puedes hablar conmigo, Yoyo. Pero ven acá, tienes dieciséis años. ¡Tú no me tá engañando!"

"Bueno, no es mi novio como quien dice", digo y me empiezan a sudar las palmas.

"¿Entonce pa qué mentarlo?"

"Papi, tú me preguntate". Me sonrojo. "Se llama José. No tamo junto, pero sé que le gusto".

"¡¿Y él a ti?!" Se golpea el muslo riéndose.

"Algo así".

"¿Es respetuoso?"

"Sí, lo e. Pero no confío demasiado en los hombres, tú sabe". Me encojo.

"Sí, yo tampoco confiaría ciegamente en nosotros si fuera tú". Se mira las manos.

"¿Volviste a vivir con Norah?" Ella es la archienemiga de Mami, mi madrastra y la mamá de mis hermanitos. Mami y ella se odian porque érase una vez, cuando yo estaba creciendo en el vientre de mi mami, Norah era "la otra", y se quedó . . . claramente. Obvio que Mami botó a Papi después de mi visión, aunque él no se quiso ir.

"Sí". Asiente.

"¿Estás feliz de estar de vuelta con ella?", pregunto. Me mira con una pregunta en los ojos y un dolor innegable. Y me pregunto, después de todo lo que él pasó, si algún día eso cambie.

"Claro, mija. Hemos tenido momentos felices". Se limpia la boca con una servilleta. Mamá a veces me dice que él nunca quiso soltar a Mami. "Pero ¿quién lo manda? Ese buen idiota", agrega siempre.

"¿Te arrepientes de haberle pegao los cuernos a Mami?", sigo. Me enderezo. Soy mayor ahora. Puedo hacer las preguntas que siempre quise hacer. Quiero que sepa que ya no soy chamaquita. Que yo toy muy consciente de las repercusiones de sus acciones.

"Sí. Me arrepentí. Sigo arrepentido", dice, limpiando las migajas de la mesa. "Así es para los hombres. Mi papá, mi abuelo, mi bisabuelo, todos tuvieron varias mujeres y familias secretas". Él toma una respiración profunda. "Creo que infla nuestros egos. Como si nos ¿subiera el autoestima? Lo má probable que sea inseguridad". Sacude la cabeza. "Sin embargo, esa nunca es una excusa, morena".

"¿Les puedo brindar algo más?", pregunta la camarera. Yo pido un flan y Papi un café. Espero que me regañe por pedir algo dulce cuando ella se va, pero no lo hace. Parece que hoy es un día especial. No me quejo.

"Cuando me dijeron que tú iba ser hembra, Yoyo, pensé que era una maldición. Mami estaba tan feliz, dijo que Culebra la bendijo. Pero sentí por mucho tiempo que algún día te fallaría, aunque me convirtiera en el mejor hombre. No se me quitó esa sensación hasta que caí preso y me empezaste a escribir esas cartas. Me di cuenta de que me habían bendecido. No me toca salvarte ni enseñarte cómo evitar que te encuentres con hombres malos, como lo fui yo. Eres tu propia persona, y nunca será tu trabajo cambiarme a mí ni a nadie más, especialmente a ningún hombre. Me enseñaste tanto con tus cartas".

Se me calientan los ojos, llenándose de lágrimas. Me tiemblan los párpados con el esfuerzo de no parpadear y de contener mis lágrimas. "Ven acá", dice Papi, parándose y arrodillándose al lado de mí.

Le tiro los brazos encima y acomodo la cara en sus hombros. Me abraza con fuerza. Huele a piel seca y jabón Irish Spring. Lloro en el cuello de su suéter negro.

Dolió cuando nos quitaron a Papi. Sí, me dolió cuando me lo quitaron. Siempre me duele.

☾

El olor a Mistolin y café nos da cuando abro la puerta del apartamento de Mamá Teté. Un aroma que he llegado a relacionar con el renacimiento. Veo que ella tá llena de toda la energía del mundo cuando Papi anuncia que me vino a traer. Ella básicamente flota por el pequeño pasillo hacia la cocina y le dice que le coló un cafecito, aunque él le dice que acaba de tomar.

"Siéntate, siéntate". Ella lo empuja desde la cocina hacia la sala.

"Déjame hacerte una lectura de cartas, Pa", digo cuando él se tira a mi lado.

"¿Mami te metió en eso?"

"¡El Espíritu la metió en eso!", vocea Mami desde la cocina.

"No, mija", él dice. "Prefiero má la sorpresa, tú sabe".

"¡Quiso decir que le gusta vivir como un imprudente!", Mama vocea de nuevo. Él echa la cabeza hacia atrás con una pequeña risa.

"La sorpresa también tá en lo que se revela", insisto.

"¿Ya te escogió tu santo?", Papi cambia de tema.

"Todavía no. Pero sí creo que ya estoy en ese proceso". Encojo los hombros. Papi sonríe y juega con uno de mis rizos. Le quiero decir que estoy casi segura que estoy por ser elegida: todas las señales están. Pero quiero ser humilde y no echarle sal.

"Eres pin pun como yo. Es un poco raro mirar la versión femenina de ti mismo". Me río. Todos me dicen que me parezco a Mamá, pero él también se parece mucho a ella.

Mi teléfono vibra. *Hola Yoyo, mi hermana tenía boletos para*

ver a Haunted Road cualquier día del finde en un cine downtown,
pero el trabajo la llamó. ¿Quieres ir conmigo? Sé que es de último
momento. José, de veldá, de veldá, tá tratando conmigo. Se me
calienta la cara.

"¿Quién e?", dice Papi, fingiendo inclinarse sobre mi teléfono. Lo tapo y se lo alejo.

"¡Nadie!" Sonrío.

"*Anjá*, ese tiene que ser José, ¿eh?"

"¡Ssssss!", digo, "No se lo conté a Mamá".

"Ella ya lo sabe", se ríe. Mamá Teté entra con una bandeja
dorada con café y azúcar crema. Se sienta al lado de Papi y le toca
la rodilla. Mientras él tá distraído con servirse el café y la leche,
ella se pasa el dedo por debajo de los ojos. Cuando se da cuenta
de que la estoy observando, le frota la espalda y luego empieza a
llorar.

"Mami, todo está bien", dice Papi soltando el café.

"Lo sé", dice. "Es que estoy feliz que estés de vuelta en casa,
Nelson. Éstas son lágrimas de alegría".

Apúntame, le respondo a José. "Mamá, me voy al cine", digo.
Me paro, decidiendo darles tiempo y espacio.

Mamá me hace una mueca. "Tenemos una lectura, Yolanda".
Cuando finalmente hicimos la lectura que yo me había perdido,
Mamá Teté me observó má minuciosamente que nunca. Espero
que ta vez me tenga má confianza.

"¿Ahora?", pregunto.

"Tan pronto como tu padre se beba el café y vuelva a su casa
y a su esposa", dice Mamá. Y ahora le hace una mueca a Papi.
Creo que Papi le tá corriendo a Norah, y sinceramente, lo
entiendo.

"¿A quién estamos leyendo?"

"La prima de María del doce", dice.

"Tá bien, ¿puedo ir mañana?" Ella asiente de mala gana. *Puedo ir mañana*, le respondo a José, odiando el haber enviado dos mensajes en seguida.

Cuando Papi se va, Mamá empieza a acomodar la mesa.

"¿Con qué le daremos la lectura?", pregunto. Mamá usa café o la técnica de la vela y un vaso de agua. A veces, cuando Culebra la monta no tiene que usar nada y simplemente da la lectura, pero eso solo sucede durante las misas o los días antes o después.

"Tú eliges", Mamá Teté responde. Ella me pica un ojo. ¡Estoy tan emocionada! Me va permitir hacerlo de mi manera. Mamá Teté y yo no nos habíamos sentido tan unidas desde mi visión y aquella lectura de café. Al principio de mi formación con las cartas, ella solo me dejaba observar. Pero cuanto más precisas eran mis observaciones, más me dejaba hacer por un cliente. Me limpio las manos, me pongo agua Florida en los hombros y en el cuello y coloco una vela blanca sin encender en la mesa. Mamá Teté asiente. Un golpe en la puerta nos deja saber que nuestro cliente llegó. Escucho a María presentando a Mamá y al cliente, Marte.

"Esta es mi nieta y aprendiz, Yolanda", Mamá me presenta a Marte. Tiene el pelo en un moño apretado que le destaca los ojos marrones y las ojeras profundas debajo de ellos. Marte se quita el abrigo de lana marrón y lo dobla sobre las piernas.

"Bueno", Marte empieza, pero Mamá levanta la mano.

"No me gusta que me digan mucho antes de la lectura, sus guías espirituales me dirán todo lo que necesito saber. Pero los suyos están un poco callados, así es que, si necesitamos su ayuda, se la pido".

"Por favor, tome este vaso y llénelo hasta donde quiera y tráigamelo de nuevo", le pido. Marte se para y camina hacia la cocina. Un olor a tierra me llega a la nariz. Mamá me mira con curiosidad. "¿Algo que ver con tierra?", le susurro.

Cuando Marte regresa, el agua tá por la mitad del vaso.

"¿Qué quiere saber hoy?", le pregunto a Marte. Marte mira a Mamá Teté y ella asiente.

"Tengo algo de tierra en mi país, en Honduras. Mi padre me la dejó y no sé qué hacer. Si intento quedarme con ella, mis hermanos harán de mi vida un infierno porque ellos querían quedarse con el terreno, pero si la vendo, siento que estoy dejando ir algo por lo que mi papá trabajó tanto". Prendo la vela blanca con cuidado y digo mi oración habitual en voz baja. Miramos una chispa que sale volando de la mecha.

"Buenas noticias", Mamá Teté sonríe a Marte. Sigo observando el fuego.

La llama crece rápido y alto.

Cualquier decisión que tome no fallará. Si la vende, tendrá dinero ahora y eso es bueno. Pero la tierra tiene mucha vida. Quedarse con ella hará felices a sus ancestros, y con ella sus descendientes crearán aún más fortuna. La tierra promete siempre proveer, me dice el Fuego.

Le digo lo que veo y Mamá Teté me da una palmadita en la rodilla como señal de aprobación. El orgullo me crece en el pecho.

El fuego empieza a vacilar. Veo que todas las ventanas están cerradas. La llama empieza a bailar violentamente en espiral. Me tiro hacia atrás y Marte también.

"¡Ay, Dios mío!", chilla María. Con el índice y dedo medio se toca la frente, el pecho y los hombros. La Santa Cruz. Eso e lo que pasa con las tradiciones de mi gente: siempre tamos atados a una religión organizada pa cubrir nuestras bases.

Y ahora te hablo directamente a ti, dice el Fuego, *viene peligro.* El fuego crepita y chispea y sigue bailando en círculos. Mamá Teté se para y acompaña a María y Marte a la puerta. Le dice a Marte que vuelva mañana para una lectura gratis. Cuando salen, Mamá regresa corriendo a la sala.

"Yolanda Nuelis", me grita. "Por favor dime lo que está pasando".

"El fuego me tá hablando". Siento el calor en la cara cuando miro a Mamá. Respiro profundo y entonce sigo. "Algo tá pasando en la escuela con este muchacho. Algo relacionado con la visión que tuve. Creo que e algo grave". Pongo las manos entre las rodillas. "Pero no sé. Siento que si digo algo nadie me creerá". Durante años, Mamá me ha estado entrenando para que cuando uno de los Misterios me escogiera, yo estuviera fuerte, sólida y lo suficientemente lista para tener semejante fuerza de mi lao. Ella me recuerda que cada sueño e un mensaje de nuestro subconsciente para aconsejarnos o advertirnos, y cada sentimiento está atado a la parte más baja de nuestra identidad. Y aunque no hay que ignorar totalmente los sentimientos, uno no debe entregarse a ellos completamente tampoco. Pero hay un lugar en las tripas conectado al Universo, a los Misterios, a los Dioses, y a eso, según ella, hay que prestarle atención. La intuición.

Mamá Teté se sienta a mi lado, sus labios rojos temblando. "¿Por qué dudas de ti misma, mija?" La decepción que escapa de su voz me da un trompón en el pecho. No quiero decepcionar a Mamá. Las órbitas de la llama dan vuelta y vuelta como pa asegurarse que no podamos ignorar su mensaje. "Recuérdate pa qué estamos entrenando". Ella pone su mano sobre la mía. "Tienes que escucharte a ti misma, a tus Bruja Diosas".

"Pero, Mamá ¿cómo sabemos si son *realmente* ellas o solo sentimientos que sabemos que pueden ser imprecisos?"

Bajo la cabeza y la recuesto sobre las manos y piernas. Le quiero contar todo a Mamá Teté, ella es la única persona con quien puedo hablar de esto, pero aún no sé qué decirle porque tengo un nudo en el pecho. ¿Y si yo le digo todo sobre mi visión de este muchacho, cuánto me asusta, y ella agarra y lo cuenta y luego resulta que estoy súper equivocada? Estoy cansá de todo el llanto de hoy y esto es demasiado. Ni siquiera era mi lectura. Mamá Teté apaga la vela.

"¿Por qué no tomas un descanso, mi amor? Deja de procesar el mundo externo por un ratito. Los sentimientos generalmente se alimentan de las cosas externas, pero ¿qué tá pasando aquí?" Mamá me toca el pecho. "Tú no tiene que cargar con eto sola. Tú y yo somo toda una comunidad porque tamo en esto juntas. Por favor, lo que sea que e, cuéntamelo, Yoyo". Me soba la espalda.

Levanto la cabeza y la miro a los ojos, siento un ardor en las entrañas y le cuento todo.

"Bueno", empieza Mamá Teté. "Tú lo sigue observando y yo haré lo mío, lo que me permitan los Misterios". Ella me acaricia la cara. "Yo era muy parecida a ti cuando tenía tu edad, mija. Pensé que con toda esta ayuda de todo lo que es má bueno y má grande yo podía cambiar el mundo, cambiar a las personas". Tiene lágrimas en los ojos. "Pero no somo salvadoras, y no siempre tenemos que cargar con la oscuridad de los demá". Mamá toma una servilleta de la mesa y se seca los ojos. "Lo puedes observar, para mantenerte alerta como con cualquier otra persona, pero no pretendas tratar de salvarlo ¿oíte? Eso depende de él, no de ti".

Abro la boca para decirle a Mamá Teté que no lo taba haciendo por él, si no por mis amigos y por mí, por Julia De Burgos, pero Mamá levanta un dedo.

"Sobre todo, tú no le puede decir a las autoridades cómo ves las cosas, Yolanda Nuelis. ¿Tú me tá entendiendo?"

"Sí, Mamá". Asiento.

MÁS VERDAD AL FUEGO

Pa decirte la veldá, los otoños de Nueva York son básicamente inviernos. El frío de las temperaturas heladas perfora los poros y también te quema la cara, y to al mismo maldito tiempo. Subo las escaleras corriendo y salgo de la estación de Columbus Circle en la 59. Odio que se siga celebrando a Cristóbal Colón en cualquier lugar, pero sobre todo en este lado del mundo. Lo único que hizo ese hombre blanco fue normalizar la colonización y la esclavitud y el abuso de nuestros ancestros. Sacudo la cabeza mirando a otro lado. Imagínate, una manifestación en Nueva York que termine aquí, que termine con derribar esa maldita estatua. Una revolución gloriosa. Me río caminando hacia la 67.

Paso las largas filas. Las pantallas anuncian con luces de neón que todas las películas están completamente vendidas. Busco el brillo que compré en la tienda de productos de belleza en la esquina del tren antes de montarme. Lo paso por mis labios gruesos, pegándolos para esparcir el brillo. Lo coloco de nuevo en el bolsillo y me siento agradecida que José ya tenga boletos. Me tapo la frente con mi gorro y me acurruco con el cuello de mi North Face rojo y negro. Siento que mi pobre nariz ya no pertenece a mi cara debido a estas temperaturas. La anticipación pulsa por mi cuerpo. Esta es nuestra primera cita oficial y quiero disfrutarla. Además, desde que le conté a Mamá Teté de la visión, después de nuestra última lectura, algo en mi pecho se siente más liviano.

Una mano enguantada me toca la nariz y veo a José sonriéndome. "Pareces un burrito bien enrolao", se ríe.

"Y tú pareces un Slim Jim con abrigo", le digo, sacando mis labios de su refugio.

"Ah, ¿tú cree que ere graciosa?"

"¡Sí, lo soy!"

"Bueno, la mai tuya . . .", sonríe, "es majestuosa porque te hizo a ti". Se inclina y me besa.

"Tato, voy a ignorar lo cursi que fue eso", me río en su boca. Nuestros labios producen mucho calor en tan solo unos segundos.

Cuando subimos las escaleras, un gerente nos recuerda que faltan treinta minutos pa que empiece nuestra película y que no nos dejarán entrar hasta dentro de quince minutos. Observo a José mientras se quita el suéter, el gorro y los guantes. Su piel acaramelada está roja. Se apoya contra la pared y me jala hacía él. Todo mi cuerpo se electriza. Mis labios tiemblan con el esfuerzo de mantener la cara impasible, pero realmente solo quiero sonreír. Así que lo hago, me permito sonreír y él me besa la frente.

"Estoy feliz de que estemos aquí", dice. Y quisiera preguntarle si quiere decir "aquí" de aquí en el cine o aquí en el sentido de que finalmente lo dejé acercarse a mí, pero sólo quiero disfrutar el momento. Nunca me he ligado tanto con nadie. Realmente, nunca he sentido esto. Nunca me he apoyado en nadie como si pudiera manejar todo el peso de mi cuerpo.

"¿Quieres algo de comer?", me susurra y hunde la nariz en el calor de mi cuello.

"Sí". Me tiro para atrás y lo beso. "Un M&M de maní y algo caliente".

"Creo que tienen té", dice, mirando hacia el puesto.

"Perfecto".

Saco mi teléfono y le tiro a Victory. *Ayyyyyyyyyyyyyyyy.* Le mando el emoji con los ojos de corazón. Camino al teatro, le escribí de mi papá y mi cita repentina con José.

Mis padres dirían que estás emperrá, responde. Sonrío, porque no me avergüenza decirle que no, pero me siento tan feliz.

Lo sé, respondo. *También . . . adivina . . .*

Victory me manda el emoji de los ojos.

Le conté a Mamá lo de la visión.

¡Me alegro! Orgullosa de ti, Yoyo, responde.

"¿Yolanda?", escucho una voz familiar. Miro hacia arriba. Ay, no. Él se sopla y frota las manos. Tiene tres amigos detrás de él. Dos son blancos y definitivamente gemelos. El otro es de color con cabello liso negro.

"Hola, Ben", digo.

"¿Vas a ver *Haunted Road*?", pregunta, señalando un póster de la película. Uno de los gemelos me examina; los otros muchachos se paran detrás de él y en vez de hacer la fila o al menos dignarse a presentarse, me miran fijamente. Veo el estampado de Burberry en los puños de los abrigos de lana de los gemelos. De repente, me siento chopa en mi abrigo acolchado. Pero yo no le paro a eso, eso e solo un pensamiento y no quien realmente soy. Lo sé.

"Sí, ¿utede también?"

"Sí", dice Ben. Los muchachos detrás de él no me responden a pesar de que claramente también les hablaba a ellos. "Si estás sola, eres muy bienvenida a sentarte con nosotros". Ben está radiante ante la oportunidad. Se ve suave de nuevo, no como aquel muchacho problemático sino como algo tierno.

"Ah, gracias por la invitación, pero no . . . en veldá toy esperando que José regrese con algo de co . . ."

"Ah", Ben parece no saber si responder con una sonrisa sarcástica o una mirada de desdén. "Bueno, nos vemos por ahí. Disfruta la película".

"Tú también", le digo. Él me da la espalda.

"¡RECHAZADO!", oigo al muchacho moreno decir, su voz marcada con un acento hindú. Ben le da un puñetazo en el brazo mientras los otros chicos se esfuerzan por no reírse. Una sensación, como una piedra, se me asienta entre la garganta y el estómago. Ahora, el olor de las palomitas me parece demasiado denso. Doy la vuelta y miro hacia adelante.

"Ey", escucho detrás de mí. Ben se me está acercando de nuevo. "Quiero disculparme por mi comportamiento en la escuela otra vez".

"No tienes que disculparte solo *conmigo*", le digo.

"Lo sé". Sonríe mirando mis botas estilo militar de piel sintética. "Tuve una sesión restaurativa con la Sra. Obi y la Sra. Steinberg después de la escuela. Le pedí perdón a la Sra. Obi. Pero te pido disculpas porque intentabas entenderme y yo actué como un perro, entonces de nuevo, lo siento". Ahora me mira.

"Bueno . . . está bien". Me encojo sin sacar las manos de los bolsillos. Me sonríe de nuevo y vuelve a ocupar su lugar en la fila.

¿Ok? Se disculpó. A algunas personas les cuesta pedir perdón. Por lo menos, creo que se está esforzando. Todo tá bien. Todo saldrá bien, me digo a mí misma.

"Espero que el té de lavanda sea bueno. Tenían eso y Lipton. La lavanda me pareció más elegante".

Le sonrío a José cuando se acerca y tomo la taza que me calienta las manos al instante. Se queda con los M&M.

"Ben está aquí", digo, tomando un sorbo de té. José mira a su alrededor, lo encuentra y lo saluda con la barbilla.

"Anda el diablo", murmura.

"No nos vamos a sentar juntos, entonces no pasa nada". Miro hacia Ben y toco la mano de José. Su piel es tan suave. Siento un apretón en el estómago.

"De todos los cines en toda esta ciudad ¿cómo terminamos en el mismo?", me ignora mientras esperamos que empiece la película. "Sé que le estás dando el beneficio de la duda o qué sé yo qué, pero ese tipo e raro, Yoyo. Te lo toy diciendo. Algo en él no tá bien". José saca su teléfono del bolsillo. No quiero ser chismosa, pero veo que abre un mensaje de "ENTRENADOR" con un emoji de baloncesto al lado. Lo lee rápidamente y lo vuelve a guardar sin responder, y luego estira el cuello para mirar a Ben de nuevo.

"¿Todo bien?"

"Sí, aparentemente una liga de baloncesto que me estaba dando la opción de dejar la escuela hace dos años . . . me querían dar como cien mil al año para jugar para ellos. Les dije que no, jugaré con un equipo universitario, no pa una liga. ¿Y si me lesiono? ¿Y si me da por dejar de jugar?", toma una respiración profunda. "Siguen interesados. Llaman al entrenador sin parar. Pero no lo voy a hacer. En la universidad por lo menos saco un título".

Asiento. "Eso no tá fácil. ¿Cien mil al año? Por acá no son muchos los que ganan ese tipo de dinero".

José levanta una ceja, aprieta los labios y sacude la cabeza de acuerdo. Inclina la cabeza para mirar a Ben de nuevo. "Mieeelda", dice.

Una presión me cae sobre la cabeza y se arraiga ahí como si la gravedad quisiera demolerme el cráneo. La opacidad que experimenté en la clase del Sr. Ruiz se apodera de mi vista. Me froto los ojos, pero cuando los abro, encuentro la misma vista nublada.

Coño. Aquí no. Ahora no. Bruja Diosas, todos los que me guían, aman y protegen, les pido que me den un momento.

Cierro los ojos. Olas negras, blancas y rojas se arremolinan en mi cabeza difuminando todo lo que tengo de frente. Me da tanto calor que tengo que quitarme el abrigo. Lo coloco entre los muslos y me recojo la cola de rizos en un moño. Me abanico el cuello con la mano.

"Yoyo, ¿estás bien?", escucho a José. Una imagen comienza a construirse en mi mente. Con la mano intento abanicarme y alejar lo que sé que viene. Bebo un poco de té de lavanda y me cae como ácido en el estómago.

"¿Estás bien?", oigo a José decir desde un lugar lejano.

"Voy pal baño", digo. Corriendo al baño, pienso en lo mucho que odio guardar secretos. Odio tener que manipular la veldá para poder mantener secreto lo que realmente soy. Coño. Espero que no piense que soy loca o que toy siendo melodramática. Abro la puerta de un baño y la cierro rápidamente detrás de mí. Trago y cierro los ojos. La visión se apodera de mi mente.

Ben está agachado sobre su mochila en un rincón de una escalera. Unos colores vibrantes giran enfurecidos alrededor de su cabeza. Doy un paso hacia él mientras cierra su mochila y mira para arriba. Hola, muevo las manos frente a él, pero no me puede ver. Le toco las manos. Están húmedas, pesadas, sudadas. Pero pasan por las mías cuando cierra los puños, un gesto deliberado. Le pongo la mano en la espalda, donde queda su corazón. Sus latidos están acelerados, como si acabara de correr millas y millas sin detenerse para respirar.

Empiezo a canturrear una oración rápida, pero me esfumo con un destello como cuando toco el mango de la nevera con las manos mojadas.

Abro los ojos, salgo del baño y me lavo las manos. Cuando me las enjabono, se sienten pesadas como si fueran ajenas. Encuentro mis ojos en el espejo y bajo la cabeza pa echarme un poco de agua en la cara. Toy estropeá. El cuerpo me pesa. Miro mi antebrazo y todos los vellos de mi piel morena oscura están engrifados. Me abrazo y el miedo que me provoca la visión se desliza por detrás de mis orejas. Alguien abre la puerta ruidosamente y el golpe termina de despertarme. Salgo del baño y corro hacia la fila en la que estaba José. Él no tá y de repente me siento sola. Saco el teléfono con manos temblorosas.

Estoy en la fila del medio, vibra mi teléfono. *La película va empezar*, José me escribe de nuevo. Siento un gran alivio y abro la puerta del auditorio oscuro.

Cuando finalmente encuentro a José, siento una oleada de paz. Me siento más arraigada a mi cuerpo y no atrapada entre el pasado y el futuro. José sube el reposabrazos y me da un espacio. Me acurruco bajo su brazo. Su olor es como un refugio, especialmente después de la visión. Se ríe a carcajadas con los *trailers* y el corazón se me recompone. Me mira y me besa. "Yoyo" me susurra en la boca, "estás sudá".

Levanto la mano y toco el sudor frío que tengo en la frente. "Ya. Estoy bien". Me paso par de servilletas. ¿Qué protegía Ben en esa mochila? ¿Por qué estaba tan nervioso? En veldá, no vi nada . . . entonce no hay por qué tripear, ¿veldá? Cierro los ojos por un momento, dejando que esa cosa que tengo dentro de mí, que nunca me falla, se fortalezca. Abro los ojos. Pero ven acá, Yoyo, vamo a ser má serio, ya sabes lo que e. Siento los latidos

del corazón tan fuerte en los oídos que los puedo contar. Él e
una amenaza. ¿Debo contárselo a alguien? A medida que empiezo
a acomodarme, siento calambres en el estómago, el dolor se irra-
dia a mi espalda. Me toco la cadera y me estiro un poco ante de
acurrucarme de nuevo en el brazo de José.

Le quiero contar todo. ¿Le gustaría menos si supiera que tengo
visiones, que mis Bruja Diosas me hablan? ¿Pensaría que soy simi-
lar pero diferente a la bruja que vio en lo alto del techo en RD?

"¿Segura?", me susurra.

Asiento y me dirijo a la pantalla.

☾

Cuando entro, Mamá Teté me tá esperando, sentada en el sofá en
una bata morada con el cabello cubierto por un gorro de satén
amarillo. Me quito los zapatos y el abrigo en la puerta y entro a la
sala.

"Pasó de nuevo", le digo, tirándome en el sofá a su lado. "Otra
visión. Ese muchacho tá quillao. Taba agachao . . .", intento pin-
tar la escena con las manos mientras hablo. "Agachao sobre una
mochila. Quería protegerlo tanto, tanto, tanto, Mamá. Ni siquiera
pude ver dentro de la mochila. Pero él taba furioso. ¿Qué pudiera
tener ahí adentro?"

Mamá asiente y me toca la rodilla.

"Traté de ayudarlo", digo.

Mamá Teté me hace un chuipi. "Yolanda, yo te dije que tú no
puedes salvar a ese muchacho".

"Yo solo le puse la mano en la espalda y comencé una oración,
pero me sacaron", digo, mirando a Mamá a los ojos. "Y sigue siendo
muy grosero conmigo y luego me pide perdón y parece que realmente lo siente. Me confunde".

"¿Qué te digo siempre de las disculpas?", pregunta Mamá.

"Un 'lo siento' sin cambio de comportamiento no e sincero", canto. Y luego sonrío, sintiéndome tonta por no haberlo recordao.

"Dale un poco de tiempo. Quisiera hacer má pero no me dejan. Te tán guiando mija, no lo dudes, aunque lo que veas te de un chin de miedo". Asiento y miro la telenovela en la televisión. Una mujer blanca le grita a su trabajadora indígena.

"¿Y qué se supone que debo hacer con eso, Mamá?", me concentro.

Mamá mira a sus manos color castaño, sus arrugas suaves me recuerdan todo lo que ella ha pasao. Miro la sabiduría de mi abuela contra el fondo azul marino del cielo detrás de ella.

"Fui a los Misterios por ti. Traté de hacerme cargo de lo que sea que te mandaron hacer, pero no me dejaron. Eso solo puede significar una cosa: esto realmente e tu iniciación".

Mamá toma aire y se dilata su nariz.

El corazón se me desploma hasta las plantas de los pies y luego sube. Acelera y empuja el peso de toda mi sangre hacia los espacios encima de mí. Luego flota de regreso a mi cuerpo y se instala en su hogar en mi pecho.

"Considéralo una subida de nivel para tus sueños. Parece que los Misterios tán mejorando tu don de clarividencia. Tenías sueños tan vívidos cuando eras niña", sugiere Mamá.

Me siento impotente. Sí, sueño vívidamente. Los sueños suelen ser una advertencia o una ofrenda, y eso tá bien, pero si no puedo hacer nada con ellos al despertar, ¿entonce pa qué me sirven? No. No. Es una bendición tener esta habilidad, este don.

Mamá me toca la rodilla, respiro profundo y cierro los ojos. *Bruja Diosas, denme luz.* Enfoco toda mi atención en el miedo que tengo instalado entre la garganta y el estómago. Me estiro hacia el fondo de mi intuición. *¿Qué tan real es este presentimiento?* Empiezo a sentir una ráfaga de estática en los dedos de las manos y los pies y algo que parece una luz me envuelve de pie a cabeza. *Un reguardo.*

Suspiro. Espero que las Bruja Diosas ayuden a Ben, que lo apoye su familia o cualquier autoridad a que él escuche, porque si no lo hacen, tengo miedo que tendré que desobedecer a Mamá Teté. Trataré de cambiar el rumbo de mis visiones.

VÍNCULOS NEGROS

La casa de Victory es como una pequeña galería de arte negra. El cuadro más grande se encuentra en la pared frente a la puerta: una mujer con un afro que se estira al firmamento con los brazos abiertos hacia el cielo.

La sala es abierta y ventilada, pero detrás de los muebles hay grandes contenedores de plástico que contienen documentos y fotografías. Pearl, la madre de Victory lo guarda to, como su madre. Dice que tenemos que ser nuestros propios historiadores, que debemos documentar nuestras propias vidas. Durante una gran parte de la historia, aquellos con poder incluyeron lo que le diera la gana y excluyeron lo que no quisieron que el mundo viera. Entonce ella siempre predica que debemos comenzar a archivar nuestras propias vidas para transmitirlas a las generaciones futuras.

"¡Hola, Yolanda!", dice Pearl. Se para de un pequeño escritorio con una computadora Apple encima. Me abraza fuertemente. "Muchacha, tengo mucho sin verte. ¿Cómo está la familia?"

"Mamá está bien. Tú sabe que ella no le para a na", me río

pensando en Mamá. "Mi madre está escribiendo ensayos y todo eso para obtener su licenciatura".

"Que Dios la bendiga. Yolanda, volver a la escuela no es fácil. Es muy valiente por parte de tu madre, ¿sabes?"

"Sí", susurro. "Y volvió mi papá". Miro a Victory con alivio.

"¿Cuándo?", pregunta Pearl, entrecerrándole los ojos a Victory que obviamente no se lo había dicho.

"Ahora mismito te lo iba a decir", dice Victory.

"Bueno, ahora Yolanda nos puede contar. Ya está la cena", anuncia Valentine, el papá de Victory, echándose un trapo de cocina al hombro. Recientemente se mochó el pelo y ahora tá calvo. Te voy a decir la veldá , todavía me toy acotumbrando. Me abraza antes de desaparecer en la cocina con Victory.

"Ayúdame a poner la mesa, Yoyo", dice Pearl. Con cuidao coloco una cuchara, un tenedor, un cuchillo y una cucharita de postre en la mesa. En mi casa no comemos así. Normalmente cada quien come cuando quiere, pero en casa de Victory la comida siempre es un evento. En los fines de semana, el desayuno también se lo comen juntos. Valentine dice que la unión es un requisito para el éxito. Y aunque en mi familia fomentamos la unidad de otras maneras, me encanta disfrutar esta forma de unirse siempre que puedo.

"Yolanda, ¿por qué no bendices la mesa esta noche?", dice Pearl cuando todos nos sentamos. Asiento.

"Misterios, Gran Madre, Padre Cielo, Ancestros Queridos, Santos, Orishas, Lwa, Ángeles de la guarda, Universo, y todo lo que nos guía, ama y protege en nuestro propósito divino, gracias por esta comida que vamos a comer y bendigan las manos que la preparó. Por favor protejan a nuestra gente. Por favor protejan a nuestros espíritus. Por favor abrácenos y no nos suelten nunca".

"Y bendigan a la persona que hizo la compra esta semana", dice Pearl. Nos reímos.

"Asé", decimos.

"Entonces, Yolanda, cuéntanos sobre el regreso de tu padre", dice Valentine, parándose para servirnos. Pollo al horno y papas. Aunque llevo años siendo pescetariana siempre se les olvida. Decido simplemente comerme el pollo. Estoy segura de que compraron lo mejor que hay, y Mamá me llamaría malagradecida si rechazara esta ofrenda. Huele buenísimo. Las hierbas, eneldo y romero, coquetean con mis sentidos.

Les digo que mi padre salió hace una semana y que hemos estado pasando mucho tiempo juntos. Me hacen muchas preguntas: que cómo le tá yendo y cómo se tá ajustando a la vida. Les explico que obviamente me parece má feliz que la última vez que visité. No puedo decirles cómo se tá adaptando a la vida porque sinceramente no sé . . . solo ha pasado una semana. Pero lo que sí puedo decirles, e que ya está listo para tomarse en serio esta oportunidad.

"Asé!", dicen Pearl y Valentine.

"El Diablo crea espacios dentro de nosotros para envenenar nuestras mentes". Pearl me mira. "Mi niña, tu padre va a necesitar todo el amor posible". Asiento y Victory me pregunta cómo se siente tener a mi papá de vuelta. No le puedo mentir a esta familia porque siento que exponer mis heridas aquí me hace sentir mejor.

"Se siente un poco diferente. Ya me llama con regularidad y es un poco raro tener a otro adulto a quien tener que rendirle cuentas. Pero me voy a acostumbrar. Sé que sí. Me siento más fuerte ahora que regresó, y eso es lo má importante ¿veldá?", digo. Me entran unas ganas de llorar, pero dejo de masticar y tomo una respiración profunda.

Valentine estira el brazo y pone su mano sobre la mía. "Tómate tu tiempo", me recuerda.

Cuando terminamos de comer, Pearl y Valentine recogen la mesa y Victory y yo empezamos a fregar. Ella friega y yo seco.

Tardamos por lo menos media hora en terminar. Luego vamos a la habitación de Victory. Las paredes blancas están cubiertas con pósters enmarcados que han pasao de generación en generación hasta ella heredarlos. Mi favorito e uno que dice "Haz el amor, no la guerra" en letras curvadas sobre un fondo amarillo. En la parte de abajo dice en negrita: "Nosotros, el pueblo, nos oponemos a la guerra en Vietnam". Su abuela le dio esos dos. Hay otros, como el que anuncia desayuno gratis para niños cortesía de los Black Panthers. El póster arriba de la cama de Victory es la portada de un álbum de The Fugees que recibió de su padre. Aparentemente, fue el primer concierto al que asistió con su madre cuando era niño. El juego de cama de Victory es de un estampado de chita blanco y gris muy claro con un fino ribete amarillo. En un rincón, tiene un escritorio blanco que también le sirve de coqueta.

"¿Y cómo te fue en tu cita de cine? Cuéntamelo todo", me pregunta cuando me siento en el pequeño mueble junto a su cama. No pudimos chismear en la escuela porque últimamente yo he estado trabajando mucho con la Sra. Obi por el Espacio Valiente y, en los días que no, Victory estaba repasando lo que sea que repasan en el equipo de debate. Cuando llegaba a casa, quería llamarla, pero Mamá me tiene fajá con las lecturas.

"Nos chuleamo en el tren", digo. No puedo evitar sonrojarme cuando lo recuerdo. Cada vez que tomábamos descanso, miraba a nuestro alrededor y la mayoría de la gente o se ocupaban de sus propios asuntos porque es Nueva York o nos miraban con ternura . . . pero había otros que estaban claramente horrorizados.

"También está empezando a sentirse normal estar cerca de él, tú sabe".

"¿Entonce ahora son novios?", pregunta.

"No sé, no hemo tocao el tema", me río. "Pero loca, él me hace sentir todas estas sensaciones. A veces se me olvida respirar cuando me mira. Me abre los brazos como si yo fuera la pieza de rompecabezas que lleva mucho buscando, y eso me hace sentir GRANDE".

"El diablo, mujer. Eso suena MUY serio". Ella sonríe. Ojalá lo único que tuviera que hablar con ella fuera lo de José. Pero sé que tengo que contarle de mi segunda visión.

"Ben estuvo en el cine con algunos amigos", digo.

"Pero claro. Tú y José no podían tener ni una pequeña cita ininterrumpida". Sacude la cabeza. "¿Cómo se ven, sus amigos?"

"Bueeh". Encojo los hombros. "Por lo menos, uno de sus amigos era de color...", digo, esperando que sea suficiente. Nos miramos con sospecha en los ojos, sabiendo que no lo es y nos reímos a carcajadas.

Entonce, le salto con, "Tuve otra visión". Me da una mirada loca en el espejo. "En la cita", aclaro la garganta, "antes de entrar al cine". No le cuento de la presión que llegó con ella.

"Él estaba agachao sobre la mochila", empiezo. "Lo estaba protegiendo como el diablo y no pude ver lo que tenía dentro".

Los ojos de Victory se agrandan. "¿Y él dónde estaba?"

"Creo que estaba en la escalera en la parte de atrás de la escuela".

"¿Era un arma, Yoyo?", pregunta Victory.

Vengo de un lugar donde cualquier cosa puede ser un arma: una lata de refresco, un cepillo de diente, un lápiz. Victory aprieta los labios y me mira.

"Ya dije que no pude ver dentro de la mochila", le respondo. Miro por la ventana detrás de Victory, el sol está sentado en medio del cielo. Los tonos mameyes, rojos y amarillos opacan el cielo azul y lo hacen parecer nada . . . blanco. "Pero estoy segura que era una pistola. Lo puedo sentir aquí . . .", digo, llevando los dedos a un lugar debajo del ombligo.

"¿Tienes miedo?", Victory se frota las palmas en las rodillas.

"Un chin . . . bueno, sí. Él estaba tan encojonao y se veía obviamente sospechoso", digo. "Tú cree que tá relacionado con la primera visión, ¿veldá?"

"Claro que está relacionado con la primera visión". Ella se voltea. Me muerdo las cutículas del dedo medio. "¿Vas a contárselo a un adulto en la escuela, Yoyo?"

Me encojo. Quiero hacerlo, pero siempre vuelvo a la misma pregunta: ¿qué evidencia tengo? ¿No es así que funciona todo en este mundo? Evidencia, evidencia, evidencia. Inocente hasta probar culpabilidad. Lo entiendo y también creo que es estúpido. La gente hace cosas horribles todo el tiempo y no hay cámaras grabando ni testigos excepto la persona que están lastimando. A veces, la gente no tiene evidencia y es como si aquella cosa que le pasó nunca hubiera pasao. ¿Qué evidencia tengo pa comprobar lo que sé de Ben, su pasado y su futuro?

"Haces demasiadas excusas". Victory me corta los ojos. "¿Por qué le sigues dando el beneficio de la duda?"

"No es beneficio de la duda. Yo toy clara: ese tipo e malo y va hacer algo foking horrible, Vi. Lo sé. E que no quiero que él . . ." meneo las manos en el aire, "haga algo estúpido. Julia De Burgos a veces se siente como lo único que tenemo. Tengo que encontrar la manera de hacer que la gente me crea. A quien sea que se lo cuente en la escuela, me pedirá algún tipo de prueba y necesito estar lista pa eso, tú sabe. Mientras tanto, a él lo tenemos que mantener . . ." muevo las manos en direcciones opuestas, "tranquilo".

Victory me corta los ojos y se tira en la cama. "Honestamente, parece que te preocupas más por él que por ti o por nosotros".

"¡¡QUÉ!?!" Me paro sobre ella sin poder creérmelo. Se lo acabo de explicar. Toda la sangre en mi cuerpo me sube a la cabeza, y siento que el pecho está a punto de explotar.

"Loca ¿por qué te sorprende que te lo diga?" Se para irritada. "Fue sumamente pesao contigo. Y el otro día vite cómo me trató en la reunión . . . y tú no dijite ni pío".

Tomo una respiración profunda. "Lo siento. Traté de disculparme", le digo, mi voz todavía llena de ira.

Victory levanta la mano y camina de un lao de su habitación al otro. "Entonce lo vite hablándole feo a la Sra. Obi. Y sigues teniendo visiones, pero no estás lo suficientemente alarmá como pa hacer algo al respecto". Victory viene y me habla de cerca sin apartar sus ojos de los míos. "¿Cuándo piensas decírselo a alguien, Yolanda?"

"Te dije que se lo conté a Mamá Teté y ella me dijo que no se lo dijera a nadie porque de veldá no van a entender".

"¿Y qué má dijo?" Victory cruza los brazos.

"Ella tá poniendo de su parte. Pero, al fin y al cabo, esta es mi iniciación, lo de las visiones. Los Misterios la dejarán hacer poca cosa por mí".

"Entonce ¿no se lo dirás a nadie *de la escuela* o a, no sé, el papá de Ben?"

"Loca ¿cómo así? ¿Qué se supone que debo decir? ¿Qué tengo visiones? Pero ven acá. Hazme el favor. Dime, ¿quién me va creer eso?" Le corto los ojos. No sé por qué le está costando tanto entenderlo. "Por eso toy tratando de tranquilizarlo, por lo menos hasta que tenga evidencia, Victory".

Ella vira los ojos y se aleja de mí, pero entonce se devuelve. Me agarra la mano y nos sentamos. "Tú sabe que no e tu responsabilidad arreglar el mundo ¿veldá?"

"No me creo héroe . . .", empiezo.

"Te conozco demasiado bien como pa que me mientas, Yoyo. Siempre tás tratando de arreglar algo o a alguien como si fuera tu trabajo. No e tu trabajo", dice otra vez, poniéndose de pie.

Tomo una respiración profunda mientras ella sigue hablando.

"¿O tú cree que tú ere T'Challa?" Mi ira da un salto mortal, me salta de la cabeza y se apodera de todo mi cuerpo. "Te prometo que tu silencio no va a proteger a Julia De Burgos, ¿o debo decir Wakanda?"

Le doy la espalda y cierro los ojos. Tomo una respiración profunda para recomponerme. Tá bien, Yolanda, sabes que ella tá exagerando, que es solo chercha. Pero realmente, me tá quillando.

Todas las cosas que he tratado de arreglar me llegan como olas a la cabeza. Uno: cuando Mami botó a Papi después que me desperté de aquel sueño, después que estableció su relación con Norah, traté de arreglar la relación de mis padres. Sentí que reunirlos era mi responsabilidad. Dos: cuando Mami tá mal de amores y toca fondo y siente que ella no es suficiente, siempre hago todo lo posible pa animarla a que siga saliendo (aunque después ande cortándole los ojos por hacerlo). Tres: cuando Mamá Teté extraña a mi abuelo, el que nunca conocí, tanto que casi no puede pararse de la cama, soy yo que logro pararla, recordarle su fuerza. Cuatro: cada vez que Victory me necesita, toy lista para ir a la

guerra por ella. No me creo héroe ni nada por el estilo. Es que lo'
mío me importan. Me importan mucho.

Mi mente regresa a la habitación cuando Victory empieza de
nuevo. "Ahora, yo sé que tú piensas que puedes arreglar a Ben y
su comportamiento problemático, pero no puedes, y tienes que
aceptarlo". La adrenalina corre por mis venas y mis rodillas
empiezan a temblar. Mi ira se convierte en rabia y me sube a la
garganta. Me arden las orejas y me zumban los oídos, y por un
momento juro que toy sangrando de la nariz. Trago. Pero la rabia
todavía quiere salir.

"Tú no sabes todo lo mío", digo enfatizando mis palabras con
aplausos. "No podemos decirle nada a nadie de la escuela porque
nadie me va creer sin evidencia concreta, Victory. No sé cuánta
vece tengo que repetir la mima vaina. ¿No sabes lo que le han
hecho durante siglos a personas como yo? Nos quemaron en la
hoguera, nos cazaron, crearon una telaraña 'e tabúes pa que la
gente piense que somo el demonio, punto y aparte. Mis visiones
no se entiende ni en las escuelas ni en ningún otro lugar. Sí, tú
me tomas en serio y crees en la tradición mía y de Mamá, pero la
mayoría de la gente no. Actúas como si yo fuera el Papa cuando
solo soy una . . .", bajo la voz, "una bruja. Soy solo una bruja. Y no
una bruja blanca dique 'Nueva Era' ni una persona que tira cartas
sobre una mesa y lo llama 'autocuidado' en TikTok, soy una
muchacha negra, bruja, clarividente. Y hasta en nuestros propios espacios tú ve cómo se pone la gente en el momento que
mencionas cualquier parte de nuestras creencias o conexiones".

Empiezo a recoger mis cosas. Las manos me tiemblan incontrolablemente. Victory e la única persona, además de Mamá, que
tengo en el mundo entero pa hablar de estas cosas, y ahora no

tengo a nadie. Mis piernas se sienten débiles cuando me paro. Ella se para frente a mí, bloqueándome el paso pa que no me vaya.

"Quítate del medio, Victory", le gruño. Siento mucha presión detrás de los ojos cuando veo que ella no se mueve. Quiero llorar porque toy quillá con ella por no entender, por empujarme a hacer algo que me llena de terror. Pero otra parte de mí le quiere dar el único trompón. Me agarra las manos de nuevo. En el pasado, he hablado antes. Le di voz a mis visiones y siempre me conduce a un momento de Torre, mis cimientos en llamas, cayéndome sobre piedras escarpadas.

"Tú tienes algo que muchos no y que otros han rechazado. Actúas como si fuera una carga adicional para ti y no lo es. Es un deber. Si ves algo, dígalo como dicen los anuncios en el tren. Tú sabe, la MTA usa ese dicho en nuestra contra. Trata de enchincharnos a chivatearnos entre nosotros, pero ¿por qué no lo usas en contra de Ben? Tenemos que estar chivateando a eso tiguere blanco. Tal vez lo registren y encuentren algo y ya".

"¡No es tan simple Victory!", grito. Me suelta las manos.

"No te dicen que le ponga la mano al maldito paquete ni que te acerque a la persona que la dejó sin atender. No te piden que te ocupes de esa vaina. Te piden que se lo cuentes a alguien que pueda ayudar". Finalmente, ella se mueve. "¡Tú tienes que hacer algo, tienes que *decir* algo!", lo enfatiza aplaudiendo. Abro la puerta murmurando que de todos modos ella nunca escucha a la autoridad.

"¿Tú sabe lo que será tu culpa, mi loca?", me dice mientras voy saliendo. "Si él hace algo . . . Eso. Será. Tu. Culpa".

12

SUPERANDO LAS DIFICULTADES

En el momento que abro los ojos para quitarme el sueño, mi mente corre al hecho que Victory y yo todavía no hemos vuelto a hablar. Miro por la ventana de mi habitación y observo la luz del sol bañando al Bronx. Los edificios, hasta los proyectos descuidados como este, se ven bonitos con el resplandor. Han sido un par de semanas brutales. Tengo varios días sin ver a Victory que significa que tá tomando otros caminos por la escuela pa esquivarme.

Volviéndome hacia mi mesita de noche buscando mis cartas, me siento vacía. Digo una oración rápida pidiéndole a mis ancestros que me ayuden a ver lo que debo ver y barajo. Por primera vez, las cartas me parecen falsas en las manos y hoy, como en toda la semana desde nuestro pleito, ni la barajada se siente bien. Respiro profundo y saco una carta. El Nueve de Espadas. Sacudo la cabeza con incredulidad y me río. Las cartas no son falsas. Yo les doy poder y últimamente solo dicen la verdad. En el Nueve de Espadas se representa una persona en una cama despertando con las manos estiradas sobre la cara. Arriba, apuntadas a su cabeza hay nueve espadas. Sí, así mismo es. Me pesan sentimientos oscuros y confusos. Estoy enfocada en todo lo que pudiera salir mal en vez de lo que pudiera funcionar para el mayor bien de todos. Normalmente saco tres cartas por la mañana, pero guau, con esta basta.

Mientras me alisto pa la escuela, Victory vuelve a mi mente. Llegamos a un punto en nuestra amistad que nunca habíamos alcanzado. Nunca habíamos pasado tanto tiempo sin hablar. Ahora, todo lo de eta vaina con Ben tá afectando mis relaciones y eso no tá bien. Las personas que tengo en mi vida, eso es lo que más valoro. Siento un apretón en el estómago y la náusea se apodera de mí como siempre me pasa cuando estoy dolida. Trago y respiro, mejor concentrándome en fijar mis *baby hairs* con gel. Por lo general, Vi y yo superábamos pequeños roces con un meme tonto o un emoji, pero esto definitivamente tomará más que un mensaje de texto.

Me cepillo los dientes, tomo un vaso de agua y cojo un guineo antes de salir. Mamá Teté me besa en la puerta y me moja la cabeza, frente y el pecho con agua Florida antes de besarme en el cachete. Estos días, debo llevar el estrés pintao en la cara.

Si ves algo, di algo. Ahora, eso es lo único que el conductor del tren parece decir. Hoy mis ojos solo quieren fijarse en los carteles que cubren la parte superior del vagón. No quería venir a la escuela, pero los miembros del club iniciaron un texto grupal insistiendo en reunirse hoy.

"Oye, estuve pensando en todo lo que me contaste de esa primera reunión de Espacio Valiente que me perdí, de nuevo lo siento por eso, y los momentos y las palabras que intercambiaste con Ben", dice la Sra. Obi cuando voy saliendo de su clase. Me quedo atrás.

Cuando todos los demás se han ido, la Sra. Obi cierra la puerta y se sienta en un banquito frente a mí en mi estación de laboratorio. "Primeramente, siento que no empecé por preguntar: ¿cómo está tu corazón?", me pregunta. Le digo que estoy un poco estresada. Que mi papá salió de la cárcel y que me está afectando más de lo que imaginé. Y si bien es cierto, no es la pura verdad, pero ella me lo acepta de todos modos.

"En cuanto a Ben", encojo los hombros, "no lo quiero en el club, Sra. Obi. En serio". La Sra. Obi toca su laptop con las uñas.

"Te entiendo, Yoyo, perfectamente. Pero como líder del Espacio Valiente, ¿cómo manejaste la diferencia de opinión entre los miembros el día que estuve ausente?", pregunta sentándose en su escritorio. Me siento frente a ella.

Me encojo otra vez. "Honestamente, dejé que sucediera, dejé que todos tuvieran su experiencia". Vuelvo a pensar en aquel día, veo a Victory, Jay, Mariamma, Hamid y Yasheeda reaccionando a *Kindred*. "Y eventualmente volvimos a leer".

"Entiendo. ¿Crees que fue útil dejar que todos intentaran resolver la situación?"

"Bueno, tú sabe, sí, porque pudimos ver que todos tenían una opinión. Además, los miembros deben tener la libertad de expresarse. No tiene que ser siempre yo la que hable. No tengo que monopolizar el espacio".

Ella asiente. "Es mi trabajo enseñarte ser líder y cómo facilitar estas conversaciones. Quiero empezar con decir: Yoyo, lo siento que no estuve el día que Ben entró a nuestro club. Su llegada fue repentina, y en general, ha sido una transición delicada", dice. Me empiezan a sudar las manos y me siento cohibida, hiperconsciente del espacio que ocupa mi cuerpo. ¿En qué fallé?

"En segundo lugar, quiero destacar que no es tu trabajo, con la piel que tienes, enseñarles a otras personas acerca de nuestra humanidad. Sin embargo, como líder, cuando alguien hace comentarios que suenan o se sienten como si negaran la experiencia vivida de otra persona, tienes que terminar la conversación. Un miembro se vio perjudicado cuando la conversación no terminó cuando se debatía el nivel de responsabilidad de Dana. En esos momentos, es tu deber decir: 'Ahora este círculo está cerrado'. Porque, así como no es tu trabajo educar, tampoco lo era para tus compañeros negros y de color".

Ácido empieza a subir por mi esófago como una batería gruesa. *Coño ¿era tan serio? ¿Cómo no lo capté?*

"Mira", empieza a explicar. "Recuerdas ese círculo de toda la escuela que tuvimos el año pasado sobre el acoso y la agresión sexual?"

Asiento.

"Cuando algunos de cuarto año empezaron a burlarse, el Sr. L cerró el círculo. Lo hizo porque relajar con el acoso y la agresión sexual puede implicar que el daño no es grave y alguien entre nosotros, aunque sea una sola persona, pudo haberse sentido activado".

"Entiendo", yo digo.

Ella me toca la mano. "Todo está bien. Este es un trabajo en progreso. Tú eres un trabajo en progreso. Y él también lo es, ¿no verdad?" No tiene que decir su nombre para que yo sepa que habla de Ben. Asiento. Epérate. ¿Por qué hicite eso? Asentir, ¿pa qué? ¿Tú cree que él e un trabajo en progreso? O sea, ¿él no merece ese derecho? Pero su trabajo . . . su trabajo no e . . .

"No creo que su trabajo sea pa nuestro progreso", digo. Ah. Al decirlo, siento que son las palabras correctas pa nombrar la incomodidad que tengo en el estómago.

"¿Qué quieres decir con eso, Yolanda?"

"¿Y si te digo que tengo visiones, Sra. Obi?" El mundo se detiene. Quiero agarrar las palabras que acabo de decir con los dientes y tragármelas, lo mismo que sentí cuando le conté a José de los dones de Mamá Teté. La Sra. Obi cruza los brazos.

"Te diría que a mi tía abuela y abuela también", dice, meneando la cabeza en círculos. Me río.

"Pero eres científica".

"Pero, muchacha, ¿quién te dijo que la ciencia y, a falta de mejor palabra, la espiritualidad son cosas distintas?" Se ríe y bebe de su botella de agua.

"E veldá". Sonrío.

"Claro", dice.

"Tuve algunas visiones de él", digo, dándole vueltas a mis pulgares uno alrededor del otro.

Suena el timbre. La Sra. Obi revisa su reloj y se para frenéticamente. "Tengo una reunión, Yoyo", dice, recogiendo su botella, computadora y taza de café. "Gracias por compartir estas cosas conmigo. Siento que me tenga que ir. Seguiremos hablando". Ella se embala. Y siento algo de alivio, aunque quise, por un momento, decirle toda la verdad.

Camino a mi próxima clase, mantengo los ojos en las paredes para no encontrarme con nadie. Quiero contarle a alguien sobre este primer paso que tomé y no a cualquiera: quiero decirle a Victory que empecé a contarle todo a la Sra. Obi. Los pasillos zumban. Todos hablan y mis implantes trabajan para procesar los sonidos para mí. Un grupo de estudiantes suena confundido y molesto. Escucho a un estudiante decirle a otro: "De verdad, es solo una broma". Pasando por los estrechos pasillos, dos chicas de primer año chismean en medio de la multitud mientras los demás luchamos por pasar. En lugar de molestia, me lleno de una ola de dulce nostalgia. Extraño a Victory, y no tar fría con ella me hace sentir que falta una parte de mí.

"Se ve bastante bien por ser un blanquito ¿no crees?", oigo cuando finalmente entro al ala de Literatura.

"Y generoso, mi amorch. Ayer, despué de la escuela, nos pagó un montón de cosas en la bodega de Amin en la esquina. Y tú me conoce, yo me llevé de esas galletas buenas de Grandma".

¿Queeeeeeeé? Espero por Dios que mi cara no esté hablando en voz alta por mí, pero doy la única cortada de ojos. Sigo caminando, los ojos todavía clavados en las paredes. Entonce a unos pasos de distancia veo una mancha amarilla en uno de los carteles de Victory. Ese no es ni el color ni la estética de Victory. Huyo hacia el cartel y el círculo amarillo declara: "La justicia social es cáncer".

Intento quitárselo, pero empieza a arruinar el resto del cartel. Lo suelto. Es una pegatina. Bajo el cartel con un jalón. *¿Quién carajo hizo esto?* Siento un tirón en el estómago. *Tú sabe exactamente quién.* Corro a otro póster y ahí está: el mismo círculo amarillo.

☾

Aunque me topo con José par de veces durante el día y logramos darnos algunos abracitos, la energía en el edificio sigue densa como el humo. El día entero todos hablan de las pegatinas, tratando de investigar quién lo había hecho y opinando si era en serio o no. El día entero no puedo concentrarme en ninguna clase. En el tercer período, la segunda vez que vi a José, él trató de mencionar las pegatinas, pero lo frené, quise hablar con Victory primero. Pero Victory no me mira en los períodos que siguen y ni siquiera pude decirle que vi los carteles y que lo siento. Lamento no haberla escuchao, pero sobre todo lamento no haberme escuchao a mí misma. Durante el almuerzo, uso mi pase pa salir a la calle y dar un paseo, aunque las temperaturas heladas penetran mis Timberland negros. Me siento en las escaleras de un edificio y barajo las cartas dentro de mi mochila. Sé que lo que toy haciendo no tá mal, pero no quiero que me vean. Saco el Cinco de Copas y siento que mi vida entera tá en esa carta. Aquí toy, ahogada en remordimiento por un chin de leche derramada cuando tengo dos vasos llenos y un puente cerca que puedo usar para echar palante. *¿Pero qué representa el puente? ¿Y pa dónde voy?*

Cuando voy de regreso a la escuela, Ben me ve.

"Hola, Yolanda", vocea caminando detrás de mí. "¿Qué te pareció el final de la película?" Las paredes de ladrillo que llevo dentro de mí se levantan rápidamente. Él tiene una oscuridad clandestina por dentro y eso no tiene nada que ver conmigo. Esos son asunto suyo.

"Bien", digo. Intento salirme de él porque te apueto que él e el que tá detrá de las pegatinas. Nadie que conozco tiene los recursos pa crear pegatinas así y nunca había pasao ante. Aquí la gente sabe no decir mielda como esa.

"¿No te sorprendió el final?", pregunta. Acelero el paso porque má que nada quisiera estar en la escuela ahora. Al final de la película, las familias que viven en esa calle se enteran que cuando los fantasmas que los acosaban estaban vivos, vivieron cantidades intensas de trauma.

"No". Encojo los hombros. Acelero y cruzo la calle hacia Julia De Burgos. Pero él me alcanza. "Realmente no".

"A mí tampoco", dice. "Pensé que esos fantasmas eran todos malvados por el amor al mal ¿sabes? No tenían razón ninguna para estar acosando ese vecindario".

"Supongo que no". Me encojo de nuevo. Lo miro, sabiendo muy bien que estoy usando mi cara de perra, pero aun así me sonríe. Baja la mirada hacia mis Timberland negros.

"Bueno . . . ¿quería saber si tal vez querías . . .", empieza a decir.

"Ey, Ben, ¿vas a jugar esta noche?", grita Cindy.

"Sí, me conectaré", sonríe Ben. Pedro, un estudiante de tercer año, saluda a Ben con el puño. Y ahora estoy confundida. ¿Cuándo empezó a hacer amistades aquí? Y también ¿qué coño estaba a punto de decirme *a mí*?

"Algunos de nosotros vamos a almorzar en la biblioteca", Pedro le dice a Ben. Ben responde que los encontrará allí. Esa vaina pasó rápido, pero por más que no quiera saber de él, siento un agradecimiento complejo. Si hace amigos, tal vez se sentirá menos solo, menos enojado. Tal vez deje de hacer disparates.

"¡Prepárate pa la paliza!", dice Cindy y, el Sr. Leyva la lleva a un lado para decirle que baje la voz. Ben se ríe caminando hacia su próxima clase.

"Oye, Yoyo". El Sr. L me alcanza. Veo a Cindy caminando a su clase también. "¿Todo bien?"

"Todo bien", digo.

Me hace un puchero y me mira de arriba abajo. "Muchacha, tú sabes que no me puedes mentir. ¿Tú y Vi están peleando o qué? ¿Es por este asunto de las pegatinas? Sé lo duro que trabaja esa muchacha en esas cosas".

Me encojo. *Dile.* Miro al Sr. L. *Dile.*

"Algo pasa", le digo y me detengo. El Sr. L fue uno de los

primeros adultos a los que les conté de mis sueños el año pasado. Me creyó. Me acompañó hasta que dejé de tener los sueños. Y entonces, ya no temía lo que me estaban tratando de decir. *¿Se lo cuento, Bruja Diosas?* El Sr. L me mira, una pregunta en la frente y todos los estudiantes y toda la bulla del pasillo se detienen. Mi mente galopa en torno a las contingencias de decírselo.

"Algo tá mal", digo. "Lo siento y lo veo, Sr. L". Empiezo a caminar de nuevo. "Yo no sé cómo lo voy a demostrar, pero voy a intentar".

El Sr. L trata de decirme algo, pero entro a clase.

☾

Cuando finalmente llega el momento de congregarnos para el Espacio Valiente en la clase de la Sra. Obi, ya toy lista pa irme a casa. Me siento débil y me duele la cabeza. No me ha dao gripe desde la primaria y ahora aquí toy sintiéndome como si me estuviera ahogando. La Sra. Obi me dice que no le importa facilitar el círculo de hoy y le digo que está bien. Sinceramente, me está haciendo un gran favor. Me siento en una silla lo más cerca posible de la puerta, así le doy la espalda a todos los que llegan y no tengo que saludar. Es un poco odioso, pero quiero evitar todo contacto visual y tener acceso directo a una salida si este círculo se vuelve insoportable.

Victory entra luciendo como toda una Reina. Tiene el pelo envuelto en un pañuelo de satén dorado, uno que no noté antes cuando la esquivé en el pasillo. Se sienta frente a mí y levanta una ceja. Es una oferta de paz, y con eso basta entonces le devuelvo el saludo con la ceja. José se sienta a mi lado sin hablar. La tensión entre nosotros se siente densa, y quisiera decirle que no e que toy enojada con él. E que no sé cómo bregar con todo lo que tá sucediendo. Son demasiadas vainas, demasiadas personas involucradas.

Antes de empezar, la Sra. Obi repasa nuestras normas: una sola voz a la vez, escuchar y hablar desde el corazón, saber cuándo ceder y cuándo hablar, lo que sucede en el aula se queda ahí y la confidencialidad. En nuestra escuela, estas normas son naturales. Aquí, los círculos, la comunicación abierta y la vulnerabilidad siempre se han fomentado y elevado. Pero mirando a mi alrededor parece que nadie tá en eso.

"Quiero empezar disculpándome con todo el grupo. Sé que no estuve en la última reunión y la de la semana pasada se canceló. Tuve que atender a un asunto importante, pero quiero que todos sepan que valoro este espacio y el compromiso de todos con él". La Sra. Obi aclara la garganta. Ben no ha llegado todavía y espero que no vuelva nunca. "Le dimos la bienvenida a un nuevo participante y eso es chévere porque nuestra misión es expandir. Sin embargo, me enteré de que se causó daño debido a cosas que se dijeron aquel día relacionadas al contenido de *Kindred*, y hoy debemos repararlo si queremos avanzar como colectivo".

Amina asiente, pero por lo general nadie habla ni parece estar de acuerdo con lo que se tá diciendo. Yo sé que Ben se pasó en nuestra última reunión y eta vaina de las pegatinas definitivamente no lo ayuda en nada. Miro a mi alrededor tratando de intuir lo que los demás están pensando.

"No creo que se resuelva nada aquí", dice Victory.

"No", agrega Dayvonte.

"Para nada", dice Autumn.

"Estoy de acuerdo", se une José.

"Ya. Pero ¿qué está pasando? No es propio de ninguno de ustedes entrar en un círculo sin querer remediar la situación", sigue la Sra. Obi. Ella ofrece a Penny a quien quiera hablar, y Victory se acerca.

La puerta abre con un crujido durísimo y todos nos giramos para ver a Ben. Se disculpa rápidamente y toma asiento junto a Amina.

José mira a Vi. Jay sacude la cabeza y se agarra la barbilla.

"Tá bien, señore, vamo, no no' quedemo quillao. Hablemo o algo", añade Hamid.

"Alguien tá arruinando mis carteles y eso no tá", dice Victory. "PARA NADA, Sra. Obi". Ella respira profundo. "Y CREÉME que voy a llegar al fondo del asunto". Victory mira fijamente a Ben. Él le devuelve la mirada, impasible.

Amina saca uno de los carteles de Victory de su mochila y lo pasa al grupo. Los que ya lo hemos visto sacudimos la cabeza, pero algunos se sorprenden.

"¡Anh-anh! Eto aquí es una grave falta de respeto", dice Cindy. "¿Utede creen que fue uno de primer año?" Me sorprende que no haya visto las pegatinas y que nadie se lo haya contado.

"Los estudiantes de primer año no se van a poner pa los estudiantes de cursos superiores", dice Jay. "Vamo a ser má serios, Ci".

"Lo lamento mucho, Victory", dice la Sra. Obi cuando le llega el cartel. "Esto no está bien. Te apoyaré en llegar al fondo de esto". Victory asiente. "Está bien", empieza la Sra. Obi. "Tomemos algunas respiraciones profundas". Aunque algunos de nosotros queremos explotar de la rabia, nos enderezamos y cerramos los ojos. "Inhala profundamente por la nariz", la Sra. Obi lo demuestra "y exhala por la boca". La exhalación colectiva suena como un profundo AAAHHHHHHH. Después de repetirlo un par de veces, la Sra. Obi nos instruye que abramos los ojos.

"Muy bien, activistas, sé que ahora mismo tenemos muchas cosas en la mente, entonces tal vez podemos posponer nuestra conversación restauradora para la próxima semana. Tenemos que terminar esta novela gráfica y escribir ese ensayo colectivo para la organización sin fines de lucro. ¿Qué les parece si borramos eso de la lista y yo trabajaré con Victory para abordar este asunto con los pósters?" La clase asiente. Muchos compartimos libros, pero a Ben le toca uno propio.

☾

Mamá está parada enfrente de la estufa cuando llego a casa.

"¿Qué tú hace, Mamá?", pregunto, dándole un beso en el cachete izquierdo. La abrazo mientras ella sigue removiendo un cucharón de madera en el caldero. El líquido es de color marrón oscuro y con un olor intenso.

"Un baño amargo", dice ella. Dobla el cuello y me besa en la cabeza. Tomo una respiración profunda y aspiro su olor a agua Florida. "Báñate", me dice.

"¿Pa mí?" Le hago un puchero en chercha.

"Anjaaá", ella responde. "Sé que tú lo necesita. Pa limpiar la energía negativa estancada que conlleva ser clarividente". Cierro los ojos. Trato de aferrarme a la paz que me trae estar tan cerca de Mamá. "La clarividencia es un regalo, mi amor", dice. Se aparta de mí, me agarra los brazos y me mira a los ojos. "Incluso cuando es pesado, es un regalo, un privilegio, un deber". Asiento.

Voy a mi habitación, me quito el uniforme y me envuelvo en una toalla. Antes de entrar en la bañera me pongo un gorro plástico y con las yemas de los dedos me enjabono la cara con exfoliante de albaricoque. Me lavo las manos y abro el frasco de aceite de coco que siempre está en el baño. En invierno es sólido, pero en verano es totalmente líquido. Uso las puntas de los dedos pa sacar un chin de aceite. Froto las manos y me masajeo el cuello y los hombros. *Es importante amarte a ti misma. Es importante dedicarte tiempo*, escucho. Sonrío. Las Bruja Diosas siempre están conmigo.

Después de ducharme, limpio la bañera. Miro el aceite y la suciedad circular por el desagüe y los veo desaparecer. Mamá llama a la puerta.

"¿Tás lista?", pregunta. Pongo el tapón en el desagüe.

"¡Sí, Mamá!" Ella entra y vierte todo el brebaje, su baño de limpieza especial. Abro el agua y la dejo correr.

Cuando la bañera está medio llena, detengo el agua. Mamá vuelve a entrar. "Santa Culebra, Santa mía, busco refugio para mí y los míos en tu poderosa protección. Me refugio en mi fe. Te ofrezco esta luz en tu honor". Mamá Teté prende una vela morada. "Te ofrezco tu café molido y tu miel". Mamá acomoda dos tacitas de café y una Malta India. "Santa Culebra, Santa mía, que derrotes todas las dificultades mías y de mi familia, como destruyes a todos tus enemigos".

Entro al baño. "Quédate tranquila por veinte minutos. Y no olvides mojarte la cabeza de vez en cuando", dice Mamá cerrando la puerta.

Me arrecuesto en la bañera, cierro los ojos y me preparo para sentir el alivio. Ruego: *Quítenme el miedo, Bruja Diosas. Enséñenme lo que debo ver*. Me zambullo la cabeza y el pajón. Detengo la respiración y me permito tomar un momento para absorber todos los colores detrás de los párpados.

13

¿QUÉ LO FOKING QUÉ?

Bienvenidos de nuevo, científicos", la Sra. Obi nos saluda en la puerta. La energía no tá tan cargada a pesar de que el Espacio Valiente rechazó su ofrenda de paz. El finde vino y se fue, días de la semana escolar pasaron y Victory y yo aún no hemos cruzado palabras. Después del baño que me preparó Mamá, caí en una profunda sensación de calma. Miento. Fue insensibilidad. Sí, el tipo de insensibilidad que te hace creer que no te importa na para poder pasar el tiempo. Pasé todo el finde largo entrando y saliendo de mi cama viendo series y comiéndome lo que Mamá me traía cuando venía de afuera.

Yo entro a la clase con José, que me tuvo enviando mensajes pa invitarme a salir, pero hacía demasiado frío pa to eso. Además, yo sentí que de alguna manera traicionaba a Victory . . . peleando con ella, pero pasándola jevi con José. No tiene sentido, yo lo sé, pero aun así me mantuve firme. Él me deja en mi asiento y pasando una mano detrás de la espalda se inclina como un miembro de la realeza.

"¡Payaso!", le digo, en las nubes y también un chin avergonzada por lo fuerte que me la tá montando.

"Pero te hago reír". Él sonríe.

Suena el timbre y todos nos acomodamos en nuestros asientos. "¡Está bien, señores, anuncios! ¿Alguien me puede decir lo que está pasando esta semana?", dice la Sra. Obi.

"¿Tu cumpleaños?", grita Bianca. "No me sorprendería que fueras Sagitario, Sra. Obi, con ese bombón de esposo que tienes".

"¡No es mi cumpleaños, y mantén a mi esposo fuera de tu boca, muchacha!", se ríe la Sra. Obi.

"¿Un día libre?", sugiere Marcus. Y ahora es nuestro turno de reírnos porque la Sra. Obi siempre nos pone a pensar.

"¡Acabamos de regresar de las vacaciones de Thanksgiving! Pero no, tampoco eso", dice la Sra. Obi.

"Un examen", dice Ben. La Sra. Obi lo señala con su lápiz.

"Tú, Ben, estás en lo cierto", dice emocionada. Una buena cantidad de personas se miran confundidas, otros hojean el programa de estudios. "Tenemos nuestro próximo examen el miércoles. Aquellos que olvidaron estudiar durante el fin de semana tendrán dos días para hacerlo. ¿Puedo tener dos voluntarios para repartir estas hojas de revisión?"

Marcus y yo nos levantamos y nos acercamos a ella.

La Sra. Obi nos permite sacar nuestros teléfonos y ponernos los audífonos para escuchar música y pasamos el período revisando, repasando, corrigiendo y hablando. Uso un lapicero negro para reescribir las preguntas o el tema y uno azul para escribir las respuestas. Me ayuda a mantenerme organizada y enfocada. Cuando suena el timbre voy por la mitad de la hoja de revisión. Lanzo el tirante de mi Telfar sobre el hombro y salgo.

Saliendo del ala de Ciencias, camino hacia mi casillero y miro a mi alrededor en busca de señal de Victory, pero no la jallo. Par de veces, veo la parte de atrás de la cabeza del Sr. L, pero lo esquivo. Aún no tengo las palabras para responderle las preguntas que sé que deben venir por ahí desde la última vez que hablamos.

"Ey, pero mira todos estos clubes nuevos", dice Cindy parada enfrente de la pared de anuncios frente a mi casillero.

"¡¿Un club de programación?!" Amina se tapa la boca.

"¡AHÍ!", dice Hamid. "Ahí e donde tán lo cualto". De repente hay una multitud junto a la pared.

"¡¿Un club de fotografía?!", grita alguien. "¡Mentira, *bro*!"

"¡¿Un club de autocuidado?!", dicen un grupo de estudiantes de último año, machucando.

"Esta es la energía que necesitamos con todo el estrés de estos días", dice uno, rápidamente apartándose el pelo de los ojos con el dedo índice. La pared está llena de emoción, pero noto la ausencia de los carteles de Victory.

Alguien me topa en el hombro. Me estremezco y me volteo. "¿Puedo hablar contigo?", dice Ben, sus ojos bailando entre mirarme y el espacio detrás de mí. Quisiera torcerle los dedos por tener los cojones de tocarme.

"¿Qué?", digo caminando hacia mi casillero. Parte de mí quiere decirle que no me tiene que tocar para llamarme la atención, pero no tengo ni la energía ni el tiempo pa quillarme hoy.

"Parece que te gusta mucho la clase de química, pero yo en realidad no sirvo", dice. "¿Puedes estudiar conmigo después de la escuela?"

Le miro las manos, las cutículas están sangrando un chin. Entiendo por el tono de su voz que está desesperado. Aprieto los labios y miro a mi alrededor.

"¿Estudiar dónde exactamente?" Inclino la cabeza. *Bruja Diosas, guíenme, permítanme ser su vehículo si es necesario.*

"Mi casa", él dice. Inmediatamente, no. Tomando una respiración profunda, yo vuelvo a mirar mi casillero.

"¿Por qué iría a tu casa, Ben?"

"Bueno, en verdad, es un *brownstone*", dice, parándose junto a mí. Muy inteligente. Le corto los ojos. ¿E qué se volvió loco? Estos cambiazos de él tán fuera de control.

Toco el dial y empiezo a usar la combinación que sé de memoria. Espero que ruede, pero él solo me mira, esperando que yo quiebre. "Mi chófer me lleva a casa todos los días y no le importaría traerte de vuelta al Bronx una vez que hayamos terminado", dice, agarrando las correas de la parte de abajo de su mochila con los pulgares. La puerta de mi casillero abre con un clic.

La foto de Mamá tirándome un beso con vibrantes labios rojos me devuelve la mirada. Debajo de la foto está mi nombre en letras burbujas que el Sr. L me dio el año pasado. Y la Polaroid de Papi y yo en su overol mamey el día que recibió su diploma. Justo al lado está una foto de Victory y yo juntas al principio de sexto grado, los brazos tirados sobre el hombro de la otra. Nuestros ojos brillan de alegría porque estamos por empezar nuestro primer día de escuela intermedia. Me duele el pecho. *¡Tienes que hacer algo, tienes que hacer algo!* Repite y repite en mi cabeza como sonido de fondo.

"¿Sí . . . no?"

Miro la cara de Mamá de nuevo. "*Ésta es tu iniciación*", ella dijo. Y lo es.

Pruebas . . . dije que necesitaba pruebas para que me creyeran. Y bueno, ¿dónde mejor para encontrar evidencia que en su casa? Esta oportunidad me cayó del cielo y tengo que aprovecharla.

Levanto las cejas y aprieto los labios. *¿Qué tá pasando?* Él sonríe y me mira a los ojos. Inhalo. *Respuestas. Vas a recibir respuestas.* Se sonrojan sus cachetes y orejas.

"¿Para cuándo?", pregunto.

"¿Cómo te parece hoy después de la escuela?", dice. *Ve.*

"Está bien", me encojo. Tendré que decírselo a Mamá.

☾

Montarme en el carro de Ben resulta ser un bobote. Hago que él me espere en una calle cercana para que no me vean subiéndome a su carro. Tomamos la autopista hacia Manhattan y bajamos toda la ciudad localmente para evitar tapones . . . o al menos eso es lo que sigue diciendo.

"¿Qué quieres escuchar?", pregunta Ben.

"La radio está bien", respondo.

"¿Qué emisora?"

Encojo los hombros. Ed, el chofer, pone Z100. *One Dance* de Drake suena de fondo.

Después de media hora, los ojos marrones de Ed encuentran los míos a través del retrovisor. Las manchas de edad que tiene en su cachete marrón arena se alinean como una pequeña constelación. "¿Cómo le va allá atrás, señorita?"

"Bien, gracias", le digo.

"Avíseme si la temperatura está bien". Me inclina la cabeza. Tiene un leve acento británico. Asiento. Me pregunto cómo debe ser para él tener que traer y llevar a Ben todos los días. ¿De qué hablarían?

"Ed, ¿te importa parar en el supermercado?" Todavía estamos en la 103. Miro por la ventana y veo los proyectos y las tiendas de noventa y nueve centavos. Ed se detiene y se estaciona en doble fila. "¿Quieres entrar y buscar algo de comer?", me pregunta Ben. Ed abre mi puerta y entramos a la bodega. *Esto no es un supermercado*, pienso y viro los ojos.

"Mi amigo", le vocea el hombre árabe detrás del mostrador a Ben.

"¿Qué tal, Abdulah?", dice Ben pasando enfrente de unas neveras.

"No hay muchos negocios por donde vivimos y Kristina, la administradora de nuestra casa, va de compras mañana", dice Ben abriendo una de las neveras para sacar un Mountain Dew y Gatorade de naranja. "Coge lo que quieras".

Tomo un Arizona Fruit Punch grande, paso al siguiente pasillo y agarro unas papitas de limón. Me dirijo lentamente hacia el frente, disfrutando cada segundo que no tengo que tar cerca de Ben. ¿Qué yo hago aquí? Si José o Victory se enteran, o cualquiera del Espacio Valiente, me sacarían los pies. Exhalo. *Confío en ustedes, Bruja Diosas. Confío.*

"¡Ahí estás, Ani!", ecucho la voz de Ben, definitivamente con un tono diferente. Cuando llego al frente, Ben tá arrodillao frente a la nevera de los helados y vasos de hielo. Tengo que acercarme más para ver que tá acariciando una gata gris.

"¿Por qué no me saludaste en la puerta cuando entré?", dice con voz de bebé. Pasa la mano suave y cuidadosamente por el pelaje del gato. "Ah, definitivamente estás más flaca. No estás cazando ratones en estos días, ¿eh?", deja que la gata lo huela y lamba. Es como si él hubiese transformado. Ben me mira y sonríe.

"Yolanda, esta es Ani, la gata de Abdulah", dice, parándose con la gata grande en los brazos.

"¿Te refieres al gato de la bodega, Ben?", pongo mis cosas en el mostrador.

"No entiendo su afán con esa gata. Solo juega con ratones

muertos, pero a Ben no le importa. Siempre besándola y tocándola", Abdulah se ríe. "Ah, los estadounidenses . . .".

"E veldá", digo.

"Sí, sí, sí, ¿cuánto hace?", Ben camina hacia el mostrador.

"$15.20", dice Abdulah. Ben le da un billete de veinte y le dice que se quede con la devuelta.

Antes de que nos vayamos, Ben vuelve a la gata y la besa en la cabeza. "Hasta luego, Ani".

☾

Cuando Ed nos deja frente al *brownstone* de Ben, tengo el estómago como si estuviera en la cima de una montaña rusa antes de caer. Quiero degaritarme, pero recuerdo que toy aquí porque fui guiada divinamente. Desde afuera, el *brownstone* tiene tres plantas. Básicamente, Ben vive en un edificio solo para él y su familia.

"¡Kristina, llegué!", grita Ben desde la puerta. Se sienta en un banco de madera oscura junto a la puerta, se quita los zapatos y cuelga su abrigo. Yo hago lo mismo. Hay un pequeño baño junto a la escalera y una puerta cerrada. Una mujer de piel clara y cabello oscuro camina hacia nosotros.

"Bienvenido, mi niño", dice Kristina bajando las escaleras. Casi me sorprende que ella le hablara en español, pero no completamente. Pero ¿y qué? El español también e lengua de colonizadores. Tiene el cabello negro abundante amarrado en una cola baja y el aceite, o el sudor, chorrea por su cara. Debe llevarle un par de años a Mami. Ella levanta una ceja fina hacia mí y mira a Ben con una pregunta clara.

"¿Usted tiene hambre?", le pregunta a Ben, quitándome los

ojos. Tomo una respiración profunda. A ella no le gusta que yo esté aquí, puedo sentirlo.

Ben parece entender. "Kristina, esta es Yolanda, mi compañera de clase. Yolanda, esta es Kristina, nuestra administradora de casa". No lo esperaba y la miro, divertida. Cuando llega al pie de la escalera, Kristina mira mis medias. Una es azul y la otra blanca. Mamá y yo no hemos podido lavar ropa, pero no digo nada.

"Yolanda, tengo una prima con ese nombre", dice, extendiéndome la mano.

"Mucho gusto", le digo.

"Tu español es muy bueno", dice Kristina, levantando una ceja.

"Tu inglés también", le escupo. Coño, no tuve que decir to eso, pero realmente me molesta cuando las personas de otros países hispanohablantes se sorprenden que haya gente negra en Latinoamérica. Hubieron muchos más africanos secuestrados y trasladados a América Latina que a los Estados Unidos, pero la anti-negritud hace que se olviden de eso.

"Yolanda es . . .", empieza Ben.

"Es mi lengua madre. Soy negra y dominicana. No por tener un padre afroamericano . . . mis padres son de la República Dominicana es lo que estoy tratando de decir". Sonrío. Sarcásticamente. El silencio se vuelve obvio y molestoso como suele pasar en momentos como este.

"Estamos bien, Kristina", dice Ben. "Ya paramos por la merienda". Ben empieza a subir las escaleras y lo sigo.

Lo primero que noto es lo espaciosa que es la casa. Los techos son súper altos y me siento pequeña, como cuando uno está en un museo. Mis medias se deslizan por pisos de madera que no crujen.

"Tu casa es muy linda", le digo.

Ben se encoge, ignorando el comentario, y lo sigo hasta una puerta. "Bueno, aquí está el comedor". Ben señala a su izquierda. Hay dos ventanas gigantes con vistas al parque, una larga mesa de madera con ocho sillas, y arte antiguo en las paredes. Sigo a Ben hasta la puerta a la derecha. "Esta es la sala de lectura, podemos estudiar aquí si quieres". Hay un retrato grande de Ben, su padre y su madre enfrente de una casa de madera blanca vestida por una mata en flor. Ben se está riendo en los brazos de su padre, sus dientes de arriba recién crecidos y aún muy grandes para su cara. Debe tener nueve o diez años. Su madre sonríe arrodillada sobre ellos como si acabara de entrar a la escena. Salimos al pasillo y hacia la parte de atrás de la casa. "Aquí está la cocina".

"Donde sucede la magia", dice Kristina. Ni siquiera me había dado cuenta que ella seguía cerca. La cocina e gigante. Má grande que cualquier cocina que yo haya visto. Una isla de cocina en el centro y una estufa muy moderna. Los gabinetes son blancos con manillas doradas. También hay un pequeño rincón para el desayuno con vista al parque. Miro una de las puertas cerradas.

"Esa es una despensa y esa puerta", Ben señala la puerta detrás de la nevera de acero, "es la habitación de Kristina".

Sigo a Ben a las escaleras de nuevo.

"Tenemos la sala de televisión arriba, la oficina de mi papá y las habitaciones", dice mientras subimos. "Voy a ducharme y cambiarme la ropa de un pronto". Desde el pasillo, tira su mochila a la izquierda a la sala de televisión. "Esa es la habitación de mis padres". Señala una puerta blanca. "Mi habitación". Señala otra. "Y la oficina de mi papá". La última puerta está entreabierta.

Yo entro a la sala cuando Ben entra a su habitación. La televisión e, literalmente, una pantalla de proyector en una pared a la izquierda. Me tiro en los sofás blancos y me siento profundamente abrazada por los cojines. Estas son comodidades divinas. Incluso la manta es lujosamente suave. Cierro los ojos y los abro rápidamente cuando escucho el agua correr en la habitación de Ben.

Ésta es mi oportunidad.

El corazón me palpita en el pecho mientras camino de puntillas lo más silenciosamente posible hacia el pasillo. La puerta de la oficina todavía tá un poco abierta. Me asomo a la escalera y no veo a Kristina. Miro a mi alrededor y tampoco veo cámaras. Sigo de puntillas hacia la puerta y la empujo lo más lento posible. Gracias a Dios no hace ningún ruido. A primera vista, veo que mi visión se tomó algunas libertades, pero la oficina e parecida a la que vi. Sonrío y dejo que mi vista vuele por el cuarto. Un gran escritorio oscuro, un sofá de cuero, una mesita de sala.

"¿Todo bien?", la voz me hace contraer. Kristina.

"Sí, todo bien. Solo explorando". Me volteo sonriéndole nerviosamente.

Camino de regreso hacia la sala de televisión.

"Si necesitas cualquier cosa, estoy abajo", dice, cerrando la puerta de la oficina detrás de mí. Sus pasos son ligeros cuando vuelve a bajar a la cocina.

Pasan cinco minutos y el agua sigue corriendo. Tomo una respiración profunda, aburrida de la vista y del silencio. Abro mis papitas de limón y empiezo a comérmelas. Una cae en el sofá y antes de ver dónde cayó, la aplasto. Coño. Sacudiendo las migajas veo la mochila de Ben. *¡La mochila de Ben!*

El agua deja de correr.

Me da tiempo. Me da tiempo. El tren no ha entrado a la estación. Me digo lo mismo cuando tengo que correr para el tren.

Todavía tiene que vestirse. Abro el zíper del bolsillo pequeño.
Nada interesante. Segundo bolsillo, nada interesante. Paso la
mano por el fondo de la mochila. El corazón prácticamente se me
sale del pecho a galope mientras mantengo los ojos en la puerta.

Siento un objeto plástico circular. Lo saco.

Las pegatinas. Un rollo de ellas. Ya se utilizó una gran parte
de la tira. Saco mi teléfono y empiezo a grabar. Apunto la cámara
por la sala de televisión, hago zoom en una foto de la familia de
Ben, y luego grabo el rollo.

Un fuego se apodera de mí y me hierve la sangre. Tiemblo de
la rabia mientras vuelvo a poner el rollo de pegatinas en su lugar
en la mochila y la cierro.

Me paro y me pongo mi mochila bajando las escaleras.

"Yolanda, ¿todo bien?", pregunta Ben saliendo de su habitación. Miro hacia atrás rápidamente y veo que él mira hacia la sala
antes de caerme atrás.

"Todo bien. Yo tengo que irme", respondo, todavía bajando
las escaleras.

"¿Seguro? ¿Adónde vas?", pregunta mientras me pongo las
botas.

"Mi abuela me tá llamando", miento. Casi no puedo respirar.
Su presencia me sofoca. Lo miro una vez más mientras me pongo
el abrigo. Se acaba de lavar el pelo y lo tiene peinado hacia atrás.
Parece más viejo, más serio. Tensa la mandíbula mientras espera
una respuesta. "Cambió de parecer, me quiere en casa", digo
abriendo la puerta.

Me agarra el brazo. "¿Pero estás bien? Te ves asustada o enojada o algo así. ¿Te hice algo? Me lo puedes decir". Le quito el brazo
agresivamente.

Cuando abro la puerta, la mujer de la fotografía está en el

umbral quitándose unos tenis para correr. Tiene puesto una licra negra, un gorro, y un abrigo para correr. Ella suelta la correa de un gran dálmata.

"¡Buddy!", Ben acaricia al perro que se para y le lambe la cara. Vuelve a ser el niño que vi en la bodega. Suave, amable, dulce. Se ríe.

"¡Seis millas hoy! Bastante bien", nos dice la mujer a Kristina y a mí. "Hola, soy la Sra. Hill, mucho gusto". La Sra. Hill estira una mano delgada y huesuda. El dálmata empieza a olerme y el cuerpo se me pone rígido. Es un perro hermoso, pero no.

"Yolanda Nuelis. Mucho gusto", digo. "Estaba por irme". Ben le dice suavemente al perro que se siente y él lo hace. Ben me mira.

"¿Segura que no quieres quedarte a cenar o algo?" Me levanta las cejas en súplica.

"No, estoy bien. Tengo que volver pal Bronx".

14

AGUA PA LOS SANTOS

Ya se lo conté", gruño.

Miro hacia la puerta y el Sr. L me saluda desde afuera. *¿Estás bien?* pregunta. Meneo la mano, *más o menos.* Asiente y sigue caminando.

Cruzo los brazos. "No sé por qué no me cree, Sra. Steinberg". Mi voz suena profunda y fuerte con una convicción que me eriza la piel. La oficina nunca se había sentido tan fría como ahora, aunque siento que me estoy quemando por dentro. Y a pesar de todos los colores que brillan en el tablero lleno de trabajo de estudiantes, nunca me había parecido tan gris.

"No es que no te crea, Srta. Álvarez. Solo quiero tener toda la información". Dobla las manos sobre la mesa. Yo sé lo que vi, pero el tono superior de la Sra. Steinberg me hace sentir como una mentirosa. Ella es la directora, y yo entiendo que se sienta presionada, pero yo también. La rabia sale de mis entrañas y se me apila en la cara. La Sra. Obi asiente como para asegurarme que ella está de mi lado. Ojalá estuviera Mamá Teté aquí . . . el olor a agua Florida y salvia que emana de su piel me relajaría, me recordaría que todo tiene propósito. Pero ella estaba ocupada, tratando de facilitar lo que sea que es que viene.

"De nuevo, ¿dices que viste el rollo de pegatinas con tus propios ojos?" La Sra. Steinberg camina de un lado a otro enfrente de su largo escritorio.

"Eso es lo que dije", repito. "Y es lo que vio en el video ¿verdad?" Ya llevamos media hora en la oficina y con cada tictac del reloj ella parece creerme menos. Hasta yo misma me creo menos. *Mantente firme.* No me fallaron los ojos, no. Lo vi. Hay pruebas. Recuerdo el corazón retumbando en mi pecho, la adrenalina corriendo por mis venas, el miedo . . . todo eso fue real. Lo viví justo ayer.

"Solo cuéntamelo una vez más antes de que llame a la familia de Ben".

"Directora Steinberg . . .", empieza la Sra. Obi.

"No", digo. Ya le repetí mi historia dos veces y ¿ahora quiere que lo haga de nuevo? Tomo un informe de incidentes del archivador y me siento. "Deme un informe de incidente. Lo escribiré".

SECUNDARIA JULIA DE BURGOS   **REPORTE DE INCIDENTE**

FECHA: 3/12/2019

NOMBRE DE DENUNCIANTE: Yolanda Nuelis Álvarez

FECHA & HORA DEL INCIDENTE: 2/12/2019 @ 6:00 p.m.

OTR@(S) ESTUDIANTE(S) INVOLUCRAD@(S): Ben Hill

LUGAR DEL INCIDENTE: Fuera de escuela

SI SUCEDIÓ FUERA DE LA ESCUELA, ESPECIFIQUE: La case de Ben Hill (en el Upper West Side)

DETALLES DEL INCIDENTE (¿QUÉ OCURRIÓ?): El lunes 2 de diciembre de 2019, fui a la casa de Ben Hill en el Upper West Side. Me invitó a estudiar para nuestro examen de química. Unos minutos antes de las 6:00 p.m. me hizo esperar en la sala de televisión. Me dijo que iba a ducharse y cambiarse. Caminé por el segundo piso por un rato. Nunca había estado dentro de una casa tan grande, y mi curiosidad me llevó a asomarme a la oficina de su padre. La administradora de la casa, Kristina, me encontró ahí, y me mandó de nuevo a la sala. Me comí unas papitas y esperé. Pero luego vi que Ben había dejado su mochila a mi lado. Busqué en ella y cuando encontré las pegatinas, lo grabé. Le mostraré el video a cualquiera que lo quiera ver.

SOLO PARA USO INTERNO

CLASIFICACIÓN DE COMPORTAMIENTO: _____

CATEGORÍA ESCOLAR U OFENSA: _____

PROTOCOLOS DE PLAN DE SEGURIDAD ESCOLAR: _____

FECHA & HORA DE CONTACTO: _____

CONTACTO CON FUNCIONARIOS LOCALES (SI ES NECESARIO)

FECHA & HORA DE CONTACTO: _____

FIRMA DE PERSONAL ESCOLAR: _____

FECHA: _____

La Sra. Steinberg lee el informe apoyándose en la estantería a mi lado.

"¿Cuáles son los siguientes pasos?", pregunta la Sra. Obi.

Los ojos de la Sra. Steinberg vuelven a la parte de arriba de la página.

El Sr. Choi, el subdirector, toca la puerta antes de entrar. Me saluda con el puño.

"Buen día", él dice. La Sra. Steinberg lo pone al tanto frenéticamente, le entrega el informe y se sienta en su escritorio.

"¿Cuáles son los siguientes pasos?", repite la Sra. Obi.

"Creo que los siguientes pasos son muy claros", afirma el Sr. Choi, mirándola fijamente. "Empezamos por llamar a sus padres. Es importante que obtengamos permiso para revisar su mochila". Por un momento siento algo de alivio cuando recuerdo lo que dijo Victory: si lo contaba, tal vez por lo menos eso causaría que revisen sus cosas.

"Calculemos, Andrew: el nuevo club de programación, los clubes que pudimos empezar, y las excursiones que pudimos financiar para la primavera. No se equivoquen, es por los Hill", protesta la Sra. Steinberg. Cierro los puños, pero la entiendo. Entiendo no tener nada, recibir algo y el miedo de que desaparezca. Nuestra escuela es una de las mejores escuelas públicas del distrito, y aun así no recibimos los fondos que necesitamos. En solo un par de semanas, recibimos los recursos que necesitábamos para empezar los clubes que habíamos deseado por tanto tiempo.

El Sr. Choi enciende su radio, "Sr. L, ¿ha entrado Ben Hill al edificio?"

"No, señor. Todavía no", responde el Sr. L.

"Por favor, pídale que venga a la oficina cuando llegue".

"Dale", responde el Sr. L.

Bruja Diosas, que todo salga bien y para el mejor bien de todos.
Por favor, protejan a los estudiantes y adultos en este edificio.
La boca se me llena de un sabor agrio y de repente siento náusea. Ya no hay vuelta atrás.

Suena el último timbre. Pienso en mi escritorio vacío en mi clase de matemáticas. Tá bien que no sea mi clase favorita, pero ojalá las circunstancias fueran diferentes pa estar sentada allá y no acá. Estar realmente esforzándome para entender la trigonometría en vez de estar aquí, improvisando y esperando lo mejor. ¿Me vieron llegar temprano esta mañana o pensarán que estoy ausente porque estoy enferma o qué sé yo qué?

Mi celular vibra en mi bolsillo y me excuso pa ir al baño. Cuando abro la puerta, la Sra. Steinberg me recuerda que no hable del asunto con nadie.

La presión se alivia justo afuera de la oficina. Tomo una respiración profunda y la saboreo. Durante tanto tiempo, las visiones me habían mostrado que tendría que hacer esto, pero luché tanto para evitarlo. Tanta resistencia pa na . . . pa aun así terminar aquí.

Ey, te vi en la oficina ¿todo bien? Victory. Siento un apretón en el estómago y toda la sangre me sube a la cara.

Abro la puerta del baño y mis lágrimas empiezan a brotar. Trago y las intento contener.

En el baño del primer piso, respondo.

Cuando llega Victory, no habla, simplemente me abraza. ¿Le digo que fui a la casa de Ben? Quiero ser honesta. Pero ya la puedo imaginar diciendo que soy una farsante, que me estoy poniendo del lado de Ben. Tal vez pensará que tuve otras razones por ir a su casa, como entrar en amistad con él o algo así. ¡Pero ella no e loca! ¿No? ¿Me va entender o me va juzgar? Respiro profundo, oliendo todas las mantecas que ella tiene en la piel. Cierro los ojos y la abrazo más fuertemente.

Después de un largo silencio, le cuento del video.

"Ya sabemo que fue él", dice, sacudiendo la cabeza. "No tuviste que meterte en to eso. Me pudieras haber preguntado de las pegatinas y hubieses visto lo que yo estaba tratando de hacer".

"¿Qué estabas tratando de hacer?", pregunto.

"Encontramos a alguien que grabó a Ben. No sé por qué te arriesgaste, y le diste el beneficio de la duda, si ya sabes cómo él piensa", ella dice. Y las paredes dentro de mí salen de la tierra como escudos.

"La Sra. Obi ya lo sabe", la ignoro. "Probablemente convoque una reunión de emergencia y dirija una conversación restauradora", digo. Quiero que ella sepa que ya todo está resuelto.

Victory encoge los hombros. "Eso no e suficiente, y tú lo sabe".

"Victory, si *tú* te hubiera molestado en preguntarme, supiera que toy tratando de buscar una estrategia".

Ella me corta los ojos.

"Intenté contárselo a la Sra. Obi, intenté contárselo al Sr. L", sigo. Ella cruza los brazos. "Les conté de mis visiones", digo.

"¿De todas? ¿Desde principio a fin?", pregunta. Me lavo las manos y me preparo para salir.

"Tato entonce, eso pensé", la oigo murmurar.

☾

La Sra. Obi no está en la puerta para saludarnos con el puño o la mano. Normalmente no nos reunimos hoy, pero nuestro club se convocó de repente y la cocinera de la escuela tampoco tuvo merienda para nosotros. Cuando llegan los estudiantes, van juntando las sillas para formar un círculo.

José se acerca. "¿Estás bien?" Asiento.

"Sí, mala mía, estuve distante porque . . .", empiezo. "Te voy a decir la veldá , no tengo buena excusa". Me miro las manos.

"A veces pasa", me dice. Me toca la barbilla y me levanta la cara. "Todo bien. Te quiero enseñar algo". Saca su teléfono, pero la Sra. Obi lo manda a guardarlo. Él sonríe incómodamente.

"¿Tu entrenador te permitió perder entrenamiento por esto?" José normalmente viene a nuestra reunión semanal, pero es porque ese es el único día que no entrena.

"Le dije que no voy a durar mucho, pero sí quise venir". Sonríe.

Victory se quitó el uniforme después del último período. Entra en un overol de jean, un suéter amarillo de cuello alto y argollas grandes. Como siempre: la mejor vestida.

Cuando todos estamos sentados, la Sra. Obi me pasa Penny.

"Bueno, tamo aquí porque no' enteramo de quién vandalizó nuestros pósters", digo. Victory se para, cruza el círculo y me quita Penny.

"Bueno, ete chamaquito", Victory señala a Ben con Penny, "se metió con la menos indicada". La Sra. Obi le dice a Victory que quiere escuchar lo que ella quiere decir, pero le corrige el tono. Los miembros del club se ven incómodos, algunos perdidos y otros vacilan entre detener la respiración y exhalar fuertemente.

"¿De qué hablas, Vi? ¿Qué pasó?", pregunta Cindy mirando a Ben.

"Él destruyó TODOS nuestros carteles. ¡YO LES DEDIQUÉ TIEMPO!" La pierna izquierda de Victory empieza a temblar. Nunca la he escuchado alzar la voz así, y sé que ella tá dispuesta a decir lo que sea pa que se haga justicia por su arte. La Sra. Obi mira a Ben, que tá recostao en su asiento con la mano sobre el pecho. Se estira para agarrar Penny, pero Victory se aferra a ella.

"Inocente hasta que se demuestre lo contrario", dice Ben con una sonrisita de satisfacción. Se arrecuesta de nuevo y me siento tan foking estúpida por no haberle dao una pelaelengua. Pero ven acá, ¿qué me pasa a mí? ¿Y dónde tá el tiguere que ayer me rogó que no me fuera? Lo miro, pero me evita la mirada. Este tipo tá tratando de vendernos sueños. Al principio, percibí su tristeza, su soledad, pero ahora todo es ira y amargura.

"Ben ¿en serio lo hicite?", pregunta Cindy. Hace un fuerte chuipi y sacude la cabeza. Se me parte el corazón por ella. Puedo imaginar que se siente sorprendida, pero sé que en su fondo ella se siente decepcionada consigo misma por haber confiado en un forastero que nos haría esto. Él la ignora. Y juro por dios, que se me entran unas ganas de pararme y darle una galleta.

"Claro que tú dirías eso", dice Amina. Quiero usar las normas, usar a Penny, pero todos están alterados. En este caos, parte de mí extraña las reglas.

"Tenemos evidencia, Ben", dice José, sacando el teléfono. Creo que eso era lo que estaba por enseñarme antes. Miro por encima de su hombro y en el video Ben está pegando las pegatinas en los carteles. Otra vez siento ácido en la garganta. Miro a Victory, y ella me levanta una ceja. No me gusta que hayan hecho todo esto y me mantuvieron al margen. ¿Por qué? ¿Porque se jartaron de que yo siguiera dándole el beneficio de la duda? ¿Y cuándo se juntaron pa hacer to eto? Agarro mi botella de agua, la abro y tomo un chin. *Coño. Ya sabían.* Miro a José y me siento un poco traicionada. *Bueno, tampoco les dije que iba pa la casa de Ben.*

"La única razón que no te damo lo tuyo e que tenemo mucho má que perder que tú", dice Jay. Se sienta y estira las piernas.

Ben se sonroja y se ríe. "Es un chiste, señores, una bromita. ¿Por qué lo están tomando tan en serio? Ahora todos tienen excusa para vengarse de mí".

"Está bien, tal vez no fue . . .", empieza Hamid, pero Amina lo interrumpe.

"¡NO!" Ella mira a Hamid como si fuera a degollarlo en ese mismo instante y él retrocede.

"¿Y qué crees que te pudiéramos hacer sin consecuencias, Ben?", pregunta Matumata, una estudiante de primer año que nunca habla, pero siempre está presente. Su maquillaje siempre tá impecable y los *baby hairs* que salen de su hijab siempre tán bien arregladitos.

"Buena pregunta. Creo que el mundo optó por la discriminación positiva, así es que ahora son muchas las cosas que ustedes pueden hacer sin consecuencias", él responde.

Victory suelta un soplido. Marcus se para.

"Me quise equivocar", digo. De repente, hay un fuego creciendo dentro de mí. Cierro los ojos. Tengo un halo caliente en la cabeza. Estoy de nuevo en la casa de Ben.

Me miro los pies: las mismas medias, el mismo día. Escucho la voz de Ben. Sin tocar abro la puerta. El cuarto es grande. Las paredes son blancas y en el centro de ellas hay una línea azul marino que cruza toda la habitación. En el extremo izquierdo de la habitación, Ben está sentado en su escritorio, hablando por un micrófono conectado a su computadora. Justo al lado del brazo, tiene un objeto negro. Entrecierro los ojos y me esfuerzo para ver más claramente. Una pistola. Él me está dando la espalda entonces no me ve. Salgo de la habitación de puntillas. Cuando voy bajando las escaleras, me

escucha. Kristina, la administradora de casa, me pregunta qué pasa,
pero no le respondo. Rápidamente agarro mi cartera, me pongo los
tenis, y salgo corriendo por la puerta. Ben me alcanza afuera. Kris-
tina lo sigue, y él se ve diferente a su lado, tal vez más joven o más
¿inocente? Tengo un dolor profundo en el pecho. "Me quise equivo-
car", digo. Miro a mi alrededor. Central Park West está full, full de
gente. Él me pide que entre de nuevo para llamar al chofer, y le digo
que estoy bien. Lo miro a los ojos y el dolor es tan inaguantable que me
obliga a llevarme la mano al pecho. "Quise estar equivocada", repito.

La mano de José me trae de vuelta en un instante. Abro los
ojos y es como intentar ver a través de un vaso de leche. Me froto
los ojos hasta que se aclara mi vista.

"¿De qué quisiste equivocarte, Yoyo?", la Sra. Obi me mira.
Se me llenan los ojos de lágrimas.

"Él". Señalo a Ben con la barbilla.

"Fue relajando. Solo eso, lo juro", él dice. Se abotona la chaqueta y sonríe. Una sonrisa perfecta. Una sonrisa "típica ameri-
cana". A ete tiguere definitivamente lo criaron pa ser un bultero
perfecto. La mente se me nubla con fuego, pero también con la
imagen de Ben acariciando la gata de la bodega y su perro. Tanta
empatía, tanta ternura hacia un animal . . . ¿y dónde tá pa nosotros? Me froto los ojos de nuevo.

Me queda claro que Ben está diciendo la verdad: no somos
más que un relajo para él. Miro a Victory y ella está a punto de
llorar. La pierna le sigue temblando como si no pudiese contener todo lo que se mueve dentro de ella. Nunca la he visto
tan derrotada. Abro mi botella de agua y bebo, tratando de
recomponerme.

Sé cómo el agua, pienso, suave, tranquila, refrescante. No seas
fuego. Ahora no.

Pero solo han pasao un par de semanas. Par de semanas y ete chamaquito logró convertir nuestro espacio valiente en un espacio difícil. El fuego da vueltas en mi cerebro.

"¡¿Pero por qué?!", grito. Y me lleno de odio por haberlo preguntado. Ya no merece el beneficio de la duda. Entonce, el fuego dentro de mí crepita. Ben me sonríe suavemente. Le tiro la botella de aluminio con toda mi fuerza. Cuando le choca la cabeza, se explota sobre su amado bléiser. Se para y el agua se derrama sobre el piso. Imagino que el agua es una ofrenda para mis ancestros. *Los invoco, Honorables Ancestros, Bruja Diosas, a todos los que me aman, guían y protegen.* El fuego que tenía dentro de mí ahora me rodea el cuerpo entero por fuera. Respiro profundo y exhalo lentamente, pidiéndole al fuego que crezca y que cubra a todos los demás en el cuarto.

Ben se lanza para tirárseme encima, pero José es todo un escudo frente a mí.

"Sé que estás loco, pero tú no ere estúpido, pariguayo 'e la mierda", José le susurra. Tienen las caras tan pegadas que temo que la más mínima exhalación pudiera causar que se estrellen. La Sra. Obi intenta meterse entre ellos, pero no le ceden el espacio.

"Usa gramática estándar cuando me vayas a insultar". Sonríe Ben.

"Mejor dame banda", advierte José, abriendo el pecho.

"¡José y Ben, por favor salgan!", ruega la Sra. Obi. Pero ya es demasiado tarde para bajarlos.

"Será mejor que la escuches, *chopo*", gruñe Ben.

"¡¿Chopo?!", chilla Autumn. Las voces de todos pulsan con rabia.

"Tú tiene que haberte vuelto loco", grita Cindy.

"Dique andando por acá como si fuera dueño de la escuela", añade Jay.

"E má ¿quién dejó entrar a ete tipo al club?" El cerebro me late contra el cráneo.

"Te lo voy a decir una vez más, suéltame en banda", susurra José. Y algo de saliva se escapa de su boca y cae en la cara de Ben. Ben lo empuja, y José le devuelve el empujón con tanta fuerza que Ben sale volando del círculo.

Todos se alzan y lo rodean. Nadie habla, pero le fijamos los ojos como si estuviéramos tratando de examinarlo, honrar nuestra rabia y decidir qué hacer.

Defiéndanse. Estoy orgullosa de ti. Protéjanse unos a otros. Fue un acto de autoprotección. Nuestros ancestros susurran entre nosotros. Me alegra pensar que en este momento somos todo lo que ellos desearon cuando sacrificaron todo lo que tuvieron que sacrificar.

Escuchamos los radios antes que entran la seguridad. Mientras la Sra. Obi le explica al Sr. Leyva lo que pasó, me mira y luego aparta la mirada rápidamente, dique para que yo no vea la decepción en sus ojos.

15

QUE PIQUE

Tamos apretujados como sardinas en la oficina de la Sra.
Steinberg: Papi, José, la hermana de José: Paola, la Sra. Obi,
el Sr. Ruiz y yo. Mami tenía que trabajar, Mamá Teté tenía una
lectura, y eso dejó a Papi como el único familiar que pudo venir
a esta conversación restauradora. Estaba tan emocionado, casi
en las nubes. Me dijo que estaba orgulloso de mí por haberle
enseñao a ese muchacho que no soy pendeja, pero má que nada,
por no dejar que me pisotearan. Papi siempre fue fiel a la idea de
que, si alguien te da, hay que devolverle el golpe.

"Por tú estar de gallito", dice Paola, "por ese asfixie". Papi se
tapa la boca para ocultar su risa. Paola me estaba evitando los
ojos, y sé que no le gustó que José me haya defendido. Lo
entiendo, e su hermanito, pero no e mi culpa que en nuestras
culturas se les enseñe a los machos a hinchar el pecho y pelear
para demostrar que son "hombres". Es tonto, lo sé, pero también
se sintió bien que me defendiera en ese momento. E ridículo,
¿veldá? No. Merezco sentirme especial, pero eso me demuestra
que a mí también me inculcaron querer ciertas cosas pa

sentirme como "hembra". Coño. Nos falta mucho por deshacer y desaprender.

"Así no fue, Paola", responde José. Finalmente llegan Ben y su padre, el Sr. Hill. La calefacción silba, detectando automáticamente el frío que envuelve el edificio.

"Buenos días. Pedimos disculpas por la tardanza. Tengo muchas ganas de estar aquí pero no tengo más de quince minutos antes de tener que irme a una reunión del distrito", dice el Sr. Hill abriéndose la chaqueta y sentándose.

"Claro", dice la Sra. Steinberg. Empieza por repasar las normas. Ben me acecha cuando nadie lo está mirando y me da escalofríos.

La Sra. Steinberg nos pide que contemos lo que sucedió desde nuestra perspectiva. En cada perspectiva, al final soy yo quien le da el botellazo a Ben.

"Yolanda, ¿qué sentías en el momento que tiraste la botella de agua?", la Sra. Steinberg me pregunta.

Miro a Papi. Aprieta los labios y asiente. Les quiero decir la verdad. Que tuve una visión y que sé que no importa la esperanza que yo tuviera de cambiar la opinión de Ben, él no está aquí para ver lo bueno en nosotros.

"Sentí que me faltaron el respeto, que Ben fue desconsiderado con el club y sus miembros. Ben es nuevo en esta escuela. No entiende el sacrificio que tuvimos que hacer para tener el club en primer lugar. Para él, es un relajo, y para serles honesta, no entiendo ni siquiera pa qué quiso unirse. Tá claro qué él no cree en la justicia social, y punto", digo.

Ben intenta interrumpir, pero la Sra. Steinberg le recuerda que tendrá su oportunidad.

"Sra. Steinberg, con toda la vaina horrible que le está pasando a la gente negra y de color, a los jóvenes, muchos veníamos al club y lo olvidábamos por un momento. La presencia de Ben . . .", busco la palabra ". . . alteró eso". Los ojos del Sr. Hill me parecen simpáticos mientras se frota la barbilla.

"Y Ben, ¿qué sentiste cuando pusiste esas pegatinas en los pósters?"

Tensa la mandíbula y se queda callado por un rato, pero finalmente empieza a contar su versión. "Esta es una escuela, no una marcha de Black Lives Matter".

Ecolecuá. Todos los sueños que le taba vendiendo a los estudiantes y algunos maestros . . . bulto to.

"¡Ben!", grita su padre. "Tienen que excusar a Ben. Pues, crecer como hijo de un político lo convirtió en un rebelde sin causa". Sacude la cabeza, más decepcionado que el diablo. "Oigan", pone la palma de su mano en el borde de la mesa frente a él, "como todos sabrán, soy demócrata y nosotros no estamos de acuerdo con el punto de vista representado en esas pegatinas. Y cuando digo *nosotros*, estoy incluyendo a Ben y su madre. De nuevo, esto se trata simplemente de un niño rebelándose".

"No. Yo no soy un liberal farsante . . .", empieza Ben.

"¡Ben!", dice el Sr. Hill. El silencio se vuelve tan fuerte que me zumban los oídos. Toco mis audífonos y Papi me pregunta si estoy bien. Le digo que sí con la cabeza.

"Bueno", el Sr. Hill aclara la garganta y se arregla el saco. "Mi hijo tiene amigos que son personas de color. Su padrino es un hombre negro con quien estudié en Fordham Law. Lo que dijo Ben surge de la inmadurez. Trabajaremos en eso en casa".

Paola mira al Sr. Hill como si no pudiera creer que él no' saltó con tenemos-amigos-negros-no-podemos-ser-racistas. "Ute tá burlao", dice finalmente. "Con todo el debido respeto, sé que no tá tratando de decirnos que su hijo no es racista porque tiene un padrino negro".

"No, claro que no", dice sonrojándose.

"Ah, po tá bien entonce", dice Paola sarcásticamente.

La Sra. Obi aprieta los labios. "Sr. Hill, como la adulta que estuvo presente durante el incidente, quiero compartirle que las cosas que se dijeron fueron muy preocupantes".

"Bueno, ¿entonces tal vez me puede decir por qué todos los otros miembros del club tumbaron y rodearon mi hijo?", agrega el Sr. Hill. Más manipulación, claro. Soy una bruta. ¿Por qué creí que su padre estaba en el otro extremo del espectro? ¡Lo crio!

"Ben me empujó primero", dice José.

"¿Y tú terminaste en el piso?", pregunta Ben.

"Considerando la diferencia en tamaño . . .", empieza el Sr. Hill.

Paola lo interrumpe. "Oye, mi hermano lo empujó con la fuerza que usó porque su hijo lo empujó primero. Mi madre nos enseñó a nunca pegar primero, y mi hermano no lo hizo, pero tampoco e pendejo".

"Pero con esa fuerza . . .", el Sr. Hill agrega. Mira a los otros adultos esperando que lo ayuden.

"OK, mi hermano es atleta. Y vamos a ser más justos, se alteró por la ridícula reacción de su hijo a la justicia social. O sea, ¡la audacia es increíble!", agrega Paola.

La respiración profunda de Ben me parece sarcástica. "¿Cuántos años tienes? No pareces lo suficientemente mayor para estar aquí con José", dice Ben.

"Vete al carajo con tu política de respetabilidad", le escupe Paola.

Esperamos en silencio a que la directora diga algo o que alguien responda.

"Sr. Hill, creo que estudiantes como Yolanda y José se sienten amenazados por los comentarios de Ben considerando nuestro clima sociocultural y los tiempos tan difíciles que están pasando los grupos marginados. Entiendo que Ben está en una posición muy singular, pero es una de privilegio. Quiero asegurarme de que no estemos excusando el daño que causó", dice la Sra. Steinberg. Me sorprende, ese no era el can que tenía el otro día.

Papi asiente, y el Sr. Hill mira a Ben con dolor e ira sentados en su frente.

"Pero ven acá, estamos pidiendo una disculpa, no dinero. ¿Por qué tá tardando tanto?", dice Papi impacientemente. Relajo la mandíbula ante el sonido de Papi defendiéndome, pero no quiero que se meta. No me avergüenza que mi papá estuvo preso . . . tengo miedo de que lo usen en nuestra contra.

"Tú hija me atacó", grita Ben. "Claramente, es incontrolablemente agresiva". Ben mira a su padre.

Ya no veo aquel muchacho sentao en la cafetería, cubierto en una profunda soledad. Tampoco veo la ternura que le demostró a la gata de la bodega. No veo a aquella persona que notó la grosería de Kristina. Lo único que veo e una rabia virulenta y fría.

"Papá, sabes que la puedo demandar", dice.

Por favor, Bruja Diosas, no deje que diga que estuve en su casa. El Sr. Hill sacude la cabeza. Ben se alza con los puños llenos de ira y de sangre.

"Ella me agredió a mí, no yo a ella. Ella causó este lío". Se para, inclinándose sobre la mesa. El Sr. Hill le pide que se siente. Miro a la Sra. Steinberg. Me parece que este es el momento para cerrar esta conversación "restauradora".

Papi abre la boca para hablar, pero José dice, "Te lo bucate, ¿no?"

La Sra. Steinberg nos pide a todos que respetemos las normas que llevamos la reunión entera ignorando: hablar solo cuando tengamos el triángulo que está colocado frente al padre de Ben, que sigue mirando su reloj. Le susurra a Ben como si nosotros no estuviéramos.

"No voy a pedir disculpas", dice Ben. Paola vira los ojos y dice algo de los riquitos en voz baja. Los golpes de la calefacción parecen formar protesta contra la postura de Ben.

"Si ese es el caso, este círculo no se puede concluir, y todas las partes involucradas tendrán tres días de suspensión en la escuela", anuncia la Sra. Steinberg.

"¡¿Qué?! ¿Y esa mierda? Mi hermano nunca ha tenido ningún drama en la escuela. ¿Y ahora tá suspendido porque ete chamaquito no sabe cómo pedir perdón?" La voz de Paola se vuelve más y más baja. La presión se asienta en mi cerebro. *No, no, ahora no, Bruja Diosas.* Tomo una respiración profunda. *Por favor, ahora no.* Mi vista se vuelve blanquecina y cierro los ojos.

"E veldá, ¿y esa mierda?", escucho a Papi afirmar.

El aire en la escalera de la parte de atrás de la escuela es húmedo y caliente. Me doy cuenta de una vez que estoy sola. La mochila azul marino de Ben está a mis pies. Me arrodillo y tomo el zíper entre los dedos. Respiro profundo. ¡Clop! ¡Clop! ¡Clop! Unas pisadas fuertes y mojadas se acercan desde abajo y desde arriba. Suelto la mochila y miro en las dos direcciones, pero no hay nada, solo el sonido de las pisadas mojadas. Vuelvo a la mochila, y ahora el zíper está caliente. Lo jalo y silba. Meto la mano y mantengo los ojos en la escalera. Siento algunos papeles y cuando topo algo frío y pesado, sé exactamente lo que es.

Pero no hay como convencer a la Sra. Steinberg. Ella dice que cada historia tiene varias partes. Que, sin duda, hubo varias partes involucradas, y que todos tenemos que asumir responsabilidad. Quiero vomitar. ¿Esto afectará mis aplicaciones universitarias?

"Sra. Steinberg, esta es mi primera ofensa, ¿por qué me están suspendiendo?", digo, y la voz se me quiebra un poco. Sé que la suspensión no es gran cosa, pero yo no quiero ese sonido. Los golpes de la calefacción paran.

"Hubo violencia por todas partes, Yolanda. Tenemos que ser justos", responde la Sra. Steinberg.

Papi pone las manos sobre mi puño para tranquilizarme.

Saliendo de la oficina vemos a los miembros del club parados afuera, fingiendo que no estaban esperando.

"No te preocupes, Yoyo", dice Papi. "Mamá te puede hacer uno de sus baños pa quitarte toda esa sal". Asiento. Sí, tal vez Mamá Teté pueda usar su magia para hacerme sentir mejor porque este sentimiento no e pa mí.

El Sr. Leyva manda a todos los del club a sus clases y tan pronto se despejan los pasillos, salimos. Tenía prisa, pero el padre de Ben se queda en la oficina de la Sra. Steinberg. *Hmmmm*, cruzo los brazos. ¿Qué estarán maquinando para hacer que esto desaparezca para Ben?

"Sr. Álvarez, soy el Sr. Leyva", el Sr. L nos alcanza. "Tu hija es una de mis estudiantes favoritas. Y no lo digo porque ella esté aquí". Papi y él empiezan a cherchar. Aprovecho para volver a la oficina, diciéndoles que se me olvidó algo. Entro en puntillas. La puerta no está completamente cerrada.

"Sr. Hill, tengo que ser sincera. Cumplirá la suspensión si es que seguirá siendo estudiante aquí", dice la Sra. Steinberg.

"¿Se puede hacer una donación . . ."

Ella lo interrumpe. "Lo voy a parar ahí. Esta mañana, estuve tratando de averiguar qué tan grave era esta situación. Me puse en contacto con Butler Prep. Me informaron de los incidentes anteriores de Ben". Por su tono, sé que ya no está en el mismo can de antes. "Expulsado por acoso motivado por prejuicios aborrecibles", ella sigue. "¿Colgó sogas de linchamiento como proyecto de arte, se puso un tocado indígena para una presentación, *físicamente* hirió un estudiante asiático con palillos? Butler Prep no entendió cómo sus creencias lo condujeron a esos incidentes hasta que fue demasiado tarde. Aquí no cometeremos el mismo error", dice severamente. "Otro incidente más con Ben, y me aseguraré que nunca más vuelva a poner pie en esta escuela".

Una brisa entra por una ventana y cierra la puerta.

¿*What the fuck*? Cierro los ojos. *Ancestros Honorables, Bruja Diosas, todos los que me aman, guían y protegen, les pido disculpas. Lamento haber dudado de mí misma y de ustedes.*

Cuando abro los ojos, mi vista tá borrosa. Pero a través de una nube veo a Ben frente a mí. No le veo bien la cara, pero sus ojos están fríos y claros. Trago para no añugarme con los latidos de mi propio corazón.

◗

Papi me lleva a casa. Normalmente hablamos o él pone bachata, pero hoy, solo los sonidos de la calle interrumpen el silencio total. Mi teléfono vibra. José. Lo ignoro. Honestamente, ahora mismo no toy en gente. Me siento pesá, agotá. Nunca me había sentido así. No me importa nada. Comencé mi segundo año bien y ahora siento que perdí todo el progreso que hice. Tengo un hueco de dolor tan profundo que me siento anestesiada. A pesar de todos los pleitos del año pasado, Julia De Burgos se convirtió en el lugar al que voy para ser la mejor versión de mí. Y ahora todo se tá derrumbando.

La única persona con la que quiero hablar sobre lo que escuché es Victory, pero todavía estamos peleadas. Además, no toy lista. Y ahora, lo que escuché de la Sra. Steinberg ¿puede remediar esta situación? Me duele la mandíbula de aguantar tanta tensión.

Papi me acaricia la cara. Me doy cuenta de que estoy llorando cuando sus dedos me secan las lágrimas.

"No pasa na , mija. Desahógate", dice. Y ahora sí lloro en serio y las lágrimas y los mocos bajan por mi cara. Me limpio con la manga. Quiero creerlo cuando me dice que todo está bien. Pero lo primero que me viene a la cabeza son todas las veces que me dijo que no llorará. Recuerdo el día que se fue de nuestra casa. Aunque fui la primera en enterarme de su traición, lloré mientras empacaba y lloré cuando me dijo su último adiós en la puerta antes que saliera Mami. Y cuando las lágrimas me inundaban la cara cuando me recogía o me dejaba en la escuela, decía, "Tranquilízate, Yoyo. Deja de llorar, no es el fin del mundo". Tal vez le dolía también, pero cuando lloraba por él mientras entraba al ascensor y gritaba como si me estuvieran decuartizando, él decía: "Mira, muchacha 'e la mierda, entra. No murió nadie. Deja de llorar". Es difícil aceptar su ternura ahora, pero la gente puede cambiar ¿veldá?

"Mira", dice, tirando un brazo hacia el asiento de atrás. "Te compré esto". Arranco el papel de seda rojo y veo *Assata Shakur: Una autobiografía*. La portada brilla. "Lo leí mientras estuve preso. Fue uno de mis favoritos. Ella es una mujer brillante y fuerte. Como tú".

"Gracias, Papi".

◖

Me estremezco cuando llegamos a la puerta de Mamá. Ella no lo va entender. Va pensar que fallé. Antes que bruja, Mamá es una mujer negra e inmigrante. Apoya mi brujería en privado, pero en público ella quiere que yo de lo mejor de mí. Ella va decir que las suspensiones nunca se borran y son primos lejanos de la cárcel. Es algo que ella dice cuando se entera que el hijo de un vecino fue suspendido o expulsado de la escuela. Se suponía que yo era la que le iba hacer bien las cosas.

"Mamá va entender, Yoyo", dice Papi, leyéndome la mente. "En sus ojos, eres perfecta, Yolanda". Pero eso no es verdad. Quiero decirle que las cosas han cambiao. Que Mamá Teté fue cambiando igual que yo. Que ella tenía miedo cuando me leyó la taza la otra noche.

Está sentada en el sofá viendo novelas cuando entramos. Me tranquilizo un poco porque esto significa que debe estar de buen humor. Ella señala la cocina pa decirnos que nos guardó comida. Hay mulo largo con arroz y habichuelas para Papi y yuca y bacalao guisado para mí. Papi nos sirve un Coco Rico y nos sentamos en el sofá con Mamá. No tengo hambre, pero hay que apreciar que la vieja cocinó dos veces por amor a nosotros, así e que como. Ademá, mientras tenga la boca llena no tengo que hablar.

"¿Cómo les fue?" pregunta. Dejo caer el tenedor y mastico la yuca que tengo en la boca antes de tragar.

"Me suspendieron por tres días", digo. Ella no dice nada. Papi le explica.

"Está bien", dice ella. "Entonce cumplirás tu suspensión".

◖

Después que Papi se va, la novela termina, los platos se friegan y ella y yo estamos en nuestras batas alistándonos para la cama, decido presionarla. "Lo que sea que estés haciendo, Mamá, ¿puedes hacerlo má rápido? Ese muchacho me tá arruinando la vida, y juro que es una amenaza para nuestra comunidad", digo.

"Paciencia", dice. "Sobre todo contigo misma, morena". Se quita los lentes y respira profundo. "Cuando tú iba, ya yo venía, Yolanda Nuelis. Cuando estés lista para tomar el siguiente paso, estaré aquí para defenderte con todo el cuerpo y el alma. Te dije que esperara, que no le dijeras a nadie. Pero ahora, sé que no puedo obligarte a hacer nada. Tú tiene que decidir qué hacer por tu propia cuenta. Eto e parte de tu trabajo, tu iniciación". Asiento con la cabeza. "Ete e tu proceso. Los Misterios no me dejan interceder por má que quiera". Sus ojos se llenan de lágrimas y me besa la frente. "Solo estoy para facilitar".

16

SUSPENSIONES, TIEMPO FUERA Y DE TO

DÍA 1

Nos tienen en aulas separadas. Me tocó una aula que casi no se usa donde guardan la mayoría de nuestras computadoras rotas. Hay mucho polvo y caca de ratón por donde sea que miro, pero por lo menos toy sola.

Pero mi soledad se interrumpe cuando entra el Sr. Leyva y dice que todos tenemos que estar en la misma aula porque no me pueden dejar sin supervisión y que unos maestros que tuvieron que juntar pequeños grupos de estudiantes necesitan las otras pequeñas aulas.

"Pero, Sr. Leyva", empiezo. "Yo no toy por hacer na malo. ¡Puedo quedarme aquí y leer!"

"No es mi decisión, Yoyo. Está fuera de mi control", dice, haciendo un chuipi y cerrando la puerta. Odio que los maestros y directores lo manden a hacer de to menos hacer las reglas y algunas excepciones.

En el aula nueva, el Sr. Leyva nos ofrece algunos libros, pero ya traje uno: *Assata Shakur: Una autobiografía.* Esta mañana Papi me mandó un mensaje pa recordarme que lo trajera conmigo pa la escuela. Dijo que era pa que me hiciera compañía y me entristece pensar que de veldá estuvo en la cárcel. Él sonrió cuando me lo vio debajo del brazo cuando iba entrando a su carro. Papi intenta estar para recogerme y llevarme siempre y cuando pueda. Lo aprecio más de lo que él sabe . . . no le gustaría saber todas las razones por las que odio el transporte público. Me dijo que leer *La autobiografía de Malcom X* y este libro de Assata es lo que lo salvó de sí mismo mientras estuvo preso.

Espero que me salve de mi propio infierno: mirar a la nuca de Ben a cuatro filas de mí con José en una esquina cinco filas detrás de mí. El Sr. L nos está supervisando, entonces tuvieron que buscar sustituto para sus puestos. Los bordes superiores de las paredes están llenos de banderas universitarias.

El Sr. L tiene tantas ganas de hablar que se nota con su tic de decir algo cada vez que uno de nosotros tose: "¿Te tá por agarrar la gripe?" o cuando tomamos una pausa de nuestra lectura: "Te puso a pensar el libro ¿eh?" o cuando suena el timbre: "Deben estar yendo a tal y tal período". Sonrío porque estoy acostumbrada, pero Ben sacude la cabeza cada vez que el Sr. L habla como si lo estuviera interrumpiendo de un gran trabajo importante. Se frota mucho la cabeza y me pregunto si así e que se autorregula. En las últimas tres horas lo ha hecho por lo menos dieciséis veces. Estuve contando cuando lo observaba de reojo.

Esa e la persona en la que me convierto cuando estoy cerca de Ben. Me hace sentir cohibida e hiperconsciente de qué y quién está a mi alrededor. Y no, no quiero decir que cambié por él. Pero él definitivamente cambió la energía por acá. Odio que tenga este tipo de poder, pero e la única forma que me siento segura por ahora, especialmente despué de escuchar lo que dijo la Sra. Steinberg.

José tose y levanto la vista de mi libro. Me saluda con la mano y yo también lo saludo. *Gracias*, articulo. No le he dicho lo mucho que significó pa mí que él me defendiera. Pudiese haberme defendido yo misma, claro, pero se sintió bien saber que él estaba de mi lado en ese momento. José asiente con la cabeza. *Siempre*, me responde, y tengo que levantar el libro y taparme la cara pa que no vea mi sonrisita cursi.

"Ya está bien", dice el Sr. L y levanta una ceja en nuestra dirección. Por supuesto que esto solo hace que José y yo nos miremos y nos explotemos de la risa.

Cuando llega la hora del almuerzo, no puedo creer que todavía nos quedan cuatro períodos más. El entrenador pasa a buscar a José pa hablar de las consecuencias disciplinarias de su comportamiento, y la consejera de la escuela, la Sra. Peters, recoge a Ben. Mandan a un estudiante de primer año con una bandeja de almuerzo para mí. Me emociona ver que es pizza, una manzana, y leche de chocolate. Al parecer, son las tres cosas que el departamento de educación no puede arruinar.

"Dijiste algo el otro día que no se me ha olvidado", dice el Sr. L mientras le doy una mordida a mi manzana. Mastico y el toquecito de ácido de la fruta da paso a una explosión de dulzura en mi lengua.

"Supongo que sí", digo. Sé que se refiere a la sensación que le dije que tenía de que algo horrible iba a suceder.

"¿Te están dando los mismos sueños del año pasado?"

Tomo una respiración calculada, bajo la manzana y corrijo mi postura. "Yo todavía tengo sueños, pero ahora tengo visiones también. De eso fue lo que te hablé".

El Sr. L toma un trago de su chocolate caliente. "Móntame".

"¿Qué te digo?" Sacudo la cabeza y siento que se levantan las paredes dentro de mí.

"Tumba eso". Deja su taza arriba de la mesa, se acerca, jala una silla y se sienta frente a mí. "¿Quieres hablar?"

"Empecé a tener las visiones justo después que llegó Ben", empiezo. Me empiezan a sudar las manos y las seco en mis jeans negros.

"¿Qué tipo de visiones?"

"Visiones que parecen sueños, pero toy completamente despierta. Poco a poco, todo se tá aclarando, porque explican quién e ete tiguere y cómo llegó a caer en nuestra escuela tan de repente".

"¿Oh, sí?"

"Lo expulsaron de pila 'e escuelas privadas por tener puntos de vistas racistas, Sr. L". Con "pila" quiero decir dos, según lo que he aprendido.

El Sr. L da un brinco. "¿Dijiste que tuviste una visión que te reveló eso?"

"Bueno, sí, pero también lo escuché de la Sra. Steinberg cuando ella estuvo hablando con el papá de Ben el otro día. Y recientemente, tuve otra visión en la cual Ben tá súper quillao y agachao sobre una mochila. Pero no pude ver lo que había dentro".

"¿Tal vez fueron las pegatinas?", dice el Sr. L, quitándose un callo en la mano.

Dios mío. Mi mundo se detiene. Toda la ansiedad que tenía de no ser creída desaparece. Me siento encuera de nuevo, como la primera vez.

Él me cree. Sabe que mis visiones son reales. *Él me ve.* "¿Estás bien, Yoyo?"

"Me crees", le susurro.

"No me pareces una muchacha mentirosa", se ríe.

Sonrío. "Pero no, definitivamente no eran las pegatinas, Sr. L. Creo que . . . no. *Yo sé* . . . era un arma".

DÍA 2

José me escribe una carta larguísima que me entrega antes que entremos en el aula donde nos tienen a los tres. Ni siquiera nos molestamos en cambiar nada. Nos sentamos en los mismos lugares que ayer. El cuarto se siente más frío hoy, entonce no me quito el suéter y abrigo. Pongo la carta en el bolsillo del abrigo y saco el libro de Assata. Ya terminé una tercera parte porque leí después de la escuela para evitar hablar con Mamá Teté, que parece estar dolida porque no me puede ayudar como ella quiere.

El Sr. L saca una funda blanca y una de papel marrón. Primero, se acerca a mí, y cuando miro en la funda veo que son sándwich de huevo. En la funda de papel, hay tres chocolates calientes. Le sonrió y saco uno de cada uno, agradecida por su buen corazón. Camina hacia Ben y lo observo negar con la cabeza sin dar las gracias. Te juro que eto tiguere privilegiados son malcriados. Me quilla ver que al Sr. L le faltan el respeto así. Claro, tiene derecho a decir que no. Tal vez simplemente no le gusten los huevos, ¿veldá? Pero ni siquiera parece agradecerlo, en cambio parece que le molestó la pregunta. Entonces el Sr. L cruza hacia José, que toma los dos sándwich y chocolates y se pone de pie pa darle las gracias con el puño. Los modales de José lo hacen mucho más atractivo. Él no deja que ser "popular" le dé alas.

Abro el libro por donde lo dejé. Assata describe su llegada a Riker's Island. Describe como la revisaron por dentro y aprieto las piernas por instinto, como si en otra vida, en otro tiempo, yo también hubiese experimentado ese dolor.

☾

DÍA 3

Hoy me parece el día más largo. El paladar me empieza a doler a las 11:00 a.m., y no tengo deseo de leer *Assata*. De mi bolsillo saco la carta de José que se me había olvidado leer. Papi me vino a buscar, y no la pude leer en ese entonce y cuando terminé de ducharme, comer y tratar de conectarme con las Bruja Diosas estaba pasá de explotá. La abro lentamente y llevo el papel a la nariz. Huele a sándalo y musgo, y me río cuando me doy cuenta que literalmente la roció con su colonia.

Yoyo,

Yo nunca le he escrito una carta de amor a nadie. Me alegro que seas mi primera. Honestamente, sí le he escrito notas a las jevitas que me gustaban, pero solo eran notas, del tipo que le tiras cuando el maestro da la espalda, no algo tan largo como esta carta. Quiero ser honesto porque no quiero que lo que sea que tengamos, empiece con mentiras. Creo que tú entiendes lo mal que puede terminar eso. Sé que somos joven y to, pero no quiero que lo nuestro se vaya a pique. Aún no. ¿Tal vez nunca? Sé que eso suena loco.

Cuando llegaste a Julia De Burgos, yo era de tercer año y odiaba que me gustara una de primero. ¿Recuerdas tu primer día cuando intenté ayudarte a encontrar tu clase, pero me ignoraste? Pensé en eso toda la noche. Y la vez que le tiraste a dar a Marcus por vocearte "¿eres sorda?" Le había dicho que yo pensaba que eras linda cuando pasaste y él te estaba llamando. Estabas un poco cotizada. Pero también pensé en cómo te quedaba ese abrigo blanco en tu piel nuez moscada. Me llamó la atención cómo llegabas a la escuela con tus rizos en distintos peinados. De verdad, me mostró que tú te cuidas y eso me encantó. Decidí en ese momento que tú eras demasiado buena para mí. No me estaba cuidando porque quería, sino porque mi entrenador, mi mamá y definitivamente mi hermana me obligaban hacerlo. Entonces, intenté no darle más mente. Te estoy contando esto porque estuve pensando en mis padres. No están juntos a pesar de que mi mamá es increíble y lo amaba con locura. Mi papá no se la merecía y la debarató de una manera que no tengo palabras para describir. Por eso, mi hermana se protege demasiado. Por eso ella no se mete con nadie. Yo prometí que cuando yo sintiera algo por alguien, tú sabe . . . a nivel de amor, que daría lo mejor de mí.

Pero este año no pude evitarlo y creo que Dios o el Universo, o lo que sea que esté allá arriba, lo quiso así. Porque estás en una de mis clases. ¡Qué bien que mi entrenador me obligó a retomar química! Eres tan inteligente y

*piensas por ti misma. Eso me encanta. Ya no puedo igno-
rar mis sentimientos ni a ti. Además, verte liderando el club
me hace imaginarte en el futuro como alguien importante
en nuestra comunidad y, tal vez, quiero estar allí contigo
cuando llegue ese día. Yo sé que solo estamos en la secundaria. Pero esto tiene que significar algo.*

*Me gusta cómo tu voz es poderosa incluso cuando es
suave. Cómo tratas de huir de los ojos de los demás, pero
brillas tanto. Yoyo, necesitamos tu luz. Me gusta como tu
pelo no tiene límites y se estira por todas partes, incluso
cuando intentas amarrarlo. La última vez que nos besamos tenía miedo de tocarlo porque sé que a las muchachas no les gusta eso. Me siento tan cursi escribiendo estas
palabras, pero no me importa. Me hago el ridículo si es
necesario porque quiero que sepas lo que siento. Mi hermana trata de ayudarme a hablar de mis sentimientos y le
hablé de ti. Que voy para la universidad y que una parte
de mí no quiere ir porque finalmente te conseguí. Yo no
quiero irme, quiero quedarme aquí mismo. No le gustó lo
de no ir a la universidad, pero dice que puede ver por qué
estoy asfixiao de ti. También le expliqué por qué te defendí.
Le dije que tú no me lo pediste ni na de eso. Simplemente
sentí que era lo correcto en ese momento. Honestamente,
lo hubiese hecho por cualquiera del club, pero por ti: sin
pensarlo dos veces.*

*Siento habernos metido en esta situación. Yo sé que te
estás culpando por el botellazo, pero todos sabemos que él
se lo buscó . Tal vez si me hubiera quedado en mi asiento
hubiéramos evitado convertir esa situación en un show,
pero simplemente hice lo que se me ocurrió: defenderte. Tal*

vez no fue lo mejor que pude haber hecho, pero es lo único que tengo para ofrecerle a alguien como tú.

Yo sé que tú no necesitas que te salven. Sé que tú no me necesitas. Sé que tú tienes el derecho a elegir. Entonces te pregunto, dejando mi orgullo a un lado: ¿serás mía, Yolanda Nuelis Álvarez?

Besos,
José

EL AGUA E TAN ESENCIAL COMO LA SANGRE

Está oscuro cuando José y yo salimos de nuestro último día de suspensión. En vez de darle respuesta, lo beso y le agarro la mano.

Apenas son las 4:45 p.m. y ya tengo tantas ganas de llegar a casa y a mi cama. Está tan oscuro. Una cosa que no soporto del invierno es que no nos permite disfrutar de nuestros días. Aun así, aprecio que durante esta parte del año uno siente una necesidad de estar solo, reflexionar, de profundizar en todas aquellas cosas que el brillo de los días más largos mantiene escondidas.

Solo la veo cuando estamos más cerca e inmediatamente suelto la mano de José. Lo hago sin pensar, sin razón. Siempre ha sido Victory y yo, aunque tuviéramos un mangue por ahí, y me hace sentir incómoda que me vea con otra persona. Una persona que, en estas dos semanas, llenó el tiempo que no pasé con ella. Hasta por teléfono. En to ete tiempo, solo recibí mensajes de José, no de ella.

"Voy a tomar la guagua. ¿Te llamo después?", pregunta José. Asiento, satisfecha con su inteligencia social porque a veces los muchachos . . . bueno . . . no captan na.

Victory tiene puesto unos Doc Martens de plataforma y un vestido maxi negro debajo de un abrigo acolchado amarrado por la cintura. Me imagino que tiene puesto medias gruesas debajo del vestido porque hace un maldito frío. Sus argollas de oro falso bailan en la brisa. A veces ella se quita el uniforme cuando suena el último timbre, aunque sea solo pa tomar la guagua. Dice que, para ella, es una oportunidad pa adornarse como le pegue la gana.

"¿Entonce, ya se tán agarrando de mano?"

"Bueno, parece que sí". Sonrío.

"No tienes que sentirte incómoda", dice. "Si te gusta, a mí me encanta".

Asiento con la cabeza, agradecida por todo lo que ella es.

"¿Quieres ir al restaurante dominicano?", pregunta. Normalmente vamos a la bodega y compartimos un pan con mantequilla y un refresco o un jugo. Nunca gastamos más de $3.50.

"Ah, ¿y tú tiene cualto pa comer en restaurante dominicano?", me río. Me dice que sus padres le dieron un poco más de dinero porque ella mencionó que me quería invitar a cenar en mi último día de suspensión después de todo lo sucedido. Todavía tendremos que compartir, pero no me quejo.

El aire húmedo y pesao de todos los plátanos hirviendo y los pollos asando nos da cuando entramos a El Malecón. El merengue que está sonando me recuerda a todas las fiestas a las que Mami y Papi me obligaron a ir cuando era niña. Pero siempre encontraba amigos.

Victory y yo estamos fingiendo que nada pasó, pero una nube

se cierne sobre nosotras. Quiero hablar de lo que nos dijimos, pero no quiero arruinar el momento . . . Victory y yo nos conocemos desde el kindergarten. Íbamos a The Little Apple School en Dyckman, y ella era la única que no hablaba español. Sus padres, que sabían suficiente pa defenderse, le daban mucha importancia a que los negros compartieran tantos idiomas comunes como fuera posible. Nunca pierden una oportunidad pa recordarnos que las personas negras, los descendientes de aquellos que fueron forzados a este lado del mundo, eran africanos primero. Y así estamos unidos más allá de las nacionalidades, lenguas y la distancia. En Little Apple, nadie quiso tomarse el tiempo o hacer el esfuerzo para comunicarse con Victory, pero ¿qué significa esfuerzo cuando tienes cinco años? Un día durante el recreo, las dos tuvimos que usar el baño y nuestra maestra asistente nos llevó. En el baño, empecé a cantar la canción del pipí con un tarareo sencillo. Victory se unió. Durante la siguiente semana, señalábamos los objetos y ella decía la palabra en inglés y yo se lo repetía en español o viceversa. Así nos enseñamos a hablar nuestras lenguas madres y eso aseguró este vínculo entre nosotras.

"Entonce, se nos agotaron las palabras ¿eh?", dice Victory. Últimamente la gente me ha estado leyendo los pensamientos con frecuencia. La camarera nos trae el pan de ajo de cortesía. Pedimos dos morir soñando y un pescao frito con tostones y ensalada.

"Lo sie . . .", empiezo.

"No pidas perdón. Se dijo lo que se dijo". Ella sonríe.

"Y se tuvo que decir", digo. Tomo un pedazo de pan de la canastita el momento en que lo ponen en la mesa.

"Mira, 'manita", ella empieza. "Yo estaré pase lo que pase.

Pero esta vaina con Ben se tá pasando. Acabas de cumplir una suspensión de tres días por su culpa".

"¿Qué si se tá pasando?" Viro los ojos. "Ese muchacho tá pasao".

"Pasao", ella me señala con un dedo. "¿Cuál e el plan?"

"Por ahora simplemente lo toy observando. Toy haciendo todo lo posible para estar atenta a mis sueños. Y cualquier visión que me llegue la voy a compartir con Mamá pa que ella me dé su perspectiva".

"Tato". Ella asiente. No sé si en realidad le gustó mi respuesta, pero lo dejamos así. "No tienes que cargar con esto sola, y no te cae a ti salvar a nadie. Mamá dice que ya e hora que las mujeres negras colguemos nuestras capas porque nunca nos conviene. Solo nos agota", ella sigue. Asiento tristemente porque e veldá. No puedo salvar a nadie má que a mí misma. No soy ni héroe ni mártir. Y no lo quiero ser tampoco, aunque todos lo glorifiquen.

"Sí, te entiendo. Honestamente, primero se lo conté a Mamá y se sintió menos agobiante. Entonce se lo conté a la Sra. Obi y al Sr. L, y me pareció menos pesao. Ahora solo siento que debo afinar eta estrategia". Mastico.

"Tú sabe que yo creo en tu visione y tus podere. Pero tenemo que encontrar una manera de solucionar eto en el plano físico, en tiempo real", dice, sacando su diario de su mochila. Sé que no lo dijo con malas intenciones, pero me pica. Tal vez los demás no lo puedan ver, pero Mamá y yo lo tenemos bajo control.

"Mamá tá haciendo todo lo posible. Me prepara baños, derrama bendiciones sobre todo nosotros, pero dice que de veldá no puede empujarme a tomar acción ni tampoco puede hacer mucho hasta que yo esté lista. Los Misterios no se lo permiten", digo.

"¿Cómo así que no se lo permiten?" Victory pasa las páginas de su diario.

"Es mi iniciación, y ella no puede intervenir hasta que yo esté lista".

"Anjá". Ella pasa más páginas.

"Loca, por favor", digo, "Toy tratando".

"¿Y qué dijo el Sr. L de tus visiones?" Ella sigue pasando páginas.

"Me preguntó muchas cosas. Honestamente, él me cree. No dijo mucho, pero, a que volvemos la semana próxima y algo ha cambiao. Tú sabe cómo e él". Victory asiente enfáticamente mientras toma un trago de agua. Ella me mira a los ojos fijamente.

"Tengo que contarte algo", dice. Toma una respiración profunda, menea la cabeza y clava los ojos en la mesa. "Hice unas investigaciones sobre Ben mientras estabas en detención".

"¿Y?"

"Ya. Bueno, tu primera visión de este tipo fue, como todos sabemo, correcta. En tres años, lo botaron de dos colegios de élite", dice Victory. Menciona que durante el tiempo que estuvimos alejadas ella se puso a investigar, hasta le tiró por privado a estudiantes de Butler Prep con una cuenta falsa de Instagram. Abre su diario, extiende las manos sobre las páginas y se acomoda. "Y por supuesto, su papá se tá aprovechando de este 'inconveniente' y usó el que Ben esté aquí pa atraer nuevos votantes".

Le cuento lo que escuché sobre lo que pasó en Butler Prep. "Pero loca, ¿exactamente qué fue lo que hizo pa que lo botaran?", pregunto. De repente se ve agobiada con toda la información, como si aún le estuviera buscando el sentido.

"Tá bien, doña, ¿me puedes dar un minuto? Voy pallá". Los

ojos de Victory se agrandan. Le señalo que siga. "Entonce después que Cindy me dijo el nombre de usuario de Ben en Fortnite, le metí mano a la ortografía del nombre, y por supuesto, lo hallé en el internet. En YouTube".

"¿Haciendo videos?"

"No, pero estaba dejándole comentarios a estos creadores racistas como, 'Así es, hermano. Volvamos a un Estados Unidos que funcione'". Me dan ganas de vomitar. "Espera, eso no e lo má raro", sigue Victory. "Su comentario má común e: ¿EMKKK?"

"¿Y eso qué significa?", empiezo a analizar posibles significados.

"Eres miembro del Ku Klux Klan".

"¡NO ME DIGAS!" grito.

"Sí, bueno, no creo que fuera iniciado o como sea que funcione esa mielda. Creo que lo hace pa tar frío con esa gente. Pero algunos le respondieron con 'MKSS' o 'miembro del Klan sí soy'".

"Aun así esa vaina e peligrosa".

"Pero, todo esto ya lo sabíamos ¿veldá?" pregunta Victory. "Sabíamos que estaba bien metío en esa vaina supremacista o extrema derecha o lo que sea que la gente quiere llamar ser racista y violento hoy en día", suspira Victory. Me quedo callada por un momento. Sí lo sabíamos, ella tiene razón. Teníamos nuestra intuición, yo tuve las visiones y todo lo indicaba. Pero ahora, ¿tener tanta prueba? Eta vaina tá loca. Loca. Loca. Esto no e lo que quiero para nosotros. No lo quiero para ninguno de nosotros. Pa serte sincera, ni siquiera lo quiero para Ben. De veldá me rompe el corazón que el mundo esté organizado de eta forma. ¿En qué fallamos? ¿Cómo lo arreglamos?

"¿Veldá?" repite Victory, sacándome de mis pensamientos.

"Sí, lo sabíamo ". Odio que, en algunos momentos, dudé en mí, en las visiones y en las Bruja Diosas. "Gracias por creer en mí, Victory. A vece parece que tú cree en mí má que yo".

Ella me dice que no es nada con un gesto.

☾

José me llama a las diez de la noche cuando toy media dormida, pero recojo de todos modos. Intento sacar el sueño de mi voz tosiendo cuando él me pregunta si debería llamar mañana. "No, no, podemo hablar ahora", digo. Es fin de semana y ya extraño toparme con él.

"¿La leíste?" José pregunta. Me sonrojo cuando le digo que sí. "¿Y?" Tengo miedo de entrar en una relación. De empezar un patrón que se parezca al de Mami. De sentir que un hombre sea algo necesario en mi vida. Pero José me gusta. Hasta tenerlo en suspenso me duele.

"Podemos intentarlo", digo. Lo escucho exhalar, y se me sale una risita.

"Entonce , ere mía, ¿veldá?"

"¡Anh-anh, no! Tamo junto y ya. No soy tuya ni tú ere mío". Y me siento más equilibrada después de haberlo dicho.

"Entiendo y lo acepto, Yoyo".

Me acomodo en la cama y presiono el botón de cámara por accidente. Cuando miro a mi pantalla veo su cara. Él sonríe y por un rato no' quedamo sonriéndono por el teléfono. Tomo una respiración profunda y siento mariposas en el estómago.

"Tú me gusta, José", digo. "Mucho. Y yo sé que yo te gusto también, pero tú no me conoce . . . no completamente".

"Ok. ¿Quiere decirme quién ere entonce ?"

"Puedo intentarlo", digo en voz baja. Me acomodo el pelo detrás de las orejas.

"Eso e lo único que uno puede hacer. Estaré aquí cuando estés lista". José se endereza.

Lo siento tan cerca de mí. Estos pocos meses de escuela me parecen años. Pero . . . e veldá que él no me conoce totalmente. ¿E justo que tenga esos sentimientos cuando no sabe toda la veldá? No, no e justo. Se lo tengo que decir.

"¿Recuerdas la historia que me contate de tu prima y la bruja?", pregunto y también me enderezo.

"Sí, ¿qué pasó?"

"¿Y si te digo que yo también tengo esos dones?" La llama de una vela en mi altar baila y crece gruesa y recta. Una confirmación. *Gracias, Bruja Diosas.*

José aprieta los labios, sacude la cabeza una sola vez, y acerca la cara al teléfono como si estuviera tratando de entender. "¿Dones de bruja?"

"Anjá". Sonrío.

Encoge los hombros. "¿Eso no lo tienen todos los caribeños y negros? Mi madre me dice que dique tá orando por mí, y mis abuelos también, pero bueno, to eso me parece un hechizo, Yoyo". Nos reímos.

"Sí, sí". Asiento. "Exactamente". No es que esté equivocao, pero dejarlo pensar que me refiero a solo eso sería seguir negando lo que soy. "Tienes razón, pero *yo soy bruja.* Mi abuela me ha guiado en la tradición desde que era niña. Muchos en mi linaje aceptaron estos dones y los llamaron por nombre", agrego. José aparta la mirada, pensando. Con su cara inclinada hacia la pared así se destaca su mandíbula fuerte. Ahora soy yo la que aprieto los labios y entrecierro los ojos esperando respuesta. "¿Le llegate?"

Vuelve a mirar la cámara, a mí, y sonríe. "Tal vez tenga preguntas después, pero te lo respeto, Yoyo".

Sonrío y mis labios tiemblan. "¿Sí?"

"Pero claro". Asiente. "Gracias por contármelo". Acerca el teléfono a la cara y me tira un beso que nos hace explotar de risa.

MÁS ALLÁ DE LA BOTÁNICA

Esta mañana, Mamá Teté me despierta levantándome la camiseta y trazando primero líneas verticales y luego círculos en la espalda con las yemas de los dedos. No tengo que mirar pa saber que es ella, el olor a café y agua Florida que siempre la sigue la delata. Las uñas se sienten como un pajarito planeando en mi espalda. Así me dormía cuando yo era niña, y cuando Mamá Teté no taba pa hacerlo, se lo exigía a Mami o Papi.

Me levanto con el ruido blanco de la noche aún en los oídos y los sonidos de la madrugada vibrando en el cuerpo. Mamá Teté juega con uno de los rizos que se escapó de mi gorro de satén durante la noche. Ella lo vuelve a meter suavemente. La miro. En su piel de chocolate han brotado más y más manchas y se le empezaron a caer los párpados. Mi vieja tá envejeciendo. Le agarro la cara y le doy un gran beso en el cachete. Ella recibe todo mi cuerpo en sus brazos, me da un apretón y luego me da tres palmaditas en la espalda. Me mira y le leo los labios, "Vete a bañar". Señalo mis cartas de tarot, ella conoce mi rutina. Ella las toma, hace una oración rápida, baraja y las esparce para que yo elija. Hago un bailecito de alegría. Últimamente, Mamá no siempre tá de buen humor conmigo. Jalo una del medio.

El Diez de Bastos. Una persona carga con diez palos, claramente cogiendo lucha y agobiada con la tarea.

"Tú tá haciendo demasiado, Yolanda Nuelis. Ya tá bueno", leo los labios de Mamá. Cruza los brazos. "Tú no debería tener que llevar esta carga sola. Tienes que agarrarte de tus Bruja Diosas. Y yo tengo que ver cómo los Misterios me permiten ayudarte. No es posible hacerlo sola, mi vida". Mamá Teté es la que habla, pero a través de ella escucho a las Bruja Diosas alto y claro.

"Ahora ve". Mamá señala hacia el baño. Mi teléfono vibra. "Tu mamá te tá llamando".

Mamá finalmente acepta tomar un Uber compartido a la botánica porque se lo ruego. Si fuera verano o primavera le digo que caminemos, son solo treinta minutos. Pero ahora hace demasiado frío pa caminar y cada vez que Mamá y yo usamos transporte público, ella termina discutiendo con algún viejo verde. "¡Tiene dieciséis años!" le vocea y no lo suelta hasta que él no empiece a vocear también.

El viaje en Uber es agradable. La conductora tiene puesto un turbante amarillo y rojo, y el carro huele a pura manzanilla.

"Buen día", dice Mamá, acomodándose en el asiento de atrás.

"¡Asé!", responde la conductora. Su voz tiene una melodía dulce y su sonrisa me hace sentir que hoy será un buen día.

"Ah, ya veo . . . ¿sacerdotisa de Òşun?", dice Mamá poniéndose los lentes. La conductora mira a Mamá a través de su espejo retrovisor.

"Así es. Me bautizaron hace un año y medio. Ahora estoy joseando, pero siempre estoy trabajando para Òṣun", dice la conductora.

"¿Dónde la iniciaron?"

"En Nueva Orleans, pero la mayor parte del trabajo lo hice en Puerto Rico y Cuba".

"Una vez fui a Ayití, Cuba y Puerto Rico en el mismo año", dice Mamá.

Miro a Mamá Teté. Ella mira por la ventana con los ojos entrecerrados. Sin quitar los ojos de la ventana, saca las gafas de su bolsillo. Se muerde el labio. Mamá nunca fue de las que le dan mucha mente al pasado y mucho menos pa hablarlo con una desconocida. Pero sé que el Espíritu la tiene que tar impulsando. "Pensé que los Misterios y mis ancestros me habían abandonado. El amor de mi vida, el papá de mi hijo fue asesinado mientras trabajaba en eso de ser taxista. Para colmo, mi hijo se negó a respetar la conexión que heredamos. Pensé que tal vez habían diferentes poderes en el mundo. Poderes que me pudieran dar lo que quería en el mismo momento que lo quisiera. Era joven. No entendía que el Universo entrega lo suyo bajo condiciones divinas. En las islas, conocí a mucha gente buena. Gente que quisiera llamar. Pa decirles que ya lo entendí por mí misma: nuestros ancestros y nuestros santos comulgan juntos. Cuando le hago ofrenda a uno, les hago ofrenda a todos".

"Asé, hermana, asé. Parece que ese fue parte de su proceso", responde la conductora.

Intercambian números antes que salgamos del carro. Cuando Mamá abre la puerta de la Botánica Miel de Pie, me envuelve el aroma de flores dulces y salvia blanca. La hija de Tía Dulce rediseñó el local. En la entrada hay grandes fuentes de cristal llenas de agua. Otra está llena de monedas: ofrendas de los que entran. Mamá le echa seis monedas de veinticinco centavos.

"Esto está súper bonito", le digo a Mamá Teté, y ella asiente. Es mi primera vez viéndola así. Del techo cuelga un candelabro de bambú que aluza la botánica como nunca. En el pasado, siempre taba oscura, como muchas otras botánicas en Nueva York que he visitado con Mamá. En medio de la tienda hay dos sofás medianos de cuero marrón alrededor de una mesa larga de bambú con velas y tres diferentes barajas de tarot apiladas con cuarzos encima. Las dos paredes laterales están pintadas de amarillo y tienen filas de vitrinas llenas de paquetes de yerbas como salvia y romero, velas preparadas, aceites, muchos cristales diferentes y barajas para adivinación. Más adentro, un mostrador de madera separa la frente de la parte trasera de la tienda.

Cuando Mamá llega al mostrador, se inclina sobre él, recoge la campana al lado de la caja y lo menea para anunciar nuestra llegada. Tía Dulce sale de la puerta de atrás en pantalones caquis, un suéter amarillo de cuello alto y chancletas peludas. Su peluca rizada la hace ver más joven. Sus labios rojos florecen en una sonrisa y estira brazos vestidos hasta el codo en pulseras de oro.

"¡Comadre!", se chillan. Tía Dulce levanta el mostrador y ahora la tienda parece un solo cuarto grande. Ellas se abrazan. Mamá Teté viene a la tienda por lo menos una vez al mes, pero cada vez se saludan como si no se hubiesen visto en siglos. Son amigas desde hace muy poco después de que Mamá Teté llegara al Bronx. Mamá incluso ayudó en el parto de la segunda hija de Tía Dulce, convirtiéndola automáticamente en su madrina.

"Pero Nuelis, ¿esa ere tú?" Tía Dulce me mira.

"Soy yo, Tía", digo. Ella me agarra y me da un fuerte abrazo.

De repente soy una niña de nuevo en vez de una adolescente. Cuando era más chiquita, de veldá no me gustaba mi primer nombre, Yolanda, entonces todos me llamaban por mi segundo nombre. No fue hasta el noveno grado que empecé a usar Yolanda de nuevo. Ella se despega de mí y me mira con mucha alegría antes de darme un beso en la frente.

"Miel te ha bendecido", me dice mirándome de nuevo de pie a cabeza.

"Tú no sabes nada", oigo murmurar Mamá Teté.

Tía Dulce nos hace señas para que la sigamos a la parte de atrás de la tienda. Caminamos por un pasillo estrecho y doblamos a la derecha hacia una puerta que conduce al pequeño cuarto donde ella tiene su altar. Es hermoso: flores por todas partes, un estante con muchos vasos de agua, fotos de familia y amigos que fallecieron, estatuas y un plato de comida, tapao, por supuesto. La estatua de Miel que siempre me tripea tá en el centro como siempre. Ella e una mujer negra con una sonrisa dulce y al mismo tiempo distante. Lleva puesto un pañuelo amarillo en la cabeza y un chal amarillo le cubre el cuerpo, pero todas sus curvas siguen visibles. En cada uno de los dedos lleva anillos, cada muñeca y tobillo adornados con pulseras. Tía tiene platos grandes con pétalos blancos y miel al pie de la estatua.

Tía levanta las manos. En la pared opuesta a su altar todo tá vuelto un desorden. Hay un fregadero, una pequeña estufa eléctrica y una docena de tarros de cristal. "¡Ay, perdónenme! Todos estos baños, todos estos trabajos, todas estas cosas pa la gente. Pero lo hago con amor. Siempre".

Mamá asiente y sonríe. "Comadre, necesitamos toda tu atención cuando puedas". Tía se mueve de una tarea sin terminar a otra y se limpia las manos en los pantalones. Entonces Tía nos saca del cuartito y rápidamente nos enseña su nueva oficina antes de señalar la última puerta: un pequeño baño.

"Guau", dice Mamá Teté. Menciona que el mes pasado solo la frente de la botánica se había terminao y ella pensó que eso era todo. "Remodelar todo esto debió haber costado una fortuna".

Tía nos encamina hacia la frente de nuevo. "Tú sabe, tuve que cobrar muchos, muchos favores". Me pica un ojo.

"Ah sí". Guiña Mamá Teté. "Ya sabemo cómo e". Se ríen y es claro que ellas comparten secretos.

Tía Dulce baja el mostrador de madera y salimos a la botánica. Cuando me siento en uno de los muebles, veo que Tía tiene un altar público al lado de la fachada de la tienda que pasé en alta cuando entré. Hay muchas estatuas de Misterios y de otras entidades, flores, vasos de diferentes bebidas y comida. Pero lo que más me impresiona es una estatua gigante, más grande que Dulce, de una persona prieta en pantalones rojos fumando tabaco. He visto esta estatua antes pero nunca así, nunca de ese tamaño.

"La muchacha tuvo una visión y la compartió conmigo", dice Mamá Teté, dándome palmaditas en el hombro y sentándose a mi lado en el mueble. Tía Dulce se sienta frente a nosotras. "Pero por alguna razón los Misterios no me permiten compartir el trabajo con ella, insisten en que ella asuma la parte más pesada de la carga. Pero ella es mi nieta. Veo lo que ese peso le está haciendo".

Escucho a Mamá hablando detrás de mí cuando llego al altar. La estatua me clava los ojos y no me suelta. Es bella. La piel una vez moldeada de varios materiales ahora parece una piel morena real. Brilla. El aire a mi alrededor es húmedo y caliente. Me siento mareada. Y también que estoy entrando en trance. Los objetos alrededor de la estatua se ven borrosos y la claridad de la estatua me cautiva la mirada.

"¡Nuelis!", dice Tía Dulce. Señalo la estatua.

"Es bella. Tan majestuosa", susurro. La última palabra es la única que hallo. "Tía, ¿cómo metiste esa estatua aquí? Es tan grande". Silencio.

"¡Nuelis!", Tía me llama. Miro a mis mayores y un sentimiento pesao y profundo me cae sobre el cuerpo.

Miro a Mamá Teté. Yo pensé que estábamos pasando un buen rato. Pasando tiempo juntas. Pero mírala, contándole a Tía Dulce que no puedo hacer las cosas por mi propia cuenta. Ella está diciendo que no tengo suficiente fuerza para el peso o costo de toda esta vaina. Aunque sé que lo dice porque me ama, algo en mí se siente ofendido por ella por primera vez en mucho tiempo. Mamá Teté puede ser dura con sus palabras y aprendí a entenderlas por lo que ella quiso decir y no como suenan, pero ahora mismo se me prende la sangre con lo que está insinuando. Toda la sangre del cuerpo me sube a la cabeza y siento un fuego en los pies.

"Mírame, niña", dice Tía Dulce, parándose y moviéndose hacia mí. Quiero obedecerla, pero no puedo mover los ojos. Se quedan clavados en Mamá Teté, que mira fijamente a Tía. Me da miradas furtivas y rápidas. Las llamas se forman debajo de mi cuerpo. Pero no me queman . . . me sostienen. Me mantienen caliente, viva y segura.

"Mírame", dice Tía Dulce suavemente. Me toma la cara en las manos. "No puedes ir en contra de quien Culebra protege". Mamá Teté se para, mirándome y luego se llena de orgullo y se acerca al mostrador. Su olor a agua Florida me hace sentir como si me hubiesen quitado algo. Quiero saltarle encima, pero detengo al cuerpo y lo anclo al fuego debajo de mí. Mi piel hierve. Estoy furiosa, molesta con lo que se siente como prepotencia de parte de Mamá. De repente siento como si me hubiesen dado un golpe en la cabeza. Camino al sofá y me quito el abrigo acolchado. Caigo en el mueble y tomo respiraciones profundas.

Me siento sola. Abandonada por las Bruja Diosas . . . abandonada por Mamá Teté . . . ¿qué más me queda? No, no. No me abandonaron. Están aquí mismo. Simplemente me toca hacer esto sola. El fuego crece.

Tía Dulce se me acerca. "Sobrina, ¿me escuchas?", dice. Parpadeo. "Eres un gran, gran fuego. Tu abuela te protege tanto en este plano como en el otro. Tu ira está dirigida hacia la persona equivocada", dice Tía. Ella corre hacia la parte de atrás del negocio y vuelve con una taza de café que me trae a la cara. Lo bebo tan rápido como bebería agua en un día caliente. Me doy cuenta que ella volvió con más cosas en las manos. Cuando termino, mi mano permite que la taza caiga al piso sin mi permiso. Tía me besa la frente.

"Toma", vierte Brugal de una botella en la tapa. "Bébete esto", dice ella. Le quiero decir que solo tengo dieciséis años y que no debo beber alcohol, pero algo en el estómago me dice que lo quiero. Un antojo. Una urgencia. Echo la cabeza hacia atrás y dejo que el romo me queme la garganta. El líquido se me asienta rápidamente en el estómago.

Tía camina hacia el altar público, toma un cigarro y lo prende con la llama de una vela. Toma varios jalones y sopla el humo sobre el altar. Luego camina hacia mí, se arrodilla, toma más jalones y me sopla en la cara. El humo huele exquisito y se siente divino en mi piel. Me lo quiero beber. "¿Qué más quieres, Fuego?" Miro a Tía, pero ya no es ella, es Miel.

"Chocolate negro", las palabras me salen de la boca. No estoy segura que fui yo quien respondió. Tengo un manto sobre el cuerpo, sobre mi espíritu, que habla por mí. Miel se levanta y corre hacia el fondo de la tienda y una cola de oro fluye detrás de ella. La veo volver a través del humo que se apoderó de mi vista. Tomo el pedazo de chocolate amargo en el momento que me lo trae a los labios. Se derrite, dulce y amargo en mi lengua.

"No estoy enojado ni perdido ni estoy negado a dar respuestas. Es la niña. Provocamos su ascenso lentamente porque ella está escéptica, casi aterrorizada, de las visiones, de las verdades que le mandamos. Ella está asustada porque piensa que no la creerán o que no sabrá qué hacer", dice una voz.

"Pero ¡¿visiones?! Fuego, ella es solo una niña. Demasiado joven para cargar con todo eso", chilla Miel. "Por favor, ¡déjanos ayudar!" Se me ocurre que Miel me está mirando y que la primera voz salió de la boca mía.

"Hay un muchacho en su escuela", dice la voz. Me sorprende y me llevo las manos a la boca, pero algo inmediatamente se apodera de ellas de nuevo.

"Ah, eso es solo amor, no hay de qué preocuparse. ¿No nos encanta el amor?" Miel se para, envuelta en su gloria y su cuento, sin saber de qué habla porque Mamá Teté no tuvo tiempo de decírselo.

"¡No! ¡Escúchame!", esta vez la voz es mía.

Cierro los ojos y veo por lo que se siente como primera vez. En algún lugar dentro de mi piel, dentro de mi alma, la mano oscura y arrugada de Fuego toma la mía. Me mira con ojos de un color café suave. *¿Puedo hablar yo?* me pregunta. Asiento y entra en mí.

"Se trata de todo menos amor", dice Fuego. "La muchacha entiende la verdad: este muchacho tiene una misión urgente. No se detendrá hasta conseguir lo que quiere. Ocurrirá en la escuela".

"Debe haber alguien que nos pueda ayudar a cambiar eso". Miel se sienta con la boca abierta en una pregunta circular.

"¿Estás lista para ir a la guerra armada con amor y perfume?", las palabras salen en un siseo, como un machete, como si quisiera cortar a Miel con sus palabras. Intento salir de esta gloria cálida e incómoda para decirle a Fuego que no lastimé a mis mayores, para decirle a Tía que no soy yo. Pero me pesa, y no quiero ir en contra de un Misterio. "La visión será una realidad. Habrá sangre. La muchacha . . ."

"¿No pudiste venir a mí con esto, Fuego?", dice una voz familiar. Cuando me volteo hacia el mostrador, es Mamá . . . pero no realmente Mamá. Serpientes gruesas con escamas doradas y verdes le dan vueltas al cuello. "Yo podría haber ido al Guía de las Tierras".

"Tú sabes cómo funciona esto, Culebra", dice Fuego. "Yo la elegí. Yo hablo con ella. No necesito el permiso de nadie".

"La muchacha es mía. Yo la he protegido", grita Culebra, dando pasos calculados hacia mí.

"Y te lo agradecemos", dice Fuego suavemente. "Pero cuando se trata de estos asuntos, las iniciaciones, somos de elementos diferentes, Culebra".

Culebra sacude la cabeza, molesta.

"La niña no puede seguir inventando excusas por ese muchacho", sigue Fuego. Mi cuerpo se para y se mueve hacia ella, pisando fuertemente. "Enséñale a no ser tan generosa con el peligro. Su miedo no es relevante, la rabia sí. Ella tiene que dejar de correrle a su ira; como todo en este plano, es una fuerza vital, y la dirigirá al camino destinado para ella".

Siento un viento soplar desde las plantas de los pies hasta la coronilla. Poco a poco mi vista se va poniendo menos borrosa y la presión sobre mi espíritu se esfuma. Respiro profundamente hasta que el aire que me llena los pulmones ya no tá caliente.

"¿Mamá?", digo finalmente, dándome cuenta de que ya soy solo yo. Antes que mi cuerpo caiga al piso, los brazos de Mamá se estiran hacia mí.

☾

Primero, los oigo: la voz de Mamá llena de explicaciones y las risitas de Tía Dulce. Hay un hombre en el cuarto . . . su voz me parece conocida. Abro los ojos y veo el techo bajo de la botánica. Cuando vuelvo la cabeza hacia la puerta, veo a Mamá Teté y Tía al lado del altar público rodeadas por velas y estatuas de las Bruja Diosas y . . . ¿Señor Leyva? Enfoco los ojos . . . sí, es él. Tomo una respiración profunda.

Cuando abro los ojos completamente, Mamá Teté, Tía Dulce y el Sr. Leyva están agachados sobre mí.

"¿Sr. Leyva?", pregunto, sentándome en el sofá. Él sonríe, sus dientes blancos y rectos cubiertos de oro. Una vez me dijo que usa *grills* en el fin de semana y en ocasiones especiales.

"Antes que me preguntes, no te estaba brechando. Mi esposa me mandó a comprar salvia y algunas otras cosas y vi a tu abuela. ¿Me dijo que te desmayaste? Yoyo, ¿has estado comiendo, descansando? ¿O tiene que ver con lo que me dijiste el otro día?" Mamá me mira. Ella es tan experta en cortar ojos que, si quisiera, con una sola mirada pudiera mandarme de vuelta a ese hueco pesado y caliente.

Antes que pueda responder, Tía Dulce me da un beso en el cachete. "Ella está bien ahora. ¿En qué le puedo ayudar, señor

Le-y-va?", dice su nombre lentamente, mirándolo de arriba
abajo. Se para enfrente de él, reajustando los pechos con los brazos . . . eta tipa tá pasá. "¿Solo deseas los materiales en tu lista?"

El Sr. Leyva se sonroja, sacude la cabeza y se ríe un poco. Tía
Dulce es tan, tan exagerada. Mamá Teté me dice que me ponga el
abrigo. Esta vez, ella sugiere que pidamos un Uber.

☽

La dueña de la bodega, Maritza, tiene la bachata a to lo que da.
Mamá desaparece al fondo del tercer pasillo y sé que ella anda
buscando velas entre las cajas de cartón.

Meto las manos en los bolsillos, y pego la barbilla al cuello.
Hoy fue tan importante que el día sigue *full, full* de tensión y lo
siento en todo el cuerpo. Estoy agotada, es normal.

"Toma. Un regalito", dice Maritza. Me ofrece un chocolate de
Hershey's. "A veces en la vida solo necesitamos un chin de dulce".

Asiento y le doy las gracias. Ella es definitivamente mucho
más generosa que su esposo. Sigue con el siguiente cliente y me
pregunto si a esa mujer alguna vez se le haya montado un espíritu. Eso también es dulce. Pero hasta lo dulce cansa, ¿lo sabrá?
Abro el chocolate y empiezo a comerlo desde arriba en vez de
romperlo en trozos como suelo hacer. Mastico y saboreo el trozo
de chocolate derritiéndose en mi lengua.

"¡Morena!", me vocea Mamá desde el fondo de la bodega.
Camino hacia ella, poniendo el Hershey's en el bolsillo. "Ayúdame
llevar esto a la caja". Entre los brazos, apretados contra el pecho,
ella sostiene cuatro velas rojas, dos moradas, unas blancas y unas
verdes. Me pregunto por qué no las compramos en la botánica de
Tía Dulce y después recuerdo que Mamá Teté había estado apurada por irse. Le quito dos, y cuando voy a tomar la tercera, dos

velas se caen y se estrallan contra el piso. Mamá me mira con frustración y arrepentimiento.

"¡No pasa na, Teté!", grita Maritza desde la entrada sobre la bachata retumbante. "Cuando se rompe un vidrio se despeja la negatividad. ¡Me hiciste un favor!"

LOS JUEGUITOS QUE JUGAMOS

Mamá me preparó un baño agrio. "Lo tienes que hacer durar tres días", instruye. El líquido oscuro fluye desde la coronilla hasta las plantas de los pies y baja por el desagüe.

"¡Mamá!", grito de camino del baño a mi habitación. Me seco, me pongo un panti, unos pantalones largos y una camiseta grande blanca.

"Dime", dice ella. Está parada en la puerta inspeccionándome. "Mucho mejor, más liviana, ¿sí?" Asiento porque verdaderamente me siento más ligera, como si me hubiesen quitado una gran piedra de la espalda.

"Mamá Teté, ¿qué lo qué con este tal Fuego? Sé lo primordial, pero . . ."

"Bueno, primeramente, ahora tú sabe que es tu Misterio y no se le llama 'este tal Fuego', Yolanda Nuelis. ¡Un poco de respeto!", dice, sentándose en mi cama.

"Tienes razón", me siento en el piso a sus pies.

"Obviamente es un espíritu de fuego. En su primera encarnación, fue un hombre viejo y sabio. ¿Recuerdas los cuentos que te hice?", ella pregunta. Asiento. "Su pueblo quedaba en África Occidental y todos venían de cerca y lejos pa pedirle consejo. Le preguntaban de cualquier cosa, qué hacer con ganado enfermo o cuál sería el futuro de los nietos. Después de su primera muerte, Fuego reencarnó en el Nuevo Mundo durante la esclavitud pa ayudar a las personas negras aprovechar y siempre llevar con ellos el poder que habían tenido en su hogar original".

Me aferro a cada palabra que dice Mamá.

"Se dice que cuando las personas esclavizadas de Ayití les pegaron candela a sus amos franceses, fue Fuego quien les implantó la idea y aseguró que ese incendio los condujera a la libertad".

Doy un soplón de aire y siento las lágrimas formarse en mis ojos. "¿Fuego ayudó a construir la primera nación negra independiente?" Mamá Teté y yo hemos tomado la guagua a Haití muchísimas veces. Ella tiene viejos amigos y hasta primos lejanos allá, quienes fueron forzados a huir de RD a Haití o quienes simplemente optaron por irse en vez de soportar la constante discriminación sistemática cuando el gobierno dominicano les quitó la ciudadanía por nacimiento. No fue hasta que conoció a mi abuelo que Mamá se mudó a San Pedro de Macorís pa empezar una vida nueva con él, pero siempre se mantuvo conectada con todos en la frontera. Y aunque la vida fue dura pa ellos, ella habla también de lo mágico que fue, de cómo todos eligieron sobrevivir, creando idiomas de dialectos, compartiendo bienes y recursos entre sí.

"Así es. Se dice que Fuego intentó llegar al otro lado de la isla pa hacer la misma obra. Pero ya era demasiado tarde. Se mudó a

San Pedro de Macorís y luchó y predicó todo lo que pudo antes que su cuerpo humano volviera a fallar".

"¿Qué má?"

"Ayudó a muchas personas sobrellevar el proceso de la esclavitud. No fueron muchos los Misterios que bajaron a la tierra durante esa época . . . no e nada fácil renacer solo para ver a tu gente sufrir. Pero Fuego decidió hacerlo sin decírselo a nadie. Ni siquiera se lo dijo a su compadre, Aire Fuerte".

"Entonce, ¿fue mártir?" Se me revoltea el estómago.

"Yoyo, los Misterios no son completamente humanos . . . una vez lo fueron, y aún pueden tomar forma humana a través de nosotros, pero ellos no son nosotros y nosotros no somos ellos. No existe tal cosa como ser mártir para un Misterio. Ellos tienen sus convenios con los Misterios aún más grandes, con el Universo, con los Creadores y to eso". Mientras ella habla, mi mente corre en un millón de direcciones. Si Fuego es tan sabio, tan fuerte, tan valiente, y me escogió a mí . . . ¿qué significa eso?

Parece que mi cara lo dice todo porque Mamá Teté me chasquea los dedos. "Bienvenida a la tierra", ella se ríe. "Es un Misterio potente y profundamente importante, morena. Tu abuelo, Papá Antonio, estaba destinado a ser guiado por Fuego".

"¡¿En serio?!"

Ella asiente con una sonrisa. "Pero él no quiso venerar a los Misterios. Dijo que demasiadas veces en San Pedro vio como esas veneraciones podían amargarse. Le tenía como algo de miedo".

Me pregunto si Papá Antonio hubiese vivido más tiempo si hubiera aceptado su conexión con Fuego. Tomo una respiración profunda, sintiendo un nuevo duelo por nunca haber conocido a mi abuelo.

"No, cariño, ya era su hora". Mamá me toca el cachete. Sus ojos redondos y oscuros contienen tanta fuerza. Me imagino que los huesos de ella están hechos de sabiduría. Espero algún día ser como ella.

"Te tengo algo", dice, sacando una fundita de terciopelo rojo del bolsillo.

La abrazo antes de quitarle la fundita. La abro y una cadena de oro me cae en la palma. El colgante es de una placa fina con la forma de la estatua de Fuego. "Fue algo que le compré a tu abuelo con la esperanza de que algún día acatara los Misterios", dice. "Nunca tuve la oportunidad de dárselo". Mamá Teté se seca las lágrimas. "Pero, ahora es tuyo. Voltéate", dice.

La escucho y veo a nuestro reflejo en el espejo.

"Ya", dice cuando me lo termina de poner. "Mantenlo siempre cerca de ti". Me volteo y la abrazo.

☾

"Mi loca, pero ¡deja de ponerme to esa vaina!" Alejo a Victory con la mano. Ella me pintó un pequeño número 22 en la parte de abajo del cachete derecho. Hoy hay un juego importante pa el equipo de baloncesto.

"¡Compañerismo!", grita Victory, imitando a las porristas. Le corto los ojos.

"Tú sabe, no le quiero dar alas", intento contenerlo, pero mi comentario me hace reír.

"¿Por qué no? Ese e tu marido ahora", sonríe Victory.

"Oye", me dirijo a ella. "Te tengo que contar lo de este finde. Mamá me llevó a la botánica y vi al Sr. Leyva ahí".

"¿Al Sr. Leyva? ¿*What the fuck* . . . ?"

"Sí, pero eso no e lo má importante". Empiezo a sudar a pesar de que siempre hace pila 'e frío en estos baños. "Me escogió el Misterio Fuego".

Los ojos de Victory se agrandan con entusiasmo y ella me abraza fuertemente. Abrazadas saltamos en círculos. "Loca, tú tá como si me acabara de graduar o qué sé yo qué", me río.

"*Coronaste*", me recuerda, retrocediendo. "¡Disfrútalo!"

Asiento. Ella tiene razón. No necesito permiso, pero al escuchar sus palabras me permito sentir la alegría. Lo esperé tanto tiempo . . . y ya llegó.

"Básicamente, me montó y confirmó mi visión", digo y miro al espejo otra vez.

"Loca . . .", ella responde. Y es todo lo que tiene que decir pa que yo entienda. Empiezo a calcular todas las posibles acciones que pudiera tomar ahora para finalmente ponerle fin a esto. Puedo pedir que las visiones sean más específicas, ¿pa ver lo que debo hacer en vez de lo que Ben siente o tá maquinando? O tal vez puedo usar el fuego de alguna manera . . . ¿pero cómo?

"Vámono ante de que lleguemo tarde", Victory abre la puerta del baño.

Bajamos las escaleras corriendo y riéndonos a carcajadas porque sabemos que no hay nadie más en esta parte de la escuela. Todo el otoño y el invierno, tratamos de seguir echando palante, pero hoy, tan cerca de las vacaciones invernales finalmente nos podemos soltar un poco. Corremos del ala de Julia De Burgos al gimnasio sintiendo el viento en la espalda.

Le cuento a Victory de la botánica, de Fuego, de cómo me escogió y qué dijo. Dejo de caminar y permito que ese hecho se asiente en mi cuerpo. Ahora, Fuego me puede montar cuando quiera, para darme todos los mensajes que necesito. Lo que necesito me llegará. Tengo una Bruja Diosa. Ese conocimiento me hace bailar el estómago de alegría, pero también siento náusea.

Cuando abrimos las puertas, el equipo de baloncesto se tá calentando. Está tan húmedo que el pelo se me vuelve *frizz* inmediatamente. Veo a José usando los LeBron 15 que ganó el año pasado en un sorteo en línea. Tiene un mes practicando con ellos pa tar completamente preparao para este momento. La palabra "igualdad" está dividida entre la parte de atrás de los tenis en letras doradas. También lleva puesto medias de compresión y su camiseta y pantalones cortos de color burdeos y dorado. Se tá estirando y trotando en lugar, mirando al otro equipo. Victory me jala el brazo hacia las gradas.

Me siento abajo saludando aquellos en la parte de arriba. Dayvonte se sienta junto a mí. "Entonce, ¿ahora tú y el pana tán junto?", dice, mirándome el cachete.

"Junto, junto". Sonrío. Machucamos y después él se sienta al lao de Victory. Ella vira los ojos. Todos sabemo que él siempre ha tao detrás de ella. ¿Y cómo no? Victory huele a manteca de karité y lavanda 24/7, e jevi y tiene un estilazo.

"¿Y por qué no formas parte del equipo todavía?", Victory le pregunta.

"Guay, Victory, me dite por el pelao", dice, dique cherchando, pero veo que le dolió de veldá. "*And my new girl, she a movie star*", él canta. Me tapo la sonrisa con los dedos. Le tiemblan los labios y sus ojos tán entrecerrados y de to. Me exploto de la risa al lado de Victory cuando canta unas cuantas notas más.

"Pero dime, Dayvonte, y to esa bulla que tú tiene en mi oído. ¡Dios mío!", Victory finge secarse la oreja.

"Tato, pero por lo menos dime que te gusta mi voz", dice Dayvonte.

"No tiene nada especial", ella responde.

Alejo los ojos y examino el resto del gimnasio. ¡Eto tá encendío! Todos están desacatao. Muchos tienen carteles en la mano pa animar a los equipos. Los asientos están llenos de personas aplaudiendo y observando, cada espacio del gimnasio *full* de gente.

"¡VAMOS, PITBULLS, VAMOS!", vocean nuestras porristas.

"¡DALE BEARS, USTEDES PUEDEN!", responden las porristas del otro equipo.

José estira los dedos. El entrenador llama al equipo y todos trotan hacia él. De repente se apagan las luces, y la única luz que se ve es el brillo de los celulares. Y con la luz, también desaparece la bulla. Por un momento el gimnasio se queda frizao. La luz parpadea: encendida y apagada, encendida y apagada, encendida y apagada. Miro hacia el rincón derecho del gimnasio y veo a Cindy, directora del equipo de baloncesto, jugando con el suiche de la luz, una mano tapándose las risitas. El subdirector Choi trota hacia ella y le susurra algo. Cindy camina hacia las gradas inferiores donde tá sentado el equipo y él se queda al lado del suiche.

Las luces se quedan apagadas por un tiempo. Cuando finalmente se encienden, Cindy pone hip-hop. Entra el equipo visitante, son de una escuela secundaria en Brooklyn.

"¡Acho!", me dice Victory, mirando a uno de los jugadores. Relajando, Dayvonte la mira severamente. Cuando el otro equipo entra, e obvio que trajeron su gente porque un tercio de las gradas aplauden y vocean con carteles y pompones azules y morados.

Entonces un silencio profundo se apodera del gimnasio.

"¡Señores, una bulla pa los Bears de Prospect High!", vocea el director de los Bears. El otro equipo desfila al lado de su banco, machucando.

Ponen a *WIN* de Jay rock, y todos los visitantes siguen aclamando y pisando fuerte. Aplaudimo por cortesía, porque no somo uno envidioso. Ponen la canción solo hasta el primer verso y luego la quitan.

"Tato, Julia De Burgos, ¿tamo listo?", grita Cindy en el micrófono.

"WEPAAAAAAAAA", afirmamos. Ella levanta la mano animándonos. Nos paramos y empezamos a pisar al unísono y vocear hasta que Cindy nos señala que nos tranquilicemos. "¡Una bulla pa lo PITBULLS de DE BURGOS!", anuncia Cindy.

Suena *Praise the Lord* de A$AP Rocky. Cuando cae el ritmo, las puertas abren y nuestro equipo vuelve a entrar. La Sra. Steinberg camina rápidamente hacia Cindy, que le tá dejando saber claramente que no va cambiar la música. La Sra. Steinberg le sonríe a la muchedumbre cuando se fija que la tamo mirando y se rinde de una. Los muchachos corren por la cancha, chocando las manos del otro equipo.

Las llegadas de los equipos terminan y los referís caminan hacia el centro de la cancha con el quinteto inicial. Empieza el partido. El juego es fuego desde el principio porque no es la primera vez que estos equipos se enfrentan, y le ganamos la temporada pasada. José corre parriba y pabajo. Mide seis cuatro, pero junto a los otros jugadores del mismo tamaño se ve altísimo.

Él mira a las gradas y nuestros ojos se encuentran. Me saluda con la mano y le devuelvo el saludo. Entonce otro jugador lo choca por accidente y cae durísimo al piso. Me golpeo la frente con la palma. *Coño*. Dayvonte golpea su cachucha contra la rodilla, Victory se tapa la cara con las manos y el entrenador Jorell se pone las manos en la cabeza. El pito del referí rompe el silencio y él trota hacia José, que sigue en el piso. "Todo bien, todo bien", lo veo decir, mirando al referí. José se amarra los tenis con doble nudo y sigue como si na. Entonce me mira y me pica un ojo. Me alegra el corazón y sonrío.

"¡VOLVIÓ el 22!", grita Cindy por el micrófono. "¡Volvió el campeón! Jeje, e jugando. ¡Aquí todos somo ganadore!", ella se ríe. El juego está reñido, 12 a 8, pero sé que a José lo tá matando ver perder nuestro equipo. Corre al otro lado de la cancha y le señala a su compañero que le pase la bola. La multitud ruge. Miro hacia la parte de arriba de las gradas y me inunda el orgullo que llena el gimnasio.

Miro hacia la entrada y un par de hombres que no reconozco entran. Cuando encuentran donde sentarse o pararse sacan unas libretitas y lapiceros. José había mencionado que cazatalentos podrían asistir el juego.

Vuelvo la cabeza hacia la acción y veo a Ben caminando entre las gradas en nuestra dirección. "Ey, ¿me puedo sentar aquí?", dice, quitándose el gorro y metiéndolo en el bolsillo del abrigo. No digo nada, pero le corto los ojos y ¡aun así se sienta! Deja caer su abrigo tweed en el espacio a mi lado. Lleva puesto un suéter de cachemira gris con cuello en v, y debajo le sobresale un poloché blanco de cuello redondo. Ed entra con otro hombre en un saco negro de dos piezas. Cada uno carga por lo menos seis cajas de Gatorade. "Déjalo ahí a la izquierda de la grada, gracias, Vladimir", vocea Ben hacia la puerta. "Nos vemos en una hora, Ed".

Los dos hombres asienten, pero Ben se para y camina hacia ellos. Lo veo tomar tres cajas. Me molesta lo obvio . . . tá fantasmeando. Camina hacia el entrenador y deja un paquete a su lado. Entonce empieza a entregarles botellas de Gatorade a todos los estudiantes y al personal que encuentre cerca. La mirada del Sr. Leyva está cargada con una pregunta cuando mira la botella, pero se encoge, le quita la tapa y toma un trago.

Ben sigue entregando los Gatorade por las gradas. Todo el mundo está agradecido. Empieza el medio tiempo. Ben corre hacia Cindy y la gente lo sigue, preguntándole qué hace. Le pide a Cindy el micrófono. Ella se ve molesta, pero se lo da.

"Saludos a todos. Simplemente quería anunciar que hay Gatorades por acá y para los que quieran algo de comer hay mesas afuera del gimnasio con sándwich, pizza y otras picaderas, cortesía de mi padre, Joseph Hill, quien se postula para el congreso el año que viene".

Desde que devuelve el micrófono Ben no deja de sonreír, machucando mayormente con los de los Bears y con aquellos de nosotros que parecen ya haber olvidado lo que pasó con las pegatinas. Victory me mira y sacudimos las cabezas. "De nada" y "no pasa nada" le sale de la boca cada vez que entrega un Gatorade. Definitivamente hijo de un político. Algunos maestros le dan palmaditas en la espalda, y Victory hace un sonido de incredulidad.

"Ete tipo tá fuera de control", dice Dayvonte. "Pero yo voy a buscar algo de comer. Y tú, ¿quieres algo, mi reina?", le pregunta a Victory.

"No empiece con ese mi reina, Dayvonte", dice Victory. Dayvonte se para riéndose.

"Hace frío afuera", escucho la voz de Ben cuando se sienta a mi lado con la espalda erguida y el pecho elevado.

"Es casi Navidad", digo, impasible.

"¿Y tú celebras Navidad, Yolanda?" No mueve el cuerpo, pero tuerce la cabeza hacia mí en una forma que me da uno maldito escalofrío. Su pregunta implica un suposición. Me volteo para mirarlo fijamente.

"¿Y qué se supone que quieres decir con eso?"

"Escuché a tu papá diciéndote que tu abuela podía hacerte un baño, el día que nos suspendieron. ¿Y qué se supone que iba a aliviar esa pócima?" Su voz sube y baja en un ritmo que no sería sospechoso en ninguna otra situación . . . excepto eta.

"¿*Perdona*?" Inclino la cabeza a un lado.

"Sé que no es bueno comer boca. Pero eso de las pócimas y cosas esotéricas me llaman la atención de vez en cuando", él se ríe. Mira directamente a la cancha y solo me mira al pecho cuando dice lo último.

"No es una pócima. Es un baño", dice Victory llanamente.

Él nos da una sonrisa burlona e inclina el cuello a la izquierda. "Sí, claro".

Quiero sacarle la lengua con las uñas por ser tan foking sarcástico. ¿Por qué no puede realmente ser la persona que pretende ser? Pero en vez de darle una pelaelengua, me volteo para buscar a José ya que terminó el medio tiempo. Saliendo del vestuario, él mira al otro lado de la cancha e inclina la cabeza para decirme que vaya pallá. Camino rápidamente.

"Me gusta cómo te queda mi número". Me acaricia el cachete. Le sonrío y él me agarra la cara para darme un beso.

"¡GUUAAAYYYY!", dice Cindy en el micrófono. "LOS VEO, veintidó y YOYO". Y lo' dos no' curamo con su payasería. Entonce, el entrenador lo llama para que vuelva al banquillo, y yo vuelvo a mi asiento.

Cuando empieza el juego de nuevo intento mantener los ojos clavados en José. Está driblando, corriendo y lanzando a la canasta. Me invento una canción para relajarme: driblando, corriendo, lanzando; driblando, corriendo, lanzando; driblando, corriendo, lanzando. ¿Hasta dónde llegará esto? El mundo es nuestro. Driblando, corriendo, lanzando.

"Me alegra verlos felices", dice Ben. Lo miro y le corto los ojos.

"No me hables como si fuéramo pana, Ben", las palabras salen fácil. Ya me tiene jarta.

"Ah, finalmente conozco la verdadera tú. Pretendes ser tan recta, pero esto es lo que realmente eres", dice con una sonrisa burlona. "¿Crees que eres muy buena para mí, Yoyo?"

"Para ti, me llamo Yolanda. Y e má, tú no tiene por qué decir mi nombre", le espeto.

Me llega la presión familiar, y ahora ni siquiera intento resistir. En vez, mantengo los ojos abiertos.

Está nevando. Miro hacia abajo, llevo botas. Miro hacia arriba y veo la placa de Julia De Burgos que me deja saber que estoy enfrente de la escuela. Fuego va flotando por el edificio, regando sal y murmurando entre los dientes. Me acerco para escuchar lo que dice: "Que todo lo que no le sirva al habitante de este espacio sea despejado con fuego y sal".

La mano de Victory tocándome la rodilla me trae de vuelta. La miro y veo que está agitada por mí. Siento un gran peso creciente entre las caderas, un doloroso adormecimiento. Me doy cuenta de que no estoy respirando . . . y que me siento amenazada. No dije nada cuando Victory negó que el baño de Mamá era eso mismo: una lista de ingredientes con fines curativos . . . una pócima. Y aunque no tengo que explicarle nada a Ben, me quema que lo haya negao.

"Yo no creo que yo sea mejor que nadie, pero tampoco nadie es mejor que yo. Esa inseguridad es completamente tuya", digo, recogiendo mi abrigo. Con Victory detrás de mí, subo tres filas de asientos en las gradas.

"¿Todo bien?", pregunta Jay cuando me siento a su lado. Mira a Ben que ya entró en conversación con Bianca.

"Todo bien". Asiento y sonrío.

"Sabe que tú ere de la' mía, Yoyo. Pase lo que pase, contra quien sea". Jay me abraza fuertemente. Se pintó los ojos con los colores del equipo. Arrecuesto la cabeza en su hombro e inhalo su aroma de jazmín.

"Gracias, Jay", respondo, llenándome de una sensación de seguridad que me hace lagrimear. "¿No te hace falta jugar?"

Asiente con la cabeza. "Sí. Pero me cansé de que se apoderara de toda mi vida". Mira a la cancha.

"¡Qué cadena bacana! ¿De qué es?", pregunta Hamid y extiende la mano sobre Jay pa tocarla. Instintivamente, lo paro.

"A ti no te importa", me río. Hamid es jevi, pero me siento muy protectora. Como si ahora, el cuerpo mío fuera realmente un trono, un palacio, un templo desde que Fuego me escogió.

PAUSAS Y DESCANSOS

Estamos en vacaciones de invierno. Principalmente necesitaba una pausa de Ben.

Me encanta quedarme en casa todo el día. Hoy es Nochebuena y antes de Papi ir a la cárcel, normalmente tenía que dividir las festividades, pero logré convencerlo de que trajera a mis hermanitos y su esposa, Norah, a la casa de Mamá Teté. Entonce logré que Mami viniera con Anthony. Convencer a Mami me dio más lucha. Pa ella, Norah sigue siendo "esa" mujer que le quitó el marido que pensó tener para lo que restara de su vida. Pero después de un poco de persuasión, Mami accedió hacerlo por mí.

Despué de mi lectura diaria: el Sol, el Mundo, y el As de Bastos, me levanto de la cama sonriendo de oreja a oreja. Ni siquiera tengo que abrir la puerta pa sentir el aroma del sazón, moro y todas las cosas buenas que vamos a comer esta noche. La vibración de la música de palo, que Mamá Teté tiene que tar tocando a toa, hace que mis chancletas de conejito den brinquitos cada vez que intento ponérmelas. Me río a carcajadas cuando finalmente las atrapo con los dedos de los pies. Cuando abro la puerta, Mamá Teté está ahí, en una bata verde oscura que fácilmente le sirve de vestido y el cabello envuelto en un gran pañuelo morado. Tiene el cucharón en la mano derecha y con la izquierda me hace una pregunta. Riéndome, la paso por el lado para cepillarme los dientes y buscar mis audífonos.

El ruido me llega de un todo. Mercedes Cuevas y Los Paleros suenan a to en las bocinas; Mamá se puso las pilas hoy. El tambor y las maracas me obligan a bailar con el cuerpo entero. Me encuentro con Mamá en el pasillo, el cucharón todavía en la mano, pero ahora lleno de un poco de sazón que me mete en la boca pa que yo pruebe. Y agarramo y no' ponemo a bailar. Mamá se baja al piso de rodillas y patalea. Cuando bailamos los palos, no hay nada que no puedan hacer nuestros cuerpos. El baile y la música e la mejor manera de conectarnos con las Bruja Diosas, y me siento un poco tonta por no haberlo entendido antes. Cuando bailo, siento el calor en los pies, el mismo que sentí en la botánica de Tía Dulce. Cierro los ojos y dejo que me cuelgue la cabeza y me meneo de lao a lao. Agarro la mano de Mamá, pero la suelto mientras bailamos.

Estás muy protegida, hija mía. Eres fuego. No tememos marea alta ni tierras profundas ni tormentas de viento. Somos fuego. Nadie nos puede apagar excepto nosotros mismos. No tengas miedo a que se te monte el espíritu, el espíritu siempre está contigo.

Cuando dejamos de bailar, dejo caer el cuerpo en el piso. Siento la mano de Mamá sosteniéndome la cabeza mientras caigo.

Son las tres de la tarde cuando tengo suficiente energía pa pararme. Mamá me ofrece una taza de café y me coloca otro paño tibio en la frente después de retirar el que ya me había puesto. Agarro la taza entre las palmas e inhalo el aroma dulce de azúcar crema, café, canela y nuez moscada. Mamá me toca la rodilla y me mira con orgullo.

"Eres hija de Fuego. Fuego es una persona vieja que siempre lleva puesto rojo y fuma tabaco. Le gusta el café oscuro".

"¿Como tú ere hija de Culebra?", pregunto. El sorbo del café caliente me quema la lengua, pero se siente como un regalo.

"Así es. La Culebra me escogió desde nacimiento, como te dije", dice. Mamá lo repite con frecuencia y no le digo nada. Es realmente un regalo y un honor ser escogido así de rápido.

"¿Por qué Fuego tardó tanto tiempo en escogerme?"

"Cada Misterio decide su momento. Además, que probablemente te escogió hace mucho. Simplemente no quiso asustarte. Una de las primeras cosas que nos enseñan a temer desde niño es el fuego. ¿Y cómo podía revelarse sin candela?", lo dice llanamente y asiento porque sé que ella tiene razón. Cierro los ojos con gratitud. *Gracias, gracias, gracias por quedarte a mi lado.* La gratitud me llena tanto que casi me inunda.

"Mamá, ¿cuánto tiempo tienen los Misterios escogiendo a nuestra familia?"

"Bueno, eso e desde hace mucho. Los Misterios existieron antes que nosotros. Pero cuando el mundo entró en caos, cuando los colonizadores empezaron a separarno y mandarno a donde quisieran, los Misterios tuvieron que jalar las riendas, tuvieron que trabajar má duro pa protegernos. Mi padre fue el hijo de Yeliel Yelcani. Y cuando ese santo montó a mi padre, de alguna manera to el mundo de cerca y lejos lo supo. Venían con to tipo de ofrendas y él los leía a pedazos. Les señalaba las vacas que iban a morir y predecía con quién se casarían los niños de tal y tal persona cuando fueran grandes. Pero mi madre, ella solo quiso asimilarse, ser de la iglesia. Lo odiaba tanto que los espíritus a vece la montaban namá pa enseñarle que no eran ficticios. Cuando un

Misterio escoge una persona, lo peor que puedes hacer e intentar negárselo".

Respiro profundo y abrazo a Mamá. Amo cuando ella me cuenta las historias de nuestros ancestros.

"Ahora, a terminar de cocinar".

☾

Mamá está en la habitación alistándose, pero yo ya toy lista. Usé una peineta para expandir mi pajón. Me puse un suéter rojo de cuello alto, una falda gris de cuadros verdes, rojos y caquis y unas medias y zapatillas negras.

Mamá se fajó mucho hoy, entonce yo abro la mesa. Mamá normalmente la deja para cuatro, pero cuando se abre acomoda diez personas. La abro y le paso un paño. Hacía años que la mesa no se abría así. Saco los platos dorados grandes de Mamá. Pongo diez en la mesa y entonce les coloco platos desechables blancos encima. Al lado de cada plato pongo una servilleta gruesa roja. Por un lado, pongo los cuchillos y tenedores. Del otro, pongo las cucharas grandes y unas más pequeñas. En veldá, no comemos así. Por lo general sacamos los cubiertos de un tazón, pero Pearl y Valentine lo hacen así todo el tiempo, y eso me hace sentir elegante. Sigo poniendo los tenedores, cuchillos y cucharas. Luego, pongo la vaina que protege las mesas de los calderos calientes.

Mamá le metió mano al pollo asao, el jamón y el moro. Yo hice pastelón y arroz blanco. Dejo un chin de espacio en la mesa pa la comida que los demás van a traer.

Alguien toca la puerta. Mamá sale a millón del cuarto con el cabello aún en dubi. Ayer fue al salón pa alisarse el pajón. "¡Ay, Dios! Ni siquiera se ha puesto la mesa todavía", susurra en voz alta.

"Tranqui, Mamá". Le señalo la mesa. Ella respira fuerte, me aprieta los cachetes y entra a su habitación para terminar de alistarse.

Abro la puerta y están Papi, Norah y mis hermanitos. Papi se ve más jalao en la cara, pero me sonríe y me da un apretón.

"Ya, Papi, me vas a despeinar", le digo relajando. Beso a Noriel en el cachete y me arrodillo para abrazar a Nordonis. Me paro y veo a Norah mirándome. Le sonrío.

"¡Guau!", ella dice. El pelo castaño claro le cae por la parte de alante de su abrigo y me escanea la cara con ojos verdes. Todos sus rasgos son tan diferentes a los nuestros. "Te pareces más y más a tu padre cada día. Ese cabello lo sacaste de él. Los niños salieron a los míos, gracias a Dios". Su comentario se siente como si me hubiese dao una pecozá sin la mano, le quiero brincar encima y decirle lo anti-negro que fue, pero ella me abraza y la dejo pa evitarme un pleito. Su energía e rarísima. Cuando finalmente me suelta, Papi todavía la está mirando como si él también pensara que el comentario fue estúpido.

"¿Qué?", se queja Norah.

"Te pudiese haber guardao ese comentario", e lo único que dice Papi.

Papi lleva todas las fundas de Navidad que cargaba y las acoteja debajo del árbol. Norah pone tres postres que hizo en la pequeña ventanilla que separa la cocina de la sala: un cheesecake, un flan, y un tres leches. Los niños se embalan a la habitación de Mamá Teté pa hacer y deshacer porque ella e una apoyadora.

Poco después, tocan de nuevo la puerta. Esta vez, sé que e Mami, pero la ansiedad me acelera el corazón. Hacía años desde la última vez que estuvieron bajo el mismo techo por más de dos minutos.

Mami huele increíble. Ni siquiera tengo que abrir la puerta completamente para sentir su perfume de rosas. Cuando le abro, lleva los rizos largos y sueltos a un lado de la cara. Su maquillaje tá impecable: sombra blanca que resalta su piel y un iluminador dorado en los pómulos, hay que dársela. Parece casi una reina de hielo.

"Feliz Navidad, bebé", dice con los brazos cargados de fundas. Detrás de ella, Anthony tiene un paire en las manos.

"Ey, chica, ¿cómo está todo?", dice. Es más buen mozo de lo que recordaba y su colonia es potente. Les sonrío. Cuando entramos al apartamento veo a Papi escaparse al baño. Anthony me abraza de lao cuando suelta el plato en la cocina. Mami se quita el abrigo y se lo da a Anthony, le quita el papel de aluminio al plato y corre a ponerlo en la mesa, sus pasos rápidos en sus botas con taco . . . hasta que ve a Norah. Baja la lasaña.

"Hola, Norah, ¿cómo tú tá?", dice Mami, cortando el pastelón en cuadritos perfectamente alineados. Norah le responde con la misma pregunta. Silencio. Le quito los abrigos a Anthony y los pongo en la habitación de Mamá.

Los muchachos juegan con los dominó de Mamá mientras ella termina de rociarse agua Florida. Se dirige a mí con labios rojos y rubor en los cachetes. Se quita los pinchos y su pelo grueso cae arriba de sus hombros.

"Mamacita, ¿pa dónde e?", le digo cherchando.

"¡Ay, deja eso!", me dice nerviosamente. "Óyeme . . . invité a alguien má".

"¿Qué?" Me sorprendió, pero no fui yo quien hizo la pregunta. Papi tá detrás de mí.

"Conocí a alguien en misa hace un par de meses. Yolanda le hizo una lectura hace unas semanas, y tábamo hablando. Le pide a ella . . . digo a elle", Mamá se sonroja, "que viniera esta noche. Pensé que era buen momento pa presentarlos a todos de una vez".

Tocan la puerta por tercera vez. "Debe ser él", dice Papi.

"*Él* no", dice Mamá. De repente hay tanto silencio que me hace doler el pecho. Miro hacia abajo y hasta mis hermanitos han dejao de jugar.

"Me alegra conocer quien sea, Mami", dice Papi, parándose junto a Mamá. Su párpados dorados sepia parecen estar cerrados cuando la mira. Mamá se sonroja de nuevo, le acaricia el cachete y le da un beso. "Solo quiero que estés feliz, de verdad, Mami". Ella le toca la cara antes de correr hacia la puerta.

Son casimente las nueve de la noche cuando nos sentamos en la mesa. Yo estoy entre Mami y Papi. Mamá se sienta en la cabecera, a su derecha está Papi y a su izquierda está Marte. Noriel se sienta al lado de Marte, y luego siguen Nordonis y Norah. Del otro lado de la mesa está Anthony, Mami y yo. Mamá nos pide que nos tomemos de mano.

"Madre Tierra, Padre Cielo, Misterios, Guías Benévolos, Honorables Ancestros, Orishas, Santos, Seres Superiores, Guías Superiores, Ángeles de la Guarda y todo el bien que guía y protege a cada persona sentada en esta mesa, los invoco. Que bendigan esta comida, los que la prepararon y todos los que la recibirán. Pido que en este día festivo nos permitan entregarnos a la abundancia de la alegría".

Mamá aclara la garganta y me mira.

"Les pedimos que nos envuelvan en un escudo sagrado, santo y protector. Uno que siempre nos protegerá y nos mantendrá en marcha a pesar de las tinieblas. Por favor, protégenos del mal. Por favor, llévenos hacia la grandeza de cada uno de nuestros poderes individuales", agrego.

Mamá le pica un ojo a Marte y Marte baja la cabeza y sonríe como si estuviera gratamente sorprendide.

"¿Puedo decir una oración?", pregunta Mami. Mamá acepta y hacemos un Padre Nuestro y una Ave María. Cuando terminamos de orar, Anthony se frota las palmas. Papi lo mira de reojo y le aprieto la mano. Nos soltamos las manos y empezamos a comer.

"¡Este pastelón está buenísimo!", declara Marte. "Muy, muy bueno".

"Ah sí, claro", me río. "Fui yo que lo hice". Mami, Papi y Mamá Teté todos me miran al mismo tiempo y la luz brillante que tengo en el pecho me dice que están más orgullosos de lo que me puedo imaginar.

Después de la comida, Mamá Teté abre la puerta del apartamento. Es su manera de anunciarles a todo aquello que no tengan dónde comer esta noche que entren y disfruten de lo que tenemos. Nuestra vecina, Elsa, viene con sus dos hijitos, Leah y Samuel. Entran corriendo a la habitación de Mamá Teté para jugar con mis hermanitos. Elsa se sienta con nosotros. Entonce llega Lonnie y su hermano, y luego Juan y su esposa y sus hijos. Para las diez y media de la noche, el apartamento de Mamá Teté está *full* de gente. Mami y Anthony bailan bachata, y cada salsa que ponen Norah convence a Papi que baile. Mientras Mamá Teté y Marte hablan con los vecinos, me escapo a la cocina y cuelo un poco de café. Llevo una tacita y un pedazo de chocolate amargo a mi altar como ofrenda para toda la abundancia de alegría que hay en el apartamento y en lo' corazone de todos. Luego, comparto con los invitados.

A la media noche todos se dispersan dique pa darnos espacio. Ya mis hermanitos le han suplicado a Papi por lo menos doce veces que abramos los regalos. Entonce Papi empieza por darles una caja a cada uno. Ellos rompen el papel. El sonido me deja saber inmediatamente que Papi lo compró en la tienda de noventa y nueve centavos. Me curo un chin con su pereza. Marte saca una cajita roja y me la entrega. Le digo que no tuvo que hacerlo, pero meto la mano en la caja como quiera.

Con los dedos siento un círculo... ¿algo de cerámica? Cuando lo saco, es una estatua de Fuego.

"¡Ay, Dios mío!", yo grito. "¡Mi primera estatua!" Es una figura oscura fumando tabaco sin camiseta en pantalones rojos, una cadena de oro en el cuello y un brazalete de oro en el brazo izquierdo. Tengo que morderme los labios para evitar llorar. Es verdaderamente un regalo que continuará derramando más y más bendiciones sobre mí y los que me rodean. Papi me toca el hombro.

"Tú no cree que se me olvidó mi hija favorita", me dice con una gran sonrisa. Abro otra cajita roja. Es un anillo de oro de dos dedos que dice "Yolanda". Me queda perfectamente en el anular y dedo medio. "Por si necesitas darle un cocotazo a un fulano y recordarle quién carajo eres". Nos reímos. Como Mamá y Mami, él cree que el oro es una de las pocas cosas que valen la pena regalar: nunca pierde el valor y siempre los puedes empeñar si caes en olla. Mamá me entrega un jarro de cristal lleno hasta el tope de mi baño favorito. La abrazo fuertemente, sintiendo los latidos de su corazón en mi pecho.

Mami me agarra la mano. "Esto e algo de mí y de Anthony", dice.

"Tomamos una clase de tallado en madera, y carajo, no serví. Entonces me uní a tu mai y trabajamos juntos en un proyecto para ti", dice Anthony. Relajando, Mami le da un puñetazo en el pecho.

Abro la funda y saco dos cajas blancas.

"Es un regalo, pero en dos partes", agrega él.

Sonrío, nerviosa. Detesto tener que armar cosas. No es mi fuerte, pero sigo sonriendo. Abro la caja, y espero que el miedo a tener que armar el regalo no se me vea en la cara. Me muerdo los labios y busco el regalo con la mano. Lo saco y es un pedazo de madera que tiene mi nombre grabado: Yolanda. Es de madera pesada, oscura, y brillante. Es hermoso, pero miro a mi Mami con confusión. "Es un sujetalibros, mija, para organizar todos tus libros. Saca el otro".

Mami suelta su copa de vino y me ayuda con la otra caja. Cuando saco el otro lado del sujetalibros veo que dice "La Bruja". Sorprendida, las manos de Mamá Teté vuelan a su boca, pero ella se detiene y se acomoda la blusa y me sonríe. Bajo los sujetalibros y, colocando un brazo alrededor de Mami y el otro alrededor de Anthony, los abrazo fuertemente.

"Gracias", le digo. Y finalmente le llego. El principio de mi iniciación llegó, y titirimundati lo ve. Sí, Mamá Teté lo confirmó. Y ahora Mami lo entiende también. La comprensión me hace lagrimear y tiro los dos brazos sobre Mami. La aprieto, deseando que esto nunca se acabe, que me pueda ver así, como soy, para siempre.

"Tienes un don, mija. Lo sé", me susurra Mami.

Después de abrir los regalos, entro a mi habitación con un sujetalibros debajo de cada brazo. Noriel me sigue y me abre la puerta. Le digo que si quiere entrar tiene que quitarse los zapatos. Lo hace sin pelear como lo hacía cuando era más joven.

"¿Por qué nosotros no tenemo una habitación aquí?", pregunta Noriel, mirando a mis cosas y sentándose en mi escritorio.

"Bueno . . . porque tengo más tiempo aquí que ustedes.

Ademá, que mis padres no viven debajo del mismo techo, ¿le llegate?", respondo, poniendo los sujetalibros en el piso.

"Papi no vivió debajo del mismo techo que mi mamá y nosotros hasta el otro día", dice, recogiendo un libro.

"Sí. Así mismo fue". Lo observo mientras él pone el libro en su puesto con precisión y mira por la ventana a las miles de luces emanando de los apartamentos del Bronx.

Está callado. Se muerde los dedos y recoge otro libro: uno infantil en español sobre amar tu pelo natural. Hace unos años, fui yo la que les dije a mis hermanitos dónde estaba Papi realmente. Era muy injusto seguir con la mentira que Norah les había dicho.

"¿Quieres hablar, Noriel?" Asiente, aún "leyendo" el libro.

"¿Qué quieres saber?" Saco el pequeño taburete que mantengo al lado de mi escritorio y me siento junto a él.

"¿Por qué Papi no dijo la veldá? Tío Jeff y Tío Mike no tuvieron que ir a la cárcel. Yo escuché a Mami hablando con su mejor amiga, yo sé que ellos también 'tuvieron metío en eso".

"Bueno, Papi no cree en el chivateo. Además, que nuestros tíos nunca habían estado presos y era el tercer encuentro de Papi con lo mono, entonce él pensó que sería mejor si él simplemente tomaba la culpa para todos".

"¿Como un héroe?" Él vira los ojos.

"No es nada heroico, *bro*. No te toy diciendo eso. Lo que quiero decir e que todos tenemo diferentes valores, creencias y to eso. Papi no quiso chivatear, él se crio en una época en la que no era bacano ser sapo. No importaba si era correcto o no, simplemente no hablabas. Yo no te toy diciendo que sea correcto, pero sí tengo que respetar sus decisiones porque él y yo nos criamos muy diferentes", digo. Noriel se soba la palma con el pulgar.

"No tuvimos un papá que nos llevara al parque durante estos últimos años, pero los primos sí, tú sabe", sigo. "Mejor tres muchachos que siete". Mi hermano me corta los ojos otra vez y deja caer la frente en el escritorio. "Una mielda. Lo sé. Pero ya tá libre y de verdad aprendió mucho mientras estuvo preso. Me dio esos libros y creo que todo va a salir bien. Tal vez fue una lección que Papi tuvo que aprender".

"¿Me lo emprestas, los libros, cuando los termines?", él murmura.

"Claro". Meto la mano en su puñito y aprieto. La otra mano se la paso por la espalda usando las uñas para suavemente trazar círculos como Mamá hace conmigo. Él sube la cabeza y me la pone en el hombro. Respira profundo y después siento sus lágrimas calientes. La vida puede ser tan confusa a veces. Espero que yo le esté aclarando algo de todo esto. Que mis palabras se sientan como una pomada para este dolor que cargamos. Lo dejo llorar por un rato en silencio.

Suena un merengue, *Eta que Tá Aquí* de Ande Veloz y jalo el brazo de Noriel. "¡Ven, vamo a bailar!"

Cuando llegamos a la sala, Mami y Anthony y Mamá Teté y Marte ya están bailando. Norah tá pegá a su celular y Papi ve *Cómo el Grinch robó la Navidad* con Nordonis y está leyendo los subtítulos.

"Yo no sé bailar eto", susurra Noriel.

"No le pare, hoy tengo tiempo pa enseñarte". Nos agarramos de mano y las subimos a nivel de pecho. Pongo su mano derecha en mi cintura y pongo la mía en su hombro. Empiezo a menear las caderas de un lao a otro y muevo los pies, mostrándole a mi hermano los pasos. "Dique una marcha. Eso tú lo sabe hacer, ¿verdad?" Noriel empieza a dar pasitos, pero le explicó de nuevo pa que entienda que se trata más del movimiento del cuerpo que los pies durante la marcha. Él intenta de nuevo, esta vez casi perfecto.

"Ahora mueve los hombros con la cadera", le grito por encima de la música. Él me sigue y los mayores lo animan. Se sonroja, pero sigue bailando.

"¡WEPA! Así es, ¡marcha pa la alegría, pa nuestros ancestros, pa nuestros cuerpos, pa la tierra, pa nosotros!", me río.

Todos se ríen. Mamá Teté aparta a Papi de la tele y lo lleva a la pista con ella. Norah jala a Nordonis y le enseña a bailar merengue también. Está tan entusiasmado mientras mueve los hombros de lao a lao. Todos sonríen y no dejo de pensar en las veces que el baile nos ha salvao de la locura. De cómo el baile nos permite gozar incluso ante el dolor de alma. Pero más que nada, pienso en lo hermosa que es mi familia cuando veo nuestro reflejo en las ventanas de la sala.

☾

La mano de Ben está abierta cuando me la estira. Sus uñas están negras como si hubiese pasado el día entero cavando hoyos en la tierra. Cuando le agarro la mano, su palma está húmeda como si estuviera agarrando cien servilletas mojadas. La suelto rápidamente.

"Bueno ¿vienes?" pregunta. Asiento y le tomo la mano de nuevo. Estamos caminando hacia la biblioteca.

"Hay un libro que quiero enseñarte".

"¿Qué tipo de libro?"

"Ya verás. Te permitirá que finalmente me entiendas".

Cuando abre la puerta de la biblioteca, entra volando, pero mis pies no se mueven. "Entra", me dice.

"*Estoy intentando*", digo. *Pero los pies siguen clavados al piso. Él respira profundo y exhala irritado.*

"*Está bien. Te lo busco. Quédate aquí*". *Cuando da la vuelta, la puerta se cierra durísimo y me da en el medio del pecho. Me tumba y me quedo agarrando el corazón mientras late y sangra, late y sangra.*

TRANSICIONES

Me toma un par de semanas volver al ritmo de la escuela. Después de dos semanas de vacaciones, comiendo con personas que amo, teniendo conversaciones largas con mis mayores, y visitando a Mami y Papi para después volver a ayudar a Mamá Teté, estoy *full* de amor. El mundo me parece más ligero. Dique con una montaña del tamaño de un planeta en la espalda, pero como tengo personas que me aman el peso se vuelve na.

Los sueños van y vienen entonce no le paro. Por primera vez desde que me dieron las cartas, toy tomando una pausa de mis lecturas diarias. Pero cuando ayudo a Mamá Teté, mis habilidades siguen ahí, así e que todo parece andar bien.

A mediados de enero, nuestros maestros empiezan a colgar carteles en los pasillos de Martin Luther King, Malcolm X, Rosa Parks y James Baldwin, y este año parece que ampliaron su comprensión de la negritud porque también colgán carteles de Indya Moore, Celia Cruz y David Ortiz.

"Sr. Leyva", le digo entre períodos, "¿qué tú piensa de to eto?"

"Bueno, yo creo que el año entero es de historia negra . . .", Él observa cómo me aferro a cada una de sus palabras y se da cuenta que estoy evitando ir a clase.

"Mira, muchacha, ¡vete a clase!"

Me río y sigo mi rumbo.

Veo José en el pasillo y me tira un beso que hace que mi risa se prolongue un chin más. Victory nos ve a unos metros y relajando sacude la cabeza. Cuando entramos a nuestra clase avanzada de literatura, ella me agarra la mano.

"Loca, toy tan jarta de estas escuelas pensando que solo somos negros durante el mes de febrero. De veldá, de veldá me prende", ella dice.

"Yo sé. Pica porque se siente como si tuviéramos que hacer que rinda este mes. Pero, tú sabe, siempre ha sido así".

"¿Y? Lo único que me importa es que esta tradición termine y pronto. Hoy voy a empezar una petición para entregarle a la Directora Steinberg". Asiento. Victory es pura candela. Pa ella una idea rápidamente se convierte en acción. "Si e por mí, eta vaina no se va a seguir haciendo, no". Camino a mi asiento, suena el timbre.

En la pantalla nuestra tarea "para hacer ahora" es enumerar cinco escritores negros. La Sra. Kaur pone una canción y por el ritmo suave inmediatamente sé que es TLC "Waterfalls". La veo cabecear como si fuera su canción favorita. Aunque todos mis maestros son relativamente jóvenes, no me puedo imaginar a ninguno con nuestra edad.

Escribo los siguientes nombres: Alan Palaez Lopez, Angie Thomas, Elizabeth Acevedo, Akwaeke Emezi, Assata Shakur y Malcolm X. Victory me pasa para botar algo en el zafacón, mira por encima de mi hombro y dice, "Pusiste seis, no cinco, mi amorch".

Le corto los ojos riéndome, "¡Quítate de ahí!"

"Sesenta segundos más, mi gente", anuncia la Sra. Kaur.

Cuando se acaba el tiempo, la Sra. Kaur nos divide en tríos para que compartamos nuestras listas. Me toca Bárbara de pareja, una de duodécimo grado. Sé que sus padres son mexicanos porque a veces les compro avena en la pequeña panadería que tienen a una cuadra. Y Patrick, que está en mi grado, es afrohondureño y garífuna, y nunca lo deja de mencionar.

"¿Empiezo yo?", pregunta Patrick, y Bárbara y yo asentimos. "Sulma Arzu-Brown, James Baldwin, Arturo Alfonso Schomburg, Richard Wright y Angela Davis".

"¿Y Schomburg es negro? O sea . . . ¿no es simplemente latino?", pregunta Bárbara.

"Bueno, sí era boricua, pero de raza . . . era un hombre negro", yo le respondo. Pearl nos sentó a Victory y a mí en sexto grado cuando empecé a quejarme de tener que llenar formularios de orígenes étnicos y raza. Yo no entendía nada.

"Tus orígenes étnicos los tienes aquí", dijo, señalando el corazón. "Es tu cultura, tus costumbres, tradiciones, música y creencias, pero tu raza es esto". Ella señaló nuestros brazos. "Tu raza es el color de tu piel. Es confuso porque es una creación de la supremacía blanca no de la naturaleza".

"¿Pero no es afro-estadounidense?", dice Bárbara.

Patrick suelta un largo suspiro.

La Sra. Kaur está parada detrás de nosotros, escuchando. Ya Bárbara no tiene más preguntas y la Sra. Kaur se queda callada sin tratar de amortiguar la tensión.

"¿Quién está en tu lista?", le pregunto a Bárbara.

"Walter Dean Myers, Toni Morrison, Malcolm X, Angie Thomas y el poeta que nos visitó el año pasado".

"Joél Leon", dice Patrick. Ella asiente y leo la mía.

Cuando el grupo de Victory comparte su lista con la clase,

surge una pregunta sobre la diferencia entre africanos y afro-estadounidenses. Victory toma la palabra pa que lo' demá aprendan algo. Le dice que dejen de actuar como si el Sr. Ruiz no nos hubiera enseñado sobre la diáspora africana y el panafricanismo. "Nos dieron el mes más corto del año, febrero, y sí, creo que los afro-estadounidenses lucharon por él para TODOS los negros", concluye.

"Bueno, hoy vamos a empezar un libro nuevo. Se siente pesado a primera vista. Pero creo que ustedes tienen la capacidad para procesarlo". La Sra. Kaur pasa a la siguiente diapositiva de un libro con agua sobre un fondo mamey. El libro se llama *Homegoing* de Yaa Gyasi. Después de una pequeña introducción, la Sra. Kaur nos pone a firmar para retirar nuestras copias individuales. Paso el pulgar por las hojas y huelo el agradable y familiar olor a libro nuevo.

"Estos libros fueron donados a la biblioteca por el Sr. Joseph Hill", dice, recogiendo un cartel amarillo. Lo abre y en el medio ella había escrito "¡Gracias!" en su caligrafía impecable. "Cuando te llegue, por favor escribe una pequeña nota".

Victory me mira, le quita la tapa del lapicero dramáticamente y lo coloca en la parte de arriba. "Ah po tá bien", se burla en voz baja.

"¡Puro fantasmeo!", articulo, pero rápidamente me doy cuenta que lo dije en voz alta. "Lo siento". Miro a la Sra. Kaur.

A la hora del almuerzo, entro a la cafetería con mi Telfar colgada de un hombro y acomodándome los pelitos con los dedos. Busco a José, pero literalmente veo a todos menos a él. Me siento y lo espero donde normalmente nos sentamos.

Poco después, José entra a la cafetería súper tenso. A pesar de su evidente ánimo, todos se acercan a él para machucar o

abrazarlo de lado. Me río bajo la mano viéndolo todo. Me ve y
camina hacia mí con una funda de papel marrón en la mano. En
la otra mano, tiene un paquete.

"Mami me empacó un sándwich hoy", me dice y me pasa la
mitad.

"¡Gracias!", le sonrío.

Deja el paquete en las piernas, incluso mientras come. Y aunque lo encuentro má raro que el diablo, no le paro.

"Me hicite falta", me dice, masticando.

"Tú también me hicite falta, pero ¿qué lo qué?"

"¿No te puedo decir que me hicite falta? Diache".

"Claro que sí, pero definitivamente sé . . .", junto los dedos y
los apunto de arriba abajo ". . . qué algo tá raro".

"Hablemo de eso despué de la escuela", él dice. La escuela
termina en tres horas. No es el fin del mundo, pero aun así me da
un chin de ansiedad. Ya sé que yo no quiero esperar tanto tiempo.
Termino de masticar el último bocado de mi mitad del sándwich
y bebo un poco de agua. Él saca la tarea de química y yo hago lo
mismo. La hacemos juntos.

"Oye", le digo. Meto la mano en su puño y lo miro a los ojos.
Ahí veo preocupación. Está hasta la coronilla de preocupación.
"Tú me puedes contar . . .", me interrumpe el timbre.

Duro el resto del día esperando que acabe la escuela. Pienso
en los peores escenarios. Y luego intento convencerme que estoy
exagerando. Le tiro a Victory, pero ella no me responde hasta el
fin del día, pero para ese entonces ya voy corriendo del edificio
para encontrarme con José en la entrada. Me siento y lo espero.

"¿Todo bien?" Doy la vuelta y veo a Ben caminando en mi
dirección.

"Todo bien". Le doy la espalda.

"Yo estuve viendo a la consejera de la escuela", dice, metiéndose las manos en los bolsillos a mi lado. "Dice que debo por lo menos pedir perdón. Sé que tal vez seas muy orgullosa para pedir perdón por lo del botellazo", empieza Ben. Tomo una respiración larga y exagerada porque el cuerpo me lo exige, pero también pa dejarle claro que yo sé que él e un habladorazo. Veo mi exhalación condensarse frente a mis ojos. "Supongo que soy el mayor responsable de todo esto, ¿verdad?", dice, sacando las manos de los bolsillos. "Entonces". Él aplaude con fuerza y después se frota las manos. "Lo siento, Yoyo. Realmente". No me dirijo a él. No le daré el gusto de mirarlo a los ojos.

"¿Qué e lo que dice la gente . . . del dicho al hecho hay mucho trecho?", le digo.

No responde, pero lo oigo alejarse. Ben piensa que pedir perdón es una forma fácil de evitar tener que responsabilizarse. Cuando yo aprendí por primera vez el poder de un "lo siento" también intenté abusarlo. Hasta que Mamá Teté me prohibió disculparme y solo aceptaba cambio de comportamiento. Todavía toy cogiendo lucha con eso . . . tar disculpándome demasiado. Victory me recuerda a cada rato que tumbe eso, y me alegra porque ya se me tá quitando la mala maña.

Cuando Ben se va, sigo observando a todos y cómo salen y cierran sus abrigos o se acomodan las capuchas. Dique va a nevar. Son las 3:50 p.m. Diez minutos tarde. Me pongo los guantes. Considero entrar de nuevo y esperarlo al lado del puesto de seguridad con el Sr. Leyva.

Son las 4:00 p.m. Ahora yo sé que realmente soy una tonta. Guau. Me paro y me convenzo que ya es hora de irme. Meneo los dedos de los pies, congelados dentro de mis botas, antes de salir de la escuela.

Cuando estoy casi llegando a la parada de la guagua siento que alguien corre hacia mí. "¡Yoyo! ¡Yoyo!" Doy la vuelta. "Lo siento, lo siento, lo siento. Me quedé hablando con el entrenador". José se baja para amarrarse los cordones. Cuando se para me besa la frente. Toy quillá por tener que esperarlo, pero le agarro la cintura y lo abrazo con fuerza.

"Te tengo que hablar de lo que te mencioné en el almuerzo", dice. "¿Quieres ir a The Lit. Bar? Eta guagua tiene una bulla". Asiento. A pesar del frío que hace, las palmas me comienzan a sudar. No puedo evitar imaginarme lo que viene. Una conversación sobre el año que viene. José es estudiante de último año . . . debí haberlo previsto.

Cuando entramos a The Lit. Bar, tá chulísimo, acogedor y huele como si todos los granos de café del mundo hubieran decidido juntarse aquí justo en medio del Bronx. Miro hacia la estantería de libros para adultos jóvenes y ¡veo a la dueña! Normalmente cuando vengo con Victory o sola, ella no está. Una vez sí la vi caminando hacia la parte de atrás donde me imagino que está su oficina. La dueña e famosa en Instagram y definitivamente e una heroína del barrio. Ella se fajó pa traerle eta librería a la comunidad. Los libros en la mayoría de los estantes cambian de vez en cuando, pero los escritores negros, de color e indígenas siempre tán al frente.

"Bienvenidos a The Lit. Bar", dice Noelle. Su cabello castaño está ondulado y le llega a los hombros. Las monturas cuadradas negras de sus lentes le lucen. Se da cuenta de que toy deslumbrá y me sonríe . . . ¡tan bella!

No la dejo de mirar hasta que José le da las gracias rápidamente. "No, ¡gracias a ti! Soy *fan* tuya. De verdad, muchísimas gracias por este negocio", suelto. ¡Ay, Santo Dios! Me siento como la única lambona, pero ¡no me importa! Los cachetes me arden, pero sigo sonriendo.

"Agradezco que me lo digas", se ríe. "¡Me anima porque no es fácil! ¿Están pa janguear, leer libros, o van a querer algo del café? ¡Mi chica está en su almuerzo, así es que me dejan saber y yo los atiendo!" Ella vuelve a caminar hacia el área con las sillas y el bar antes que yo tenga la oportunidad de responder. La seguimos.

"Yo quiero un chocolate caliente", digo cuando llego al bar. No puedo dejar de hablar. "Él quiere . . ." Miro a José, haciéndole la pregunta con las manos porque definitivamente se me olvidó que él puede hablar por sí mismo. Se ríe al verme ser una súper-fanática.

"Yo quiero un café con leche y azúcar", él dice.

Nos acomodamos en una mesa redonda, quitándonos los abrigos. Noelle nos trae las bebidas.

"Entonces, la universidad", empieza. Pone las manos en la mesa. Tomo una respiración profunda recordando por qué estamos aquí. Me embullé tanto con mi propia vaina que olvidé que él tenía pendiente lo de la universidad. ¿No e muy pronto pa tar recibiendo cartas de admisión? No. Él tá en su último año, sus primeras cartas llegán más tarde que las de los demás. ¿O tal vez simplemente nunca me lo dijo? *Respira, loca*, pienso, *respira*.

"Apliqué a unas escuelas muy buenas, específicamente para el baloncesto. Me tirán a mí y al entrenador para ofrecerme becas pa animarme a aplicar", dice. Dejo de respirar, siento como si nos estuviéramos dejando. Pero ¿por qué me toy precipitando?

"¡Po ve! Claro, ¡tienes que ir!", digo exhalando. Una sonrisa se extiende por mi cara. ¿E una sonrisa real? Absolutamente no. Claro que e una sonrisa forzada. Me odio por eso, pero no hay de otra. No es que yo sea una envidiosa, no. No lo soy. Sonrío de nuevo, esta vez con los ojos también y espero que no se me note tanto la tristeza. Mi corazón se siente inmóvil, casi entumecido y temo que si dejo que siga así, voy a tener que admitir algo que no quiero reconocer.

"Yoyo", dice. "Todo este tiempo, yo tenía un plan. Jugar baloncesto en la universidad, obtener un título en caso de que necesite un plan B ¿le llegate? Y luego seguir palante a partir de allá". Miro a los estantes detrás de él, ocupan la pared del piso al techo. Leo los títulos para evitarle los ojos.

"Pero ahora, la decisión e má difícil". Él pasa las manos por mis nudillos. Lo miro de nuevo. Tomo una respiración profunda y me pregunto ¿será cotorra? Mami siempre ha dicho que los hombres son unos mentirosos. Que nos venden sueños pa conseguir lo que quieren. Entonce todo eto pudo haber sido un gran *show*. Si sabía que se iba para la universidad ¿pa qué se metió conmigo? ¿Por qué se lo permití? Le suelto la mano.

"Somos jóvenes. Vas a ser un basquetbolista famoso. Tú tiene que ir", digo. Tomo un trago largo de mi chocolate caliente. Cruzo los brazos sin saber si quiero abrazarme o defender el vacío que siento en el pecho. Mi confusión hace que me quille conmigo misma, que me quille con él. "Todo va a salir bien", agrego. Ahora siento las lágrimas en el borde de los ojos. Nítido. Perfecto.

"¿En serio, Yoyo? Estoy tratando de hablar contigo", dice, sus cejas expresando su sorpresa.

"En serio", digo. Tomo el último trago de mi chocolate caliente. Siento el cuerpo prendido en candela. Agarro y me pongo el abrigo y me tiro la cartera al hombro. Salgo caminando lo más rápido posible hacia el frente del negocio y le sonrío a Noelle, esperando que no haya escuchado nada de mi conversación con José. Corro hacia la parada de la guagua y cuando veo que no viene ninguna, me dirijo hacia el tren.

"¡Yolanda!", escucho su voz. "Para". Me agarra el codo. Y si yo fuera otra, me lo quitaría de encima con toda mi fuerza. "¿Tú te puede tranquilizar? Solo quiero hablar contigo. ¿Qué má puedo hacer?"

Me empieza a doler el pecho. La rabia que siento hacia mí misma me hierve en la superficie del cuerpo. Me odio por haber entrado en una relación pa ahora tener que terminarla. Lo odio por caerme atrá. Tomo una respiración profunda y todo el dolor de amar a personas como Papi, para que después se me vayan, sube a la superficie también.

"¡Toma la foking decisión sin involucrarme! A mí no me importa lo que tú haga , solo halo, y dejémolo de ese largo", digo, mi voz áspera. Me tapo la boca cuando me doy cuenta que reaccioné por dolor, pero ya es demasiado tarde. Cuando lo miro a los ojos veo que toda la preocupación dentro de él se convirtió en dolor.

"Tato, entonce, tumbemo eto", dice entre dientes. La nieve empieza a caer. Un copo me cae sobre la nariz y se derrite. "La macate, Yoyo. De veldá". Me da la espalda y corre para alcanzar la guagua que está llegando a la parada.

HACIENDO LAS PACES

Las conferencias de padres y maestros llegan más rápido de lo que yo esperaba. Mami y Papi lograron acordar una cita y vinieron juntos. Últimamente, estoy orgullosa de la forma en que se comunican por mí.

Mis maestros dan los mismos informes de siempre: que soy guapa, que uso los recursos que tengo, como mis amigos, cuando necesito ayuda entendiendo los temas que no comprendo naturalmente, que aún sigue vigente mi plan de acomodación: principalmente mantenerme en áreas donde puedo escuchar mejor.

Mami, Papi y yo caminamos del ala de inglés al de matemática y no puedo dejar de sonreír. No recuerdo una conferencia de padres y maestros a la que asistieron los dos. Venía uno de ellos o Mamá Teté después que agarrán a Papi. Cada vez que alguien me pregunta si Papi es mi padre le digo que sí con tanto orgullo. Él está aquí, presente y vivo, no me importa más nada. Mami me agarra la mano, me volteo hacia ella y acotejo la cabeza en su hombro. Este momento es suyo también.

Cuando vamos doblando la esquina: "Yolanda, me alegro verte

de nuevo", dice la Sra. Hill. Su voz es tan positiva y alegre, como si fuéramos pana *full.*

"Sra. Hill", la saludo. Miro detrás de ella, pero Ben no está. Penélope, la mamá de José, ve a Mami y corre hacia nosotros, obligando a la Sra. Hill a seguir su rumbo por ahí.

"Yonelis, que bueno que te encontré", dice con alivio. Se besan en los cachetes como si fueran amigas desde la secundaria.

"Ustedes hablan inglés, ¿verdad? ¿Puedes traducir para mí? Quiero asegurarme de que estoy entendiendo bien", le dice a Papi. José aparece de la nada, su sonrisa desaparece cuando nos miramos a los ojos. José besa a Mami en el cachete y se presenta a Papi con un apretón de manos. Papi me mira y después a José. Yo aparto la mirada.

Papi habla con el entrenador y la mamá de José espera a que le den la traducción mientras me voy alejando con Mami. Le muestro mi escritura en la pizarra de literatura avanzada.

"Yo vi como ustedes se miraron, Yolanda Nuelis, si tú tienes un noviecito, ¡me lo puedes contar!", dice. ¡En voz alta!

"¡Shhhhhh!", digo. "Él no es nadie".

"Entonce, ¿por qué estás tan molesta?"

"Tá bien, era mi novio. Y ahora, creo que no lo e. O sea, no sé. Tuvimos un pleito raro y ya. Túmbalo, Mami. Por favor". Busco a Papi y lo encuentro hablando de cerquita con José, dándole palmaditas en el hombro y mirándolo fijo a los ojos. Sacudo la cabeza.

Cuando me volteo, veo a Mami saludando a Valentine y Pearl.

Victory corre a mi lado y me mira a los ojos. Después mira a José y a Papi. "¡¿Qué tá pasando?!", ella pregunta.

Me encojo . . . de veldá que no sé . . . pero tierra trágame. Abrazo a Victory. Sobre todo, porque siento que podría derretirme en cualquier momento. Odio que fui tan cruel con José, pero pensar en él yéndose realmente me tumbó el ánimo.

Cuando Papi finalmente llega, Valentine lo abraza y le da pila 'e palmaditas en la espalda.

"Compadre, es tan bueno finalmente poder verte. Lamentamos no haber llegado nunca a visitarte . . .", empieza Valentine, pero Papi lo interrumpe.

"No, ombe. Obtuve mi GED y mi *Associate's*. Leí libros que nunca hubiera leído en un millón de años si no hubiese caído preso. Y puse a eta a leer esa vaina de Assata". Papi me toca la cabeza y después abraza a Victory.

"¡Felicidades, hermano!", dice Valentine.

"No nos pueden mantener abajo", asiente Pearl. "Aunque intentaron, sí, lo intentaron".

Papi nos mira a mí y a Victory.

"Así es, pero en mi caso, 'cometí' el delito, tú sabe. Y al fin, tuve que enfrentarme a las consecuencias", dice Papi. Su voz se quiebra un chin. "Entonce tuve que aguantarlo. Pero déjame decirte algo, yo jamás vuelvo pallá".

Valentine mira a Papi fijamente. "¿Ya tienes trabajo?"

Papi le cuenta to la vaina con lo de la agencia y que ya no quiere tar ahí y menciona algunas oportunidades de construcción.

"Pasa por mi oficina, 'manito", dice Valentine. "No fue un crimen violento, ¿verdad?"

"No, ombe, no", responde Papi.

"¿Y ya te dieron el GED?"

Papi asiente. "Y el *Associate's* también".

"Tá bien, hermano, pasa por allá, cuenta conmigo". Ellos machucan. "Me alegra verte, Nelson, de verdad", dice Valentine antes de soltarlo.

Papi dice que lo aprecia. Cuando nos vamos alejando, se seca los ojos.

En el carro, Mami se sienta atrás, toma una foto de mis notas y empieza a escribir. Yo sé que lo está publicando en Facebook pa sus amiguitas.

"Entonces, ese José", empieza Papi. Intento interrumpirlo, pero Mami le da la razón. "Él dice que tienes una semana que le sacate lo' pie, Yoyo. ¿Por qué?"

"Él tiene mucha cosa encima. No quiero ponérsela más difícil", respondo.

"Suenas triste", dice Papi llanamente, y Mami se ríe.

"¡Yo no toy triste!", miento. Claro que miento. Ya soy grande, lo sé . . . y tengo sentimientos . . . pero no se lo voy a admitir a mis padres.

"Tato. Bueno, deberías hablar con él. Se le tá haciendo difícil escoger una universidad. Y parte de la razón es porque no sabe si lo quieres cerca o no".

"Es su vida", digo haciendo un chuipi.

"No te ponga a relajar con ese chamaquito, muchacha". Se detiene en un semáforo rojo y me mira directamente. "No seas como tu mai". Y ¿pa qué fue eso? Mami inmediatamente suelta el teléfono. Se me tensa el cuerpo y me preparo pal lío.

"Nelson, por favor no empieces, ¿ok?", dice Mami.

Y Papi suelta el relajo.

Tomo una respiración profunda, aliviada que ellos hayan madurado.

Tranqui, cuerpo mío, tranqui. Tamo bien.

Voy pa la casa de Mami porque Mamá Teté se fue pa un retiro con Marte.

Mami tiene una cita con Anthony como siempre, pero no me

quejo. Ya me decidí, le voy a tirar a José. Cuando ella se va, le envío un mensaje.

Él tá en la casa de Mami en menos de veinte minutos. En una funda de papel, trae fruta que su mamá le preparó por sacar un promedio de 88.9. "Mi mamá dijo que la parte de abajo e mango haitiano que le dio una amiga que acaba de llegar de allá, entonce tú sabe que tá como e", él dice. Y me río porque agradezco que rompió el hielo.

"¿Entonces a ella le importan tus notas?", pregunto, cerrando la puerta cuando él entra.

"Sí. Ella dice que solo le importa lo que sea que me dé muchas opciones. Es por eso que en veldá a ella ni siquiera le importa el baloncesto".

Pienso en todas sus opciones y tengo que reconocer la energía incómoda que hay entre nosotros.

"Bueno . . . lo siento", digo. Me sonrojo. "Me alteré pensando en que te ibas, y en vez de decírtelo, me pasé".

Me sonríe y me lanza los brazos, acotejando la barbilla en mi afro.

Nos sentamos en el sofá de Mami y José saca la fruta. Me como la mayoría del mango y la lechosa y él se come lo que dejo del mango, la piña y el melón. "Entonce, dime", le digo masticando.

"Tengo ofertas de ocho escuelas. Pero solo me interesan dos. Duke, en North Carolina", me mira, "y también la Universidad de Connecticut. Tá a dos horas y media. Puedo venir todos los fines de semana. Tú sabe, si seguimo con eto".

"Pero Duke es una escuela muy, muy buena, ¿veldá ? ¿Y con un buen equipo de baloncesto?"

Él sacude la cabeza. "Sí, pero tú también ere muy buena". Se me caliente el cuerpo y siento como si tuviera una luz por dentro brillando de todos los rincones de mí. José acuesta la cabeza en mis piernas. Le acaricio el cabello, sus rizos apretados. Tengo que recordar respirar porque parte de mí teme que, si exhalo, todo esto podría esfumarse. ¿Y esto es lo que pasa cuando uno se mete en una relación romántica? ¿Este aleteo que siento por dentro? ¿Este casi salir volando porque alguien más en este gran mundo piensa que te mereces momentos vulnerables? José cierra los ojos y lleva la mano a la frente. En su cara veo alivio y preocupación.

"Todos en el equipo tienen su historia de cómo se metieron al baloncesto, pero yo no. Pa mí, fue lo má fácil. No tuve que esforzarme. Papi me inscribió en los equipos de Dyckman desde que era un bebé y simplemente hice lo que me dijeron y moví el cuerpo como me lo pedía según el juego. Tal vez es por eso que cuando el entrenador habla tanto de grandes planes, dique NBA esto y NBA aquello, no me parece tan serio. A veces sueño con ser dique un cocinero, poeta, empresario o algo así . . . si me pusiera pa eso".

"¿Pero tú no sueñas con jugar? ¿Como LeBron?", finjo reír.

Se encoge. "No sé. Yo siento que cada decisión que tomo ahora tiene que ver con el baloncesto. Baloncesto en la universidad. Jugar ahí antes de, tal vez, la NBA. Jugar pa poder sacar mi familia del barrio cuando finalmente terminen de gentrificar el Bronx y eso hijueputa empiecen a afuerearno, como lo hacen en todas partes. Jugar pa posiblemente poder comprar un chin de seguridad. Pero eso le quita la diversión al juego", él suspira.

"Te entiendo, José, pero así es con todo. O sea, todos queremos esas cosas. Pero tu futuro es un chin más especial, porque tener talento como el tuyo significa que puedes hacer cosas, muy, muy grandes".

"Pero quiero lo sencillo, Yoyo. Acceso a seguridad, una casa para mí y mi familia, educación, atención médica. Esa e la vaina básica que todos los humanos necesitamos. ¿Por qué tengo que ser excepcional pa conseguirlo? ¿Por qué tengo que ser 'tan bueno' pa obtener lo que merezco? ¿Lo que merecemos todos?" Me mira avergonzado. "Mala mía, me fui en una".

"No, no, tienes razón. Creo que me dejé llevar de lo bacano que sería verte como basquetbolista profesional", le digo, también un chin avergonzada.

"E fácil hacerlo. Hasta con el trabajo que tú quiere hacer, Yoyo. Tú no podrás ser una activista comunitaria común y corriente. Vas a tener que cuidar a to el mundazo, hacer tanto que casi llegas a nivel de santa. Y si no, no te pondrán en el pedestal. Y ahí e dónde tienes que estar para que te lleguen los fondos de aquellas personas con poder. To ese ajetreo namá pa poder cumplir tu misión de ayudar a los demás".

Él mira por la ventana de la sala. "Podría seguir hablando para siempre, porque lo he pensao mucho. No importa lo que nosotros, o cualquiera que se haya criado con nosotros, quiera hacer . . . pa poder vivir una vida cómoda, y no tar solo guayando la yuca pal pan de cada día: tenemos que llegar a niveles míticos, Yoyo". Se vuelve hacia mí. En sus suaves ojos marrones veo una especie de derrota. Me duele el corazón por todos nosotros.

Nos sentamos en silencio por un rato.

"Puede ser que yo nunca llegue a la NBA", dice, rompiendo el silencio. "Hablé con algunos jugadores que ahora están jugando en universidades, y muchos pensaron que eran duro, pero cuando llegaron a la universidad, se dieron cuenta que eran uno entre muchos. Y sus sueños de la NBA se esfumaron. Tuvieron que jugar en ligas internacionales y de to".

"Creo que además de todo lo que dijiste, ¿también me tás diciendo que tienes miedo?"

José recuesta la cara en mis piernas. "Sí, tengo miedo. Y por eso tengo que asegurarme de tener opciones. Como dice Mami".

"Con lo que saltan las madres", me río. Feliz que la tensión de aquella realidad, de que tenemos que ser mágicos para sobrevivir, se está esfumando.

"¡Eyyyyy, pero e veldá!" Nos reímos por un minuto, como si yo hubiese dicho la vaina más graciosa del mundo, pero sé que es principalmente por el alivio. Alivio de que estamos aquí, capaces de ser honestos y exactamente quienes somos.

Cuando se nos tranquiliza la risa, nuestros ojos se encuentran por un buen rato. Acerca la cara a la mía y me besa. Le caigo encima porque, Dios, lo extrañé. Él me toca la barbilla, se aparta y me mira. Me apoyo en su cuerpo y mis manos se encuentran debajo de su poloché. Todas sus partes son fuertes, esbeltas . . . un verdadero atleta. Nos estamos chuleando tan duro que casi me duele la boca, pero no lo quiero soltar. Se quita el poloché y de pronto lo estoy jalando hacia mi habitación. Las velas del altar que tengo en casa de Mami están prendidas, y cuando apago las luces, las llamas bailan en el techo. Las miro mientras nos besamos. Entonces me recuerdo que debo disfrutar el momento y cierro los ojos. Nos sentamos en mi cama y nos seguimos chuleando. Él mete la mano debajo de mi blusa. Me pregunta si tá bien y le digo que sí. Me toca los senos por encima del brasiel. Pero entonces está tratando de quitarme la blusa, y pienso en mi barriga, mis chichos, el peso de mis senos.

"Espera", digo, poniéndome un *hoodie* que había dejado tirado cerca.

"Tá bien", él dice, secándose la boca. "¿Estás bien?"

Asiento y me subo la capucha. "No estoy tan cómoda como tú con mi cuerpo".

"Te entiendo", responde. "Y sé que no importa lo que yo diga porque es tu cuerpo y tus sentimientos, pero eres perfecta. Y no e muela. Me siento muy afortunado de poder sentarme a tu lado de esta forma". Me pone una mano en la rodilla y me mira.

"¿Dónde carajo aprendiste a decir todas esas cosas que uno quiere escuchar?", me río.

"Yo tengo una hermana mayor. Ella me crio. Me dice que no voy a crecer a ser un hombre privilegiado y malo como Papi o mis tíos. Entonce aprendí mucho con ella. No te lo puedes imaginar". Relajando vira los ojos.

Nos reímos por un buen rato, recostados contra la pared y los pies en la cama. Miramos el altar como si fuera una chimenea. Siempre me ha gustado sentarme en silencio, en la oscuridad, y con él me siento bien. Lo abrazo y acotejo la cabeza en su pecho.

Gracias, Bruja Diosas.

Miro al fuego. Sigue su baile, pero las llamas se extienden hacia el techo.

Puedes contárselo. "Te tengo que decir algo, José", le susurro. Apoya la cabeza sobre la mía, pero me siento y arrecuesto la cabeza contra la pared. Él hace lo mismo y voltea la cabeza para mirarme.

"OK, esos dones, nuestra tradición, de la que te hablé . . . yo veo cosas", digo. Al momento que me salen las palabras, siento el pecho menos pesao. Tomo una respiración profunda.

"¿Te ves conmigo en el baile de San Valentín?", dice él.

"Oh y usted, Don Capitán del equipo de baloncesto, ¿entra en eso coro?", digo. Él se ríe y me besa la frente. "Sí, lo veo", le digo. "Lo veo claramente".

"Brujas como tú no me asustan, Yoyo", él dice.

Reprimo un baile de felicidad. Le prometo a mi cuerpo que cuando él se vaya, celebraremos con baile.

☾

Escucho el sonido del zíper desde un piso debajo de él. Me acerco de puntillas. Fuego flota sobre él. Me trompiezo y Ben se voltea. Me apunta la pistola. Fuego conjura llamas que derriten las suelas de sus zapatos y la pistola en la mano.

Me despierto sudando. Son apenas las 8:00 a.m. Normalmente, en el fin de semana me levanto a las diez, pero decido quedarme despierta.

Entro a la cocina y abro la cafetera. Vacío los restos del café molido de ayer y cuelo más con canela y nuez moscada. Entonces, sancocho plátanos y frío huevos, queso y salami. Cuando un tenedor puede fácilmente atravesar el plátano, apago la hornilla y cuelo el agua, dejando un chin. Entonces, pongo dos cucharadas de mantequilla al caldero y majo los plátanos hasta que estén suaves. Mangú.

Cuando finalmente llego a la mesa, Mami ya se despertó. Entra a la cocina y se sirve café. Cuando ella llega a la mesa, dice: "Gracias por preparar el desayuno, beba". Me besa la frente y camina hacia el baño. Aprovecho para llamar a Mamá Teté.

"Mamá", digo, tragando mangú. "No te quiero preocupar, pero toy teniendo más sueños, Mamá", digo. "Sucesivamente, también".

"Ah, por eso tú suenas tan cansá, ¿eh?", pregunta.

"Sí, lo más probable".

Mamá se queda callada por un buen rato, pero la escucho respirar. Clavo los ojos en mi taza de café.

"Encuéntrame en el supermercado al mediodía", ella dice.

En el supermercado, Mamá Teté me apura por los pasillos, buscando hasta que llegamos a la verdura.

"Cucutea entre eso coco. Les vas a ver caritas. Te hablarán porque, tú sabe, eres bruja. Sentirás por dentro el que te llame y ese e el que vamos a comprar".

"Ehhhhhhh . . . tá bien".

Mamá se va, mencionando que tiene que comprar algunos quesos para una cata de vinos a la que Marte la invitó esta noche.

Busco entre los cocos como Mamá me instruyó. Casi de una vez me doy cuenta de que es verdad: todos tienen caritas peludas. Tomo una respiración profunda y me concentro solo en los ojos y la boca. Los que tienen cara de haber recibido sorpresas horribles, me hablan de la caída desde lo alto del cocotero, caída que los dejó en el suelo, que no logró romperlos, pero que, sin embargo, movió todas sus entrañas. Los cocos felices tienen sonrisas llanas. Hablan de la gratitud que sienten de poder llevar alimento y pensamientos claros a los humanos, de días interminables pasados mirando pueblos enteros, viendo a todos moverse debajo de ellos. Los cocos serios no son de mucho hablar. Voy con los felices. Realmente son tan tiernos. Escojo uno con una nariz obvia debido a la forma que sobresale la parte de abajo del coco.

En casa, Mamá me da una tacita de cascarilla. Me dice que vista el coco con ella.

"El coco debe quedar completamente blanco", dice. "Pídele a tus guías y a Fuego que se comuniquen contigo. Serán claros. En siete días, tú va a la entrada del edificio, lo rompe y escuchas el sonido".

23

AMOR DESALMADO

El gimnasio está completamente transformado. La temática de la noche es Amor Invernal, pero los estudiantes insisten en que es *"Cuffing Season"*. Veo al Sr. Leyva luciendo un traje burdeos con una camisa blanca abotonada. ¡También tá listo pa sacarle brillo a la pista!

"¡*Acho*, Sr. Leyva!", grito. Me echo para atrás y me tapo los ojos, fingiendo estar cegada por sus grills.

"Yolanda, muchacha. Tú sabe que hay que arreglarse de vez en cuando", dice y sus grills brillan. Me tapo los ojos, fingiendo estar ciega de nuevo. "¡Te pasate!", él se ríe.

El ritmo de sus palabras coincide con el merengue que suena de fondo. Fingimos posar y escucho el tintineo de las llaves colgadas en su cinturón. Incluso en un día como hoy, las lleva encima.

Me río tan fuerte que mis pulmones luchan por respirar y las lágrimas caen de mis ojos.

"Capitán, usted también se ve muy bien", dice el Sr. Leyva. Siento que me envuelven los brazos de José. Él toma un segundo para hacer una pirueta y de repente nos estamos riendo de nuevo. "Déjenme tomarle una foto, tortolitos".

José y yo nos miramos y decidimos que esta será nuestra primera foto. Convencimos a nuestros padres y a la hermana de José que no afanaran tanto con esta noche. José me abraza desde atrás, sus manos tocándome la cintura. Me inclino hacia la derecha, para que él también pueda brillar en la foto. El Sr. Leyva cuenta hasta tres y sonreímos.

"Pero, vamo a tirarno un selfie, Sr. L", digo. Lo hacemos, y entonces entran un montón de otros estudiantes a la foto.

Mientras pongo mi teléfono en la carterita lila Brandon Blackwood que Victory me prestó, me encuentro con ella. Está vestida completamente de negro como el resto del equipo de cámara y diseño. Excepto que Victory tiene puesto medias jaspeadas debajo de un vestido negro y unos Doc Martens.

"Te la comiste", le digo.

"Tú sabe que tuve que matar dos pájaros de un tiro: trabajo y pinta", dice.

"Loca, esa pinta es muy cómo chulería de bruja", digo, sacudiéndome el pelo exageradamente. Victory me maquilló y me puso un pintalabio oscuro que me hace sentir como la última Coca-Cola en el desierto. Ella también me hizo una cola suelta que me llega a la mitad de la espalda, y me arregló los bordes para que cayeran como cascadas, enmarcando mi cara. Me puse un vestido violeta de tiritas, accesorios y unos tacos dorados que me prestó Mami.

"Te ves bien, mi loca. Y él tampoco se ve mal", dice ella. Sigo su mirada hacia José, que lleva pantalones, zapatos, una camisa abotonada con un corbata violeta y un bléiser de tweed.

"Loca, por favor no me lo recuerdes". Me muerdo el labio. Se tá haciendo el tonto con sus amigos, pero todavía me hace sentir como si tuviera un millón de cocuyos en el estómago.

Me volteo y los cocuyos se apagan para siempre. Ben entra por la puerta y saluda a un par de personas. Siento un apretón en el estómago.

Camino hacia el ponche y me sirvo un vaso. Antes que pueda tomar mi primer sorbo, siento la necesidad de dar la vuelta. Veo que Ben me está mirando mientras se acerca. Hoy no. Escaneo el cuarto y, cuando vuelvo a mirar en su dirección, veo que el Sr. Ruiz lo interrumpió. Ben me mira por encima de su hombro.

"Guácala", me digo a mí misma. Después de un segundo, Ben sigue caminando hacia mí y el Sr. Ruiz lo sigue. Si bien me alegra que el Sr. Ruiz esté actuando como intercesor también me cohíbe la idea de que los adultos piensen que no somos capaces de estar en el mismo sitio.

"Ben. Señor Ruiz", digo.

"Srta. Álvarez", el Sr. Ruiz sonríe.

"¿Cuánto tiempo tomó eso?", dice Ben, señalando mis bordes. "Se ve muy, ya sabes . . ." sonríe mientras supuestamente busca la palabra, ". . . 'artístico'". Hace comillas con los dedos. Me dan ganas de tumbarle la sonrisita burlona que tiene en la cara. El Sr. Ruiz levanta una ceja, pero no dice nada. En su silencio, encaja perfectamente con Ben.

"¿Y a ti qué te importa?", respondo, cruzando los brazos.

"Mi reina", José se desliza hacia nosotros. Gracias a Dios, ¡rescate! "¿Me concedes éste baile?" Se inclina ante mí. Me tapo la cara y me río.

"Sí". Le devuelvo la reverencia. Nos explotamos de risa mientras caminamos hacia la pista.

Dentro de poco, todos están bailando. A pesar de los abanicos, el aire es denso y caliente. Algunos de los muchachos del equipo de baloncesto echaron licor en botellas de agua, y todos parecen haberse tomado unos tragos. Cada vez que suena dembow, soca o afrobeats, titirimundati se desacata bailando. El calor del gimnasio entra en cada mechón de mi pelo y lo hace más y más pajoso.

Estoy perreando con José cuando la Sra. Obi pasa, hace el *moonwalk* y se mete entre nosotros para separarnos.

"No seamos exagerados", dice. José y yo nos reímos porque no tiene ninguna expresión en la cara cuando lo dice. Aprovecho para ir al baño. Al salir del gimnasio, veo a Victory arreglando unas luces colgantes, y me quedo a su lado hasta que termine.

El largo pasillo hacia el baño, que está al otro lado de la escuela, está oscuro. Victory pasa su brazo por el mío.

"Aparte de hoy, como que no hemos podido janguear, ¿todo bien?", pregunto.

"Sí, son to estos malditos estudios. A veces siento que ni siquiera puedo hablar conmigo misma".

"Lo estás haciendo muy bien, Victory", murmuro. Desde que conozco a Victory, ella trabaja más duro que todos los que la rodean. Pero ahora hay mucho en juego: la universidad. Abrimos las puertas que nos llevan al ala de Julia De Burgos. La puerta de la escalera se cierra de golpe, pero cuando me volteo solo veo una sombra.

"¿Lo vite?", susurra Victory. Asiento. Camino de puntillas hacia la puerta. Las cejas de Victory se arquean mientras me ordena furiosamente que me detenga. La ignoro.

Abro la puerta, miro hacia arriba y él me mira directamente. La mochila que vi en mi visión cuelga sobre el espacio entre las escaleras como una fruta.

Pierdo toda mi audición y mi vista se vuelve borrosa, todo menos él. Lo sigo.

"*Bro*, ¿qué estás haciendo?", le grito. Siento un apretón en el pecho y la espalda baja se me entumece. Cuando finalmente llego al tercer piso, abro la puerta del baño y me paro en la entrada. Está cerrando su mochila.

"Estoy tratando de usar el baño en privado. ¿Me estás acosando o qué?", pregunta.

"¿Qué hay en la mochila, Ben?"

Cuando sostengo su mirada, veo que el dolor que había visto en él regresó. Tenía mucho sin notarlo debajo del odio potente que lo impulsa hoy. Su odio es tan potente que siento que tomaría décadas desarraigarlo. No tenemos tiempo pa eso. Atraigo su mirada y logro que me mire a los ojos. Él intenta apartar la vista, pero lucho por mantenerlo en su lugar.

Fuego, ven, ayúdame a desarmar a ete tiguere. Que el odio en él sea reemplazado por una energía más ligera. Que . . .

"¡Yolanda, BAJA!", grita Victory. Así como así, la conexión se afloja.

"Escucha a tu amiga, bruja". Sonríe. La forma en que la palabra sale de su boca, en su acento gringo, me da asco. Lo miro mientras salgo y empiezo a bajar las escaleras. Cuando estoy a tres pisos de distancia de él, siento el calor alrededor de la cabeza y la presión aumenta. La visión me llega al centro del cráneo como un fuerte dolor de cabeza y me hace caer de rodillas. Antes de poder ver la visión, siento una mano en el brazo.

Victory me agarra y nos lleva al baño de abajo y cierra la puerta detrás de ella.

"Victory", susurro cuando estamos solas. Siento la cabeza como una barsa de ladrillos sobre los hombros. Todo el baño da vueltas como un ciclón. Victory se convierte en una brisa. Las náuseas se me asientan en el pecho. Me agacho, agarrada de las rodillas. Tomo respiraciones profundas por la boca y me palmeo el pecho. No puedo respirar. Cada vez que logro inhalar, me duelen los pulmones.

"Yoyo, respira hondo", dice Victory. Pero su voz es distante como si estuviera al otro lado de la calle en vez de justo enfrente de mí.

La veo tomarme de las manos, pero no siento nada. La suelto y rápidamente se reacomoda y comienza a frotarme la espalda. Cierro los ojos.

Los pasos de Ben subiendo las escaleras. Mochila. Un silbido breve y fuerte. Crujido de papel. Pistola. La presión desaparece y siento como si estuviera descendiendo a la tierra en un globo aerostático. Doy la vuelta y me apoyo la frente contra la pared. Estoy sudando tanto que siento como si me hubiera meado encima.

"Lo vi", logro decir. "¡Yo lo vi!"

"¡¿Qué?!", grita Victory.

"La visión". Trago saliva. "La que te conté. La mochila. Vi lo que había dentro. Es una pistola. Yo . . . lo vi hace tiempo, Victory. Simplemente no te lo dije".

Victory sacude la cabeza nerviosamente. "¡Te dije que deberías haberlo contado!" Toma su teléfono del lavamanos.

"¡¿Qué estás haciendo?!"

"Tienes que llamar al 911". Victory comienza a marcar, pero se detiene en el 9. "Hazlo tú".

"¡¿Por qué?!"

"¿Acabas de ver el arma, Yolanda? ¿Sí o no?" Me agarra la cara y siento el latido de su corazón a través de sus manos.

"Solo vi . . ." empiezo, "rapidísimo a la mochila, el arma".

Tomo otra respiración profunda. Recuerdo que todavía estamos aquí, hablando. Todo está bien. Nosotras estamos bien.

"Ya tá bueno, entonce. ¿Qué más esperas?"

"No". Le agarro la muñeca. "No vi nada. Déjame ir a hablar con él".

"¿Pero estás loca, Yoyo?", susurra en voz alta. Me pica inmediatamente. "¿Vas a ir y arriesgarte porque estás olvidando quién coño eres? Solo tienes que ser honesta".

"¡Es que no lo puedo contar! ¡No puedo!" grito. "¿Cuándo le han hecho caso a una bruja?" Abro la puerta de la escalera. Siento el pecho apretado, pero me apuro escaleras arriba, saltando una escalera a la vez. Espero que no se me rompan los tacos ni los tobillos tampoco. Él desciende, mientras yo subo.

"Ben, por favor no . . .", empiezo mientras sigo subiendo hacia él.

"Estás loca, ¿lo sabías?" Intenta seguir bajando las escaleras, pero lo bloqueo con el brazo. Veo que no tiene la mochila. Solo el abrigo esta vez.

"¿Por qué pretendes estar bien aquí cuando en realidad lo odias tanto?", pregunto. Pongo los brazos en el pasamanos y no tiene más remedio que detenerse. Aprovecho la oportunidad para mirarlo. Intento tirar y maniobrar a través de sus ojos, pero me golpea el brazo con la rodilla y pasa corriendo.

Cuando regreso al baño, Victory está hablando por teléfono.

"Se fue", le digo.

"No me importa. Tienes que llamar a alguien para que te ayude. ¡Tiene que haber pruebas de que intentaste hacer algo si pasa una desgracia, Yolanda! Por favor. No te voy a permitir que sigas haciendo esto".

Saco mi teléfono, mi vista está borrosa cuando empiezo a marcar. Llamo a la policía mientras Victory me observa.

☾

Cuando llega la policía, Ben ya se ha ido a casa, la escuela está vacía y la Sra. Steinberg me ha pedido que le repita la historia al menos cuatro veces.

Me dicen que tengo que hacer una declaración y pido que esté presente mi abuela. Ella llega con un pañuelo morado de satén en la cabeza y un abrigo burbuja cubriendo su bata. Ella pide un minuto a solas conmigo.

"Dices lo que viste, no dices cómo lo viste, ¿me entiendes?"

"Pero, Mamá, no lo vi. Lo vi . . .", digo señalando la cabeza.

"Escúchame bien claro, Yolanda Nuelis, ¿tú cree que estos policías o tus maestros van a entender cómo vemos estas cosas?"

"No, pero . . ."

"¡Pero nada! Será mejor que empieces a tramar lo que viste". Sus ojos se agrandan y siento su inquietud. "Y MANTENTE FIRME".

Cuando los policías vuelven a entrar, les explico que de camino al baño vi a Ben subir las escaleras. Lo seguí. Lo vi sacar un objeto oscuro, con forma de pistola. Cuando me escuchó, volvió a guardarla en su mochila e intercambiamos algunas palabras en el baño. Volví pa bajo. Fui pal baño con mi mejor amiga y ella me dijo que hiciera la llamada.

"¿Estás segura de que era una pistola?", pregunta el primer policía. Tiene cabello oscuro y ojos verdes. Está parado como si el mundo entero fuera su reino. Asiento.

"¿Crees que este chico estaba tratando de hacerle daño a los demás?"

"Yo . . ."

"Ella no te puede decir eso, cada cabeza es un mundo. Pero si tiene una pistola, ¿qué tú cree?", dice Mamá en español. El otro policía traduce rápidamente. Le dice a Mamá que tendremos que bajar al cuartel para hacer una declaración formal.

Afuera, las miradas que recibo de los estudiantes que permanecieron en el área me dan mucha vergüenza. Algunos me miran con pena. Otros me cortan los ojos porque yo les interrumpí la noche de diversión.

"Yolanda", grita José. Se me acerca y abre los brazos.

"Todo bien", le digo, abrazándolo.

"Tírame un mensaje o llámame, por favor", dice. Me besa en la frente y me uno a Mamá en el asiento trasero de un carro del NYPD.

Cuando llegamos al cuartel, la Sra. Steinberg está allí. Ella corre hacia mí.

"Yolanda, ¿estás segura de que viste una pistola? No encontraron nada en la escuela", dice. Tomo una respiración profunda. Mamá Teté le dice que necesito calmarme antes de seguir hablando con nadie.

El Sr. Hill entra a millón por las puertas del cuartel. Envuelto de miedo, camina directo al mostrador y le pone una gran mano encima.

"¿Dónde está mi hijo?", exige.

"Está justo ahí en nuestro cuarto".

"Nadie habló con él, ¿correcto? Tiene diecisiete años, eso sería ilegal".

"No, Sr. Hill. Por favor, venga con nosotros". Un policía abre la puerta y lo deja entrar.

Miro a Mamá. Dije que vi una pistola. ¿Qué pasa si no la encuentran? ¿Qué pasa si me equivoqué? ¿Qué me harán por mentir de uno de ellos?

Fuego, ¿estás ahí? Muerdo los labios para no llorar. *Por favor respóndeme.*

LA DECEPCIÓN

No encuentran nada.

Aunque vi a Ben salir de la escuela sin mochila, dicen que tenía una cuando detuvieron el taxi en el que estaba. Registran todos los rincones de nuestra escuela, incluyendo el baño del tercer piso.

Nada.

Me equivoqué. La idea de que las Bruja Diosas no sean más que un producto de mi imaginación me tumba. El simple pensamiento de que las voces en mi cabeza no provienen de una fuente superior me debilita por completo.

Rezo, rezo. Ruego. Para respuestas. Para ayuda. Para nada.

Las Bruja Diosas, Fuego, me han fallado.

Nada.

Durante toda la semana, mis maestros me envían paquetes de tareas como si ellos hubieran tomao la decisión de mantenerme fuera de la escuela antes de que yo me decidiera. Me quedo en mi habitación la mayor parte del tiempo. Mamá a veces llama a la puerta. Papi a veces abre la puerta, pero no tengo ganas de voltearme a mirarlo. No quiero hablar. No quiero ver.

No quiero escuchar palabras de aliento, palabras que se supone que me deberían hacer sentir mejor. Él lo respeta. A veces revisa el baño para ver si mis procesadores están conmigo o cargando. Últimamente están cargando, entonce deja una nota. Mami me envía un mensaje y le digo que estoy bien porque así evito su visita. Victory intenta visitarme, pero cierro la puerta de mi habitación.

Solo quiero que me dejen en paz. Ojalá pudiera salir de esta piel.

En la soledad, me pierdo leyendo *Homegoing* de tarea y terminando la *Autobiografía de Assata Shakur* pa mí. Empiezo a sentir que era broma mi idea de graduarme de la secundaria sin ser tocada por la maldita realidad de este mundo. ¿Lo hubiese logrado?

Paso los días orando por costumbre, pero no por necesidad. Empiezo a cerrar la puerta de mi habitación con llave porque todos siguen entrando sin avisar.

Al final de la semana, Mami entra a la casa, abre la puerta de mi cuarto con un pincho y me quita la frisa.

"¡Levántate!" Ella señala.

"¡PARA!" grito. "¡PARA!" Y no sé qué tan fuerte estoy hablando. Pero es lo suficientemente fuerte como para que Mamá Teté y Papi entren a millón. Papi me trae los implantes y me los ofrece hasta que me los pongo.

"¿Por qué no me pueden dejar quieta?", grito. Últimamente, es mucho más fácil agarrarme de la ira.

"Te dejamos quieta cinco benditos días, Yolanda Nuelis", dice Mamá Teté.

"Vamos al doctor. Ponte algo de ropa", dice Mami. Comienza a buscar en su cartera.

"¡NO!", grito. "No voy. Ni siquiera estoy enferma".

"No es un médico, Yoyo", dice Papi. Mira a Mami con enojo. "Nos ordenaron llevarte a ver a un terapeuta antes que puedas regresar a la escuela".

"¿Un terapeuta?", pregunto con incredulidad. Los párpados me queman los ojos. *¿Julia De Burgos está en mi contra? ¿Piensan que estoy tan perdida?* "¿Quién ordenó?", pregunto, luchando contra mis lágrimas.

"No tiene nada de malo. Yo he ido a uno. Tu mamá vio uno unos meses después de que nacieras. A veces solo necesitamos hablar con alguien. Alguien fuera de nuestra situación. Alguien que pueda darnos consejos imparciales, tú sabe". Papi mira más allá de mí.

"No voy a hablar con una persona blanca. Ellos no . . ." Pienso en Ben y sus privilegios, en su supuesta inocencia y la forma en que todos me miran como si me hubiera vuelto loca. "No lo entenderán".

"Es uno de nosotros, Yoyo", dice Papi. "Te lo prometo".

Me pongo unos *joggers,* una camiseta de manga larga y un *hoodie.* Me lavo la cara y me cepillo los dientes. Oigo Mami diciéndole a Papi que él me mima. Por el remordimiento. Él le dice que ella me adultifica para poder vivir su vida siendo una madre a tiempo parcial. Mamá les dice a los dos que se callen. Entro a la habitación y los miro. Ni siquiera tengo la energía para sacudir la cabeza. Después de tantos años, parece que nada ha cambiado.

Mami y yo vamos a Harlem en carro. Subimos los escalones de un *brownstone.* La oficina se siente como un hogar, pero lucho contra la necesidad instantánea de sentirme cómoda. Examino cada rincón buscando cámaras, pero no las encuentro. Nos sentamos en la sala de espera con paredes color crema y sofás mamey. Hay nombres en las paredes de al menos cinco terapeutas diferentes. Saco mi libro de Assata Shakur, aunque ya lo terminé, pa evitar hablar con Mami. Vuelvo a la página y una frase me jala los ojos. "Los ricos siempre han usado el racismo para mantener el poder", escribe Assata.

"¿Yolanda Nuelis Álvarez?", dicen en la habitación. Cuando miro hacia arriba es una hermosa persona negra. Su barba oscura es impecable. Un brillo teñido les da un color rosado a sus labios. Tiene puesto un cuello alto floral de manga larga debajo de un vestido negro fluido. Tiene el cabello en twists hasta los hombros. Me paro.

"Hola, ¿cómo debo llamarte?", sonríe.

"Yolanda, Yoyo, Yoli. Lo que quieras". Me encojo y cruzo los brazos.

"Los nombres son importantes. Creo que te llamaré Yolanda. Soy Jonah. Si tienes que usar pronombres, elle está bien, pero Jonah es mejor". Me mira como si yo fuera un bichito o qué sé yo qué.

"Ella está bien para mí", digo.

"Chévere. ¿Quieres acompañarme a mi oficina?

Miro a Mami, ella sonríe y asiente, recogiendo una revista de la mesa frente a ella.

La oficina de Jonah está en un cuartito . Hay un sofá de cuero marrón e inmediatamente reconozco que es donde me toca sentarme. Jonah se sienta en una silla azul claro de aspecto moderno con respaldo alto, ubicada en un rincón entre una ventana y una estantería.

"¿Por qué no empiezas por contarme un poco sobre ti y por qué estás aquí?" Jonah mueve una libretita y un lapicero de su escritorio. "Antes que empieces, probablemente debería mencionar que todo lo que digas aquí es confidencial. Al menos que estés pensando en hacerte daño a ti misma o a otros. Eso estoy obligade por ley a informar a las autoridades locales, incluidos los adultos que se preocupan por ti. Cualquier otra cosa es entre tú y yo".

Asiento.

"¿Te importa si tomo notas? Son principalmente para mí".

"Está bien", digo.

"Cuando quieras", dice, levantando la mano con la palma hacia arriba para que yo empiece.

"Tengo dieciséis años, pero supongo que eso ya lo sabías. Estoy en décimo grado en la Secundaria Julia De Burgos. Dirijo el club Espacio Valiente", comienzo. "Bueno, si nada ha cambiado después del viernes pasado".

"¿Qué pasó el viernes pasado? ¿Por eso estás aquí?"

"Sí. Bueno . . .". Subo las piernas al sofá y las cruzo. Mi mente da saltos. Miro el reloj en el escritorio: 1:30 p.m. ¿Puedo confiar en esta persona? Me muerdo el labio. ¿Y si el Sr. Hill compró a Jonah? ¿Y si solo quiere tomar notas sobre cómo funciona mi cerebro? Sacudo la cabeza, de ninguna manera. De ninguna manera voy a caer en eta vaina de teorías de conspiración. No le pregunté a Mami exactamente quién ordenó que estuviera aquí, pero sé que tengo que hacer esto. Respiro profundamente.

Jonah respira. "Estoy para apoyarte", dice. Nos sentamos en silencio por un rato.

"Pensé que algo estaba pasando. Pero luego no pasó", digo finalmente a la 1:36 p.m. "Para cuando me di cuenta de que estaba equivocada, ya era demasiado tarde. Mi mejor amiga me hizo llamar a la policía. Y toda la escuela resultó perjudicada".

"¿Perjudicada? ¿Qué quieres decir con eso?"

"La escuela cerró de emergencia. El baile fue cancelado. La gente estaba realmente asustada. Los estudiantes llamaron a sus padres. La policía asusta a la gente, ¿tú sabe? Recogieron a Ben y lo llevaron al cuartel".

"¿Quién es Ben?" pregunta.

"Este chamaquito nuevo. E el hijo del Sr. Hill, el que se postula para el Congreso. Es blanco y viene de dinero, y fue un perro desde el primer día", digo. "Incluso cuando no lo podía aceptar. Incluso cuando le estaba dando el beneficio de la duda. Pero supongo que me equivoqué al decir que él tenía una pistola".

"¿Y cómo te sientes al respecto?" pregunta.

"Loca. Me siento loca".

"¿Qué sentiste cuando pensaste haber visto una pistola?" Tomo una respiración profunda y me preparo pa seguir falseando la verdad para protegerme. "Tenía miedo. Pero lo sentí . . . sentí que él lo tenía, que no me equivocaba". Sé que no tiene sentido sin decir la parte de mi visión, sin ser más explícita, pero así lo digo de todos modos.

"Sí, me lo puedo imaginar", dice Jonah, mirando mi mano en el reposabrazos. "Yolanda, soy terapeuta holística. Eso significa que considero muchas cosas de mis pacientes. Por ejemplo, religión, prácticas espirituales y tradiciones. Tu madre mencionó tus prácticas espirituales por teléfono".

"Ah, a que tuvo mucho que contarte", digo bruscamente.

"No". Jonah sacude ligeramente la cabeza. "En realidad se estaba asegurando de que yo respetara y honrara tus creencias".

"Ah", susurro. "Bueno, eso tá bien".

Escaneo la estantería junto a su escritorio. En el fondo, veo
su altar. Tres pequeños vasos de agua en una fila. Fotos de los que
deben ser sus muertos. Un plato con manzanas y maíz. *Aquí estás
a salvo.*

"He tenido visiones desde que Ben llegó a Julia De Burgos.
Las visiones revelan partes de quién es. Quise darle una oportunidad a Ben o evitar que descargara su ira sobre nosotros. Una
que he estado teniendo en pequeños fragmentos es una de él con
una mochila. Dentro de la mochila hay un arma. Tuve más visiones sobre el arma y me negué hasta que volví a verlo en el baile.
Se lo conté a dos adultos. Pensé que ayudaría". Los ojos se me
hinchan de lágrimas.

"Entiendo. ¿Puedes hablarme de tu última visión?"

Apoyo la barbilla en las rodillas y me abrazo. Cierro los ojos.
Oro a las Bruja Diosas, moviendo los labios y pidiendo que me
orienten. Tomo una respiración profunda cuando siento la coronilla ligera y pesada al mismo tiempo.

"Todo va bien. Un día normal de escuela. La gente acaba de
cambiar de clase. A lo' cinco minuto de empezar el período, voy al
baño. Entro a la escalera pa subir al baño del tercer piso; es el más
limpio. Veo a Ben agachao en la esquina de la escalera, pero él no
me ve. Me acerco. Él busca en su mochila. Mi propio latido crea
un ritmo oscuro y lleno de suspenso. Saca una pistola". Abro los
ojos. "Y ya".

Jonah respira profundo.

"Yo sé que toy loca. Dame mi diagnosis", me río
incómodamente.

"¿Por qué crees que estás loca?"

"Visiones, sueños. Algunos llamarían eso alucinación".

"¿Crees que son alucinaciones?", pregunta elle. Sus preguntas imparciales comienzan a sentirse más pesadas.

"¿No es así?"

Jonah piensa por un momento, su lapicero presionado contra la barbilla. "Creo que, a mucha gente de color, específicamente a los negros, se les ha hecho pensar que están locos por tener visiones. Acabo de presenciar cómo invocaste una visión. ¿Estabas orando?"

"Sí, a las Bruja Diosas y a mi Misterio. No han sido muy claros conmigo desde que comencé a tener estas visiones".

Jonah me pide que le explique quiénes son. Digo que son mis ancestros, mis guías, mis santos, mi yo superior. Es solo un nombre que les puse cuando era niña y lo dejé así.

"¿Por qué dices que no han sido muy claros?"

"To eto e confuso. Lo que siento. Lo que me muestran. Lo que creo que debo hacer. Lo que me asuta". Me encojo. "Cuando tengo visiones, no se siente como era comunicarme con ellos en el pasado. Ahora, siempre se sienten terribles. Me siento apretá, como si no pudiera respirar".

"Te entiendo, y me pregunto si podemos ver esto desde otra perspectiva. Tal vez se están comunicando lo mejor que pueden sobre algo verdaderamente difícil. Tampoco creo que sea justo decir que te han abandonado, Yolanda", responde Jonah.

"Cuando llamé a la policía, estaba muy asustada. Solo los he visto en acción cuando arrestaron a mi papá o cuando detienen a la gente en las paradas de tren. Simplemente nunca tuve una interacción positiva con ellos. Entonces, cuando Victory me hizo llamarlos y supe que venían, volví a tener la misma sensación de no poder respirar y que me iba a morir. Después que llegó la policía y la escuela estaba alborotá , Ben se fue. Pero lo encontraron y lo registraron, y entraron en su casillero. Fueron a su casa. También fue registrada. Nada. En el cuartel, todos me miraban como si estuviera loca o me lo hubiera inventado todo. Recé pa que las Bruja Diosas me dijeran la verdad. Pero se me apretó el pecho y pensé que yo también me iba a morir. No podía respirar. Me sentí sola, sola. Me sentí tan sola. ¿Pa qué enviarme esa visión si no era verdad?" Las palabras se me salen rápidamente acompañadas de lágrimas y mocos. Jonah me ofrece servilletas.

"Dulce Yoyo, tuviste una serie de ataques de pánico. El miedo, la confusión, la presión mental y emocional, más la energía negativa que nos rodea, definitivamente pueden causarlos. No sé qué te intentan comunicar tus guías, pero no los desacreditaría. Sí diré que nuestra gente sobrevivió debido a nuestras conexiones espirituales. No estoy segure de que sea hora de renunciar a tus Bruja Diosas todavía".

Tomo una respiración profunda. Jonah es la primera persona con la que he hablado directamente sobre mis Bruja Diosas, además de Victory, Mamá Teté y, en cierto modo, mis padres. Mami siempre me dice que exagere con los médicos lo de estar enferma y que nunca diga demasiado a la gente sobre lo que veo y escucho. ¿Voy a ser un caso de estudio? ¿Me van a encerrar, examinar y sondar? De repente empiezo a sentir que Jonah puede ver a través de mí. Entierro los puños en el espacio entre los muslos. Doblo los hombros y pongo la cabeza en el pecho. Se me sonrojan los cachetes y entonces se me calientan las orejas. *Toma una respiración profunda. Estamos aquí. Todo está bien. Estamos aquí. Nunca nos hemos apartado de tu lado.*

"Respiraciones profundas", oigo decir a Jonah. Se mueve a mi sofá. Miro a Jonah. Tengo los ojos hinchados, pero ya no hay más lágrimas. Jonah huele a todos los aceites esenciales del mundo, pero los cítricos son los que más se destacan. Cuando yo era más chiquita, solía oler la piel de las naranjas solo porque me traía alegría. Mamá Teté me dice que a la Bruja Diosa Miel le encantan las naranjas en el altar. Tal vez agregaré algunas al mío.

SUCESIVAMENTE

Jonah me firmó el formulario de consejería obligatoria. Me dijo que, si le quería seguir viendo, podía, pero que también entendía si yo quería tomar una pausa. Paso el resto del viernes y el sábado viendo serie tras serie. Solo quiero desconectar mi cerebro. Si tuviera un botón para hacerlo, lo presionaría. El domingo, finalmente me levanto y me baño. Después de vestirme, tocan la puerta . . . Victory.

Ella se sienta en la cama a mi lado. Una parte de mí quiere gritarle, decirle que no estaba lista para llamar a la policía. Pero la extraño más de lo que me arrepiento de haber hecho la llamada.

"¿Qué ves?", me pregunta.

"Algunos videos de animales haciendo lo suyo en la naturaleza", le digo. Ella asiente. Pasamos tres horas viendo los lobos nacer y cuidarse unos a otros.

Terminamos quedándonos dormidas en mi cama.

Hay una nube gris que se cierne sobre Julia De Burgos, pero todos se mueven como si no estuviera. Cuando miro hacia la puerta principal, veo entrar Ani, la gata de la bodega. La sigo durante todo el día mientras atrapa cucarachas y pelusas. Cuando me aburro de observarla, voy pal baño del tercer piso, pero ella me sigue y me interrumpe antes de entrar. Ella ataca una rata y lucha con ella detrás del inodoro. Luego sale con la cola en alto y deposita el cuerpo descuartizado a mis pies. La veo saltar al lavamanos y lavarse y frotarse las patas con hinojo, orégano y sal.

Un golpe en la puerta nos despierta poco después de las cuatro. "¡A comer!", dice Mamá. Tomo una respiración profunda, oliendo todo el sazón en el aire.

"A que nos hizo locrio. ¡Ella sabe que me encanta esa vaina!", dice Victory emocionada. Se levanta, pero le agarro el brazo y ajusto mi implante.

"Me encantó compartir contigo hoy", digo. Le suelto el brazo y me quito algunos de los rizos que están enredados en mi pegajoso implante. "Siento como que me diste fuerza pa volver a la normalidad, ¿tú me entiende?"

Ella sonríe. "Si, te entiendo". Me abraza y se siente como si sus brazos estuvieran ayudando a armarme de nuevo.

☾

El lunes, después de alistarme para la escuela, camino a la sala. Mamá me hizo huevos revueltos con puré de yuca y me lo sirvió con un vaso de jugo de naranja. Me siento y ella se acomoda en una silla frente a mí tomando su café. De vez en cuando, le sonrío mientras mastico. Me permito soñar despierta con el tipo de bruja que seré cuando termine mi formación: segura, centrada y directa. Me imagino nunca jorobá, siempre sentada erguida, caminando por la calle con una postura que refleja mi poder, sin tener que esconderme nunca.

"¿Tás bien?", la pregunta de Mamá me trae de vuelta. Yo no he sido tan amable últimamente, y aunque sé que ella entiende, quiero devolverle su nieta.

"Mamá, ¿qué viene primero, la manifestación o la sanación?", pregunto. Me gustaría vivir en un mundo en el que no tenga que pensar en personas como Ben, que quieren derribar a los demás solo para poder mantenerse en la cima.

Quiero crear ese mundo, pero hay algo en mí que me dice que primero tengo que terminar de convertirme en mí misma.

"La sanación, mija. Ponte las pilas". Asiente Mamá Teté con la taza colgada de un dedo. "No se puede construir casa estable sobre escombros".

"Pero puedo quitar lo que ya no sirve y entonce construir los cimientos de la casa". Le pico un ojo.

"Tienes que querer la sanación mucho más. Se necesita un gran poder pa hacer las dos cosas al mismo tiempo". Mi vieja me mira, me toca la nariz, se levanta y se inclina para besarme en la frente. "Todo esto . . .", la voz de Mamá se quiebra, "nunca fue mi intención que heredaras la pesadez".

La miro y sonrío. Las lágrimas corren por las arrugas de su cara y se las seco. "Lo sé, Mamá. Pero estoy bien. No te preocupes. De veldá, todo bien".

"¿Estás bien pa entrar sola?", pregunta Papi. Asiento. Lo obligué a llegar tarde al trabajo esta mañana pa que pudiera llevarme después de que haya comenzado el primer período. No quería estar metía en una guagua llena de gente. No quiero ver a nadie todavía. Quiero entrar a la escuela sin ser vista.

Me pongo la capucha sobre la cabeza, beso a Papi, salgo del

carro, cruzo la calle y camino hacia las puertas. Es la caminata más larga de mi vida, aunque toma menos de sesenta segundos. Cuando entro, el Sr. Leyva está en la recepción.

Una máquina grande, parecida a las que he visto en los aeropuertos, se interpone entre el pasillo para entrar a Julia De Burgos y yo.

"Yoyo, volviste", dice el Sr. Leyva. "Supongo que no conoces a nuestro nuevo amigo, el detector de metales. Es de última generación. Fue donado. El procedimiento es quitarse todos los metales, ponerlos en la bandeja y pasar. Te los devuelvo de este lado".

Yo sonrío. Una sonrisa incómoda. Me pregunto cuánto tarda la gente en entrar al edificio ahora. Pienso en cuánto más me odiarán ahora. Vacío los bolsillos, el celular, mi brillo Fenty, mis llaves, y me quito los aretes. Los tiro en la bandeja y caen con fuerza, haciendo más ruido de lo que yo pretendía.

Entro al detector de metales y cierro los ojos. Llevo desde los seis años pasando por eta vaina. Pa ir a la corte con Mamá Teté; pa visitar a Papi en la cárcel. Doy un paso completo hacia adelante, mirando hacia atrás pa ver la luz verde por mí misma. Me vuelvo a poner los aretes y me lleno los bolsillos.

"Te extrañamos por aquí, Yoyo. Sé que las cosas van a estar un poco raras hoy, pero nunca olvides que puedes contar conmigo", dice el Sr. Leyva. Le doy media sonrisa. "Eso no es suficiente, muchacha. Vamos que sabes que podemos hablar", sigue.

"Señor Leyva, solo me siento cansada. Cansada de que este muchacho sea parte de mi día a día, tú sabe". Suena el timbre del primer período, pero el Sr. L no me apura para llegar a clase. En cambio, me lleva a la oficina, saca una silla y la pone junto a la suya, la que siempre se queda en el pasillo por seguridad.

"Él es un personaje, Yoyo. Creo que tienes razón. Pero aparte de eso, estoy preocupado por ti", dice.

¿Y si le digo al Sr. Leyva toda la verdad? ¿Cómo reaccionaría?

"Su energía e mala, Sr. L", empiezo. "Hay algo oscuro en él. Yo sé que tú siempre me dices que vea lo bueno en las personas, y veo algo de eso en él, pero en general, simplemente e malo. Y te hablé de las visiones. Odio haberme equivocado, pero todavía no me gusta que él esté aquí". Niego con la cabeza y me levanto.

"Te entiendo, Yoyo", dice mientras me alejo.

"Lo sé, lo sé". Me detengo y me quedo en medio del pasillo, mirándolo.

Quiero decirle al Sr. L que ha sido justo conmigo, pero me duele el pecho con solo pensar en decir las palabras.

"Lo único que sé, es que ese muchacho tiene suerte de haberte conocido este año. Porque el año pasado, créeme que tú lo hubieras hecho de una manera completamente diferente", él sigue.

"Tienes razón", me río.

"Muchacha, ¿tú recuerda la vez que le gritaste tan fuerte a una de tercer año que pensó que tú la habías dejado *sorda*?"

Me río incontrolablemente.

"Y tú dique '¿quién es la sorda ahora?' Muchacha, pudiera haberte pateado, haciendo ese lío frente a sus padres como si nada".

Ahora me estoy riendo tan fuerte que tengo que taparme la boca. Tan fuerte que provoca que broten lágrimas de mis ojos. Casi no puedo respirar.

"El pipo, que cura", digo respirando fuerte.

"Me alegro de haber podido darte esa medicina. A veces solo necesitamos reírnos".

"Sí", digo con una sonrisa. Recojo mi Telfar. Probablemente

debería ir a clase, pero parte de mí quiere quedarse con el Sr. L todo el día.

"Siempre estaré si necesitas reírte u otro recordatorio de quién eres, Yoyo".

Tengo que apretar la mandíbula para no llorar.

"No sabes cuánto te aprecio, Sr. L. Tú ere de lo' mío", sonrío.

"Lo sé, Yoyo. Yo también te aprecio", dice, "ahora vete, muchacha. Vete a clase".

☾

La clase de matemáticas pasa sin ningún suceso. Mi asiento está al frente y siento los ojos de todos los demás quemándome la espalda. La profesora me pasa una nota diciéndome que la vaya a ver en su horario de oficina y asiento. Incluso después de unos minutos de risa, el peso vuelve como si nunca se hubiera ido. Respiro profundo principalmente para poder enfocarme en la clase, pero también para mantener alejados los ataques de pánico.

Para el segundo período, todos se enteran que hoy estoy en la escuela. En los pasillos, es como si todos hubieran decidido darme espacio. Ya no soy una sardina apretujada por mis compañeros. Soy un tiburón que puede nadar directamente a mi próxima clase. Le sonrío a la Sra. Obi. Ella me agarra el hombro mientras entro corriendo y me mira a los ojos. Veo su pregunta: *¿Estás bien?*

Yo asiento, me acomodo en mi silla y espero lo inevitable. Tener a Ben jorobao a mi lado. Espero. Espero. Respiro. Espero. Respiro. Espero. Pero él nunca aparece. La clase entera, siento como si lo estuviera esperando. Más por curiosidad que por él. Pero sigo esperando. Yo quiero ver cómo reaccionaría mi cuerpo. Cada día aprendo más sobre mí misma, sobre las cosas que me tranquilizan y las cosas que me inquietan. Cuando llega la hora del laboratorio, muchos han encontrado formas creativas de acercarse a mí, darme una sonrisa, machucar o simplemente decirme hola. Me siento menos sola.

Pero vigilada.

No sé si eso me tranquiliza o me inquieta.

José llega a la mitad de la clase de química. Le da un pase a la Sra. Obi y ella lo manda a trabajar conmigo. Se me agita el corazón y me muerdo el labio para no sonreír ni llorar. Vuelvo a mirar el matraz.

"Hola", dice. Deja caer su mochila a mi lado. Lo saludo con la cabeza, sin quitarle los ojos al matraz. Estoy esperando a que cambien los colores. Le explico la tarea.

"Yoyo", me dice en voz baja. Solo quiero abrazarlo, pero me siento indecisa. Los colores cambian; el proceso está completo. Levanto la mano para que la Sra. Obi confirme los resultados.

"Buen trabajo, Srta. Álvarez. Puedes ir a la siguiente estación. José, si quieres puedes quedarte y practicarlo por tu propia cuenta". Me paro con mi carpeta y lapicero en la mano. Le encuentro los ojos y entonces me alejo.

Durante el almuerzo, decido evitar la cafetería. Subo las escaleras saltando. Respiro recordando que la visión ya tá en el pasado y que me equivoqué. Llamo a la puerta de la biblioteca. La Sra. Aguilar me da un gran abrazo y me dice que soy la primera en llegar así es que puedo escoger mi asiento. Escojo un sofá junto a la ventana. Saco mi libro de Assata, pero no puedo concentrarme. Pienso en las muchas veces que Victory y yo nos sentamos en este mueble. Me acomodaba entre sus piernas y ella me tejía el cabello. Siempre me quedaba dormida hasta que me pidiera que le acercara el pote de grasa. A veces, si nos reíamos demasiado fuerte, la Sra. Aguilar venía y nos recordaba que no estábamos en un salón de belleza, pero nunca nos botaba. Una vez, incluso le pidió a Victory que le hiciera unas trenzas.

Mi teléfono vibra en mi bolsillo. *Escuché que estás en la escuela. ¿Dónde tú estás?* Me tira Victory.

Fue agradable ver a Victory ayer, pero todavía siento cierto resentimiento hacia ella. Siento que Victory me obligó y no debió haberlo hecho. Me quitó el derecho a tomar mi propia decisión. Pero ¿qué más pudo haber hecho? ¿Dejar que yo siguiera teniendo visiones y pesadillas sin avisarle a nadie? Sin embargo, me hizo llamar a la policía. Sin considerar las repercusiones, sin considerar mis sentimientos. Y ahora la gente tá traumatizada y nuestra escuela tiene detectores de metal.

☾

Ya para el viernes, finalmente las cosas empiezan a sentirse normal. Como con José y Victory en la cafetería. Sólo hablamos de las clases y cosas superficiales. La Sra. Obi me pidió que dirija la reunión del Espacio Valiente después de la escuela y yo acepto, pero le digo que todavía no puedo hacer nada pesao. Ella me asegura que Ben ya no está permitido en el Espacio Valiente. Me dice que para empezar podemos tener un círculo y luego ver una película.

La Sra. Obi pidió pizza y algunas tartas de manzana de la panadería a una cuadra. Todos miran la comida cuando entran al círculo. Agarro Penny.

"Sé que he estado ausente por un tiempo y quiero agradecerles por cuidar este espacio. Creo que lo vamos a coger suave hoy,

compartamos nuestros signos del zodiaco. Si conoces tu luna y to
eso, ¡compártelo también! Empiezo por acá".

"Sol en Sagitario, luna en Escorpio. ¡Ya saben lo que dicen de
los escorpiones!", dice Rashaud.

"Eyyyyy", Cindy anima a Rashaud. "Sol en Escorpio, luna en
Acuario".

"Sol en Géminis, luna en Capricornio y ascendente en Acuario", dice Victory mirándome directamente.

"Ascendente Acuario, sol Tauro, luna Leo", añade José.
Cuando Penny me llega, agrego que soy un ascendente Géminis,
mi sol está en Libra y mi luna está en Aries. La puerta se abre y
todos se voltean hacia ella. Él asoma la cabeza.

"Hola, Ben", la Sra. Obi rompe el silencio. "Estamos en medio
de una reunión".

"¿Puedo unirme?", dice levantando una ceja.

"Por favor, hablemos afuera, Ben". La Sra. Obi se levanta y
camina hacia la puerta. Sale y la cierra detrás de ella. El pecho se me
empieza apretar. Pongo las manos en el cuello; están sudorosas.
Trato de tomar respiraciones profundas pero el aire se me escapa.

"Vamos a ver *Walkout*", Victory toma la iniciativa. Corro al
closet de materiales escolares de la Sra. Obi. Jonah me dijo que
usara la estrategia de los cinco sentidos. Cinco cosas que puedo
ver. Matraces. Tinte. Libros de texto de química. Mis Vans. La
peluca rosada que la Sra. Obi usó en Halloween. Cuatro cosas
que puedo tocar. Hojas sueltas. Platos desechables. Lápices de
colores. Mis jeans negros. Tres cosas que puedo escuchar. Carros.
La película. Pasos hacia el closet. Tomo otra respiración profunda. Alguien abre la puerta. José. Él entra. Dos cosas que puedo
saborear. "La primera mordida de la tarta es tuya", se ríe, tratando de romper la tensión. Me lleva una cucharada de tarta a la

boca. Tarta de manzana. Mastico suavemente y trago. "¿Estás bien?" me susurra y me pone la barbilla en la cabeza. Asiento, secándome el sudor de la frente. Lo beso como si estuviéramos solos en mi casa. Lo segundo que saboreo es su lengua. Le beso el cuello. Una cosa que puedo oler. Inhalo el aroma de lavanda del suavizante que debe comprar su madre. Él se despega. "Por ahora no", dice, señalando hacia la clase. Yo asiento con la cabeza y me agarro la muñeca. Mi ritmo cardíaco bajó bastante.

La película termina siendo una de nuestras favoritas. Cindy dice que no sabía que los latines se esforzaban tanto por los derechos educativos. La Sra. Obi menciona a Sylvia Méndez, cuyo caso abrió la integración escolar antes que los Little Rock Nine a finales de 1950.

"¿Funciona la integración, Sra. Obi? O sea, la mayoría de nuestras escuelas todavía tán segregadas, pero debe haber escuelas que estén integradas. Mi prima asiste a una escuela chárter en Brooklyn. Dice que es bacano ir a la escuela con toda clase de personas", dice Jay.

"Apuesto que son más rigurosas las clases, ¿verdad?", pregunta Mariamma.

"No te puedo decir", dice la Sra. Obi. "Creo que tendríamos que pensarlo en términos académicos, pero también en términos de salud emocional y social". Cuando se da cuenta de que nadie está satisfecho con su respuesta, dice: "Sin embargo, si lo piensan bien aquí estamos bastante integrados. Venimos de tantas culturas diferentes".

Victory me espera junto a la puerta. Nos conocemos tan bien que ni siquiera tenemo que hablar pa saber qué lo qué. Caminamos hacia nuestros casilleros, recogemos nuestras cosas y nos encontramos afuera. Vaciamos nuestros bolsillos y juntamos dos dólares con setenta y cinco centavos. En la bodega, ella pide una tostada de queso y un chocolate caliente grande con dos tazas. Lo dividimos y comemos en la guagua, pero ya siento el estómago lleno de algo. De aire. De una premonición. Mastico y muerdo, mastico y muerdo, y trago tratando de enterrarla. Lo hago en silencio, todo el camino a casa.

Ella me aprieta la mano antes de salir al Grand Concourse. Asiento con un pequeño movimiento de cabeza.

Tú me asustaste cuando me hiciste llamar a la policía. Yo sé que tú ya lo sabes. Pero siento que tengo que desahogarme pa poder dejar de sentirme así. Tú no pensaste en mi historia con la policía. Tal vez era necesario, pero no me diste tiempo para pensar. Escribo el mensaje y se lo envío.

Tienes razón. Lo lamento. Pero te creo. Todavía te creo, responde.

☾

Camino a casa, paro en el supermercado. No dejo de darle mente al sueño de la gata de la bodega, y yo sé que eso probablemente significa que tengo que hacer algo con las hierbas con las que Ani se lavó la sangre de las patas.

Por favor, que encuentre las hierbas, por favor que encuentre las hierbas, por favor que encuentre las hierbas, canto mentalmente mientras entro.

El supermercado está repleto de gente corriendo por los pasillos con carritos rebosantes.

"¡Están diciendo que estaremos trancados por meses!", escucho a alguien decir. Camino por los pasillos de artículos de aseo y velas y noto que no hay papel higiénico en los estantes. En el pasillo del pan, solo quedan tres fundas. Muchas áreas del Bronx, incluida esta, siguen siendo desiertos alimentarios, por lo que a veces Mamá y yo tenemos que ir a otro lugar pa conseguir las hierbas y cosas que necesitamos pa comer o hacer los baños. Mientras camino al lado de las verduras me cae una jarinita de los pequeños rociadores. Hallo el hinojo y me doy cuenta de que mi canto funcionó mejor de lo que yo esperaba. Agarro un ramo y lo siento frío en la mano. *Gracias por responder a mis oraciones.* Escaneo todos los productos verdes y no encuentro orégano fresco, pero me conformo con algunas hojas secas del siguiente pasillo.

Cuando salgo del supermercado, meto mis manos enguantadas en los bolsillos de mi abrigo y dejo que el aire frío me acaricie los cachetes. Soplo y veo mi respiración condensarse frente a mí en la oscuridad de la noche invernal. Unos niñitos saltan frente a su madre y ella les grita que tengan cuidado de no trompezarse conmigo. Sonrío, y en realidad solo quiero detener el tiempo, preservar este momento y su inocencia.

Cuando abro la puerta del apartamento de Mamá, el calor anuncia que llegué a mi refugio. Me quito el abrigo, los Vans y me lavo las manos en el fregadero de la cocina. Abro la puerta de la nevera para sacar agua y noto que está llena. Parece que Mamá usó nuestros cupones de alimentos para prepararse para el virus que dicen que anda por ahí.

Después de beber agua, me alisto para empezar a preparar el baño. *Honorables Ancestros, Fuego, Misterios, Bruja Diosas, Madre Tierra, Padre Cielo, todos los que me aman y protegen,* rezo. Cierro los ojos. *Guíenme mientras preparo este baño. No sé para qué sirve, pero por favor faciliten su trabajo.* Llevo a un gran caldero de agua al fuego. Mientras eso hierve, corto el hinojo del tallo a las hojas.

Cuando el agua está hirviendo, echo el hinojo, el orégano y vierto la sal marina que Mamá guarda debajo del fregadero.

"¿Qué tú cocina?", vocea Mamá, saliendo de su habitación. Ella enciende la televisión en la sala antes de entrar a la cocina. Últimamente, más y más ha estado echando pavitas y orando en su altar.

"Un baño que me llegó en un sueño", respondo, revolviendo el caldero. Mamá se para sobre él e inhala.

"El hinojo protege del mal. El orégano aumenta las habilidades psíquicas. La sal aleja todo lo que no nos sirve", dice. "E un buen baño". Me pica un ojo y saca el colador. Lo coloca encima de un gran tarro mientras vierto los contenidos del caldero.

El locutor anuncia que los casos de COVID-19 están aumentando rápidamente y el gobernador se dirigirá al estado esta noche. Mamá hace un chupi. "Que los Misterios y todo lo bueno nos proteja", dice.

Llevo el jarrón al baño y me quito el uniforme. Entro a la bañera y me quito el día. Luego, la limpio, imaginando que estoy quitando toda la negatividad que se ha pegado a mi comunidad. Limpio la suciedad, pongo el tapón en el desagüe y dejo correr el agua tibia. Echo el baño al agua, viendo cómo el agua se vuelve verde lentamente. Dejo que el color se difumine por mi mente.

Aparte del beso de José y el viaje a casa en guagua con Victory, la ansiedad me sigue dominando. Tomo una respiración profunda y me acomodo en la bañera, abrazándome. *Yo pensé que yo era bruja, pero ¿podría estar loca, podría estar inventando to eto?* Mi mente quiere huir de este momento, pero respiro y trato de acorralarla. Aunque siento que todo se me tá zafando de las manos, *estoy contenta de estar aquí. Estoy contenta de estar aquí. Estoy contenta de estar aquí.*

Después de la cena, Mamá moja los dedos en aceite de lavanda y me da un masaje en la cabeza. Luego toma agua Florida y me da palmaditas en todo el cuerpo. Hace años que no me arropaba, pero la dejo. Ella mira hacia mi altar. Las llamas titilan, las velas a punto de apagarse.

"¿Tú tiene más velas?"

"No, las compro mañana", le digo.

"No olvides prender velas para tus Misterios y tus ancestros. O tú sabe . . ."

"Pueden ser vengativos. Lo sé, Mamá", digo. "Ción, Mamá".

"Que todo lo bueno te bendiga". Me quito los audífonos y se los entrego.

En el silencio de la noche, observo cómo bailan las llamas, trato de mantenerme viva y finalmente me quedo sin nada que quemar.

ESO ES REAL

Me mira fijamente. Mi Misterio. *Déjame mostrarte algo, dice* y me agarra la mano. Corremos y estamos en un pueblo de gente desnuda. Se siente alegría y hay abundancia de todo lo que se necesita. Tienen verdaderos líderes, no líderes que extraen el poder de la comunidad. Dame tu mano . . . Corremos y parecemos estar en Egipto. Veo las pirámides siendo construidas con ladrillos y magia. Volamos de Egipto a África Occidental, presenciamos africanos a bordo de sus propios barcos cruzando el mar, dirigiéndose al Nuevo Mundo por su propia voluntad. Navegando por Polinesia. Los vemos desembarcar en sus destinos y ofrecer ñames e intercambiar otras cosas con taínos, arahuacos, maoríes, samoanos y tonganos. Nos quedamos. Construimos puentes. A pesar de ser una persona mayor, mi Misterio puede saltar. A pesar de ser una muchacha con más tetas que músculos, puedo volar.

Vemos llegar a los colonizadores. Destruyen. Saquean todo lo que hay. Haz algo, digo. Hagamos algo, le ruego. Saca su cachimbo y le echa tabaco. Chasquea los dedos y se forman llamas. Pega las llamas al tabaco y fuma. Fuma; exhala. Si no en esta vida, dice, en la próxima. Somos fuerza. No es una maldición. Es un regalo, mi niña.

Dame la mano, dice.

No quiero, respondo.

Por favor, hija del fuego, tu mano.

Se la doy. Corremos por los carriles de la historia. Llegamos al presente. Saltamos el pasímetro porque no tenemos dinero ni Metro- cards. Los policías nos ven, nos persiguen, nos dicen que nos detenga- mos por nuestro propio bien. Reduzco la velocidad y mi Misterio me da corrientazos en los pies para animarme a correr más rápido. La primera impresión es la que vale, niña. Corre. Corre. Corre. Cuando llegamos al final de las vías del tren, me toma de las manos. Flotamos hacia arriba, hacia la calle; cierro los ojos; los abro cuando ya no siento presión en los hombros. Estamos en el cielo. Nadando entre planetas, bailando entre galaxias. A mi alrededor estamos todos nosotros, todos nosotros. Todos. Nosotros.

☾

Cuando me despierto, Mamá tá durmiendo al pie de mi cama. La toco y ella salta. Hay polvo y migas en su bata morada.

Cuando Culebra visita el cuerpo de Mamá, a veces se arrastra por el piso como una serpiente.

"Culebra te protege", leo en los labios de Mamá, y entonces me besa en la frente. Corro al baño, enciendo mis implantes y le cuento mi sueño.

"Tu Misterio siempre estará a tu lado, Yolanda Nuelis", dice.

☾

Hoy no tengo mente pa mis clases, ni siquiera la de la Sra. Obi. Desde que regresé a la escuela, siento que toy sonámbula. La única vez que me siento como antes, el yo que era antes que Ben entrara a Julia De Burgos, es cuando me topo con el Sr. Leyva. El deseo de estar en casa bajo las sábanas es muy fuerte. Por lo menos, Ben no tá en clase hoy. Lentamente levanto la mano, acunando el cachete izquierdo en el otro brazo. La Sra. Obi se me acerca mientras los demás trabajan.

"¿Puedo ir al baño?", pregunto. Ella me pone la mano en la frente y asiente. Agarro el matraz plástico que sirve como pase y no puedo evitar sentirme culpable.

Deambulo por el primer piso, pero no encuentro a Victory ni a nadie que me interese, así que abro la puerta de la escalera. Lentamente, subo dos escalones a la vez.

Cuando tomo un momento para recuperar el aliento, escucho el silbido bajo. El silbido bajo que me ha llegado tantas veces. Me imagino el zíper de la mochila como una serpiente viciosa, su cuerpo bombeando y revelando aquella cosa letal.

Sigo subiendo las escaleras, de dos en dos, pero en silencio. Obligo a mi respiración a salir calladamente. La adrenalina corre por mi cuerpo.

Miro por los rieles de las escaleras y él está sentado contra la puerta de metal que bloquea el acceso al último piso. Me está dando la espalda, pero cierro los ojos e imagino lo que está tocando mientras escucho los sonidos: carpeta, libro, papeles sueltos, Glock, balas, Glock. *Bruja Diosas, Fuego, Misterios, Ancestros Honorables, Yo Superior, Ángeles Guardianes, Guías, por favor acompáñenme.*

Abro los ojos furiosamente. "¿Ben?", digo en voz alta. Se voltea, sus ojos muy abiertos por la sorpresa. Tiene la boca abierta y sé que lo asusté. Miro hacia abajo, a sus manos, y ahí está: la pistola.

En este momento, quisiera haber estado equivocada. Que mis visiones se hubieran equivocado.

Ben cierra la boca y traga. Entonces se voltea completamente hacia mí y, todavía sentado, apoya los codos en las rodillas. El arma cuelga de sus dedos. "Yolanda, Yolanda. Simplemente pareces ser incapaz de mantenerte alejada de mí".

Antes que yo pueda responder, él soba el arma entre las piernas con un clic. Ni siquiera está tratando de ocultarlo. Oigo las Bruja Diosas como cuando mi Mamá y sus amigas discuten intensamente: todas hablando a la vez, cada una con su punto de vista, gritando, histéricas. *¡Protégete, mantente firme, respira, vete!* Siento que me estoy derritiendo: los pies en los escalones y las manos en el pasamano.

"¿Por qué coño me sigues? ¿No sabes nada sobre el consentimiento? No significa no". Sonríe Ben. Se sonroja y su sonrisa dura más de lo que es cómodo, como si estuviera tratando de convencerme que todo está bien. No le suelto los ojos. Trato de entrar por ellos. Pero su mente, su alma está llena de putrefacción, demasiado pesada para yo fluir fácilmente.

Quiero decirle la verdad: que he visto este momento tantas veces. Su sonrisa. La forma en que maneja el arma. El poder que sujeta como un trofeo.

Lo único que he hecho es tratar de detener o evitar este momento. Y ahora aquí estoy, inmovilizada.

Tengo la lengua entumecida como una piedra montañosa. Él da la vuelta, buscando algo más en la mochila. Y me volteo, pensando en volver a correr.

Golpea el metal contra la escalera, y me detengo de nuevo. "No, no, no, no, no, no, no", dice. "¿No querías pasar tiempo conmigo?" Se para y da un paso hacia abajo con la Glock firmemente en la mano. Mueve los ojos y los fija en todo menos en los míos. Pero mi cuerpo ya sabe cómo se siente ser observado, y me da un segundo para recordarme de mis propios poderes.

"¿Y qué tienes tú de especial?", se ríe y se me acerca. Ahora me mira a los ojos. Sostengo la mirada y comienzo a cavar, buscando hueso. Intento revoltear su sangre, llevarla hasta las cuencas de sus ojos. Ahora está a solo cuatro pasos de mí.

"No me mires", exige. Pero no lo suelto. Su voz es temblorosa y le invade una gran vergüenza. No lo suelto. Da tres pasos hacia mí. Ahora me sobrepasa. "No me mires", repite. Cuando no le suelto los ojos, me golpea la cara con el puño antes de que pueda terminar. Trompiezo y caigo al rellano. Inmediatamente, intento levantarme.

Estar de rodillas me da la oportunidad de sobrevivir. De rodillas, logro bajar la mirada por el pasamanos de la escalera y veo los ojos de José. Está mirando hacia arriba, se encuentran nuestros ojos y se lleva el dedo índice a los labios. *Cállate*. Él desaparece.

Bruja Diosas, Fuego, Honorables Ancestros, todos, por favor ayúdenme, ayúdenme.

Ben da vueltas a mi alrededor, la pistola en su mano como si formara parte de ella. La colonia que exude de su bléiser, junto al olor a detergente, me marea. Tengo un charco caliente de saliva debajo de la lengua. Me pregunto por qué se puso colonia hoy; ¿a quién taba tratando de impresionar? Es el tipo de aroma que se adhiere al algodón de la ropa incluso después de que hayan pasado las horas.

"Podríamos haber sido amigos, Yolanda. Podríamos haber sido solo amigos. Pero quisiste actuar como si fueras demasiado buena para mí", se ríe.

"Yo traté", logro gruñir.

"Tienes razón". Asiente emocionado. "Pero solo querías fingir que no pasó nada, ¿eh? Viniste a mi casa solo para dejarme. El botellazo. Cómo constantemente me afuereaste del club". Me agarra por el cabello y lo envuelve en sus nudillos. "Vamos abajo; vamos a visitar a los que no me pudieron hacer un pequeño espacio en sus miserables vidas".

Me obliga a bajar las escaleras. 1, 2, 3, 4, 5, 6, 7, 8, 9, 10, 11,12. Si me mata a mí y no a más personas, será mejor que innumerables muertos y varios heridos. 13, 14, 15, 16, 17, 18, 19, 20, 21, 22, 23, 24. No quiero morir. Todavía no he hecho na con mi vida, na, na. 25, 26, 27, 28, 29, 30, 31, 32, 33, 34, 35, 36. Debí haberme alejado.

"Ya, dispárame. Haz tu *show* y dejémoslo de ese largo".

Me pega el metal a la frente y lo empuja con fuerza contra el hueso. "Ya, ¿eso es lo que quieres?" El corazón prácticamente se me sale del pecho con cada latido. Mis piernas se sienten inexistentes, y quiero que to eto sea mentira. Esperar e peor que morir, y quiero que dispare o que se vaya. En el primer piso, la puerta se abre. Veo una mano. "¡No entres!", grito, y Ben me golpea en la boca con el metal. Pruebo sangre.

Detrás de nosotros en el tercer piso, un golpe duro distrae a Ben. Miro hacia el primer piso y veo a Jay abrir la puerta un poco más abajo. Voltear la cabeza duele ya que mi cabello todavía tá en las manos de Ben, pero lo hago de todos modos. Alcanzo ver a José bajar una palanca en la mano izquierda de Ben. Ben grita y me suelta el pelo, pero su otra mano todavía sostiene el arma.

"Sr. Leyva!", Jay llama abajo. Deja un pie en la puerta. Se ve indecise, como si no supiera si irse o subir a ayudarnos.

Ben aprovecha eta oportunidad pa usar la mano sana. El sonido de la bala me penetra la cabeza. Rompe algo al estrallarse contra la pared. Una nube escapa con el sonido, y por un instante parece que tamo en un sueño. Toso. A través de la niebla, veo a

Jay cayendo al suelo. Intento correr hacia elle, pero Ben vuelve a agarrarme por el pelo.

"Aléjate de ella, maldito gringo de mierda", dice José, agarrando la palanca como un bate. Creo que dio la vuelta y subió por otra escalera. ¿Por qué no llamó a nadie?

"Hijo de tu maldita madre", le gruñe Ben a José, pateándolo. Con cada movimiento me jala la cabeza.

Una puerta se abre. Miro abajo hacia donde cayó Jay y veo entrar al Sr. Leyva. "Ben, por favor, baja el arma", él dice. Ben y José están peleando. Luego oigo un golpe y veo a José caerse contra la pared. Ben aprieta la mano. Siento romper mi cabello. No puedo respirar.

"Ben, te repito. Baja el arma", dice el Sr. Leyva, acercándose lentamente. Se me aprieta el pecho. *No, no, no. No vengas*, le articulo.

El altavoz se enciende. Hay un carraspeo, "Maestros, personal y estudiantes: Código ROJO. Los adultos deben seguir los protocolos", dice la Sra. Steinberg con calma.

Ben sonríe. "Qué pena, qué pena", dice. Cuando José intenta ponerse de pie, Ben lo golpea con la pistola de nuevo y luego lo patea. Entonce, le apunta el arma. "Estaba empezando a divertirme".

Levanto los ojos y veo a Ben; está sonrojado, y no sé si es porque está emocionado o nervioso. *Bruja Diosas, Fuego, acorrálenlo.* Trato de sacarle la sangre de los ojos, pero él está demasiado nervioso. Lo sé por la forma en que sus labios no pueden permanecer neutrales, no saben si elegir entre una sonrisa siniestra o un ceño fruncido. El Sr. Leyva parece estar paralizado por la indecisión. Extiende los brazos como si fueran escudos y no una postura de rendición. Los ojos verdes de Ben se turnan mirando tranquilamente a José, al Sr. Leyva y a mí.

Los segundos pasan como olas lentas y siento mucha presión en la cabeza.

Protégenos, Bruja Diosas. Fuego, por favor. Protégenos.

Ben apunta hacia José y aprieta el gatillo. El bajo fuerte de la bala me choca en el pecho, obligándome a cerrar los ojos. Cuando los abro, veo que la bala se estrelló contra la pared y José escapa por la puerta. Frustrado, Ben me suelta el pelo y yo trato de pasarlo y salir por la puerta también, pero me envuelve el cuerpo con su brazo y me toca el hombro, sus dedos encontrando lugares sensibles. El pellizcón me tumba, pero él me obliga a pararme y me usa como escudo.

"¡Aléjate de ella, coño!", grita José desde el otro lado de la puerta. Golpea la puerta con la palanca. Ben se ríe. Cuando José nos mira, le veo la impotencia en los ojos. Me debarata verlo tan derrotado.

"¡¿Qué quiere de nosotros?! ¿Por qué estás haciendo esto?", grito y lloro. Le piso el pie con todo mi peso. Me voltea, dándole la espalda al Sr. Leyva mientras le apunta a José. Rechinando los dientes y mirándome directamente, mueve la mano de mi hombro a mis cachetes y los pellizca con tanta fuerza que creo que los va a perforar.

Bruja Diosas, Fuego, rezo. Todo pasa en cámara lenta. Veo al Sr. Leyva subiendo las escaleras corriendo detrás de Ben, de dos en dos. Ben me golpea la cabeza contra la pared. Una, dos, tres veces. Siento el calor primero y luego lo huelo: sangre.

José entra corriendo y mueva la palanca hacia Ben. El Sr. Leyva tá tan cerca, extiende las manos hacia mí.

Lo miro a los ojos y ahí hay una sonrisa, una paz, un amor. Me inunda cada célula del cuerpo. En mi confusión, sé que lo que viene ahora me va a debaratar.

Bruja Diosas, Fuego . . .

Ben me empuja hacia los escalones. Da la vuelta mientras caigo, y antes de que el golpe de la palanca lo toque, aprieta el gatillo. El sonido penetrante de la bala no me aturde esta vez.

Cuando mi cabeza cae contra los escalones, mi mundo se oscurece.

BAJO ATAQUE

BRONX: TIROTEO ESCOLAR DEJA AL MENOS UN MUERTO

Kathy Nacorri y Pedro Rodríguez

Ben Hill, el tirador de 17 años acusado de abrir fuego con una Glock 17 en su antigua escuela secundaria en el Bronx, Nueva York, fue arrestado y espera juicio. Hill es hijo del candidato Joseph Hill, que se postula para el distrito 12 del Congreso de Nueva York. Aunque el candidato Hill aún no ha comentado sobre el tiroteo, una fuente reveló que dejará el cargo.

Ben Hill fue arrestado en la escena, en la Secundaria Julia De Burgos, en el sur del Bronx.

Las autoridades informaron que el sospechoso ocultó un arma semanas antes del incidente dentro de una teja rota del techo del baño de la escuela pública. Un estudiante, que permanecerá en el anonimato, avisó a la policía de haber visto un arma, pero después de una redada exhaustiva por parte de la policía de Nueva York, no se encontró nada y no se presentaron cargos.

Hasta hace poco, el público desconocía que Hill había sido expulsado recientemente de Butler Prep y de otra institución privada por razones disciplinarias, que incluyen discurso de odio, agresión hacia estudiantes y profesores y acoso escolar. Las escuelas privadas de la zona fueron aconsejadas que no admitieran a Ben Hill. Por lo tanto, a fines de octubre, Hill se inscribió en la Secundaria Julia De Burgos, un acto que muchos vieron como una maravillosa demostración de valores progresistas por parte de la familia Hill.

LO QUE SE SABE HASTA AHORA:

- Tres estudiantes y un miembro del personal estuvieron directamente involucrados. Uno está muerto y el otro en estado crítico.
- El sospechoso, identificado como Ben Hill, está esperando juicio. Puede comparecer ante el tribunal este viernes.
- Se cree que Hill, de 17 años, usó una Glock 17, un arma popular utilizada por la policía de Nueva York y que se cree que obtuvo en su casa.
- La Oficina del Sheriff del Condado del Bronx realizará una conferencia de prensa el viernes a las 9:30 a. m. ET.
- Una cuenta de YouTube con el nombre de usuario "BenjaminHilton" supuestamente publicó "Cómo convertirse en tirador profesional en escuelas públicas" en septiembre del año pasado.

- El presidente tuiteó: "¡Ben Hill no pertenecía al Bronx! ¿Qué estaba haciendo allí? ¿Qué ocultaba su padre demócrata? Los liberales están desesperados y son peligrosos". Se dirigirá a la nación a las 10 a. m. ET.

Hasta el momento se sabe que el pistolero no tenía cómplices, afirmaron autoridades federales y locales.

☾

No hay na que decir.
Eto no silve pa na.

EL DUELO

Cuando me despierto, muchos de mis seres queridos corren a mi lado. Me examinan, rodeando la cama del hospital en la que estoy acostada. Todos usan mascarillas azul cielo. Siento una ola de alivio como cuando llego a casa de Mamá Teté despué de un largo día. Pero . . .

Me llega como una tormenta: Jay cayendo al suelo. El Sr. Leyva. Mi cuerpo debaratao. Los tiros.

José me agarra la mano. Tiene la frente cosida y un ojo negro y azulado.

"¿Y el Sr. Leyva?", pregunto. Mi voz sale de cuerdas vocales oxidadas. Las fosas nasales de José se dilatan y se pasa la mano por la cara. Mamá Teté le dice que tomé un momento.

Ella aprieta los labios y entonce empieza a hablar de los espíritus. Su suave voz teje una colcha de historias que me envuelve. Ella recuerda cuando tuvo que contarme de Papá Antonio y su papel como ancestro. Menciona las figuras históricas que hemos perdido que actúan como protectores desde el otro plano. Por un momento, sus palabras me duermen. Pero la duda sigue insistiendo en la parte de atrás de mi cerebro.

"¿Dónde está, Mamá?", digo más fuerte que antes.

"Hizo su transición, mi vida. El Sr. Leyva ahora es un espíritu", responde Mamá. Me abraza llorando. Le grito y la empujo para escaparme de sus brazos. Mami y Papi se abrazan y me miran, impotentes. Les digo a todos que salgan de mi habitación. Y como hormigas en fila, se marchan, dejándome con mi furia.

"¡Espera!", digo cuando la última persona, Victory, está a punto de salir. "¿Y Jay?"

Ella se desploma.

"¡Ay, Dios mío!" grito, golpeando los puños contra mis piernas. Las lágrimas se sienten como ácido en mis cachetes.

Ella recupera el aliento. "Todavía está con nosotros. Esperamos que se recupere, pero la bala atravesó una arteria importante en el brazo".

Entonce ella también se va.

Recuperándose.

Recuperándose.

Recuperándose, no muerto, aún no un espíritu.

Paso largas y oscuras horas en soledad. Después de golpecitos en la puerta, las enfermeras vienen a tomar mis signos vitales y se van después de intentar hablar conmigo. La gente buena muere y el mundo sigue girando. Los Misterios . . . las Bruja Diosas no se encuentran por ningún lao y ya no dan respuestas.

☾

La doctora entra a la habitación al anochecer. Me despierto de una pavita y la veo mirando el historial junto a mi cama. Su cabello azabache cuelga en una trenza larga que baja por la espalda de su bata blanca. Leo el nombre en su placa. Doctor Taveras.

"Hola". Mi voz está ronca. Toso y aclaro la garganta.

"Ah, hola, Yolanda. No quise despertarte". Me toca la rodilla, mirando mis signos vitales en la pantalla a mi lado.

"¿Uted sabe algo de mi amigue?", digo, tratando de sentarme.

Ella hace un gesto y presiona unos botones en la cama que hacen el trabajo por mí. "Jay pasó por mucho, pero va a estar bien".

"¿Puedo ir a verle?", pregunto.

"Creo que realmente deberías descansar", dice la doctora Taveras.

La miro, negándome a mostrar cualquier tipo de emoción. La veldá e que no voy a rogar. Su piel oliva se sonroja. "Está bien, puedo llevarte a su cuarto. Pero solo por un minuto, ¿de acuerdo?", dice, dando golpecitos en mi historial con el lapicero.

Asiento. Me ayudan a sentarme en una silla de ruedas, aunque les digo que no la necesito. Me duele el cuerpo, tengo el cuello rígido y me siento mareada. Cuando vamos saliendo, Mamá Teté le dice a la doctora Taveras que le trajo un tres golpes. Ella sonríe y se lo agradece y me empuja fuera de la habitación y por el pasillo.

"Antes de entrar, solo quiero prepararte", dice la doctora Taveras, arrodillándose a mi lado. Me da una mascarilla y me dice que debo usarla porque Jay está en estado crítico y ahora todos tenemos que cuidarnos, especialmente con lo de COVID. "Jay todavía está débil y bajo los efectos de la anestesia. Por favor, no te sorprendas si no está despierte".

Asiento. Abre la puerta y me entra a la habitación. La madre y la abuela de Jay están al pie de su cama con rosarios en las manos. Su cama está rodeada de flores y globos como la mía.

"Hola", digo, "soy Yolanda. La compañera de Jay".

"¿Estás bien, mi niña?", pregunta la madre de Jay.

"Estoy bien". Asiento. Mantengo los ojos en ella, demasiado consciente de la cara hinchada de Jay detrás de ella.

"Adelante", hace un gesto. La abuela se limpia los ojos.

Me acerco a Jay. Tiene un tubo en la boca y una venda en la cabeza. Los recuerdos me llegan como un relámpago. El momento en que Jay cayó al piso. El Sr. Leyva. Tengo que taparme la boca para no gritar. Los ojos se me llenan de lágrimas.

Jay, quédate, por favor. Te queda toda una vida por vivir. Por favor, lucha. Lucha y quédate. Por favor, rezo. Le agarro la mano y le doy un apretón.

"Ya todo está bien", la madre de Jay me toca la espalda y la empieza a frotar. "Jay debió pensar que eres bastante extraordinaria para ponerse en peligro".

Sonrío, pero solo por cortesía.

Eto no se puede quedar así. De veldá que no.

29

LAS ETAPAS

Ha pasado una semana. La mayoría de los días siento que toy en el purgatorio. Las preguntas no paran y no saber el efecto de mis respuestas me hace sentir como si estuviera eligiendo entre el cielo o el infierno. Nadie se aparta de mi lado. He comido más sopa de la que comeré por el resto de mi vida. Es lo más fácil de tragar.

Cuando finalmente me dan de alta, mi vista se va a la mielda. La doctora Taveras me dijo que los síntomas del traumatismo que sufrí podrían durar un rato. Ella dice que debo ir a terapia física, pero con COVID-19 arrasando en los hospitales, probablemente no voy a empezar hasta que todo se calme. Me molestan las luces. Nítido. Ahora voy a ser la chamaquita básicamente sorda y prácticamente ciega. ¿Qué importa? ¿Quién necesita sentidos? Este mundo tá matando a to el mundo. Desde el día que pasó todo, en Nueva York se dice que van a cerrar las escuelas oficialmente y obligar a la gente a trabajar desde casa. Ojalá el gobernador hubiera actuado más rápido. Tal vez hubiera impedido que to eto se fuera a pique. Pero de nada sirve desear o esperar. El virus se tá propagando y la gente tán empezando a morir.

Las sirenas de la ambulancia no paran. Cuando me pongo mis audífonos, hasta aquí arriba las escucho, todo el día, todos los días.

Mamá me sigue a todas partes. La gente viene de visita y ella hace que todos se bañen en el spray desinfectante que siempre carga antes de enviarlos a lavarse bien las manos. Cuando Papi no puede venir, llama cada segundo. Mami se pasa la mitad de la semana durmiendo en el sofá de Mamá Teté pa siempre estar al tanto de lo que está sucediendo conmigo. Varios días a la semana, los padres de Victory la traen y ella se sienta conmigo. Pero no hablamos. Solo nos sentamos. Respirando el mismo aire. José entra y sale, trayendo comida que dejo sin comer.

Me levanto pa usar el baño, pero paso la mayor parte del día en la cama. Mis pasos diarios en mi aplicación de Salud bajaron de 15,000 en un día normal a 200 como mucho.

Al quinto día de esto, Victory suelta el teléfono y observa mi habitación. Mira mi mesita de noche.

"¿Quieres leer las cartas?", pregunta. Se estira sobre mí y las agarra. Tomo una respiración profunda. El día que las llevé a la escuela por primera vez me parece tan lejano, aunque fue hace apenas unos meses.

"Pal carajo con las cartas. Llévatelas", digo.

"Yoyo, no lo dices en serio", dice ella.

"Claro que sí", gruño.

Victory pone las cartas entre nosotras y se sienta contra la cabecera de mi cama. Dejo caer el cuerpo sobre la cama como una serpiente arrastrándose desde un árbol hasta el piso. Me tapo la cara con la frisa; quiero que ella se vaya.

"Te conozco y sé que sólo estás enojada". Pasa los dedos por mi cabello. Quiero que sea suficiente la tranquilidad que sus dedos le dan a mi cabeza; trato de aceptar que e algo bueno que necesito. "Las fuerzas superiores nunca nos abandonan. Nosotros hacemos eso, los humanos lo hacemos, Yoyo. No las rechaces".

Quiero recordarle que ella no estaba allí. Quiero decirle que lo que pasó nunca la afectará a ella cómo me afectó a mí. Pero me quedo callá. No tengo la energía pa discutir con nadie y ella solo quiere ayudar.

Cuando no respondo, la escucho sacar su computadora. Los dedos de Victory comienzan a bailar sobre el teclado.

"Nuestra escuela se convirtió en tendencia", dice. Me la imagino en pleno júbilo. Vive buscando contenido para sus redes, así es que esto puede ser más contenido para ella . . . qué *cool*.

No digo nada.

"Hay un *hashtag*", afirma. El tono de su voz parece medio emocionado. Ella quiere que ese *hashtag* signifique algo, que llegue a algo. Pero nunca va a significar nada, nunca podrá deshacer lo que pasó. Y yo sé que las consecuencias para los tiradores que se parecen a él tampoco significan nada. ¿Cómo es que Victory no lo ve?

"¡A LA MIERDA CON TU *HASHTAG*!", grito tan fuerte, que instantáneamente se me quema la garganta. Me tiro la frisa de la cara. "¡Un *hashtag* no puede hacer nada para mí, nada para nuestra escuela, nada para Jay y definitivamente nada para el Sr. L!" El cuerpo se me está debaratando otra vez.

"Yoyo, no dije lo contrario. Pero como tendencia tal vez . . .", empieza.

"¿Y? ¿Ser tendencia me hará sentir mejor? Ese e el problema con algunos de utede, realmente se creen to lo' sueño que nos venden", grito.

"¿Qué?", dice, confundida.

"Ya vete, Victory", digo en voz baja.

"Pero quiero quedarme contigo", dice, agarrándose los dedos.

"¡Pero no quiero que te quedes conmigo! ¡VETE!", grito.

Me mira mientras recoge sus cosas. "Tú sabe, yo también lo extraño", llora Victory. "Significó mucho para todos nosotros, Yoyo. Y lamento cómo se dieron las cosas. Ojalá no hubiese sido así". Finjo no escuchar. Después de ponerse el abrigo, se tira la mochila al hombro y camina hacia la puerta. "Te amo, loca", dice, poniéndose la mascarilla. Cuando cierra la puerta detrás de ella, miro las cartas. Las tiro al aire y caen al piso como confeti.

☾

Lo que pasa con el dolor y la depresión es que dormir es un gran alivio. El único alivio. Entonce, e má fácil que cualquier otra cosa. Y es un infierno cuando, en otros momentos, el sueño no aparece y los pensamientos vacíos te arrastran toda la noche. Esta noche, son más de las 3:00 a.m. cuando finalmente puedo dormir.

Disparan fuegos artificiales, pero no es el cuatro de julio. El Bronx se llena de furia. Nuestros edificios se están quemando, derrumbándose en las calles y encima de la multitud que se encuentra afuera. Corre, escucho los susurros. Corre. Entonces corro. Entro a barrios que no están ardiendo. Me doy cuenta de que el mundo se está acabando, pero solo para algunos de nosotros. La rabia me confunde, pero doy media vuelta y vuelvo corriendo al lugar al que llamo hogar. Cruzo suburbios y otras ciudades, pero no encuentro el Bronx. Lloro y grito. Paniqueá, me tapo la cara. El humo entra disparado por mi nariz. Miro hacia arriba y Fuego está flotando cerca de donde viene el humo. Corro hacia Fuego, su cuerpo una estrella guía.

Victory no devuelve mis mensajes durante dos días. Sé que

me pasé, pero no lo aguantaba. No pude. Yo quería silencio y ella quería hablar de mielda que me importaba un carajo.

Mamá regresa de hacer una lectura. Desde el tiroteo, va pa las casas de los clientes. Toca la puerta y se quita la mascarilla. Dejo mi libro.

"Yolanda". Se sienta en mi cama. "El funeral del Sr. Leyva es en tres días. Vamo a dar el pésame".

"¡Ja! ¿Funeral pa qué? ¿Celebración de qué? Los Misterios no tienen piedad", las palabras se me derraman de la boca, gruesas y llenas de arrepentimiento.

Mamá Teté respira profundo. "Yo sé que tás pasando por mucho. Pero te suplico que dejes de dudar de los Misterios y de tus Bruja Diosas, Yoyo . . ."

"Mamá, me abandonaron, abandonaron a todos en esa escuela. ¿Por qué lo permitieron? Y e má'". Me levanto. "¿¡E veldá que existen!? Porque yo no los veo".

Tumbo todo de mi altar. Las estatuas, los cristales, las fotografías, las velas, todo explota en el piso como misiles.

Mamá empieza a rezar en voz baja, sus ojos iluminados por la furia.

"¡Vete!", le grito. Y ella se va. Caigo al piso y golpeo los puños contra las piernas. Siento un fuego en el pecho. Bajo la cabeza al piso frío. Veo mis sujetalibros, Yolanda La Bruja, y no puedo dejar de reír y llorar. Me arrastro hacia los libros y abrazo lo único que me recuerda que mi rabia, mi dolor es normal: la autobiografía de Assata.

30

EN LA INTERSECCIÓN ENTRE LA ESPERANZA Y LA MUERTE

"Moriste.
Lloré.
Y me seguí levantando.
Un poco más lenta.
Y mucho más letal."
          —**Assata Shakur**, *Assata: una autobiografía*

La policía bloquea el tráfico a cuatro cuadras al norte, sur, este y oeste de la Funeraria Ortiz. Entonce, básicamente, Fordham Road está cerrado. Pero toda la ciudad ha estado callada desde que el alcalde empezó a implementar las medidas de COVID. No hay doñas con sus neveritas en la esquina vendiendo empanadas o chocolate caliente. Nada de muchachitos haciendo coro en el Burger King o en la pizzería de la esquina después de la escuela. Nadie entra y sale de las tiendas de tenis buscando las mejores ofertas en los que estén de moda en este momento. No hay música a to lo que da saliendo de las tiendas de celulares o de las bodegas. Es inquietante ver el Bronx tan callao, tan inerte.

Tablones de madera y cartón cubren las ventanas de algunos negocios en Fordham Road. Hace unos días, una mujer llamada Breonna Taylor fue sacada de su cama en medio de la noche y asesinada por la policía en su propia casa. Hubieron muchas manifestaciones por ella; la gente se echaron a la calle a pesar del miedo al virus para denunciar su injusta muerte. Hoy, el Sr. Ahmed, el dueño de Bronx Soles, y la Sra. Lee, la dueña de la joyería, convencieron a los demás negocios que cerrarán y rindieran homenaje a un hombre que contribuyó a todas sus rentas. Un cliente fiel. Un amigo leal. A pesar de que las personas están conmocionadas por el COVID, se presentan enmascaradas, algunas con lentes de plástico y visores sobre los ojos. Nadie que lo conocía se iba a perder su despedida.

Todo esto es para el Sr. Leyva.

Papi estacionó la camioneta en un parqueo en la 183 y caminamos el resto del camino, él, Mami, Mamá Teté y mis hermanitos. Papi me agarra la mano izquierda y Mami se para a mi derecha. Mamá está detrás de mí. Sobre nuestras mascarillas N95, tenemos mascarillas de tela blanca con la última foto escolar del Sr. Leyva que su familia repartió.

"¿Tás lista pa todo esto, Yoyo?", pregunta Mami. Suena tensa. Como si quisiera protegerme del dolor, de lo que el dolor provoca en mí, pero no puede. Asiento con la cabeza. Claro que estoy lista.

"Preguntaron si podías decir unas palabras después de la familia. Les dije que no, que tú no tá lista . . .", comienza Papi.

"Sí, yo puedo, Papi", le digo. Últimamente, ha sido súper protector conmigo. Me cuida tanto que cuando me quedo en mi cuarto el día entero, se turna con Mami durmiendo en casa de Mamá Teté. Creo que lo único que han decidido como equipo es este horario.

Hay un reguero 'e cámaras en todas partes. Channel One, News 12 The Bronx, Univisión, Telemundo, BET, MTV News, CNN, Fox News, otros que nunca había visto, pero ahí están. Lo del tiroteo tá regao. De primera plana en todos los periódicos. En titulares en todos los canales. Me gustaría creer que es por el Sr. Leyva. Tal vez incluso por las heridas de José, las de Jay y las mías. Pero a las personas racializadas nunca nos toman en cuenta. ¿Por qué esta vez sería diferente?

Me tiro la capucha negra sobre la cabeza. Tenemos que caminar entre multitudes de personas, todas vestidas de negro o de colores oscuros, algunos con velas blancas en las manos. Algunos con velas rojas. Me imagino que conocían al Sr. Leyva. Suficiente como para saber que organizó todo su vestuario alrededor del rojo. El color del amor y no de la sangre.

"Álvarez, estoy muy orgulloso de ti. A pesar de tener un comienzo difícil, llegaste y convertiste toda la oscuridad en oro. ¡Dale, muchacha!" El recuerdo me perfora la mente. ¡Fue tan cursi!

El Sr. Leyva siempre fue cursi, siempre cariñoso, siempre optimista. Empiezo a lagrimear. Primero se me aprieta la espalda y luego el pecho. Me volteo y los brazos de Mamá ya están abiertos; ella me recibe en medio de la multitud.

"Llora, Yoyo. Sigue llorando", ella me susurra. La multitud tiene una bulla. Las sirenas suenan por encima de todo.

"Tenemos que seguir, mija", dice Mami. Entonces suelto a Mamá y sigo caminando. Papi ofrece disculpas y excusas mientras abre el camino para nuestra familia.

"¡Yonelis!", alguien llama a Mami. Es la madre de José

acompañada de José y su hermana. Se apretujan entre la multitud hacia nosotros. José tiene puesto una camisa blanca, pantalones y un abrigo negro. Se ve buen mozo como antes de sus juegos importantes. Sus ojos están hinchados, como los míos. Saluda a todos y luego su madre me toma la cara y dice: "Que Dios te bendiga, niña".

Entrar a la funeraria es toda una misión, pero lo logramos de todos modos. A pesar de que queríamos permanecer anónimos, parece que la gente me conoce la cara y mi nombre. Dentro de la funeraria, hay filas reservadas para los estudiantes y familiares de Julia De Burgos. Mi familia y José nos apretujamos ahí. Veo a mis compañeros y se vuelve casi imposible no desplomarme. Me muerdo el labio solo para mantenerme estable.

En el podio, una mujer tose levemente en el micrófono. Ella está vestida completamente de blanco y sus rastas están recogidas. Su piel profundamente melanizada brilla bajo las luces.

"Mi marido era un buen hombre. Un hombre de principios. Moralidad. Mi familia me vivía peleando porque me casé con un hombre mayor. Tenía veinticinco años y él era un hombre de treinta y seis que me trataba como una reina. Llevábamos veinte años juntos. Cuando le dije que no podía tener hijos, que simplemente no estaba en las cartas para mi cuerpo, dijo: 'Bebé, eso es perfecto, porque tengo cuatrocientos cincuenta estudiantes al año'. Sus estudiantes siempre fueron sus hijos. Se dedicaba a la educación mucho antes de que yo lo conociera, y estar presente para sus estudiantes todos los días era lo más importante para él. Así que no me sorprende para nada que mi marido se haya ido por este camino". La Sra. Leyva se tapa la boca, respira exasperada y se ríe.

"La primera vez que nos conocimos. Estaba lloviendo y yo no tenía sombrilla. Mi mamá siempre me decía que mirara el pronóstico. Pero, yo era joven. No quería cargar con una sombrilla. Entonces, como a las seis de la tarde, empezó a llover a cántaros. Fue a principios de octubre, así que ya hacía frío. Él caminaba detrás de mí y dijo: 'Ey, señorita, estás casi ahogada'.

"Miré hacia atrás y tenía una enorme sombrilla roja, parecía un maldito tomate. Seguí caminando dique, 'No gracias, extraño'. Y luego resbalé entrando a la estación de tren. Me ayudó a levantarme, escribió su número en un billete de veinte dólares y me dijo que tomara un taxi a casa. Lo llamé dos días después y el resto es historia", ella se ríe otra vez.

"No quiero que su despedida sea triste", su voz se quiebra. "Le encantaba la música y el chocolate y fumaba un cigarro cada vez que estábamos de vacaciones. Mi marido tuvo una buena vida. Haciendo lo que quiso. Cuidar a tus hijos, protegerlos de enemigos sistemáticos y de enemigos que querían hacerles daño como ese muchacho, por quien no desperdiciaré palabras en decir su nombre. Que el Universo le conceda a ese muchachito lo que sea que necesite. Quiero que todos recuerden a mi esposo, Roy Leyva, como el hombre que fue: paciente, divertido y cariñoso. Es todo lo que él hubiera querido. Gracias por venir".

El pastor vuelve al micrófono. "Hermosas palabras, Linda", dice. "A continuación, escucharemos algunas palabras de algunos de los estudiantes de Roy Leyva".

El hombre que sube está vestido de blanco y dice que fue alumno del Sr. L hace quince años. Le tiembla la mano mientras desdobla un pedazo de papel que saca del bolsillo. Aclara la garganta y nos dice que el Sr. Leyva fue la única persona que creyó en él. En la escuela secundaria pasó dos años sin que nadie se enterara de que él no tenía hogar, que saltaba de casa en casa, y fue el Sr. Leyva quien lo delató. Se enojó ese primer día, pero el Sr.

Leyva le salvó la vida. Antes algunas noches dormía en la MTA, pero hoy se presenta ante nosotros como ingeniero. Gana más dinero de lo que nunca pensó, trabajando tres semanas sí y tres semanas no en barcos porque el Sr. Leyva le dijo que él iba a llegar a algo. Declaró que su pasión por las matemáticas y las ciencias lo llevaría al océano. El Sr. Leyva era el único adulto que se preocupaba por él. El que asistió a sus conferencias de padres y maestros. El único que se presentó a su graduación universitaria. El hombre que lo acompañó al altar cuando se casó hace tres años.

Empiezo a llorar fuertemente.

"Tú debes ser Yoyo la bruja, el arma secreta, la experta en réplicas". Linda da la vuelta cuando el hombre termina y estira la mano hacia mi cara. "Mi esposo te tenía en alta estima, muchacha. Escuché que no quieres hablar", dice ella. "Pero tú no me lo vas a defraudar". Su sonrisa es débil pero brillante, y me duele pensar en su sufrimiento.

Me río a través de las lágrimas. Mami me limpia la cara con una servilleta gruesa. "Es difícil. Lo sé, pero será mejor que subas". Señala la Sra. Leyva con la cabeza. Y me levanto suavemente.

Salgo del banco y subo las escaleras hasta el escenario, mirando mis botas negras, tratando de evitar mirar dentro del ataúd. Los latidos de mi corazón se aceleran cuando me paro detrás del micrófono y miro a la multitud. Hay pila 'e gente. Sé que el Sr. L estaría tan emocionado de ver cuánta gente vino por él, a pesar de toda la mierda que tá pasando en el mundo en este momento, a pesar del miedo a COVID. Me bajo las máscaras.

"Creo que me perdí". Mi voz está oxidada. La aclaro. "Las últimas dos semanas sentí que estaba tratando de flotar en miel espesa, espesa. Excepto que no es miel porque no es dulce. Los tiroteos suceden todo el tiempo donde vivimos, especialmente en este país hoy en día, y duele que siempre seamos nosotros los que lo sufrimos. ¿Por qué se supone que debemos poner a este país en un pedestal cuando siempre falla en 'protegernos'? A veces pienso ¿por qué toy tripiando? Yo debería estar acostumbrada a eto, siempre ha sido así. Pero eto nos impactó demasiado.

"El Sr. Leyva. Él me vio. Desde que entré a Julia De Burgos, me abrazó. En mi primer año, él siempre estuvo ahí para mí cuando me expulsaban de las clases por gritarle a un maestro por no escucharme o por no hablar lo suficientemente claro para que yo lo escuchara, o por golpear a un compañero de clase por burlarse de mis audífonos. Estuvo para mí cuando la realidad de que mi padre estaba en la cárcel no me permitía concentrarme en la escuela. Estuvo cuando yo estaba feliz, llena de alegría por lo que fuera. Estuvo cuando tenía problemas con mi mejor amiga o con cualquier persona, incluso con él. Él me escuchaba. No recuerdo un momento en que no estuvo para mí cuando yo lo necesitaba. Cuando no quería escuchar sus consejos porque yo quería ser cruel, él siempre me miraba muy serio y decía: 'Tus ancestros le rezaron a la tierra por ti, no los vas a fallar por porquerías'. Y yo se lo creí, así que me rehice. Con el poder de todo lo que me guía y protege, decidí ser mejor, vivir un poco más auténticamente. El Sr. Leyva no era solo un decano. No era solo un adulto que veíamos en la escuela. Era una extensión de todo lo bueno que existe en el mundo, que siempre ha existido.

"Les voy a decir la verdad, soy una persona espiritual, dice mi abuela que las Bruja Diosas me eligieron antes que yo eligiera este cuerpo. Pero desde que falleció el Sr. Leyva, no puedo levantarme a rezar ni comer ni hacer nada. No puedo creer que él no esté. Que no esté para empujarnos, para hablarnos de las luces que siempre nos guían, para creernos, para entendernos. Le pido perdón a los Misterios, las Bruja Diosas y todos lo que me rodean. Yo no he sido buena. Pensé algunas cosas terribles. Le dije a mi abuela esta misma mañana que ya no soy creyente porque los Misterios, a los que le di mi fe, no hubieran permitido que el Sr. Leyva falleciera de esta manera. Esta es la primera vez que muere alguien que profundamente quiero.

"El Sr. Leyva estaba muy comprometido con las alegrías pequeñas, y quiero aferrarme a eso. Todos los días tomaba el mismo chocolate caliente para el almuerzo. Incluso si tuviera mil cosas que hacer, y siempre las tenía porque nuestra escuela siempre, siempre lo necesitaba, nada podía alejarlo de esa taza caliente. Eso lo respeto. Porque esa era su cosa, su momentito, sin importar lo mal que estuvieran las cosas o lo emocionada que estuviera la gente a su alrededor. El Sr. L nunca se olvidó de sí mismo; se puso primero. Se preocupaba por nosotros porque realmente se preocupaba por sí mismo. Tenía tanto espacio para nosotros porque él tenía espacio para sí mismo. Y se conocía tanto, que nunca se tomaba nada personal y si sabía que tenía que admitir algo, entonces decía: 'Me disculpo' o 'lo siento'. Me siento tan afortunada de haber conocido a alguien tan amable y fiel a sí mismo". Mi voz se quiebra.

"¿Qué nos sucede después que nos morimos? ¿Realmente, somos solo ancestros de los que dejamos atrás, hasta que nuestras almas decidan que quieren más vida? Porque extraño tanto al Sr. L, que quiero ser egoísta, quiero que se quede otro ratito más, incluso si no podemos verlo". Lloro. Respiro hondo, miro a la multitud, a todos mis compañeros de clase, a mi familia y la Sra. Leyva. Cierro los ojos, secándome las lágrimas de la cara. Cuando los abro de nuevo, todo a mi alrededor está borroso.

Excepto él.

Veo al Sr. Leyva en la puerta. Sonriendo. Vestido en el traje blanco que lleva en el ataúd. La melanina de su piel brilla.

"¿Qué quieres ser?", las palabras susurran en mi oído y sin duda, es su voz.

Por un momento, se me quiebran las rodillas y creo que me voy a caer o flotar. Es la primera vez que escucho su voz desde que hizo su transición. Y no sé. Ya no sé lo que quiero ser. Me limpio las lágrimas y respiro.

"Quiero ser la verdad". La respuesta sale de mí en un suave susurro. "Quiero ser la verdad. Quiero ayudar a los futuros jóvenes a ser la verdad también. Quiero seguir los pasos del Señor Leyva. Necesitamos personas que nos amen cuando somos pendejos, tontos, y perdemos el camino. Estaba tan cómoda con la rabia cuando entré a la secundaria. Porque no tenía a mi papá. Porque mi mamá tenía que humillarse a diario para ganarse la vida. "Porque todavía tengo que usar eta vaina para oír y la gente no sabe cómo ocuparse de sus propios asuntos. Pero por la gracia del amor que me dieron el Sr. L y mi familia, permití que los Misterios y las Bruja Diosas me hablaran. No quiero terminar con mi vida. Quiero echarle ganas al tiempo que me queda. Quiero aluzar mi camino con cosas pequeñas cada día". Hablo al micrófono y confío que la audiencia borrosa sigue escuchando.

Me río y las lágrimas me caen por la cara, mientras miro hacia arriba. Todavía veo al Sr. Leyva, nítido entre la nubosidad. Levanta una taza de chocolate caliente. Todos se mueven en sus asientos y olfatean a su alrededor. Susurran sobre el aroma del chocolate.

Él asiente y toca su correa. Está como siempre la recuerdo, llena de llaves. Se las quita, saca el brazo y desciende hacia mí. La nube sobre mis ojos comienza a disiparse. Miro a mi alrededor y confirmo que nadie más puede verlo excepto yo. Me tiemblan los labios con lo sereno que se ve. Estamos cerca, cara a cara. El impulso de abrazarlo me ahoga, pero no puedo mover el cuerpo.

Deja las llaves a mis pies.

"Ahora tienes las llaves, muchacha. Abre todas las puertas, atento a ti. Para cambiar el mundo, aunque sea un poco, tienes que saber la verdad sobre ti misma", dice. Entonces, desaparece.

☾

"¡ENCIERRENLO! ¡ENCIERRENLO! ¡ENCIERRENLO! ¡ENCIERRENLO! ¡ENCIERRENLO!" Es lo que canta la multitud cuando salimos de la funeraria. Maniobrando entre la multitud para llegar al carro, miro a Papi. No he estado viendo las noticias.

"Están hablando del tirador", susurra Papi.

"Es una protesta", dice Victory. Victory y sus padres también estaban en el funeral, de pie a lado de la entrada. "Están diciendo dique que él tenía problemas de salud mental".

"¿Vamo?", pregunto. José me mira y asiente.

"No, no, no, Yolanda. Nos vamos a casa. No tenemos que buscar problemas", dice Mami, agarrándome la mano. Entre los manifestantes, las personas que están saliendo de la funeraria, las calles cerradas y la policía, básicamente nos llevaron a un punto muerto, no hay espacio para moverse, no hay espacio para respirar. Miro a Victory: en sus ojos brilla toda una revolución. No hemos hablado desde que la boté de mi casa, y quiero más que nada estar con ella, demostrarle que lo siento. José se mantiene erguido, listo para hacer lo que sea que se le pida. Estamos todos parados aquí porque nos quitaron al Sr. Leyva. Los espíritus de nuestros ancestros salen de nuestros cuerpos en este momento porque ellos también están frustrados.

"Mami!", grito por encima de las sirenas, los cantos y el alboroto. "Tengo que ir. Él nos hizo daño".

"Déjala". Mamá Teté pasa un brazo alrededor de Mami. "Está protegida, Yonelis".

Apenas Mami asiente con la cabeza, José, Victory y yo empezamos a apretujarnos para abrir paso entre la multitud. Cuando llegamos al final del tren 4 en Fordham Road, finalmente llegamos al frente de la protesta.

"¡Hey, hey, NRA! ¿Cuántas personas fueron asesinadas hoy? ¡Hey, hey, NRA! ¿Cuántas personas fueron asesinadas hoy?", canta la multitud. Me siento jalada en todas las direcciones. Los susurros en mi mente suenan suaves debido a la bulla de los manifestantes. Cinco sentidos. Veo la parte de atrás de una cachucha mamey neón, una mujer limpiándose la nariz, un muchacho levantando el puño, alguien dejando caer su guante, unos zapatos plateados. Escucho los cantos, el hip-hop alimentando a nuestras almas saliendo de algunas bocinas, el tren rugiendo en la estación por encima de nosotros y risa. Huelo basura del día anterior, *hotdog* de los puestos callejeros y café. Siento las manos de Victory y José, nos mantenemos agarrados de mano para no perdernos. La de Victory está húmeda y la de José está seca, y de alguna manera se las arreglan para equilibrar la confusión que hay dentro de mí. Pruebo sangre en la garganta, y sé que es por toda la tensión que he sentido últimamente.

Los muchachos con megáfonos parecen de nuestra edad, pero los que están a su lado parecen un poco mayores. Me imagino que son estudiantes universitarios. Uno de ellos nos mira.

"Ey, ¿ustedes son de Julia De Burgos?", preguntan. Asentimos. En un dos por tres, todos saben que estamos allí. Nos conducen al centro de la multitud, detrás del cartel que dice: "NO DISPA-REN". Caminamos por Fordham Road hacia Kingsbridge. Dentro de poco, nos enteramos de que han caminado desde Julia De Burgos, en el sur del Bronx, hasta aquí, y que estamos marchando hacia Van Cortlandt Park para encontrarnos con otras pequeñas protestas en el área.

"Ey, eres Yolanda. ¿verdad?", pregunta uno de los muchachos mayores. Ella tiene sus rastas en un moño. Una azul le cae por la cara. Ella se está poniendo crema en las manos de color marrón oscuro. Su abrigo de cuero marrón está sobre un *hoodie* gris que tiene una pantera que dice "Programa de Alimentos del Pueblo". Asiento con la cabeza.

"Soy estudiante en Fordham University. Soy de la 194 y Briggs. Cuando escuché lo que pasó, me rompió el corazón. Pero, sobre todo, me afectó el hecho de que dirigieras el club Espacio Valiente, porque siento el mismo tipo de odio en mi campus. Todos pretenden ser dique progresistas, pero nunca asisten a nuestros eventos ni se paran a preguntar qué estamos haciendo. De todos modos, fuimos a tu escuela y tratamos de conseguir una entrevista contigo. Pero supongo que estábamos tratando de hacer demasiado. Demasiado pronto".

"Sí", digo, tomando una respiración profunda.

"¿Estás dispuesta a decir algunas palabras cuando lleguemos al Van Cortlandt?", me pregunta. "Estamos tratando de leer un poema en cada parada. Leímos *Obituario puertorriqueño* de Pedro Pietri cuando empezamos. Un estudiante de MS 111 está a punto de leer *Yo, También* de Langston Hughes. Cuando lleguemos a Bedford Park una mujer de Brooklyn leerá *If They Should Come for Us* de Fatimah Asghar. ¿Te gustaría leer algo cuando lleguemos a nuestra última parada? Puede ser una obra original o de otra persona".

"¿Ella lo puede pensar?", interrumpe Victory. "Te avisamos cuando estemos más cerca." Me alegro que ella esté cerca de mí porque se me empezó a nublar la cabeza de nuevo.

"Sí claro, amiguita", dice ella. "Me dejan saber. Me llamo Horus".

A medida que avanzamos, las calles se llenan cada vez más, el grupo sigue creciendo. También aumenta la bulla, los manifestantes repiten los eslóganes uno detrás de otro. No tengo que decir nada para que Victory sepa que me siento pesada. Miro a mi alrededor y todos somos jóvenes negros y de color. Eso me hace sentir que este momento es revolucionario.

En Mosholu Parkway, la multitud se ha cuadruplicado, y está más bullosa y alterada.

Cuando llegamos al Van Cortlandt Park, hay reporteros y funcionarios frente a las escaleras y la estatua de una tortuga. La Sra. Steinberg se adelanta al grupo. Ella parece decirles algo e inmediatamente se alejan de la estatua. Un grupo de muchachos blancos saca una pancarta. Suben los escalones, mientras todos miran. Con una cuerda atan la pancarta y se despliega pa revelar "LA SUPREMACÍA BLANCA ES TERRORISMO NACIONAL". Se quedan alrededor de la estatua de la liebre y la tortuga. Ellos saben que nadie los va a tocar. Ni siquiera se mueven cuando los policías intentan empujarlos para que retiren la pancarta. "No nos pueden tocar, somos menores de edad y esto es una protesta pacífica", gritan cuando intentan intimidarlos.

Los que seguían caminando empiezan a corear, "NRA, ¿qué pasaría si su hijo no volviera a casa hoy? NRA, ¿qué pasaría si su hijo no volviera a casa hoy? NRA, ¿qué pasaría si su hijo no volviera a casa hoy?" Los monos nos siguieron todo el camino, y no sé si es por protección o para vigilarnos.

Toco a Horus y asiento con la cabeza. La sigo mientras sube las escaleras. Una vez en el rellano, me engrifo. Cada pedacito del prado está ocupado.

La congresista Estévez sube tres escalones. Detrás del micrófono, se quita la máscara y habla. Ella presenta a los organizadores e invita subir a Horus, quien se introduce como una de las muchas activistas comunitarias del Bronx que ayudaron a organizar todo esto. Detrás de ella hay dos policías; se paran cada uno a un lado de ella como si realmente la estuvieran protegiendo. Apoyan las manos en sus armas. Horus me señala que tome su lugar. Se me acelera el corazón cuando me acerco al micrófono. Tomo una respiración profunda. Veo a José entre la multitud, veo a la Sra. Obi y su marido, veo a Hamid, veo a Mariamma, a Amina. Escucho carros, pájaros, llantos y risas. Toco la mano de Victory y la menta que tengo del bolsillo del abrigo. Huelo la manteca de cacao de Victory cuando me abraza, el aceite de árbol del té en su cabello. Pruebo la menta, pruebo el agua que ella me hace beber.

"Solo tán aquí para asegurar que no pase nada", dice, leyendo mi mente. "Sé que no es cómodo. Por favor mírame, estamos bien". Intento creerla.

"Hola", digo. Mi voz resuena y resuena en las bocinas que instalaron frente a la multitud, una muchedumbre compuesta en su mayoría por nuestra gente. Pero todos se unieron: ancianos negros y de color, incluso familias blancas con sus perros y niños pequeños. Y el noventa por ciento de la multitud usa máscaras. "Soy Yolanda Nuelis Álvarez. Soy estudiante en la Secundaria Julia De Burgos en el sur del Bronx y estoy en el décimo grado".

Toda la multitud murmura. Titirimundati ya sabe quién soy. La que él había tenido como rehén hasta que pudieron derribarlo.

"Gracias por estar aquí. Sé que en este momento las cosas están muy difíciles para la mayoría de nosotros", digo.

"¡Somos comunidad, muchacha! En la buena y en la mala", vocea alguien entre la multitud.

"¡Habla, bebé, habla!", escucho a una anciana. La multitud aplaude.

"Todos me dicen cuánto lo sienten; me miran como si hubiera perdido una gran parte de mí. Supongo que sí. Pero por esta experiencia, también recibí muchas afirmaciones sobre lo que quiero hacer cuando crezca. Es por eso que voy a leer uno de los poemas de Assata Shakur titulado *Afirmación*. Mi papá me dio este libro. Estuvo preso durante mucho tiempo. Y cuando volvió a casa, dijo que había un guardia decente que, después que él había leído la mayoría de los libros de la biblioteca, a lo callao le busco el de Assata. Mi papá me puso a leerlo. Y es increíble. Así que aquí está", digo. Tomo una respiración profunda. Trato de concentrarme en el poema en lugar de la cantidad de personas que tengo de frente. Pienso que todo saldrá bien, todo saldrá bien, todo saldrá bien.

"Creo en la vida.
Creo en el espectro
de los días Beta y las personas Gamma.
Creo en la luz del sol.
Creo en cascadas y molinos de viento,
en triciclos y mecedoras.
Y creo que las semillas se convierten en brotes.
Y los brotes se convierten en árboles.

Creo en la magia de las manos.
Y en la sabiduría de los ojos.
Creo en la lluvia y creo en las lágrimas.
Y en la sangre del infinito.

Creo en la vida.
Aunque he visto el desfile de la muerte
marchar por el torso de la tierra,
esculpiendo cuerpos de barro en su camino.
He contemplado la destrucción de la luz del día
Y he visto personas saludar y rezar
ante gusanos sanguinarios.

He visto a los buenos volverse ciegos
y los ciegos volverse ataduras
en una sencilla lección.
He caminado sobre vidrios rotos.
He tragado mis palabras y cometido errores
y he respirado el hedor de la indiferencia.

He sido encerrada por los sin ley.
Y esposada por los envidiosos.
Amordazada por los codiciosos.
Y, si algo sé
es que un muro es solo un muro
y nada más que eso.
Se puede demoler.

Creo en vivir.
Creo en el nacimiento.

Creo en el sudor del amor
y en el fuego de la verdad.

Y creo que un barco perdido,
dirigido por marinos exhaustos y mareados,
aún puede ser guiado
de vuelta a puerto".

La multitud ruge. Mi cuerpo comienza a sentirse increíblemente ligero. Me engrifo y alcanzo la mano de Victory, quien está justo al lado del escenario que armaron. Creo, creo, creo, creo. La palabra suena sin parar en mi mente.

"¿Me emprestas tu megáfono?", le pregunto a Horus, y ella me lo da.

"¡Creo en la vida!", grito, levantando un puño.

Horus los dirige, leyendo su teléfono. "¡Creo en el nacimiento!", la multitud le responde.

"¡Creo en el sudor del amor y en el fuego de la verdad!", grito.

"¡Creo en la vida!", repite la multitud con Horus.

"¡Creo en el nacimiento!", respondo. Mi voz se está quebrando.

"¡Creo en el sudor del amor y en el fuego de la verdad!", la multitud repite después de Horus.

"¡Creo en la vida!", grito. Las lágrimas y los mocos me corren por la cara. Victory llora conmigo. Paso el megáfono y la abrazo, la abrazo fuertemente, casi queriendo fusionar su cuerpo con el mío. Quiero llevar a todos los que conozco y amo a un lugar seguro dentro de nosotros mismos, donde nada puede lastimarnos. No es que esté triste ni rota en este momento. Es que esta multitud se siente como un mundo en el que la paz puede prevalecer. Donde hay leyes más estrictas sobre las armas, servicios de salud mental para todos, el fin de la vergüenza por necesitar ayuda, una conversación honesta sobre la enfermedad que es la supremacía blanca. Puede existir. No tiene que ser tan complicado.

Crystal Walker, una sobreviviente de Lake View, sube al escenario. Ella repite el canto y me da las gracias por haber conmovido a la multitud con el poema de Assata. Victory y yo bajamos las escaleras y nos juntamos con José.

"Comencemos con un momento de silencio por aquellos que han perdido la vida por la violencia armada", Crystal comienza. Respiro hondo, cierro los ojos e inclino la cabeza. Victory y José me agarran las manos.

Siento que un fuego sube y baja desde mi coronilla hasta los pies. Tomo una respiración profunda. Estoy enojada y deseo que no hubiera necesidad de guardar momentos de silencio. Así, el Sr. Leyva estuviera para animarme en el escenario de graduación. Y en lugar de esta protesta, estuviéramos en la escuela animando a nuestro equipo durante un juego. Tomo una respiración profunda. *Bruja Diosas, por favor ayúdenme a controlar mi ira. Fuego, llegue en un momento más constructivo. Por favor. Ahora no.* Miro hacia arriba.

"Solo guardamos silencio por dos minutos. Dos minutos por los cientos de vidas perdidas en las escuelas en sólo los últimos años debido a las armas. Cabe recordar que a los tiradores les ha tomado sólo unos segundos acabar con la vida de varias personas y herir a otras. Segundos", ella sigue.

"No deberíamos estar aquí. Ahora mismo deberíamos estar en la escuela. Deberíamos estar aprendiendo. Deberíamos estar leyendo. Deberíamos estar en nuestras aulas averiguando cómo podemos cambiar el futuro. Pero en cambio, estamos huyendo de ellas. Escapando de ellas porque se han convertido en espacios peligrosos. Supongo que, para algunos de nosotros, nunca han sido completamente seguros, pero tienen su propósito. Ahora la escuela es un lugar donde vamos a aprender cómo evadir a un tirador escolar. Ahora son un lugar donde tenemos simulacros sobre cómo salvar la vida de nuestros compañeros.

"Por las armas. Hace tres años que un chico blanco, de clase media, con evidentes problemas de salud mental, trajo un arma a la escuela y desató su odio sobre mis amigos, sobre mis maestros. Han pasado tres años desde que siete adolescentes, una madre, un padre y un profesor perdieron la vida. Tres años desde que tuve que fingir estar muerta para no morir. Me gustaría poder decirles que logré descubrir la lección de toda esa masacre. Que lo entendí. Que no tengo pesadillas. Que ya no lloro. Que no me estremezco cuando alguien es demasiado amable. Que no hago lo imposible para entablar amistad con colegas, de los que ni siquiera quiero ser amiga, porque tengo miedo de que hagan algo horrible si se sienten demasiado aislados. Pero todo eso sería una mentira.

"Hoy les hablo no porque quiera acudir a la NRA ni tampoco para hacer espectáculo de esta tragedia. Pero para que cada uno de ustedes sepa que hay cosas que la violencia armada y la opresión no nos pueden quitar. Nuestra alma, nuestra determinación, nuestro poder. Todos los días, me despierta el mero hecho de que sobreviví. Tengo una segunda oportunidad, y los que no la recibieron me impulsan, incluso en los días malos cuando mi trastorno de estrés postraumático casi me ahoga. Entonces, cualquier sistema que esté buscando el fin de personas como yo, puede eliminarnos uno a la vez, pero nunca dejaremos de existir".

TRES MESES DESPUÉS

Junio 2020

31

NO UN REGRESO, UN ASCENSO

El padre de José le prestó el carro y decidimos cruzar el puente, irnos a Nueva Jersey y mirar la ciudad desde allá. Le agarro la mano libre mientras conduce. Noname suena en la radio. Abro la ventana y siento el aire cálido rozar mi piel. La primavera llegó y ya se va. El verano se asoma. Miro a José. Tiene su cachucha de los Yankees sobre la frente mientras maneja. Me mira y me toca la rodilla. E bello ser joven y libre. A pesar del dolor, tengo que disfrutarlo porque sentir libertad en estos cuerpos racializados no siempre ha sido posible. Abro el techo del carro y asomo la cabeza, es un día brillante y caliente. Suelto los brazos y siento la brisa.

En el parque, nos acomodamos en un banco mirando hacia Nueva York. Me siento en el espaldar, mis Vans anclados a la parte donde debería estar sentada. De su mochila, José saca el agua de coco y el sándwich de bodega que trajo para nosotros. Me apoyo en su hombro, pego la nariz a su poloché y siento un leve aroma de lavanda debajo de su colonia.

"José", yo empiezo, "¿tú sabe qué? Yo toy tan orgullosa de ti. Te eforzaste tanto pa ser aceptado en las mejores universidades, los mejores equipos. ¡Ya tú ere gente!" Él suelta nuestras cosas y acomoda su cuerpo en el espacio entre mis piernas. Me besa y acuno su cara en mis manos.

"Tú mereces alcanzar tu gran sueño. Yo sé que puedes", digo. "Tú sabe, es un milagro, que no te pasó nada con lo cerca que estuviste aquel día. Significa que ese sueño e pa ti y nadie te lo puede quitar". Tomo una respiración profunda.

"Lo sé, bebé. Eso me gusta", se ríe, "me gusta que tú estés orgullosa de mí. Significa mucho para mí". Me da un besito en la nariz. Se acomoda en el banco y palmea el espacio a su lado. Yo bajo el cuerpo y empiezo a quitarle el papel de aluminio del sándwich. *Él no se va porque te ama. Dale permiso, aunque no gobiernes a nadie más que a ti misma.* La voz, mi voz, volvió.

"Yo no creo que tú deberías escoger Connecticut. Creo que deberías escoger Duke. Tú eres muy bueno, José. Y e ahí donde perteneces". Él traga.

"Eso fue antes que nosotros, ante que tú", dice tomando un trago de agua de coco. "Además, ya lo rechacé".

"José, te volvieran a aceptar en un santiamén, y tú lo sabe".

"No, Yoyo . . ."

"Oye, si este año nos enseñó algo, es que somos bendecidos. Existe un plan para todos nosotros. No e cosa de to lo día que Duke recluta a un muchacho del Bronx. Además, quiero que vivas tu experiencia universitaria. Yo todavía estaré aquí, en la secundaria, trabajando duro también". Levanto los brazos. "Lo que sea que esté destinado pa mí, ¿tú sabe? No va a ser fácil mantener esto a larga distancia, viviendo diferentes experiencias. Y ya no quiero pasar lucha nunca más. No despué de todo lo que pasamo", me río, mirando hacia el río que separa esas dos tierras. Cuando miro a José, tiene lágrimas en los ojos.

"¿Me tás botando?", pregunta.

"Por ahora, mi amor", yo digo. Y ahora son los ojos míos que están vestidos de sangre. Intento no llorar.

El agua entre Nueva Jersey y Nueva York divide los dos estados perfectamente. El agua nos da espacio. He escuchado tantas veces, que el verdadero e amor dejar ir aquello que necesita ser libre. Creo que es eso lo que yo siento.

Si tá destinado a ser para nosotros será en un futuro.

☾

José y yo pasamos por Julia De Burgos a recoger nuestros féferes. No hemos regresado al edificio desde el día que pasó . . . y hoy a todos se les dio hora para venir a recoger sus cosas.

"Bruja Diosas, Fuego, Universo, denme fuerza", digo en voz alta cuando paso por las puertas de Julia De Burgos. José asiente.

Pintaron un mural en la entrada. El Sr. Leyva tá por un lado en sus jeans rojos y un suéter negro, su perfecto cerquillo resalta el cabello sal y pimienta. Levanta el puño izquierdo, agarrando una taza de chocolate caliente. Sonríe esa sonrisa torcida que siempre mostraba cuando no estaba de acuerdo con los maestros y se ponía del lado de los estudiantes.

Victory sale corriendo del carro de su padre. "¿Vinite? ¿Por qué no me dijiste que venías?" Tiene los ojos colorados y la piel seca. Estuve tan lejos que hasta cuando ella me abrazaba no me fijé en cómo todo esto la estaba afectando.

"No te quise preocupar", digo. "Mentira. Se me olvidó. Lo siento. También te olvidé a ti, ¿veldá?" Abro los brazos. "Lo siento". Lloro en su hombro, abrazándola. Y ella no tiene que decir nada pa

yo saber que todo está bien. Nos paramos frente al mural, abrazadas y llorando, por lo que parece una eternidad. He llorado tanto
en estos últimos meses. Pero esta vez es diferente, como si parte de
mí estuviera finalmente aceptando que lo que pasó, pasó. Qué algo
cambió y no me puedo seguir ahogando en lo que una vez fue.

"¡Feliz cumpleaños!", digo, soltándola y sacando una pequeña
caja de la cartera. "¡Es un anillo de Géminis pa mi Géminis
favorito!"

Ella sonríe. Las lágrimas que caen de sus ojos empapan a su
mascarilla azul bebé. "Lo recordaste".

Camino hacia mi casillero con el corazón latiendo a galope.
Mi casillero se siente como un lugar extraño. No lo abro desde el
día que todo cambió. Yo estiro la mano hacia el candado circular,
el metal pesado y frío en mi palma. Giro el dial a la izquierda tres
veces y luego a la derecha una vez hasta encontrar el once. Lo
giro a la izquierda dos veces para el veinte y a la derecha hasta
encontrar el trece. El día que Papi cayó preso.

El candao hace clic y tomo tres respiraciones profundas. Veo
la foto de Victory y yo enmarcada con teipi de guepardo. Un
post-it con un chiste cursi que me escribió Mami una mañana. Mi
foto favorita de Mamá Teté tirándome un beso. La Polaroid de
Papi y yo. En el medio, veo mi nombre escrito en las letras de
burbujas del Sr. Leyva que me lo dio en mi primer día de mi
segundo año. Dijo que era un regalo, pa recordarme que en su
época fue un duro haciendo grafiti, pa recordarme que él también fue joven una vez, así que lo que me aconsejaba siempre era
por mi bien. Paso las manos por el papel. Las marcas que dejó el
peso de su lapicero me hacen estremecer.

"¡Oh, oh, Sr. Leyva! ¿Y e veldá que hacías grafiti cuando estabas en la secundaria?", le había preguntado.

"Sí, pero yo era un pariguayo. Me agarraban pintando vagones de tren y paredes y siempre volvía a lo mismo", me respondió. Mis lágrimas se sienten como hierro líquido caliente en los párpados. El abrigo acolchado rojo y negro que tenía puesto el día que pasó cuelga del gancho de arriba como una flor. Debajo están mis carpetas como las dejé, apoyadas entre sí. Hay una carta entre dos de ellas. Ya sé que e de la Sra. Obi. Yo le había pedido que me trajera un libro que tenía aquí.

Querida Yoyo,

Qué año. Lamento que no pude despedirme en persona. La verdad es que no tuve el coraje de decirte que no estaré dirigiendo el Espacio Valiente contigo el año que viene. De hecho, estoy tomando una pausa de enseñar. Decidí que quiero ser madre. Después de que te vi leyendo la autobiografía de Assata, busqué una copia propia. Hay una parte del libro en la cual ella dice, "Creo en la vida. Voy a vivir al máximo y tan plenamente como pueda hasta que muera. Y no voy a permitir que estos parásitos, estos opresores, estos codiciosos cerdos racistas me hagan matar a mis hijos en mi mente incluso antes que nazcan". Toda mi vida, pensé que no quería traer vida a este mundo porque es tan difícil para nosotras, las mujeres negras. Y gracias a ti y cómo defiendes tu verdad, si el 1% de eso es por mí, entonces creo que puedo ser una buena madre. El mundo necesita más personas negras y de color, grandes o pequeñas, que sepan lo que es la alegría, que amen con todo su ser, que vivan sin pedir permiso. Ya este mundo no me impedirá verlas nacer.

Yo sé que debes sentir que la vida nunca es fácil. Como si a cada paso hubiera otro dolor de cabeza o un problema que cuestione tu humanidad, Negrita. Te prometo que la vida seguirá sintiéndose así. El mundo en el que vivimos no está lleno de paz, aunque lo merezcamos, pero nuestros ancestros siempre están con las manos en la obra, luchando para proteger nuestro derecho a ser libres, y cuando lo obtenemos, esa libertad, incluso cuando es poca cosa y de corta duración, dulce niña, se siente como lo único que importa. La gente dice que somos mágicos. Y son esos breves momentos de victoria que nos iluminan suficiente para seguir adelante.

Cuando me fui a la universidad, mi madre me dio un libro de Toni Cade Bambara, The Salt Eaters. *Es frustrante y, a veces difícil de entender, pero hay una parte que nunca olvidé: "¿Estás segura, cariño, que quieres estar bien? . . . Pesa mucho estar bien".*

El mundo les dirá a las mujeres negras y de color como nosotras, las que estamos profundamente conectadas con la Tierra y todas las cosas que influyen su órbita, que no sabemos nada e incluso que estamos un poco locas. Porque no tenemos pelo en la lengua, porque hablamos mierda del capitalismo aunque tengamos que vivir según sus reglas, porque no tememos sumergirnos en la oscuridad de nuestro subconsciente para volver a la vida con más fuerza, con más que ofrecer a nosotras mismas y al mundo. Pero recuerda que tú estás bien. Es el mundo que está enfermo.

Mi tarjeta está en el sobre. Por favor, Yoyo, mantente en contacto.

Te amo, vive libre,
Keehan Marie Obi

Respiro profundo. Los ojos se me llenan de lágrimas y dejo que corran por mi cara. Me siento más liviana. La Sra. Obi va ser una madre chulísima. Una que siempre va a respaldar a sus hijos y empujarlos a hacer su mejor esfuerzo. Quito las fotos y la nota de Mami, las doblo en el sobre con la carta de Obi. Tomo mi gran abrigo negro y rojo y la meto en la funda. Tiro las carpetas al reciclaje; ya no tienen nada que enseñarme.

☾

"Acho ¿y to eso?", Victory se ríe mientras salimos de Julia De Burgos. El sol está alto y brillante en el cielo. El verano oficialmente llegó.

"¿De veldá pensaste que se me había olvidado?" le pregunto con un ramo de girasoles y margaritas en las manos. Es el cumple de mi loca, claro que tuve que hacerle una bullita. Ella corre hacia mí. "Tú sabe que te voy a dar lo mejor de mí". Le entrego las flores y ella me abraza.

"¿Listas?", vocea Papi, llegando en su carro. Le abro la puerta y Victory me levanta una ceja y finge aplaudir mientras entra.

"Bienvenida, Srta. Victory. Feliz cumpleaños. ¿Qué le podemos poner de música en esta bella tarde camino a Van Cortlandt Park?", dice Papi cuando me acomodo en el asiento del pasajero. Recordó el guion, le doy las gracias con el pulgar arriba.

"¡Déjeme escuchar *Gbona* de Burna Boy, Sr. Álvarez!", Victory chasquea los dedos y cruza las piernas.

Papi pone la canción a todo lo que da mientras nos dirigimos hacia el norte. La canción rebota fuertemente en las bocinas.

Victory baila en su asiento y Papi descarga la canción en su teléfono. "¡Ese ritmo me da ganas de bailar!", dice Papi.

"¡Eso es lo que dice la canción, Sr. Álvarez!", vocea Victory. "El tambor tiene ese efecto". Ella sigue bailando y nos reímo.

☾

"Llegamos, señoritas", dice Papi, parándose en la 242 y Broadway. Abre el baúl y yo saco una canasta que preparé antes de salir con José esta mañana.

"Nooo, ¡¿una canasta?!", grita Victory. Papi se ríe, se monta en su carro y se va.

"Esta e una cita real, mi amorch. Pa tu cumple. ¡Lo merecemo!", yo digo. Seguimos el camino de cemento hacia el parque. Cuando llegamos al pasto, hay un equipo de pelota practicando en mascarillas, un equipo de fútbol, gente haciendo ejercicio y corriendo por la pista y una pequeña manifestación de estudiantes de intermedia. Victory y yo nos miramos y chillamos de alegría. Aunque no lo digamos, sabemos que estamos pensando lo mismo: nada como el Bronx. Nada como nuestra comunidad.

"¿Te llama la atención uno de estos árboles, loca?", ella me pregunta.

"Mmhm, elige tú", digo.

"Me gusta este". Ella señala uno a poca distancia, un saludable fresno blanco. Mientras nos vamos acomodando, bajo la canasta y abro la tapa. Saco una manta blanca de mi cartera.

"¿Y tú tenía to eso ahí adentro?"

"¡Pero claro, si esto yo lo planeé!" Nos quitamos los zapatos y nos sentamos. "Compré eta botella de mango y kiwi con gas. Sándwiches caprese, papitas porque tú sabe que necesitamos guarnición, pedacitos de mango pal postre, y unos Hershey's kiss ¡pal segundo postre!", digo sacando cada artículo. Victory sonríe. Saco dos copas y las lleno, sintiéndome más fina que el diache. Cuando miro hacia arriba, Victory tá llorando.

"¿Todo bien?", pregunto, ofreciéndole una servilleta.

"Dame un segundo", dice. Se tapa la cara con la servilleta.

"Un reguero 'e vaina", empieza cuando recupera el aliento. "Este año, pasó un reguero 'e vaina. Y 'tuve echando palante este semestre como si na, pero 'tuve asustada el tiempo entero. Estoy agradecida de estar aquí. Estoy agradecida de que tú estés bien". Las lágrimas vuelven a correr por las lomas de sus cachetes.

"Lo sé, te comprendo. Fue difícil", respondo. Me acomodo a su lado y ella me pone la cabeza en el hombro.

"Entiendo. No to en la vida es", ella estira la mano, "pan comido. Yo sé que todo no puede ser bacanería. Yo lo sé. Pero, loca, toy cansada".

Tomo una respiración profunda. "Tú sabe, es difícil seguir sobreviviendo". Ella asiente.

"Pero agradezco haber sobrevivido". Ella levanta la cabeza. "Y ahora: ¡ES HORA DE PROSPERAR!"

"A la prosperidad". Levanto mi copa.

"A la prosperidad", ella repite. Tocamos copas y tomamos.

Saco nuestros sándwich y papitas. Mientras masticamos, la pongo al día sobre lo que pasó con José.

"Me alegro que lo hayas hecho, para los dos", dice. Y sonrío. Sí . . . lo hice. José me hará pila 'e falta, pero sé que él llegará a nuevas alturas en Duke. Y sé que lo veré de vez en cuando también.

"¿Y tus planes pal verano?", pregunto.

"¡HACER NADA!", ella exclama. "Te acabo de decir que TOY CANSADA, ¡¿ok?! Voy a descansar. Mis padres van a tomar dos semanas de vacaciones en agosto. Estoy casi segura que vamos a bajar a Atlanta pa visitar familia o algo así. Y, mi loca, lo voy a gozar. Voy a dormir debajo de los árboles, en las galerías, en una hamaca junto al agua. Voy a descansar y ser libre cada segundo".

Chasqueo los dedos. "¡Eso, eso, eso, loca!"

"El trabajo nunca acaba y puede ser que nuestro tercer año acabe con nosotras ¿verdad? Porque es el año más importante para las universidades". Victory toma agua de su botella. "¿Y tú?"

"Mañana me voy pa República Dominicana con Mamá Teté", sonrío. "Voy a completar mi formación". Ahora Victory chasquea los dedos. Le digo que Mamá Teté me sorprendió con los vuelos súper de último minuto.

"Bueeno. Ha sido una iniciación larga y durísima". Inhala.

"Tú lo dice y no lo sabe".

Terminando los últimos bocados de nuestros sándwiches, me acuesto y miro cómo las matas bailan e intentan cubrir el cielo. Me pongo las manos en la barriga y tomo una respiración profunda. Exhalo y siento como bajan mis manos cuando mi estómago se desinfla. *Estoy viva.*

Victory se acuesta junto a mí. Me agarra la mano y le doy un apretón. Me siento inundada con el amor que siento por mi amiga. No importa hacia donde nos lleve la vida, cuántas cosas se nos metan en el camino, Victory y yo somos para siempre. Una nube grande pasa.

"Loca, ¿has vuelto a leer las cartas?", ella pregunta.

La miro. Su pajón le rodea la cara, y el verde de la grama y el blanco de la manta resalta la profunda melanina de su piel.

"Sí, me puse pa eso de nuevo". Me siento. "¿Tú quiere que hagamos una lectura juntas?"

Victory se sienta rápidamente. "Así es que, tú, Yolanda, la

primera de tu nombre, ¿vas a permitirme a mí, un simple mortal sin brujería, tocar tus queridas cartas?"

"¡Te pasate!", le digo y nos reímos. Busco en mi cartera y saco las cartas envueltas en un pañuelo rojo de satén.

"Fuego, Bruja Diosas, Honorables Ancestros, Seres Superiores, Universo, Dios, Diosa, Madre Tierra, Padre Cielo, les pido que nos guíen a través de esta lectura. Por favor, muéstrenos lo que debemos ver para el mayor bien de todos", rezo.

"¡Asé!"

Desenvuelvo las cartas y pongo la pila en las manos de Victory. "Baraja tú. Las cartas deben sentir tu energía". Sonrío. Ella baraja torpemente, pero baraja y entonce divide las cartas y las vuelve a barajar. Luego, extiende las cartas frente a nosotras.

"Piensa en tu pregunta", digo. Victory cierra los ojos. "Enfoca toda tu energía en esa pregunta. Siéntela en tu cuerpo". Ella abre los ojos y pasa la mano sobre las cartas.

"Uuuuuf, es esta". Señala una carta a la izquierda.

"¡Recógela entonces!", me río. Lentamente la recoge sin voltearla. "Tá bien", susurro. "Mírala".

"¡La Estrella! ¿E buena esa? Se ve bien, ¿veldá?"

"Mírala. ¿Qué te tá diciendo?" Le sonrío. Victory respira profundo y se toca el cachete derecho.

"Ha sido duro, pero un nuevo tiempo comienza, lleno de pruebas, sí, pero de dulzura también. De abundancia. Debo seguir atendiendo lo mío además de estudiar y hacer todas las cosas que creo que debo hacer. Tengo que cuidarme y todo lo que merezco seguirá".

Asiento. "¡Esa fue muy buena lectura, Vi!" Junto las cartas y las envuelvo en el pañuelo rojo de nuevo.

VOY PALLÁ

"Creo en la vida. Voy a vivir al máximo y tan plenamente como pueda hasta que muera".
—**Assata Shakur**, *Assata Shakur: Una autobiografía*

Papi me toca el hombro y me da el único susto porque no tengo los implantes puestos. Últimamente, no me los pongo al menos que vaya a salir pa fuera. No tener que oír los sonidos de todo lo que me rodea, el tren, los vecinos, las conversaciones a través de paredes finas, me permite adaptarme a mi propio ritmo. Me permite diferenciar entre lo que e mío y lo que no.

"No lo tienes que hacer, Yoyo. No tienes que irte", leo los labios de Papi. Me levanto y lo paso camino al baño. Me pongo los implantes. "Podemos tener un hermoso, hermoso verano. ¡Un verano en Nueva York!", dice. Tira par de pasos de salsa, meneando maracas invisibles en las manos.

"Pero tengo que irme, Papi", le digo. Le acaricio la cara. "Iremos juntos cuando termine tu libertad condicional, Papi. Te lo prometo, aunque seas más mayor que el diache y yo ya no necesite viajar con mi papá". Papi se ríe y se sienta en una silla junto a mi altar que ya volvió a la normalidad. Encendí una vela roja pa Fuego. Una vela blanca pa la Bruja Diosa, Claridad. Otra vela blanca pa mis ancestros. Coloque cinco vasos de agua. Uno pa mi abuelo. Otro pa los ancestros que no conozco pero los siento en mi sangre. Otro pa Fuego y las Bruja Diosas que me protegen. Uno pal Sr. Leyva. Otro pa Jay pa que se mejore. Tengo las cartas de tarot apiladas con un cuarzo encima.

Abro la maleta. Tengo una propia por primera vez. Antes, tenía que compartir el espacio con pila de regalitos pa familiares y amigos en la isla. Pero Mamá mandó una caja hace un mes con to eso. Ella dice que ahora podemos hacer las cosas cómodamente y con calma, que no siempre hay que andar cargando to lo pesao.

"¿Qué tú esperas de los meses del verano?", pregunta Papi.

"Las playas, la comida, Helados Bon, pero más que nada, Papi, quiero aprender. Quiero ir a las misas, las reuniones. Quiero bailar y sentir, gritar y llorar. Quiero saber lo que tomó preservar y legar esta tradición".

"Pero eso ya lo sabes. Mamá te vio llegar antes de que fueras un pensamiento en la mente mía o de tu madre, ¿tú me entiende?"

"Sí, ella nunca me lo deja olvidar. Pero quiero vivirlo por mí misma".

"Mija, todo lo que necesitas saber ya está ahí", dice, señalando mi pecho. "Eres bruja. Quemaban y mataban personas como tú y Mamá. Y si no, las usaban o las hacían parecer locas de remate porque les tenían miedo y no podían asimilar el profundo conocimiento que utedes tienen. Si yo hubiese escuchao a Mamá, me hubiese evitao tanta mielda. Pero así e la vida. Tenemos que aprender de nuestras propias vivencias. Pero tú, mi corazón, siempre estás conectada aunque intentes alejarte. Los Misterios te respaldan. Me muero de curiosidad por saber cómo se te presentan. Quisqueya, ombe, es un país de maravillas. A veces, cuando la vaina se ponía dura aquí, y tenía que luchar pa no pedirle ayuda a Mamá, supuse que esta tierra no tenía magia verdadera. Claro que aquí funciona, pero en República Dominicana siempre la tienes en la cara, no la puedes escapar. E como otro elemento", dice Papi.

"Papi, Mamá nunca habla de Papá Antonio. ¿Era brujo? ¿Qué le pasó, realmente?"

"Lo llevaba en la sangre igual que yo. Pero según lo que vi, nunca cumplió su palabra con los Misterios. Fue un buen hombre y un gran padre. Te hubiese caído bien", dice, quitándome unos pelos de la cara. "Pero tú lo sabe: hay buenos y hay malos. Tú decide cómo utilizarlo. Y siempre tienes que cumplir tu palabra . . ."

"O las bendiciones se convierten en ruinas", termino.

"Exactamente, morena. Exactamente".

☾

Mami y Anthony nos llevan al aeropuerto. Después que Mami le da a Mamá Teté la dirección de sus familiares en La Vega y la hace jurar que me llevará a visitar un rato, Mami me abraza.

"Lo siento si no sirvo pa esto", dice ella.

"¿Pa qué?" pregunto, mirándola.

"La maternidad. Veo como eres con tu abuela. Y aunque tu padre estuvo preso por tanto tiempo, tienes una relación bonita con él. Ojalá yo pudiera ser más . . .". Se quiebra su voz.

"Mami, te amo. Pase lo que pase. Aprecio que hagas tu mejor esfuerzo. Ha sido suficiente". La abrazo. Pero el corazón se me rompe por ella. El aura de Mami siempre ha sido desarraigada.

Aunque no me lo diga, sé que tiene que ver con su crianza. Su mamá no fue nada cariñosa, se fue a los Estados Unidos y la mandó a buscar cuando Mami ya tenía dieciséis años. La crio una familia que pudo ofrecerle techo y comida de forma regular, pero después que murieron la mandaron a vivir con unas tías, hermanas de su madre, que solo le llevaban cinco años.

"Fui creada dentro de ti. Sigo siendo guiada por ti y tu espíritu de desafío. Es más que suficiente para mí, Mami", digo. Me besa la frente y entonces Mamá Teté y yo finalmente pasamos por las puertas de seguridad.

☾

"Buenas tardes, pasajeros. Les habla su capitán. Primeramente, bienvenidos al vuelo 333 de JetBlue. Actualmente estamos navegando a una altitud de treinta y tres mil trescientos pies a una velocidad aerodinámica de quinientas cincuenta millas por hora. Es la 1:35 p.m. El viento está a nuestro favor hoy y esperamos aterrizar en el Aeropuerto Las Américas a las 5:55 p.m. El tiempo allá está despejado y soleado con una temperatura máxima de ochenta y tres grados. Si sigue así, tendremos una magnífica vista durante el descenso. En unos diez minutos, la tripulación les estará ofreciendo algunas bebidas y meriendas. Volveré a comunicarme con ustedes antes de llegar a nuestro destino. Mientras tanto, siéntense, relájense, y disfruten el resto del vuelo. Están en buenas manos con nuestra tripulación. Gracias por elegir a JetBlue".

Mamá Teté pasa su mano por la mía. Me dejó su asiento en la ventana y se sentó al lado del pasillo. Hay asientos vacíos en todo el avión. La gente no tá viajando por COVID. Tiene sentido. Mamá Teté dice que ojalá las circunstancias fueran diferentes, pero no tuvimos más remedio que regresar a RD.

"Te voy a enseñar todo lo que sé", dice. "De todo un poco. Y tal vez mucho, si nos da tiempo".

"Siempre lo has hecho, ¿no?", pregunto.

"Sí, pero ahora que creciste, que has pasado lucha, ya tú entiendes, realmente *entiendes* que la luz y la oscuridad existen juntas. Ahora, puedo enseñarte como hacerlo todo en nombre del amor y no ofender a los Misterios". Mamá Teté sonríe de oreja a oreja, como nunca la había visto, y su cara cambia, todavía suave, alegre, elegante.

"¿Culebra?", pregunto.

"Sí, hija de Fuego pero igual mía. Primeramente, no relajes con los Misterios, lo que llamas Bruja Diosas".

"Lo sé".

"Segundo, nuestro objetivo es siempre recuperar lo que es legítimamente nuestro. Nuestra alegría. Nuestra abundancia. Nuestra conexión con los elementos. Somos espíritus libres que fueron robados. Lo importante es aprender a recuperarlo".

"¿Y tercero?" Sonrío.

"Descansa. El hecho que el mundo no te pueda quebrar, no significa que no te vaya a doblar. Necesitamos que tu cuerpo y espíritu estén lo más unidos posible".

"¿Algo má?"

"Vendrá. Paciencia, bolita de fuego. Ahh, también, NO dejes velas prendidas cuando no estés en casa. A Fuego le encanta jugar con llamas, incluso cuando se trata de algo suave".

Me río hasta que empiezo a sentirme cansada. Cierro los ojos sabiendo que cuando me despierte, volveré a estar en tierra firme.

NOTA DE LA AUTORA

Muchas de las referencias a la magia o "brujería" de *La formación de Yolanda la bruja* fueron inspiradas por los nombres, hechizos, historias y simbolismos de las religiones sincréticas practicadas por los afrodescendientes en el Caribe. Todas mis referencias son ficticias. Las prácticas y los sistemas de creencias de las religiones afro-caribeñas son sagrados para nuestras comunidades y esta novela fue escrita con profunda reverencia.

AGRADECIMIENTOS

Nada de esto sería posible sin el amor del Altísimo, mis honorables ancestros y mi equipo divino, que me fortalecen y me guían. Estoy eternamente agradecida de que me hayan elegido para contar esta historia.

Extiendo mi gratitud a todos los practicantes espirituales y religiosos negros, indígenas y de color a través del tiempo, el espacio y las creencias que han actuado con buena voluntad y que me han ayudado, directa e indirectamente, a nutrirnos a todos.

A mi abuela, Gladys, quien me enseñó el poder de la oración. A mi difunto padre, Miguel, por el linaje. A mi bebé, Shadhey, quien sé que hubiera crecido en este mundo para ser feroz y brillante como Yoyo, por todo lo que ella me enseñó.

A mis sobrinas y sobrinos por nunca dejarme olvidar que debo tomar tiempo para jugar y escuchar.

A mi mami, Tati, y a mi papá, Felix. Su amor es una bendición. Cuando dejé de enseñar y regresé al Bronx, el techo y la comida que ustedes me dieron me permitieron terminar este libro y dedicarme por completo a esta vida de escritora.

A mi padrino, Andrés, por hacer el mejor café con leche y siempre traerme una taza a mi cuarto mientras yo trabajaba.

A Chinenye Eto por brindar apoyo emocional mientras procesaba las lágrimas, desahogo y explosiones de alegría en el momento que se envió este manuscrito.

Ahora aquellos que hicieron posible este libro:

A todos los jóvenes que tuve el privilegio de enseñar. En especial a los estudiantes de Academic Leadership Charter School (Bronx, NY), los estudiantes de la escuela de enseñanza media de Brooklyn Prospect Charter School (Brooklyn, NY), y de Everett Middle School (San Francisco, CA). Gracias por confiar en mí.

Mención honorífica a Sidney Chapman, en Everett Middle School (2018-2019), quien leyó toda la biblioteca de la clase y dijo que quería leer lo que yo escribía. Muchas gracias por ser verdaderamente la primera lectora de *La formación de Yolanda la bruja*.

A Elisa Avila, mi tía, quien fue paciente y amable durante el tiempo que volví a San Pedro de Macorís, República Dominicana, para aprender más sobre el linaje espiritual de mi padre y su conexión a la tradición.

A ti, Kulway Apara, por editar este libro en su primera fase. Tu edición y trabajo en las primeras 50 mil palabras me impulsaron para llegar al final.

A Mechi Annaís Estévez Cruz por revisar este libro en su etapa final. Todas tus preguntas exploratorias me ayudaron a profundizar los arcos de los personajes de este libro. Tu apoyo, mientras revisaba este escrito durante un año tan difícil, significó todo para mí.

A mis lectores beta: Jehan Giles, Rocío Martinez y Shyla Espejo. Sus palabras me afirmaron en un momento que estaba lista para dejar esta historia a un lado. A Pamela Reyes, quien creyó en la historia de "la brujita esa". A Nia Ita Thomas por ser orientadora y por revisar los primeros fragmentos de esta novela. A Sonia Alejandra Rodriguez, quien trabajó conmigo los primeros diez capítulos después de nuestro tiempo juntas en VONA.

A Patrice Caldwell. Gracias por creer en la historia de Yolanda y ayudar a cerrar este trato. Gracias por creer en mí y en mis historias. A Trinica Sampson por siempre apoyarme y responder a todas mis preguntas y siempre estar un paso por delante.

A mi editor, Nick Thomas. Estoy muy agradecida por toda la atención que le diste a *La formación de Yolanda la bruja.* ¡Tu fe en esta historia significa mucho para mí! Tus notas fueron afirmadoras y siempre se sintieron alineadas con el fin que tenía para esta historia. Gracias por recordarme el poder de un buen *feedback.* A Irene Vázquez, editor asistente y publiciste, quien primero leyó *La formación de Yolanda la bruja,* en Levine Querido, ¡gracias por creer en nosotros!

A Daniel José Older, mi instructor en el taller de literatura juvenil de VONA, en 2020, quien alzó a Yolanda. Pero también porque, en 2018, antes de conocerlo, cuando no podía ir a los talleres ni tenía acceso a una maestría de bellas artes, revisé la apertura de esta historia gracias a todas las gemas que dejó en Skillshare.

A Elizabeth Acevedo, por animarme durante mi proceso de búsqueda de agente y por retroalimentar mi carta y mis primeros capítulos.

Gracias a Wilgrid Peralta por su generosidad al permitirme entrevistarla sobre la tradición.

Gracias a todos en Levine Querido por creer y alzar a *La formación de Yolanda:*

Arthur Levine (Presidente y Editor en Jefe)

Antonio Gonzalez Cerna (Director de Marketing)

Maddie McZeal (Asistente y Directora editorial)

Arely Guzmán (Editor asistente)

Freesia Blizard (Desarrolladora de producción sénior en Chronicle)

Agradezco a Chindo Nkenke-Smith, quien diseñó la sobrecubierta y cubierta de este libro. A Blane Asrat por la hermosa ilustración de la portada. Y Lewelin Polanco por el amor en el diseño del interior de este libro.

Gracias a todas y a cada una de las personas que leen esta historia.

SOBRE LA AUTORA Y TRADUCTORA

Lorraine Avila

Mechi Annaís Estévez Cruz

Lorraine Avila (ella/elle) es una cuentista dominicana-estadounidense de primera generación. Nació y se crio en el Bronx, NY. Avila fue educadora de K-12 por una década. Tiene una licenciatura en inglés de la Universidad de Fordham, una maestría en enseñanza de la Universidad de Nueva York y una maestría en bellas artes de la Universidad de Pittsburgh. *La formación de Yolanda la bruja* es su debut en literatura juvenil.

Mechi Annaís Estévez Cruz (ella/elle) es una escritora, trabajadora espiritual y activista dominicana de tercera generación de Washington Heights. Su objetivo principal es elevar los relatos, sabiduría, ceremonia e historia afroindígena a través de narrativas y organización comunitaria desde su hogar en Samaná, República Dominicana. El trabajo de Mechi está enraizado en—y posible gracias a—más de una década de estudios y relaciones con sus ancianos/ mayores, miembros de la comunidad y la misma tierra de Ayití.

EL DISEÑO DE EDICIONES LQ

Ediciones Levine Querido es un sello dedicado a llevar
literatura infantil y juvenil de excelencia a los lectores
hispanohablantes, mediante el trabajo conjunto con autores,
ilustradores, traductores y editoriales de todo el mundo. El logo
de Ediciones LQ fue diseñado con letras de Jade Broomfield.

Supervisión de la producción: Freesia Blizard
Diseño del libro: Lewelin Polanco y Angie Vasquez
Editor: Nick Thomas
Editor asistente: Irene Vázquez
Directora editorial: Danielle Maldonado

Ediciones
LEVINE QUERIDO